EIN KALTER
DUNKLER ORT

EIN KALTER
DUNKLER ORT
(A COLD DARK PLACE)

TONI ANDERSON

Übersetzt von
MARTIN WICK

BÜCHER VON TONI ANDERSON

Romantische Krimis

Kalte Gerechtigkeit Serie
Ein kalter, dunkler Ort (A Cold Dark Place)
Kalte Jagd (Cold Pursuit)
Kaltes Morgenlicht (Cold Light of Day)
Kalte Angst (Cold Fear)
Kalte Schatten (Cold in the Shadows)
Kaltes Herz (Cold Hearted)
Kalte Geheimnis (Cold Secrets)
Kalte Bosheit (Cold Malice)
Eiskaltes Versprechen (A Cold Dark Promise)
Kaltblütig (Cold Blooded)

Kalte Gerechtigkeit – die Verhandler Serie
Kalt und tödlich (Cold & Deadly)
Kälter als die Sünde (Colder Than Sin)
Kalte böse Lügen (Cold Wicked Lies)
Kalter grausamer Kuss (Cold Cruel Kiss)
Eiskalt (Cold as Ice)

DEMNÄCHST ERHÄLTLICH …
Kalte Stille (Cold Silence)
Tödliches Spiel (The Killing Game)

Andere deutsche Titel
Im Sog Der Gefahr
Wogen Des Zorns

Auf meiner Website findest du alle deutschen Übersetzungen
meiner Bücher:
toniandersonauthor.com/german

Melde dich für meinen deutschsprachigen Newsletter an und
erhalte zwei kostenlose, exklusive „Kalte Gerechtigkeit"-
Kurzgeschichten sowie Informationen darüber, wann meine
nächste deutsche Übersetzung verfügbar ist.

PROLOG

LINDSEY KEEBLE SANG den Song aus dem Radio mit und gab vor, keine Angst vor der Dunkelheit zu haben. Es war ein Uhr nachts und sie hasste diesen einsamen Streckenabschnitt des Highways zwischen Greenville und Boden. Der Regen drohte, in Schnee überzugehen. Die Windböen waren so stark, dass die plötzlichen Bewegungen der großen Bäume neben ihr auf dem Hügelkamm sie nervös in Richtung der mittleren Spur ausweichen ließ. Das Heck ihres Wagens kam leicht ins Schlingern, also verlangsamte sie das Tempo. Keinesfalls wollte sie ihr wertvolles kleines Auto ruinieren.

Sie arbeitete jeden Abend in einer Tankstelle in Boden. Es war ein ruhiger Job, sodass sie sich für gewöhnlich zwischen den Kunden mit ihrem Studium beschäftigen konnte.

An diesem Abend hatten offenbar alle beschlossen, ihre Vorräte aufzustocken, um sich auf einen verfrühten Wintereinbruch vorzubereiten. Man hätte glauben können, dass sie noch nie zuvor Schnee gesehen hätten.

Ihr Herz schlug schneller, als sie rote Lichter in ihrem Rückspiegel aufblitzen sah. Verdammt!

Sie war doch gar nicht zu schnell gefahren – einen Strafzettel konnte sie sich nicht leisten und Alkohol trank sie nicht. Sie blinkte und stoppte den Wagen auf dem Standstreifen. Lindsey lebte verantwortungbewusst, denn sie wollte einmal ein besseres Leben haben als sie es in ihrer ländlichen Heimatstadt hatte. Schließlich war sie keine Hinterwäldlerin. Sie wollte auf Reisen gehen und die Welt entdecken – Paris, Griechenland, vielleicht sogar die Pyramiden. Durch die vom Eisregen bedeckte Rückscheibe beobachtete sie, wie ein schwarzer Geländewagen direkt hinter ihr zum Stehen kam.

Eine große Gestalt kam auf ihren Wagen zu. Eine goldene Polizeimarke wurde gegen das Fenster getippt. Kalte Luft strömte in das Innere ihres Wagens, als sie das Fenster herunterkurbelte und sich ihre Jacke sogleich gegen den eisigen Regen enger um die Schultern zog.

„Führerschein und Fahrzeugschein", knurrte eine tiefe Stimme mit der Autorität, die Cops an sich hatten. Er trug einen dunklen Regenmantel über seiner schwarzen Uniform. Die Pistole an seiner Hüfte glänzte im Scheinwerferlicht seines Wagens. Sein Gesicht kam ihr nicht bekannt vor, allerdings konnte sie ihn kaum erkennen, da ihr der Eisregen in die Augen stach.

„Um was geht es denn?" Ihre Zähne klapperten, als sie die geforderten Dokumente aus dem Handschuhfach und aus ihrem Geldbeutel fischte und ihm reichte. Während sie wartete, legte sie ihre Hände wieder auf das harte Plastik des Lenkrades. „Ich bin nicht zu schnell gefahren."

„Es läuft eine Fahndung nach einem gestohlenen roten Neon, also muss ich Sie überprüfen."

„Aber dies hier ist mein Auto, und ich habe nichts falsch gemacht." Sie kannte ihre Rechte. „Sie haben keine Berechtigung, mich anzuhalten."

„Sie sind in Schlangenlinien gefahren." Die Stimme klang jetzt noch tiefer und irgendwie wütend. Sie zuckte zusammen.

Leg dich nie mit einem Cop an. „Außerdem haben Sie ein kaputtes Rücklicht. Das ist Grund genug, Sie anzuhalten."

Lindseys Sorgen wurden langsam von ihrem Ärger verdrängt. Sie löste ihren Gurt und zog die Handbremse an. Ein Jahr zuvor war sie betrogen worden, als ein anderer Wagen auf einem Parkplatz mit ihrem zusammenstieß und der Fahrer gegenüber der Versicherung behauptet hatte, sie wäre schuld gewesen. „Als ich heute Nachmittag zur Arbeit gefahren bin, hat es aber noch funktioniert. Und in der Zwischenzeit ist ja nichts passiert." *Verdammte Scheiße.*

„Sehen Sie doch selbst nach." Der Cop trat einen Schritt zurück. Trotz seines harten Mundes und der noch härteren Augen, hatte er ein attraktives Gesicht. Vielleicht sollte sie ein bisschen mit ihm flirten, um sich den Strafzettel zu ersparen. Nicht, dass sie gut in so etwas war. Ihr Vater würde das Rücklicht reparieren, aber um den Strafzettel würde sie wohl nicht herumkommen. Das Geld, das sie heute verdient hatte, war sie also bereits wieder los.

Sie zog sich die Kapuze ihres Regenmantels über den Kopf und stieg aus. Die Scheinwerfer des Polizeiwagens blendeten sie, als sie ein paar Schritte auf ihn zuging. Sie schirmte ihre Augen mit ihrer Hand ab und legte die Stirn in Falten. „Ich sehe nichts, was kaputt…"

Plötzlich durchflutete Hitze ihren Rücken. Explosionsartig trat ein quälender Schmerz ein, der sie von ihren Ohrläppchen bis hinunter zu ihren Zehen erschütterte. Niemals zuvor hatte sie etwas Vergleichbares erlebt. Der heiße Schweiß auf ihrer Haut kämpfe mit dem Eisregen, als sie auf die Straße fiel. Brutale Hände schlangen sich um ihre Hüfte und hoben sie hoch. Sie konnte weder ihre Arme noch ihre Beine kontrollieren. Irgendetwas Unnachgiebiges bohrte sich in ihren Magen. Vollkommen verwirrt kämpfte sie gegen den Drang an, sich übergeben zu müssen.

Es dauerte einen Augenblick, bis sie sich einen Reim auf all das machen konnte.

Dieser Mann war kein Cop.

Die Auswirkungen des Elektroschockers sorgten dafür, dass sie nicht genug Kraft aufbringen konnte, um gezielt nach ihm zu treten. Sie versuchte, seine Knie zu treffen und ihm mit dem Ellenbogen in die Eier zu schlagen. Es half nichts, sie wurde auf die Rückbank des Geländewagens gewuchtet. Dann verpasste er ihr einen weiteren Stromstoß, bis sich ihre Innereien anfühlten als würden sie ihr jeden Moment hochkommen und ihre Blase sich entleerte.

Sie lag auf dem Bauch und die Welt um sie herum drehte sich. Ihr Gesicht wurde auf eine dreckige Gummimatte gedrückt, ihre Hände hinter ihrem Rücken festgehalten. Dann spürte sie Metall an einem Handgelenk und gleich darauf am anderen. Handschellen. *Oh, Gott.* Sie war gefesselt. Ein scharfer Schmerz meldete sich aus ihrer Brust. Wenn sie sich nicht schnell beruhigte, würde sie an einem Herzinfarkt sterben.

In der Dunkelheit wurde etwas abgerissen. Sie spürte, wie sie auf ihren Rücken gedreht wurde. Dann presste er ihr ein starkes Klebeband auf den Mund. Rücksichtslos wurden ein paar Haare mit eingeklebt. Es wieder abzunehmen, würde verdammt wehtun.

Irgendetwas sagte ihr, dass dies ihre geringste Sorge sein sollte.

Es gab keinen Grund für ihn, sie zu entführen, außer dass er ihr etwas antun wollte. Oder sie töten wollte.

Diese Erkenntnis blendete alles andere aus. Jede

Bewegung. Jeden panischen Atemzug. Ihr Herz raste und Galle brannte in ihrer Kehle, als sie in diese kalten, mitleidslosen Augen starrte. Mit einem Grunzen schlug er die Wagentür zu und ließ sie in dieser entsetzlichen Dunkelheit zurück. Wie ein unheilvolles Trommeln schlug der Regen gegen die Karossiere des Autos. Sie hatte Angst im Dunkeln. Sie hatte Angst vor Monstern. Dazu kam die kalte Feuchtigkeit zwischen ihren Beinen, durch die sie sich zusätzlich gedemütigt fühlte. Wie hatte dies nur passieren können? In einer Minute war sie auf dem Weg nach Hause gewesen, in der nächsten…

Wo war ihr Handy?

Sie rollte sich auf der Rückbank herum und versuchte, es in ihren Taschen zu spüren. *Scheiße.* Es war immer noch in ihrer Handtasche auf dem Beifahrersitz ihres Wagens. Plötzlich ertönte ein krachendes Geräusch aus der Richtung der Bäume. Sie schloss die Augen gegen die in ihr aufsteigende Panik. Er hatte sich gerade ihres Autos entledigt. Ein Klumpen von der Größe eines Elefanten in ihrer Kehle drohte sie zu ersticken. Für dieses Auto hatte sie sich den Arsch abgearbeitet, aber all ihr Besitz und andere finanzielle Dinge waren vollkommen bedeutungslos, wenn sie diesen Albtraum nicht irgendwie überlebte. Dieser Mann würde ihr wehtun. Sie positionierte sich so, dass ihre Finger die Türschnalle berührten, aber die Tür öffnete sich nicht. Auch das Fenster zeigte keinerlei Reaktion, als sie mit ihren Füßen dagegentrat. *Wie kann er es nur wagen, mir so etwas anzutun?* Wie konnte er es wagen, sie zu behandeln als sei sie ein Nichts? Wütend wollte sie gegen diese Ungerechtigkeit ankämpfen, aber als der Geländewagen plötzlich losfuhr, war sie vor Angst wie paralysiert. Ihr ganzes Leben lang hatte sie dafür gekämpft, ihre Umstände zu verbessern. Für eine bessere Zukunft hatte sie gekämpft. Und dieser Mann, dieser Bastard, wollte alles zunichtemachen. Das war nicht fair. Es musste einen Ausweg geben. Es musste eine Möglichkeit geben, zu überleben.

Sie wollte nicht sterben. Und ganz sicher wollte sie nicht in der Dunkelheit und von der Hand eines Fremden sterben, dessen Augen kalt wie der Tod waren. Tränen schossen ihr in die Augen. Das war nicht fair. Ganz und gar nicht.

KAPITEL EINS

E S WAR FAST Mitternacht, und Alex Parker saß im Dunkeln.

Edgar Paul Meacher war vor drei Stunden aufgebrochen, in dem weißen Lieferwagen, den er nur für diesen Zweck besaß. Meacher würde die Nummernschilder an einer einsamen, unbefestigten Straße gewechselt haben, bevor er auf seinen kleinen Jagdausflug gegangen war.

Alex hatte das Farmhaus durchsucht und dabei genug Beweise gefunden, um zu bestätigen, dass dieser Typ es wirklich getan hatte. Sein Stuhl stand im Schatten, mit Blick auf die Tür. Ein Auto polterte die Einfahrt hinauf. Er war nicht nervös. Er war seit seinem ersten Auftrag, damals, 2005, nicht mehr nervös gewesen.

Das Farmhaus befand sich etwa eine Meile außerhalb der kleinen Stadt Fleet, North Carolina. Der leicht schweflige Geruch der verrottenden Kohlköpfe von den das Grundstück umgebenden Feldern drang durch die Wände. Keine Nachbarn, die nahe genug wohnten, um die in Meachers Haus stattfindenden wilden Partys zu bemerken. Auch keine Passanten, die sich über die Schreie wundern konnten. Das war auch für Alex nützlich.

Er tippte mit seinem Finger gegen das kalte Metall der SIG P229, die mit einem 9 mm-Lauf mit Schalldämpfer ausgestattet war und lauschte dem Geräusch der zuschlagenden Autotür. Dann öffnete sich die Haustür. Er vernahm ein Grunzen, das von körperlicher Anstrengung herrührte, als etwas Schweres gezogen und hochgehoben wurde.

Alex hob die Pistole an, bereit dazu, es jetzt zu beenden. Aber Meacher stapfte direkt hinunter in den Keller, blind vor Aufregung darüber, gleich sein neustes Geschenk auszupacken, das er in einer schmutzigen alten Decke mit sich trug.

Alex stand auf, ging lautlos über den hundert Jahre alten Farmhausboden und glitt wie ein Geist die Stufen hinunter.

Der Keller war dunkel und staubig, ein leichter Geruch nach Verwesung hing in der Luft. Klassischer Serienmörderunterschlupf. Eine einzelne Glühbirne beleuchtete die Ecke, in der ein Feldbett aufgebaut war, gemütlich und kuschelig, abgesehen von der dicken Plastikplane, die es bedeckte. Der Boden und die Wände waren in allgegenwärtigem Grau gehalten, dekoriert mit rostfarbenen Farbspritzern. Nur dass es keine Farbe war. Es war Blut. Blut von Opfern zwischen neunzehn und fünfunddreißig Jahren. Frauen, die nichts weiter getan hatten, als in Meachers Blickfeld zu geraten. Zehn, von denen das FBI wusste; mehr, von denen die Behörden keine Ahnung hatten. Noch nicht.

In der Mitte des Bodens befand sich ein günstig platzierter Ablauf. Ein Eimer, ein Schlauch und ein paar große Flaschen Bleichmittel – offensichtlich en gros gekauft. Mehrere Rollen Plastikfolie waren an die Wand gelehnt, und neben dem Heizkessel waren stapelweise Isolierbandrollen gelagert. Erfahren und praktisch – der Typ war ein Profikiller.

Wie Alex.

Meacher war damit beschäftigt, sein Opfer ans Bett zu fesseln. Handschellen lagen bereit. Der Dreckskerl – ein Mathelehrer der örtlichen High School – ließ die Frauen normalerweise etwa eine Woche am Leben, bevor er sie von ihrem Leid erlöste.

Alex verbannte die Gedanken an die früheren Opfer aus seinem Kopf. Tot war tot, und an sie zu denken verschlimmerte nur seine Albträume.

Meacher legte ihr die Handschellen an, die Zahnrasten hallten in der tödlichen Stille des Kellers laut wider. Es passte Alex gut, dass die Frau gefesselt war, also ließ er Meacher weitermachen. Er wollte nicht, dass sie sich bewegen konnte. Er wollte nicht, dass sie in die Schusslinie geriet.

Der Typ drehte sich nicht um, wandte aber seinen Blick nie von der Brünette ab. Man sollte denken, jemand, der darauf eingestellt war, sich an seine Beute anzupirschen, würde einen anderen Jäger in seinem eigenen Unterschlupf spüren können.

Offensichtlich nicht.

Meacher leckte sich die Lippen und riss die Bluse der Frau auf. Knöpfe sprangen ab und verteilten sich klirrend über den Kellerboden. Alex' Abscheu für diesen Mann wuchs mit jeder widerlichen Handlung.

„Edgar", flüsterte er leise.

Meacher drehte sich um, seine Lippen formten einen überraschten Kreis, als er Alex auf den Treppen sah. Der Mann hatte keine Zeit, sich auf ihn zu stürzen oder zu kämpfen, denn Alex platzierte einen weiteren Kreis genau zwischen seine Augen. Doppelschuss. Der sogenannte „Snatcher" sackte auf dem Boden zusammen, zu tot, um auszubluten.

Trotz des Schalldämpfers ließ das Geräusch der Schüsse Alex' Ohren pochen, aber er ignorierte diese kleine Unannehmlichkeit. Seit seiner Zeit in einem marokkanischen Gefängnis wurde er ab und an von Kopfschmerzen geplagt, aber er hatte Glück gehabt, lebend da herauszukommen und nahm sie als Teil seiner Buße an. *Das hier* war der andere Teil.

Er hob beide Patronenhülsen mit einem Taschentuch auf und legte sie in einen Silikonbeutel, den er speziell hatte anfertigen lassen. Er entfernte den Schalldämpfer und schob die SIG in den Schulterholster. Dann ging er dorthin, wo das letzte Opfer des Snatchers an das Feldbett gefesselt lag. Ihr Kopf schlug von einer Seite auf die andere, während die Wirkung des Ketamins – Meachers präferierter Entführungsdroge – nachließ. So sehr Alex die Handschellen öffnen und die Frau befreien wollte, das Vibrieren in seiner Hosentasche sagte ihm, dass es Zeit war, zu verschwinden. Ihre Ritter in kugelsicheren Westen würden jeden Moment durch die Tür stürzen.

Er berührte ihr Haar und sprach sanft. „Die Bundespolizei ist auf dem Weg. Sie werden gleich in Sicherheit sein." Dann war er draußen, verschmolz mit der Dunkelheit, während Autos die nahen Straßen entlangrasten.

Das FBI hatte einmal geschätzt, dass ungefähr zweihundertfünfzig Serienmörder in den USA aktiv waren. Alex' Job war es, diese Nummer zu reduzieren – ein mörderisches Arschloch nach dem anderen.

FBI Special Agent Mallory Rooney hielt ihre von der Regierung ausgegebene Glock 22 flach gegen ihren

Oberschenkel gedrückt – durchgeladen, Finger *weg* vom Abzugshahn – und hockte geduckt zwischen den anderen Agenten und Polizisten. Ihr Elektroschocker steckte an ihrem Gürtel, die Reservepistole der Marke Glock 21 war an ihren Knöchel geschnallt. Die voluminöse Schutzweste hielt ein wenig der Novemberkälte ab, und das Adrenalin erledigte den Rest. Ihre Schläfe pochte von einer vorherigen Auseinandersetzung, aber einige extrastarke Kopfschmerztabletten und das umsichtige Auflegen von Makeup hatten ihr Problem gut genug versteckt, um sie ins Team zu bringen. Auf gar keinen Fall würde sie *das hier* versäumen, nur weil irgendein Gangmitglied sie ins Gesicht geschlagen hatte.

Das SWAT-Team war mit einer anderen Geiselnahme in Charlotte beschäftigt, bei der sich die Lage schnell verschlechterte. Sie würde lügen, wenn sie behaupten würde, darüber aufgebracht zu sein, denn immerhin konnte sie jetzt dafür an dieser Operation teilnehmen. Sie hatten einige sehr erfahrene Agenten und örtliche Polizisten bei sich. Die Hilfssheriffs unterstützten die ebenfalls.

Sie war die einzige Anfängerin oder auch *first office agent* – FOA – im Team. Zwei Verhaftungen an einem Tag waren für einen Frischling vermutlich ein Rekord.

Schweiß lief ihr in einem kalten Rinnsal den Rücken hinunter. Ihr Herz hämmerte, aber sie atmete gleichmäßig und zwang ihren Puls, sich zu beruhigen. Sie hatte unzählige Male für dieses Szenario geübt, hatte in Hogan's Alley bemerkenswerte Erfolge verbucht. Aber einen Serienmörder zu jagen, der mindestens zehn Frauen abgeschlachtet hatte, verursachte trotzdem ein kleines Angstflattern in ihr. Diese Schwäche würde sie den anderen Agenten natürlich nicht zeigen. Was sie ihnen auch nicht zeigen würde, war die durch ihre Adern rauschende grimmige Entschlossenheit, den Kerl zur Strecke zu bringen, egal was es sie kosten würde.

Bleib ruhig. Erledige den Job.

Sie wischte ihre Hand verstohlen an ihrem schwarzen Hosenbein ab, alle Sinne in höchster Alarmbereitschaft für das, was hinter der unauffälligen Tür des Farmhauses vor sich ging. Sie war so nah an dem Agenten vor sich, dass sie sein Waschmittel riechen konnte. Ihr bester Freund und Mentor, Special Agent Lucas Randall, kauerte hinter ihr und witterte wahrscheinlich ihre Nervosität, die kein Deo überdecken konnte. Weitere vier Polizisten befanden sich in gleicher Stellung an der vorderen Seite des Gebäudes.

Sie hatten die Baupläne studiert und kannten den Grundriss. Sie selbst und Lucas würden in den Keller stürmen, während zwei Hilfssheriffs die Sturmtüren absichern würden. Die Außentüren und Schlösser waren robust, aber sie hatten einen Kollegen mit einem Rammbock dabei, der darauf vorbereitet war, diese Türen zu öffnen, wenn es nicht anders ging.

Sie bewegte sich nicht, konzentrierte sich stattdessen. Sie warteten auf das Signal, in das Haus des vermutlichen Serienmörders Edgar P. Meacher einzudringen. Von den Medien „The Snatcher" genannt, hatte dieser Typ seine weiblichen Opfer nicht nur von der Straße weg, sondern aus ihrem jeweiligen Zuhause entführt und damit jede Frau in den Carolinas und den umliegenden Bundesstaaten in Panik versetzt.

Mallory verstand diese instinktive Angst besser als viele andere. Sie hatte in den letzten achtzehn Jahren jeden Tag mit ihr gelebt. Ihr ganzes Leben drehte sich um die Frage, warum jemand ihre Schwester entführt hatte, und nicht sie. Warum wurde eine Person ins Visier genommen, während die andere sicher war? Wie wählten diese Verrückten ihre Opfer aus?

Aber sie hatte jetzt keine Zeit, darüber nachzudenken.

Die FBI-Abteilung für Verhaltensanalyse – Teil des *National Centers for the Analysis of Violent Crime, NCAVC* – in Quantico, Virginia, hatte ein ausgefeiltes Profil des Snatchers erstellt. Dieser Typ, Meacher, passte haargenau.

Ein anonymer telefonischer Hinweis hatte das Büro erreicht, als sie gerade ihren FD 302 Bericht über die am Morgen vorgenommenen Verhaftungen fertig schrieb. Ein Bürger hatte sie informiert, dass der von ihnen gesuchte Typ Edgar Paul Meacher aus Fleet, North Carolina, war. Das bedeutete nicht, das Meacher ihr Verdächtiger *war*, aber eine Frau, die dem Opferprofil des Täters entsprach, war früher am Abend entführt worden und sie hatten keine Zeit, herumzusitzen und über die beste und angemessenste Lösung zu diskutieren. Sie würden eingreifen. Das mussten sie.

Ihre Finger schlossen sich enger um den Griff ihrer Pistole.

Supervisory Special Agent Petra Danbridge gab ihnen über Sprechfunk das Startsignal. Adrenalin schoss durch Mallorys Adern. Der Kollege rammte die Tür auf, und mit einem lauten Knall rannten sie alle hinein. Eile war geboten, da mit dem Aufbrechen der Türen das Überraschungsmoment den Bach hinunter war.

Mallory und Lucas nahmen die Treppen in den Keller. Trotz der kühlen Luft, die das Treppenhaus hinaufstieg, sammelte sich Schweiß auf ihrer Stirn. Sie nahm den Geruch von Blut wahr. Gedanklich bereitete sie sich auf alles Mögliche vor, das sie erwarten würde. Trotzdem entsetzte es sie.

Meacher lag zusammengesunken in einer kleinen Lache

seines eigenen Blutes. Keine Waffe war zu sehen.

„Zielperson ist im Keller!", schrie sie. Füße donnerten auf den Dielen über ihnen, als das Haus systematisch durchsucht wurde.

Sie und Lucas gingen vorsichtig auf die am Boden liegende Gestalt mit dem münzgroßen Einschussloch zwischen den Augen zu. Mallory sah genauer hin. Da waren sogar *zwei* Einschusslöcher, so nah beieinander, dass man sie kaum auseinanderhalten konnte. Wer auch immer ihn getötet hatte, hatte entweder Glück gehabt oder war ein verdammt guter Schütze.

Sie hielt ihre Waffe auf den Verdächtigen gerichtet, während Lucas nach unten griff, um Meachers Puls zu prüfen. Ihr Blick flackerte zu dem Opfer, das völlig unbeweglich auf dem Bett lag. Es war Janelle Ebert, die vermisst gemeldete Frau. Kein Zweifel.

Lebte sie, oder kamen sie zu spät?

„Er ist tot", bestätigte Lucas.

Mallory ging rasch zu der Frau, berührte mit zwei Fingern ihren Hals, suchte nach einem Puls. Immense Erleichterung überkam sie, als sie warme Haut und ein stetiges Pochen am Halsansatz spürte. „Sie lebt. Ich sehe keine offensichtlichen Verletzungen." Ihre Stimme stockte, und sie stolperte plötzlich durch ihre eigenen Albträume. *Verdräng es, Mal.* Sie betrachtete die Handschellen. „Sie ist gefesselt. Wer zur Hölle hat Meacher erschossen?"

Sie waren sofort wieder in höchster Alarmbereitschaft. Bei der Durchsuchung des restlichen Kellers blieben Mallory und Lucas dicht zusammen. Der Raum war nicht groß. Es gab einen riesigen Gefrierschrank – Mallory war ganz und gar nicht scharf darauf, dieses Ding zu durchsuchen. Da waren

Stufen, die nach rechts zur einer Sturmtür führten. Es gab noch einen kleinen, in die Ecke eingebauten Raum, dessen Tür zu war. Ein Heizkessel sprang an, ließ sie beide zusammenfahren. Sie und Lucas sahen einander an, nickten in stiller Übereinstimmung und stellten sich an jeder Seite der Tür zu dem kleinen Raum auf. Lucas drehte den Türknauf und zog die Tür auf. Mallory ging geduckt hinein – aber es war niemand dort.

Was dort *war*, waren zahlreiche an die Wand geklebte Hochglanzfotografien, so viele, dass Mallory auch ohne die an das Bett gefesselte Frau keinen Zweifel gehabt hätte, dass Meacher ihr Täter war. *Verdammt noch mal.* Ihr Hals schnürte sich zu, aber sie verdrängte das Gefühl. Sie ließ ihre Augen rasch über die Fotos schweifen, suchte nach ihrer Schwester, die sie seit achtzehn Jahren nicht mehr gesehen hatte, obwohl sie sich befahl, es nicht zu tun. Dann zwang sie sich, aufzuhören. Es gab andere Dinge, die zuerst erledigt werden mussten.

Danbridge kam die Stufen hinunter, die Stiefel der Frau waren tödliche Waffen, aber wenigstens wusste Mal immer, wo ihre Chefin war.

„Alles sicher", rief Lucas.

„Schafft die Sanitäter hier runter", rief Danbridge über die Schulter und ging um Meachers Leiche herum zu der Stelle, an der Mallory und Lucas in das starrten, was Meachers Trophäenzimmer gewesen war. „Ich habe keinen Schuss gehört."

„Er war schon tot, als wir herkamen." Lucas sah enttäuscht aus, während er seine Waffe in das Holster schob. „Was echt eine Schande ist, denn ich hätte seinen Arsch nur zu gerne ins Gefängnis transportiert."

Die Frau auf dem Bett stöhnte. Mallory eilte zu ihr, steckte ihre eigene Waffe in das Holster, obwohl der unheimliche Keller ihr immer noch Gänsehaut verursachte. „Wo bleiben die Sanitäter? Kann ich die Handschellen abnehmen?"

Danbridge sah sauer aus, nickte aber. „Warten Sie!" Sie zog ihr Handy hervor und machte mehrere Fotografien der Frau, der Handschellen, der Position des Bettes im Verhältnis zur Leiche. Meacher war ein Serienmörder, aber er war offensichtlich umgebracht worden. Das hier war gleich ein mehrfacher Tatort, aber die Sicherheit und das Wohlbefinden lebender Opfer stand immer an erster Stelle.

„Glaubst du, er hatte einen Partner, der uns den Tipp gab und ihn dann tötete?", fragte Lucas.

„Meacher ist erst seit wenigen Minuten tot. Man kann das Schießpulver noch riechen." Mallory schnupperte. „Es wäre ein verdammt großes Risiko gewesen, uns den Tipp zu geben, kurz bevor er ihn umbringt."

„Ich werde Straßensperren und einen Suchtrupp anfordern." Danbridge sprach rasch in ihr Funkgerät.

„Jemand könnte Meacher als Sündenbock benutzt haben", schlug Lucas vor.

„Vielleicht." Mallory zog eine Grimasse. „Aber das Profil enthielt keine Hinweise darauf, dass Meacher einen Komplizen hatte. Und diese Fotos", ihr Daumen wies über ihre Schulter, „zeigen nur eine männliche Person in Aktion. Wir sollten nach Videomaterial suchen. Er hat sich todsicher nicht nur mit Fotografien begnügt."

Die Sanitäter kamen und polterten die Holztreppen hinunter. Danbridge führte sie von Meachers Leiche weg. „Um ihn müsst ihr euch nicht kümmern." Supervisory Special Agent Danbridge entsprach jedem Vorurteil über Karrierefixierung. Mallory respektierte ihre Chefin sehr, aber sie war kein empathischer Mensch. „Wenn ihr irgendwas außer der Frau auf dem Bett anfasst, bekommt ihr Probleme mit mir."

Yep. So herzlich und kuschlig wie eine Tarantel.

Beide Sanitäter verdrehten genervt die Augen, während Mallory die Handschellen mit dem Schlüssel aufschloss, den Meacher quälend nah am Bett liegengelassen hatte, gerade außer Reichweite des Opfers. Die Frau begann zu stöhnen, dann verwirrt zu blinzeln und die Stirn zu runzeln.

„Es ist alles okay, Miss. Können Sie mir Ihren Namen sagen?", fragte der Sani, während er eine Blutdruckmanschette um ihren Arm legte.

„Wo bin ich? Hatte ich einen Unfall?" Ihre Stimme klang heiser. „Der Mann sagte, dass ich in Sicherheit wäre. Sagte, die Bundespolizei und das FBI würde kommen." Sie schloss die Augen und rieb sich die Stirn.

„Ruhig liegenbleiben", wies der Sanitäter sie an.

„Mir ist schwindlig. Zum Glück habe ich nicht so viel getrunken."

„Wer hat Ihnen gesagt, dass das FBI kommen würde?", fragte Mallory und wechselte einen Blick mit Lucas. Das Problem mit der Droge Special-K war, dass sie lebhafte Halluzinationen verursachen konnte und Zeugenaussage nicht nur unzulässig, sondern geradezu irre machte. Aber im Moment hatten sie nichts anderes, an das sie sich klammern konnten. Vielleicht erinnerte sie sich an ein Detail über denjenigen, der Meacher erschossen hatte. „Konnten Sie sein Gesicht sehen?"

„Ein wirklich gutaussehender Typ. Wenn ich nicht geträumt habe." Dunkelbraune Augen fokussierten sich, wurden dann wieder unkoordiniert, während sie in Mallorys

Gesicht blinzelte. „Gehören Sie zum FBI? Was ist passiert? Wo bin ich?"

Bevor Mal antworten konnte, sah die Frau die auf dem Boden liegende Leiche Meachers und schien sich ihrer aufgerissenen Bluse und des Raschelns der Folie unter ihr bewusst zu werden. Sie setzte sich halb auf, ließ den Blick durch den kalten, dunklen Keller schweifen und begann zu weinen. Dann begann sie zu schreien.

———

SIEBEN STUNDEN SPÄTER stand Mallory auf dem schattigen Parkplatz hinter dem Krankenhaus, nippte an ihrem zu heißen Kaffee und wünschte sich, Danbridge würde an ihr verdammtes Telefon gehen. Ihre Füße waren taub, die Zehen waren kribbelnde Eisklötze. Den Anruf bei ihrer Chefin aufgebend, stopfte sie ihr Handy zurück in ihre Tasche und schob ihre freie Hand unter ihre gegenüberliegende Achselhöhle. Als sie die Abteilung gestern verlassen hatte, hätte sie sich einen warmen Mantel schnappen sollen, den sie nun über ihrem schwarzen Hosenanzug hätte tragen können, aber sie war zu aufgeregt gewesen, um auch nur daran zu denken. Der Boden war mit einer Frostschicht bedeckt – es war für North Carolina erbärmlich kalt, auch wenn es November war.

Danbridge hatte Mallory die Aufgabe gegeben, das Opfer ins Krankenhaus zu begleiten und eine Aussage aufzunehmen. Wenn der mutmaßliche Serienmörder noch auf der Flucht gewesen wäre, hätte eine unerfahrene Agentin wie sie diesen Job niemals bekommen. Mal seufzte. Bis ein Arzt Janelle Eberts Verletzungen untersucht und die Spuren von ihrer

Kleidung und ihrem Körper sichergestellt hatte, war es drei Uhr morgens gewesen. Dann hatte die arme Frau darum gebeten, ein wenig schlafen zu dürfen, während Mallory im Flur auf und ab gegangen war. Endlich hatte Mallory eine Aussage bekommen, die ihnen nichts mitteilte, was sie nicht bereits wussten. Janelle war auf einen Drink in einer Bar gewesen, und Meacher hatte sie sich auf einem schlechtbeleuchteten Parkplatz geschnappt. Zwischen dem Verlassen der Bar und dem Aufwachen in diesem Keller erinnerte sie sich an nichts.

Sie war von einer Freundin als vermisst gemeldet worden, die in Janelles Wohnung hatte übernachten wollen, und die sich Sorgen gemacht hatte, als Janelle nicht gekommen war, um sie hereinzulassen. Als die Freundin zurück zur Bar gefahren war und Janelles Auto noch auf dem Parkplatz hatte stehen sehen, hatte sie die Polizei gerufen.

Jetzt schlief Janelle ruhig, während ein örtlicher Hilfssheriff ihre Zimmertür bewachte – eher als Schutz gegen die Presse als gegen irgendeinen unbekannten Angreifer. Wenn die Person, die Meacher umgebracht hatte, Janelle Ebert tot gewollt hätte, hätte er – oder sie – reichlich Möglichkeit dazu gehabt.

Janelle hatte eine Menge Glück gehabt.

Mallory wollte gehen. Wollte dabei helfen, das Horrorhaus zu durchsuchen und genau zu sehen, wo Edgar Meacher seine Morde verübt hatte. Aber sie war auf ihren Job angewiesen, und ihre Vorgesetzte zu verärgern, stand ganz oben auf der Liste der Dinge, die sie nicht tun sollte, wenn sie ihn behalten wollte. Sie nahm einen weiteren Schluck kochend heißen Kaffees und sah dann zu, wie ihr Atem beim Ausatmen kleine Kältewölkchen bildete. Die Sonne ging über dem östlichen

Horizont auf, und erhellte das graue Zwielicht zu einem blassen Rosa des Tagesanbruchs.

Das ließ sie innehalten.

Ihre Zwillingsschwester Payton hatte es geliebt, die Sonne über den Wäldern aufgehen zu sehen, die ihr Zuhause in West Virginia umgaben. Zu der Zeit hatte Mallory es verabscheut, beim ersten Hahnenschrei wachgestupst zu werden, aber heutzutage fand sie es seltsam beruhigend – ein weiteres, zerbrechliches Band mit der Schwester, die sie verloren hatte. Ganz gleich was geschah, die Sonne ging immer auf. Und bis zu dem Tag, an dem das Sonnensystem implodierte und diese Galaxie mit sich nahm, würde es immer so sein. Es erinnerte sie daran, was für ein winziger Krümel im Universum sie tatsächlich war.

Ihre Kollegen hatten bisher Fotografien von zwölf Opfern gefunden – eine war sogar eine frühere Schülerin Meachers –, aber es war niemand dabei, der ihrer Zwillingsschwester ähnlich sah.

Payton war neun gewesen, als sie spurlos aus dem Schlafzimmer, das sie sich in der Villa ihrer Eltern in West Virginia geteilt hatten, verschwunden war. Mallory hatte nicht wirklich erwartet, in Meachers Haus Spuren von ihr zu finden, aber es gab immer den kleinen Funken Hoffnung, dass sie und ihre Eltern irgendwann einen Abschluss finden konnten. Die schiere Anzahl der Monster, denen sie begegnet war, seit sie mit ihrer Arbeit für das FBI angefangen hatte, bestürzte sie.

Schritte näherten sich. Ein Mann schlenderte auf sie zu.

Sie drehte sich zu ihm um, analysierte gedanklich ihre Umgebung. Obwohl es früh war, waren zu viele Leute und Kameras vorhanden, als dass er eine echte Bedrohung darstellen könnte, aber ihre rechte Hand schob sich trotzdem näher an ihre Waffe heran. Sie nahm den dicken Wollmantel des Mannes, seine nikotinfleckigen Finger und den rasiermesserscharfen Blick wahr und wusste genau, was er wollte.

Er hielt ihr eine Zigarettenschachtel hin. „Zigarette?"

„Danke, aber ich rauche nicht."

„Sind Sie vom FBI?" Er hatte wohl korrekt erkannt, dass ihr Bockmistanzeiger im roten Bereich war und beschlossen, direkt vorzugehen. „Wissen Sie etwas über diese Serienmördersache?"

„Sie sind von einer Zeitung?"

„Charlie Fernier. The Post." Er streckte eine Hand aus, die sie demonstrativ ignorierte.

Sie kippte ihren Kaffee runter und wischte ihren Mund mit dem Handrücken ab. Schweigen war ihre beste Strategie wenn es um die Presse ging.

„Hey, kenne ich Sie nicht?" Er hob das Kinn, um einen besseren Blick auf ihr Gesicht zu bekommen. Sein Blick verweilte auf ihrem Auge, das über Nacht dunkel angelaufen war und jetzt eine hübsche blauumfasste Augenhöhle bildete. „Sie kommen mir echt bekannt vor."

Mallory rührte sich nicht, obwohl sie wegrennen wollte. Eis bildete sich in ihrer Brust. Das altbekannte Gefühl, wenn jemand sie von der jährlichen Kampagne ihrer Mutter erkannte, mit der diese das Verschwinden ihrer Zwillingsschwester öffentlich halten wollte. Wer brauchte schon computergestützte Alterssimulatoren, wenn man eine lebendige Kopie an der Hand hatte?

Nun, nicht dieses Jahr. Sie hatte genug davon, so zu tun, als ob Payton noch leben könnte, und genug davon, ihrem Entführer einen Nervenkitzel zu geben, indem sie nach

Informationen bettelte. Sie wollte *ihn* betteln sehen – um Gnade, während sie ihre Glock in der Hand hielt. Das Bild schreckte sie aus ihren Tagträumen auf. Zu viel Kaffee, zu wenig Schlaf.

„Nein. Sie kennen mich nicht."

„Sind Sie sicher, Special Agent…?"

Sie wandte sich ab. „Ich bin sicher, Mr. Fernier."

„Hey!" Seine Stimme hallte vom Glas und Beton des hinter ihnen liegenden Krankenhauses wider. „Sie sind diese Frau", jeder Muskel in ihrem Körper spannte sich an, „die, deren Zwillingsschwester vor all den Jahren entführt wurde."

„Keine Ahnung, wovon Sie reden." Ihre Mutter hatte *eine Menge* zu verantworten.

„Das gibt 'ne tolle Schlagzeile. *Senatorinnentochter nach all den Jahren weiterhin auf der Suche nach Gerechtigkeit.*"

Sie zeigte ihm den Mittelfinger, ohne sich noch einmal umzudrehen und hörte sein lautes Lachen hinter sich. Ihr Leben war mehr als eine Zeitungsschlagzeile. Sie warf ihren Kaffeebecher in einen Mülleimer, stieg in ihr Auto, sah in den Rückspiegel und stellte fest, dass der Reporter fortging, wahrscheinlich in Überlegungen versunken, wie er ihre Beteiligung an diesem Fall am besten verwerten konnte. Sie ließ den Motor an und setzte zurück. Wenn die Geschichte in die Zeitung kam, würde es wohl so dargestellt werden, dass sie entweder einem Nervenzusammenbruch zum Opfer gefallen wäre, oder Meacher im Zweikampf bezwungen und Janelles Leben gerettet hätte. Wie man seine Kollegen verärgern und Leute beeinflussen konnte. Als ob ihr Leben nicht schon kompliziert genug gewesen wäre.

Sie traf eine Entscheidung und bog vom Parkplatz aus rechts ab, um zum Farmhaus zurückzukehren. Ihr Telefon klingelte. Es war ihre Vorgesetzte. Mallory verdrehte die Augen.

„Wo sind Sie?"

„Noch beim Krankenhaus."

„Sie sind da noch nicht fertig?"

Mallory verkniff sich eine scharfe Antwort. „Gerade fertig geworden. Janelle schläft und ich habe die Spuren im Kofferraum." Kleidung. Spurensicherungsset für Vergewaltigungen. Auch wenn es keine Anhaltspunkte für einen Angriff gab.

„Hat sie was über die Person gesagt, die Meacher erschossen hat?"

„Er hatte schöne Augen, und sie glaubt, dass er ihr Haar berührt hat."

„Schade, dass man noch keinen derart wahrnehmungsfähigen DNA-Test entwickelt hat."

„Gab's was im Farmhaus?"

„Genug fotografische Beweise für die Annahme, dass Meacher mindestens zwölf Frauen ermordet hat. Wir haben sein Videoversteck gefunden. Wahrscheinlich waren es sogar noch mehr."

Mallory nahm ihre Kräfte zusammen. „Möchten Sie, dass ich beim Sichten helfe?"

„Die Abteilung für Verhaltensanalyse schickt zwei Agenten, um uns bei der Beweissicherung zu unterstützen. Sie möchten insbesondere Zugriff auf die Videos und Fotografien haben, um zu versuchen, ungelöste Morde damit in Verbindung zu bringen."

Was bedeutete, dass Mallory sich damit würde begnügen müssen, Kaffee zu holen. Aber das wäre es wert, wenn sie dafür diesen Leuten einige Fragen stellen könnte.

„Ich möchte, dass Sie ins Büro zurückkehren und die Fährte des anonymen Informanten aufnehmen."

„Was?" Sie zuckte zusammen. *Verdammt.* Sie klang wie ein weinerliches Kind, aber der Informant würde sie sicher nicht zum Mörder ihrer Schwester führen.

„Jemand hat Meacher vor uns als den Snatcher verdächtigt. Ich wette, das ist dieselbe Person, die ihm eine Kugel ins Hirn gejagt hat. Egal, ob es ein Komplize oder ein erzürnter Bürger war, ich möchte, dass er zur Rechenschaft gezogen wird." Danbridge beendete das Gespräch.

Mallory warf ihr Handy auf den Sitz. *Klasse. Einfach richtig klasse.* Alle anderen konnten das Gehirn eines Serienmörders analysieren. *Sie* konnte einen Anruf verfolgen.

KAPITEL ZWEI

VOR DER FBI-AUßENSTELLE in Charlotte war der Bürgersteig mit einer dünnen Schicht Schnee bestäubt. „Was soll das heißen, Sie können ihn nicht zurückverfolgen?" Mallory zog an dem kleinen Goldreif in ihrem Ohr, während sie durch das Fenster blickte. „Ich dachte, Sie können alles zurückverfolgen."

„Nicht das hier." Mike Tanner war auf Kommunikationssysteme spezialisiert. Er war ein wahnsinnig netter Kerl, und jeder im FBI versuchte, das auszunutzen. In seiner Zeit beim Militär hatte er an der Entwicklung einer Software mitgearbeitet, die Stimmenerkennung nutzte, um während des Irakkrieges mutmaßliche Terroristen durch ihre Handyanrufe auszumachen. „Er hat das Signal von verschiedenen Servern zurückwerfen lassen *und* ein Prepaidhandy benutzt, welches seitdem ausgeschaltet und deaktiviert ist. Ich könnte Ihnen vielleicht sagen, von wo aus der Anruf gemacht wurde – wenn ich mich die nächsten sechs Monate keiner anderen Sache widmen würde. Leider wird mein Boss damit nicht einverstanden sein."

Während sie den Telefonhörer mit der Schulter festklemmte, prüfte sie ihre Emails. „Was ist mit der Stimmanalyse?"

„Sie wurde elektronisch verzerrt."

„Also haben Sie nichts?"

„Genau gesagt haben *Sie* nichts."

„Ha! *Danke*, Mike", sagte sie mit genug Humor, um ihn zum Lachen zu bringen.

„Immer gerne, Mal."

Sie legte auf, als Lucas Randall ins Zimmer kam. Sein schwarzes Haar war unordentlich, Bartstoppeln verdunkelten sein Kinn. Er sah gut aus, und sie war sich der Spekulationen innerhalb der Abteilung, ob sie ein heimliches Paar waren, wohl bewusst. Es stimmte nicht. Sie waren seit Jahren Freunde. Er war immer wie ein großer Bruder für sie gewesen.

„Was ist?", fragte sie.

„Besprechung im Konferenzraum in fünfzehn Minuten. Zwei große Tiere von der Abteilung für Verhaltensanalyse werden anwesend sein." Er deutete mit dem Finger auf sie. „Danbridge war ziemlich angefressen, dich auf der Website der *Post* zu entdecken."

Sie zog eine Grimasse. „Als ob ich das geplant hätte. Irgendein Journalist ist mir vor dem Krankenhaus auf die Nerven gegangen, weil er mich vom jährlichen Medienzirkus meiner Mutter erkannt hat und seine Krallen in mich schlagen wollte. Glaub mir, ich suche *keinerlei* Aufmerksamkeit." Sie stand auf, streckte den Rücken durch, folgte ihm dann zu seinem Schreibtisch. Ihre Kollegen waren das Beweismaterial aus dem Haus Meachers in den letzten achtzehn Stunden unaufhörlich durchgegangen, während ihre Ermittlungen sie im Kreis herum geführt hatten und sie nichts erreicht hatte. Lucas' angespannter Mund und die herunterhängenden Schultern wiesen darauf hin, dass der Tag Spuren bei ihm hinterlassen hatte. „Schlimm?", fragte sie.

Sie war erst seit vierundzwanzig Monaten beim FBI und

noch in der Probezeit, aber sie hatte bereits Dinge gesehen, die sie mit ins Grab nehmen würde. So sehr sie an der Meacher-Ermittlung beteiligt sein wollte, wusste sie doch, dass die Beschäftigung mit dieser Stufe des Bösen seinen Tribut forderte. Es war eine Sache, Tatortfotos zu sehen, eine ganz andere, im Unterschlupf eines Serienmörders zu sein und Opfer zu entdecken.

„Wir sind jetzt bei fünfzehn Frauen." Lucas' Stimme klang schroff. Die dunklen Schatten unter seinen Augen fügten seiner grimmigen Miene Erschöpfung hinzu. Er beantwortete ihre stumme Frage mit einem Kopfschütteln. „Ich habe keine Kinder gesehen und niemanden mit Ähnlichkeit zu Payton."

Mallory war zwischen Enttäuschung und Erleichterung hin und her gerissen.

„In seinem Schlafzimmer hat er weitere persönliche Trophäen aufbewahrt. Wer auch immer den Hurensohn erschossen hat, er hat der Welt einen Gefallen getan." Ein Flackern unkontrollierter Emotion huschte über sein Gesicht. Dann versteckte er es hinter sechs Jahren Erfahrung und einem ausdruckslosen Ermittlerblick. „Du wirst bei der Besprechung alle Details erfahren." Er rieb sich den Nacken. „Ich hol mir 'nen Kaffee, und dann gehen wir zusammen rüber." Er erstarrte, als ein Fremder mit Besucherausweis durch die Tür kam, einen Laptop in der Hand. „Alex? Was zur…?"

„Du hast die Besprechung verpasst, Arschloch." Der Mann war wütend. Sein Blick flitzte zu ihr. „Scheint gerade kein guter Moment zu sein."

„Das war heute?" Lucas schlug sich vor die Stirn. „Jesus, du hast recht. Ich bin ein Arschloch."

„Das habe ich schon zu Protokoll gegeben." Der Mann –

Alex – grinste, und Mallory wurde von seiner Attraktivität fast erschlagen.

Die Antwort rief ein zögerliches Lächeln bei Lucas hervor. „Glaub es oder nicht, Mal, das ist ein guter Freund von mir, Alex Parker. Ich habe ihn gebeten, an einer von mir organisierten Besprechung der *Counterintelligence Awareness Group* teilzunehmen, damit er uns über einiges zu den neusten Internetsicherheitsmaßnahmen berichten kann, die im privaten Sektor entwickelt werden. Er hat seine eigene Firma in D.C. Arbeitet viel für die Regierung. Wir haben gemeinsam in Afghanistan gedient." Sein Blick wanderte wieder zu Alex. „Ich nehme an, die Besprechung hat ohne mich stattgefunden?"

Alex nickte. „Wir haben es irgendwie geschafft, ohne deine scharfsichtige Brillanz zurechtzukommen."

„Aber *ich* soll das Arschloch sein, ja", grinste Lucas. „Das hier ist Special Agent Mallory Rooney."

Der Fremde streckte eine gebräunte, kräftig aussehende Hand aus, als sie einander vorgestellt wurden. Seine Hand war warm, der Griff seiner Finger, die ihre drückten, fest.

„Es freut mich, Sie kennenzulernen, Agent Rooney." Das selbstironische Lächeln war umwerfend. Genau wie die kurzen, zerzausten hellbraunen Haare und der Dreitagebart.

Trotz des maßgeschneiderten Anzugs hatten ihn die hochrangigen Mitglieder jenes Komitees wohl nicht genug eingeschüchtert, um sich zu rasieren. Der Kontrast fiel ihr auf. Er unterschied sich von den Ermittlungsbeamten und Politikern, denen sie normalerweise begegnete. Er hatte etwas Gedämpftes und Zurückhaltendes an sich, das nicht zu der scharfen Intelligenz passte, die sie in seinen Augen sah, und auch nicht zu den straffen Muskeln unter dem Anzug. Er faszinierte sie. Und sie war schon lange nicht mehr von einem Mann fasziniert gewesen.

„Sie arbeiten im Sicherheitsbereich?", fragte sie.

„Ich beschütze Geschäftsgeheimnisse – oder versuche es wenigstens. Es ist nicht unbedingt die Herausforderung vor Ort, der ihr euch jeden Tag aussetzen müsst."

Lucas setzte sich auf seinen unordentlichen Schreibtisch. „Sprach der Mann mit dem Distinguished Service Cross."

Etwas Verletzliches blitzte in den schieferfarbigen Augen auf. „Ich bin in ein Feuergefecht geraten und habe es geschafft, nicht getötet zu werden. Ich hatte Glück. Dieser Orden hat nichts zu bedeuten." Seine Augen verrieten nun nichts mehr – alle Gefühle waren weggeschlossen. „Ich lasse euch mal besser wieder an die Arbeit gehen. Es ist eine lange Fahrt zurück nach D.C."

Ihre Vorgesetzte kam herein, und Mallory spannte sich unwillkürlich an. Danbridges Augen schweiften kurz zu Alex.

„Special Agent Randall, ich muss mit Ihnen reden." Sie ging mit klackernden Absätzen in ihr Büro.

Lucas fluchte leise. „Alex, ich schulde dir richtig was, Kumpel. Ich melde mich. Kannst du ihn für mich hinausbegleiten, Mal?"

„Sicher", antwortete sie. Je länger sie ihrer Chefin aus dem Weg gehen konnte, desto besser. Die beiden Männer schüttelten sich die Hände und verabschiedeten sich.

„Ich finde schon selbst raus", sagte Alex freundlich.

„Kein Problem. Ich muss mir ohnehin mal die Beine vertreten."

Sein Blick huschte zu ihren Stiefeln und aufwärts. Es war ein durchaus intimer Blick, fast wie eine körperliche Berührung. Die ungewohnte Ahnung eines Gefühls breitete sich in ihr aus, fast unerkennbar. Es war schon so lange her. Anziehung.

Während sie sich einredete, dass sie ihre gemeinsame Zeit nicht absichtlich ausdehnte, nahm sie für den Weg nach draußen die Treppen. Er war größer als ihr zunächst aufgefallen war. In ihren flachen Stiefeln war sie gerade 1,72 und er war zehn oder zwölf Zentimeter größer. Sie runzelte die Stirn. Als sie ihn auf einiger Entfernung neben Lucas hatte stehen sehen, hätte sie ihn als von mittlerer Größe und ganz in Ordnung aussehend beschrieben. Aus der Nähe, wenn man die ganze Wirkung dieser intelligenten grauen Augen und dieses perfekt proportionierten männlichen Gesichts abbekam, war er ein heißer Typ. Da verstand man die Ungenauigkeit von Augenzeugenaussagen. Kein Ehering.

Es war ihr Beruf, auf Details zu achten.

Obwohl sie Abstand zu ihm hielt, war sie sich seiner Anwesenheit nur zu bewusst. Vor dem Haupteingang des fünfstöckigen, weißen Betongebäudes wandte er sich an sie und fragte: „Kann ich Sie irgendwann zum Abendessen einladen?"

„Ich gehe nicht auf Verabredungen." Die Antwort kam automatisch, bevor ihr Gehirn sich einschaltete. *Mist.*

Es herrschte eine lange Pause, während seine herrlichen Augen über ihr Gesicht wanderten, auf ihrem Bluterguss von gestern ruhten. Er versuchte nicht, zu widersprechen oder sie umzustimmen.

„Es war schön, Sie kennenzulernen, Special Agent Rooney." Dann ging er.

Sie ballte ihre Hände zu Fäusten. Verdammt, warum hatte sie abgelehnt?

Weil sie nicht auf Verabredungen ging.

Sie sah zu, wie Alex Parker in sein Auto stieg – ein tiefergelegtes, sportliches Modell – und hob eine Hand, bevor er wegfuhr. Sein Auto verschwand, und das bekannte Gefühl des Verlustes überkam sie. Sie biss die Zähne zusammen, drehte sich um und ging zurück an die Arbeit.

———————

WÄHREND ALEX DAVON fuhr versuchte er, nicht darüber nachzugrübeln, warum Mallory Rooney nicht auf Verabredungen ging. Ihr Anblick im Rückspiegel schnürte ihm die Brust zusammen. Es war eine Schande, dass eine so junge und hübsche Person sich derart isolierte. Nicht dass er mehr getan hätte als sie zum Essen auszuführen – *ja, das denkst du immer, Kumpel* –, aber das Aufflammen der Anziehung war sofort und unerwartet gewesen.

Was es wirklich ironisch machte: er ging ebenfalls nicht auf Verabredungen. Und er mochte keine Überraschungen.

Der Schnee war nicht liegengeblieben, er schwirrte wie Wattebällchen über den Asphalt und vermischte sich im Rinnstein mit Schmutz. Der schmuddelige Rahmen seiner Realität belastete ihn. Er log nicht gerne, tötete nicht gerne. Mochte den Tod nicht. Aber er hatte keine Wahl. Wenn er seine Schulden beglichen hatte, würde er sich ein Leben aufbauen, auf das er stolz sein konnte. In der Zwischenzeit war er vertraglich noch zu fünfhundertzweiundvierzig Tagen verpflichtet und hatte kein Recht, an hübsche Frauen mit traurigen Bernsteinaugen zu denken. Sein Telefon klingelte und er nahm den Anruf an, froh über die Ablenkung. Die Arbeit hielt ihn beschäftigt. Zu beschäftigt, um irgendetwas zu bedauern.

———————

MALLORY GING ZURÜCK ins Gebäude und direkt ins Besprechungszimmer. Zwei ernstblickende Männer in Anzügen saßen am Kopfende des Tisches neben dem Special Agent, der die Außenstelle Charlotte leitete. Er sah sie über seine Brille hinweg an, und sie lächelte ihm schwach zu. Dieser verdammte Reporter.

„Wer sind die?", flüsterte sie Lucas zu, als sie sich neben ihn setzte.

„Supervisory Special Agents Hanrahan und Frazer von der Abteilung für Verhaltensanalyse."

Die beiden waren beim FBI legendär. Hanrahan hatte silbergraue Haare und gebräunte, zerfurchte Gesichtszüge. Er befragte Serientäter aus jedem Staat des Landes, und es gab nichts, dass er nicht über das Profiling dieser kranken Bastarde wusste. Mallory fragte sich immer, wie sehr man sich diesen kranken Leuten aussetzen konnte, ohne dass die eigene Moral darunter litt. Frazer war viel jünger, hatte glänzendes blondes Haar, arktisch blaue Augen und war gutaussehend. Ähnlich wie Ryan Gosling – wenn man die Art Mann mochte. Er war in Strafverfolgungskreisen ein Rockstar. In Afghanistan hatte er einen Serienmörder geschnappt, der den Krieg genutzt hatte, um seine Straftaten zu verbergen. Danach hatte er eine schwarze Witwe überführt, die gerade beim vierten Ehemann angelangt war – der zufällig der Milliardär Robin Greenburg war, dem Medienunternehmen auf der ganzen Welt gehörten. Überflüssig zu erwähnen, dass Frazer nie schlechte Presse bekam. Er war so geschliffen und perfekt, dass ihre Zähne schmerzten, wenn sie ihn nur ansah.

Das Bild Alex Parkers blitzte in ihrem Gedächtnis auf, und

sie wünschte, sie hätte ihn nicht abgewiesen. Sein Aussehen hatte etwas Verwegenes, das sie anzog. Aber sie hatte keine Zeit für Verabredungen gehabt, seit sie in die Akademie eingetreten war – und sie hatte auch jetzt keine Zeit. Sie trommelte mit ihren Fingern auf dem hölzernen Besprechungstisch herum, frustriert und irritiert über ihren Mangel an Leben außerhalb der Arbeit.

Danbridge schritt in ihren schwarzen hochhackigen Stiefeln herein, warf das lange, blonde Haar zurück. Sie schoss mit zusammengekniffenen Augen einen bösen Blick auf Mallory ab, unter dem diese sich am liebsten in ihrem Stuhl gewunden hätte. Aber Mallory hielt still. Danbridge sah angespannter aus als sonst, obwohl sie sich die Zeit genommen hatte, sich einen anderen ihrer geschäftsmäßigen Hosenanzüge anzuziehen. Mallorys Blick schoss zu den beiden Männern, als sie es endlich kapierte. *Na klar.* Danbridge hatte sich auf eine Stelle in Quantico beworben und hoffte, diese Typen genug zu beeindrucken, dass sie ihren Wunsch möglich machten. Mallory verspürte ein Kratzen im Hals, denn sie hatte nichts zu berichten, das ihre Chefin gut aussehen lassen würde.

Danbridge eröffnete die Besprechung und gab einen Überblick über das, was am letzten Abend geschehen war.

„Wie sind Sie auf Meacher gekommen?", fragte Hanrahan. Er hatte eine angenehme Stimme. Gleichmäßig und warm.

„Wir haben gestern um achtzehn Uhr fünfzehn einen Hinweis auf Meacher bekommen."

„Sie persönlich?", fragte Hanrahan.

Danbridge deutete auf Mallory.

Mal schluckte. „Ähm. Der Anruf ging im Büro ein, und ich habe ihn entgegengenommen." *Donnerwetter, wirklich,*

Mallory? Du hast es geschafft, ganz allein einen Anruf entgegenzunehmen?

„Und Sie sind…?", fragte Hanrahan.

„Special Agent Rooney, Sir."

Unterdrücktes Gelächter erklang hinter ihr. Sie blieb unbeweglich, obwohl sie sich gerne umgedreht und wütende Blicke in die Runde geschickt hätte. Hanrahan sah sie genau an, seine blauen Augen wissend. *Verdammt.* Sie hasste es, im Zentrum der Aufmerksamkeit oder der Neugier zu stehen. Dieser klare Blick sagte ihr, dass er alles von ihr wusste, von ihrer Herkunft bis zu ihrer Schuhgröße. Sie wäre am liebsten im Boden versunken. Leider ließen ihre Kräfte zum Unsichtbarwerden sie im Stich.

„Normalerweise hätten Sie die Information wahrscheinlich erst am nächsten Tag bearbeitet. Warum haben Sie das dieses Mal nicht getan?"

Weil ich kein Privatleben habe. „Ich habe mich ein wenig über Meachers Hintergrund informiert und erkannt, dass er perfekt auf das von Ihrer Abteilung gelieferte Profil passte, Sir. Also habe ich SSA Danbridge die Information weitergeleitet", die Augen ihrer Chefin leuchteten zustimmend, denn, ja, sie arbeiteten beide an fast jedem Abend lange, ebenso an den Wochenenden, und jetzt wusste es jeder, „und dann erhielten wir den Anruf der State Police, die uns mitteilte, dass der Snatcher sich ein weiteres Opfer geschnappt hätte."

Danbridge unterbrach sie. *Gott sei Dank.* „Ich habe dem verantwortlichen Special Agent die Information übermittelt, und wir haben beschlossen, umgehend zu handeln."

Die Erleichterung, dass ein grausamer Mörder nicht mehr frei herumlief, war in jedes Gesicht geschrieben.

„Wie weit sind Sie mit der Identifizierung des anonymen

Hinweisgebers?", fragte Danbridge sie.

Mist. „Der Anruf wurde von einem nicht zurückverfolgbaren Handy getätigt, und die Stimme wurde elektronisch verfremdet. Es ist eine Sackgasse."

Hanrahan begegnete Mallorys Blick. Wenn sie ihnen etwas Nützliches geliefert hätte, hätte sie vielleicht gelächelt, aber sie hatte nichts beigetragen.

Danbridges Lippen wurden schmal. „Bleiben Sie dran. Lassen Sie nicht zu, dass diese Fachidioten vom IT hier Mist bauen."

„Ja, Ma'am." Mallory wollte an der Meacher-Ermittlung beteiligt sein, nicht einen anonymen telefonischen Hinweis untersuchen, aber sie hielt ihre Frustration zurück.

Danbridge fuhr mit der Besprechung fort. „Wir haben fotografische Beweise gefunden, wie jemand, mutmaßlich Meacher, fünfzehn Frauen foltert. Nach Vergleich dieser Fotografien mit Bildern von vermissten oder ermordeten Frauen unter Verwendung des Gesichtsanalyseprogramms sind wir fast sicher, dass die Überreste von zehn dieser Opfer gefunden wurden." Was bedeutete, dass fünf Opfer vermisst – wahrscheinlich tot – waren.

„Wir haben mehrere Teams, die DNA aus dem Farmhaus sichern. Morgen werden wir Leichenspürhunde schicken, um nach eventuell auf dem Grundstück begrabenen Leichen zu suchen. Wir werden die DNA-Proben in CODIS eingeben. Die Arbeit wird weitergehen, bis wir jede Frau auf diesen Fotos und in den Videos identifiziert haben." Die Knöchel ihrer Vorgesetzten wurden weiß. „Meacher war fünfundvierzig Jahre alt, und wir glauben, dass er tötete, seit er knapp um die zwanzig war. Auch dies basiert auf den fotografischen Beweisen, und wir müssen die Details noch überprüfen. Wir wissen, dass er innerhalb der letzten beiden Jahrzehnte mindestens viermal umgezogen ist. Jeder dieser Wohnsitze wird nach möglichen Spuren durchsucht."

Wie Sie den Immobilienwert Ihres Zuhauses steigern – oder eher nicht.

Danbridge kam zum Schluss. „Wir werden sicherstellen müssen, dass jeder Ort sorgfältig bearbeitet wird, damit wir Meachers Mörder kriegen, und damit die Familien aller Opfer einen Abschluss finden können." Die Augen der Frau blitzten. „Wir behandeln Meachers Tod als Tötungsdelikt. Special Agent Randall wird die Ermittlungen in diesem Fall leiten."

Mallorys Blick schoss zu Lucas. Er zwinkerte ihr zu. Es war wahrscheinlich, dass der Hinweisgeber und der Mörder in irgendeiner Weise verbunden waren, also bedeutete das hoffentlich, dass sie ihm helfen konnte, sobald sie damit fertig war, jedem IT-Techniker in ihrem Umkreis auf die Nerven zu gehen.

Die Besprechung war beendet. Mallory schlüpfte hinter Lucas hinaus und machte sich wieder an ihre Arbeit. Es war November, und der Jahrestag der Entführung ihrer Schwester hing dunkel über ihr, ebenso wie die jährliche Bitte ihrer Mutter, sich für Fotos zur Verfügung zu stellen.

Nicht dieses Jahr.

Payton war tot. Sie hatte es endlich akzeptiert. Vielleicht war es die berühmte Zwillingsverbindung, aber noch Jahre nach der Entführung hatte sie das Gefühl gehabt, dass ihre Schwester irgendwo da draußen war. Jetzt war da nur ein kaltes, leeres Nichts. Wie sollte sie das ihrer Mutter erklären? *Vergiss es.*

Als sie zurück an ihren Schreibtisch kam, hatte sie eine Mitteilung von Mike Tanner darüber erhalten, dass es ihm gelungen war, die Herkunft des Anrufs auf die Ostküste der Vereinigten Staaten einzugrenzen – was sie angesichts der Millionen dort wohnender Leute so richtig weiterbrachte. Sie hatte sich über Geräte informiert, die Stimmen elektronisch verändern konnten, aber nicht herausfinden können, welches Gerät benutzt worden war. Laut Mike würde selbst die NASA das nicht ermitteln können.

Mallory lehnte sich in ihrem Stuhl zurück. Der Schütze hatte bei einem beweglichen Ziel zweimal hintereinander *direkt* ins Schwarze getroffen. Das war verdammt schwer. Er hatte zudem ordentlich aufgeräumt – keine Patronenhülsen, keine sichtbaren Spuren. Es schien fast, als ob der Kerl ein professioneller Attentäter war.

Das war verrückt, oder?

Sie runzelte die Stirn und öffnete ViCAP, das Programm zur Aufdeckung von Gewaltverbrechen. Mal gab „mutmaßlicher Mörder" und „neun Millimeter" ein und erhielt mehrere tausend Treffer. Sie schlug die Hand vors Gesicht. *Okay.* Sie tippte „mutmaßlicher Mörder tot aufgefunden" ein. Immer noch viele Treffer. Sie sah sich einige der Fälle genauer an – sie beinhalteten Selbstmord und unfallbedingte Todesfälle. *Verdammt.* Sie rieb sich die Augen. „Mutmaßliches Tötungsdelikt" und „mutmaßlicher Killer tot aufgefunden".

Immer noch viele Treffer, aber machbar. Sie ging zur Kaffeemaschine hinüber und füllte einen weiteren Becher. Das Büro war geschäftig, obwohl die meisten der anwesenden Agenten keine Nachtruhe gehabt hatten. Sie unterdrückte ein Gähnen, schleppte sich zurück zu ihrem Computer und holte ihr Notizbuch hervor, ging jeden Fall durch, suchte nach Ähnlichkeiten zu Meacher.

Hmmm. Im letzten April war ein Sexualtäter in seiner Wohnung in Tampa mit zwei zueinander passenden Kugeln im Kopf aufgefunden worden. Die Polizei wusste nicht, wer ihn getötet hatte, aber sie hatten *nach* seinem Tod einen anonymen Hinweis erhalten, dass er ein von ihnen gesuchter Vergewaltiger sei.

Bingo.

Sie stöberte durch dreißig weitere Fälle, in denen mutmaßliche Täter eine Überdosis Crystal Meth genommen hatten oder durch gegnerische Gangs getötet worden waren. Nicht das, wonach sie suchte. Dann fand sie einen weiteren Fall, der dem von Meacher ähnelte. Mutmaßlicher Pädophiler. Neun Millimeter zwischen die Augen. Anonymer Hinweis.

Mallory setzte sich aufrecht hin.

Heilige Scheiße.

Ein Gähnen überkam sie, verzerrte ihr Gesicht und sie wusste, dass es an der Zeit war, nach Hause zu gehen, bevor sie vor Erschöpfung ohnmächtig wurde. Gut, es gab keine handfesten Beweise, und jeder Fall wies genügend Unterschiede auf, um das System nicht darauf aufmerksam zu machen, aber …

„Agent Rooney." Danbridge stand mit ihrem Mantel über dem Arm vor ihr.

Mallory fuhr zusammen. Abgesehen von ihrem Schreibtisch war das Büro dunkel.

„Sie lassen den Rest von uns schlecht aussehen. Gehen Sie nach Hause."

„Ja, Ma'am." Sie senkte den Blick und tippte ein letztes Suchwort, „Selbstjustiz", ein, während sie ihren Mantel und Schal anzog. Das Dokument war so umfangreich, dass sie die Ergebnisse an ihre Emailadresse weiterleitete. „Gute Nacht,

Boss."

Sie ging durch den Haupteingang des Gebäudes in die sternklare Nacht und stellte fest, dass sie an die genaue Farbe von Alex Parkers Augen dachte, als er sie zum Abendessen eingeladen hatte. Ihre Lippen wurden schmal. Das hatte sie versaut.

Die Sterne verschwammen durch ihre Tränen. „Es tut mir leid, Pay. So verdammt leid."

KAPITEL DREI

V IER UHR MORGENS war eine einsame Zeit, die Dunkelheit
fühlte sich leer an. Die Bäume knackten und knarrten,
als die Temperatur sank. Der eisige Windhauch schabte wie
ein Bimsstein über die Haut, ließ sie dumpf erröten. Eine
dünne Schicht pudrigen Schnees machte alles heller, kälter.
Einsamer.

Er zog die Skimaske tiefer über das Gesicht, stieg aus
seinem Geländewagen und vergewisserte sich, dass niemand
in der Nähe war. Er zog Handschuhe an, pustete in seine
Handflächen, um kaltes Fleisch zu erwärmen. Eine Leiche
loszuwerden war schwerer als die meisten Leute glauben
würden. Er war körperlich gut in Form, und trotzdem hatte er
Schwierigkeiten, eine erwachsene Frau vom Rücksitz zu ziehen
und sie mit ihrem gesamten Gewicht ein Stück weit zu
schleppen.

Der Leichensack machte es schwer, sie zu greifen, aber mit
ein wenig Mühe gelang es ihm, ihn sich über die Schulter zu
werfen. Er schloss leise die Autotür, nahm seine Taschenlampe
und ging in den Wald.

Es gab einen Ort, an den er sich von einer Wanderung im
letzten Sommer erinnerte, etwa dreihundert Meter von den
offiziellen Wegen entfernt. Sie würde kaum vor dem Frühling
entdeckt werden, und es war nah genug am Bach, damit früher

oder später alles mögliche Getier die Leiche finden und noch vorhandene Spuren vernichten würde. So vorsichtig er auch gewesen war, er war nicht so naiv zu glauben, dass nichts mehr übrig war, das auf ihn hinwies.

Er hätte sie begraben, aber der Boden war hart wie Beton. Das hier musste reichen.

Er verließ den Weg, seine Schritte knirschten auf dem Waldboden. Dann fand er den Ort, den er sich gemerkt hatte und drehte sich, beleuchtete alles mit der Taschenlampe auf der Suche nach der besten Möglichkeit, den Körper zu verbergen. Da war eine ausgewaschene Böschung, die eine Höhlung unter einem großen Zucker-Ahorn bildete. Er ging mit großen Schritten hinüber, ließ den schweren Sack auf den Boden rutschen, erleichtert, die Last los zu sein, und bewegte die Schultern hoch und runter, um die Schmerzen zu mildern.

Es dauerte eine Weile, bis er mit seinen behandschuhten Fingern den Reißverschluss greifen konnte, dann rollte er sie wie ein zerbrochenes Spielzeug hinaus. Abgesehen von den Blutergüssen war sie blass. Er griff ihre Handgelenke und zog sie an den Erdwall der Böschung. Ihre Haare schleiften durch den Schmutz, Blätter verfingen sich in den schwarzen Strähnen.

Sie war ein Fehler gewesen.

Ihre Haare hatten die richtige Farbe gehabt, aber die Augen waren eher schlamm- als whiskyfarben gewesen. Die Kieferpartie zu eckig. Die Hände zu groß. Ihr Mund zu vulgär und schlampig. Zum Ende hin hatte sie ihn angewidert. Er streckte ihre Beine aus, platzierte ihre Hände so, dass sie ihr Schamhaar verdeckten. Er hatte ihre Kleider verbrannt, ihren Körper mit dem Bleichmittel Lysol gewaschen.

In seinem Brustkorb fühlte er ein dumpfes Pochen. Eine

Last, die sein Atmen erschwerte. Er hatte gedacht, dass sie die Richtige wäre, aber das war sie nicht. Er berührte die über ihrem Herz eingeritzten Initialen, Bedauern und Einsamkeit überkamen ihn. Er ballte die Hände zu Fäusten.

Sie hätte nicht sterben sollen. Er hätte sie nicht verlieren sollen. *Es war nicht gerecht.*

Sein Atem ging stoßweise, und er wollte mit seiner Faust irgendetwas zerschlagen. Er betrachtete das angeschwollene Gesicht des Mädchens und wandte den Blick ab. Sie war ein Fehler gewesen, aber er konnte mit der Suche nicht aufhören, bis er einen Ersatz gefunden hatte. Er schob im Stehen mit den Füßen Blätter über die Leiche, verdeckte sie vor neugierigen Augen, entfernte sie aus seinem Blickfeld. In einigen Stunden würde der Schnee sie bedecken, und wenn der Frühling anbrach, würde der in seinem Rücken faul dahinplätschernde Bach diesen Ort überfluten und sie wie Müll hinwegspülen. Er hob den Leichensack auf, sah sich rasch um, ob er etwas vergessen hatte und kehrte zu seinem Auto zurück. Fünfzehn Minuten insgesamt.

Kalte Luft brannte in seinen Lungen, und er zitterte unter seiner Lammfelljacke. Er stieg in den Geländewagen und ließ ihn an, drehte die Heizung voll auf. Jemanden so nah beim eigenen Zuhause zu schnappen war auf eine Art ein Risiko, andererseits aber auch gewitzt und könnte einige Leute von der Spur abbringen. Und er musste nicht immer weiter töten … nur, bis er die Richtige gefunden hatte. Er hatte nicht gedacht, dass es so schwer sein würde.

Du weißt, wo du die Richtige findest.

Er griff sich mit einer Hand an den Kopf, die Knie bewegten sich automatisch in Richtung seines Magens, als er darum kämpfte, die Kontrolle über den Wagen zu behalten.

Er konnte das nicht tun.

Es würde Sinn ergeben.

Nein, nein!

Aber Mallory Rooneys Gesichtszüge legten sich über die des letzten Opfers. Wie viele andere Frauen mussten wegen irgendeiner sturen, deplatzierten Loyalität für die Familie noch sterben?

Sein Magen bäumte sich auf. Wenn er so weitermachte, würde er irgendwann erwischt werden. Seine Finger krampften sich um das Leder des Steuers, und er setzte sich aufrechter in seinen Sitz. Nie im Leben würde er erwischt werden. Nie im Leben.

———

ALEX STAND AUF der obersten Stufe des Lincoln Memorials und betrachtete, wie die Leute für die frühmorgendliche Veterans' Day-Zeremonie zum World War II Memorial strömten. Er war spät in der Nacht aus North Carolina zurückgekehrt. Er hätte schlafen sollen, war aber stattdessen hier.

Das Klirren des Zaumzeugs eines Polizeipferdes erklang über die weite, offene Fläche. Ältere Männer, viele an Stöcken oder in Rollstühlen, kamen mithilfe ihrer Verwandten und Freunden zur Kranzniederlegung beim Denkmal am anderen Ende des Reflecting Pool.

Er erinnerte sich, wie er als kleiner Junge neben seinem Großvater – einem Mann, der Bomber über Deutschland geflogen hatte – gestanden und nicht verstanden hatte, warum sie an einem kalten Novembermorgen in ihrer Sonntagskleidung draußen waren. Er erinnerte sich, seine Hand in die seines Großvaters geschoben zu haben und an das Gefühl der Sicherheit, das ihn in dem Moment umgeben hatte.

Hitze kribbelte in seiner Handfläche. Seine Finger krümmten sich.

Deshalb kam er jedes Jahr zur Zeremonie. Um die Toten zu ehren. Sie um Vergebung zu bitten. Während die Minuten vergingen, herrschte respektvolles Schweigen. Eine Kraft aus zornigem Stolz, der sowohl emotional aufgeladen wie auch leise stoisch war. Es machte ihn stolz, Amerikaner zu sein. Trotz seines eigenen Betruges liebte er sein Land.

Die Melodie des „Reveille" ertönte durch den Nebel, der über dem sorgfältig geschnittenen Gras und den eleganten Marmorgebäuden hing. Die durchdringenden Töne des Signalhorns klangen durch seine Knochen und ließen ihn erzittern. Sein Kinn hob sich an, die Schultern strafften sich, es juckte ihn in den Fingern, zu salutieren. Aber er war dessen nicht würdig.

Sein Handy vibrierte in seiner Tasche.

Die Wahl war ihm genommen worden, als er in seiner letzten Mission versagt und sein Land im Stich gelassen hatte, also bahnte er sich seinen Weg durch die Menge, weg von dem würdigen Tribut für gefallene Kameraden. Ohne den Deal, den er gemacht hatte, würde er immer noch in einem nordafrikanischen Gefängnis mit dem anderen Abschaum vor sich hin rotten. Er hob das Telefon ans Ohr.

„Ich muss Sie in Ihrem Büro sprechen." *Jane Sanders.* Die Handlangerin seines Chefs.

Er beendete den Anruf und hielt ein Taxi an. Zehn Minuten später stand er vor dem alten Sandsteingebäude in Woodley Park, neben dessen Eingangstür eine kleine Messingplakette in kleinen Druckbuchstaben verkündete:

„Cramer, Parker & Gray. Sicherheitsberater“. Die Straßen waren ruhig. Früher Morgen an einem Nationalfeiertag. Man war ihm nicht gefolgt.

Jane stieg aus ihrem Auto und kam hinter ihm die Treppen hoch. Sie schwiegen.

Er schloss die Tür auf und ging hinein. Das Haus wies alle Anzeichen eines normalen Unternehmens auf – Empfangstheke, eine Reihe unbequem aussehender Stühle, ein niedriger Couchtisch mit ordentlich ausgelegten Hochglanzmagazinen. Auch wenn sie nicht unbedingt die übliche Firma mit geregelten Bürozeiten waren, führten er und seine Partner – Haley Cramer und Dermot Gray – eine lizenzierte Sicherheitsberatung, die sie alle drei reich gemacht hatte. Sie waren seit ihrer Zeit am MIT beste Freunde.

Haley und Dermot wussten, dass er Dinge vor ihnen geheim hielt. Sie wussten, dass er in Marokko im Gefängnis gewesen war und hatten hart für seine Freilassung gekämpft. Aber sie wussten absolut nicht, was er auf Teilzeitbasis für die Regierung tat. Und das war ja auch der Sinn, wenn man ein verdeckter Agent war.

Willkommen auf der dunklen Seite.

Er schaltete die Alarmanlage ab, schloss seine Bürotür auf und bedeutete Jane, ihm hinein zu folgen. Sie zuckte bei dem Geräusch des hinter ihnen klickenden Schlosses zusammen. Sein Büro war schalldicht und wurde vor und nach jedem Termin auf Wanzen abgesucht. Nicht, dass er viele Klienten betreute – nur genug, damit es aussah, als ob er sein Geld auf traditionelle Weise verdiente. Auf eine unblutige Weise.

Er schaltete den Störsender ein, den er nur als Vorsichtsmaßnahme nutzte, wenn das Gebäude leer war. Auch Jane Sanders hatte einen anderen Job, aber ihre Arbeit für „Das Gateway Project" hatte sie zusammengebracht.

„Das Gateway Project" klang so unverfänglich, wie ein öffentlicher Park oder eine Baufirma. Stattdessen taten sie ihr Bestes, Serienmördern und Pädophilen das Tor zur Hölle zu weisen. Das Projekt umfasste einige reiche, sehr mächtige Leute in höchsten Regierungspositionen. Gefährliche Leute. Skrupellose Leute. Leute, die eine Menge zu verlieren hatten, wenn etwas schiefging. Die Arbeit war verdeckter und widerlegbarer als jedes Attentat, das er im Ausland ausgeführt hatte, und moralisch hatte er weniger Probleme mit seinen momentanen Zielpersonen als mit denen, die früher auf seiner Liste gestanden hatten. Die Tatsache, dass er überhaupt noch ein Problem damit hatte, war der Grund für die zeitliche Beschränkung seiner Verpflichtung.

Wie immer war es Jane unmöglich, seinen Blick länger als den Bruchteil einer Sekunde zu halten. Es machte sie nervös, dass er ein Attentäter war, auch wenn die einzige Frau, die er je erschossen hatte, einen Sprengstoffgürtel getragen hatte. Ein direkter Befehl war nicht notwendig gewesen.

Er sagte nichts, ließ sich nur in den Schreibtischstuhl fallen. Mit dem Hintergrund zu verschmelzen war eine seiner Spezialitäten, und er würde lügen, wenn er behaupten würde, dass er es nicht genoss, diese Frau zu provozieren. Sie waren ungefähr im gleichen Alter, aber da endete die Ähnlichkeit auch schon. Sie war blond und hübsch und so zurechtgemacht wie Barbie. Wenn sie eigene Gedanken hatte, waren diese unter der dicken Agenda ihres gemeinsamen Aufsehers versteckt. Sie sah ihn wie einen angeblich zahmen Löwen aus dem Augenwinkel an – sehr, sehr vorsichtig.

Sie stand in ihrem gut geschnittenen schwarzen Hosenanzug da und sah durch die altmodischen Netzgardinen am Fenster. Sie war so hübsch, dass er sich fragte, warum er sich nicht im Geringsten von ihr angezogen fühlte.

Eine Berührung von Mallory Rooneys Hand hatte seine Haut unter Strom gesetzt, sein Herz wie bei einem Teenager auf Speed stolpern lassen. Nun, *sie* wusste nicht, was er wirklich für die Regierung tat und hatte ihn trotzdem abblitzen lassen. *Kluge Frau.*

„Probleme?", fragte Jane.

Wieder sagte er nichts. Sie war nicht seine Vorgesetzte, und er konnte es nicht ausstehen, wenn sie so tat, als ob sie es wäre. Sie war ebenso in den Tod dieser Leute verwickelt wie er, aber sie machte sich nie die Hände schmutzig. Sie waren keine Freunde. Sie waren keine Waffenbrüder. Er würde zwei Finger seiner linken Hand verwetten, dass sie noch nie eine Leiche gesehen hatte – er wusste nicht, warum ihn das so ärgerte.

„Haben Sie irgendwas gefunden?"

Er wartete, bis sie Augenkontakt aufnahm und schüttelte dann den Kopf.

Sie räusperte sich. „Ich nehme an, Sie sind wütend, weil wir das Timing an jenem Abend sehr knapp gehalten haben."

Er zog eine Braue hoch. Alex hatte all seine Zauberkünste aufwenden müssen, um ungesehen aus Meachers Haus zu verschwinden. Nicht, dass er sich wirklich Sorgen gemacht hätte. Das FBI befolgte immer die Regeln, während das CIA alles tat, um die Regeln zu beugen. Nicht, dass Alex noch für das CIA arbeitete, und auf dem Papier hatte er das auch nie getan. Aber er erwartete von dieser neuen Operation, dass sie ihren Teil der Abmachung einhielten, und ein Teil davon war, ihm rechtzeitig relevante geheime und interne Informationen über die genauen Bewegungen spezifischer Strafverfolgungs-mitarbeiter mitzuteilen.

„Meine Quelle sagt, dass es technische Probleme gab", führte sie aus.

„Sie haben es versaut." Ob aus Versehen oder mit Absicht, wusste er nicht. „Wenn ich untergehe, nehme ich alle mit. Vergessen Sie das nicht." Es war seine einzige Absicherung dagegen, von diesen Leuten über den Tisch gezogen zu werden. Er hatte seine Lektionen auf die harte Tour gelernt.

Ihre Hände flatterten über den Saum ihres Jacketts, das erste sichtbare Zeichen der Nervosität, das er an der Frau feststellen konnte. „Sie sagten, es gab eine Art Funkloch." Ihr Blick bewegte sich nervös zu seinem.

Mehr Schweigen, das lange genug dauerte, um Unbehaglichkeit zu verursachen. Bei ihr.

„Wer hat der Polizei die Information gegeben?", wollte er wissen.

„Ich weiß es nicht."

„Jemand rief an, *bevor* ich den Job erledigt hatte."

Ihre Augen weiteten sich verängstigt.

Durch den frühen Hinweis auf Meachers Identität und die verspätete Warnung, dass die Polizei auf dem Weg war, war der ganze Einsatz gefährdet worden. Alex rieb seine Hände über sein Gesicht. Er war erschöpft und wollte sich zusätzlich zu seiner eigenen nicht auch noch mit Janes Paranoia auseinandersetzen. „Vergessen Sie es. Ich find's schon raus."

Begierig darauf, wegzukommen, öffnete sie eine Tasche und zog eine Akte heraus. Sie gab sie ihm fast in die Hand, änderte dann ihre Meinung und schob sie stattdessen über seinen Kirschholzschreibtisch.

Angst war gut.

Angst hielt Leute auf Distanz, und genau da wollte er sie. Aus irgendeinem Grund schoss ihm Mallory Rooney wieder durch den Kopf, mit ihrem dunklen Haar, so dunkel wie das Gefieder eines Raben, und ihren funkelnden Bernsteinaugen. Es hatte keinen Sinn, sich selbst zu belügen – zwischen dieser Bundesagentin und sich selbst hätte er gerne etwas weniger Distanz.

„Sie haben eine weitere Leiche gefunden", sagte Jane Sanders ohne Einleitung.

„Wo?"

„In einer einsamen bewaldeten Gegend in Virginia, nahe der Grenze zu West Virginia. Ein Ehepaar, das mit dem Hund unterwegs war, hat sie gefunden. Der Mörder hat sich die Mühe gemacht, den Körper zu verstecken." Aufregung ließ ihre Stimme leicht zittern. „Ich glaube nicht, dass er damit gerechnet hat, dass diese hier vor dem nächsten Frühling gefunden wird."

Alex stand auf und öffnete die Akte. Er blickte auf die Farbfotografien eines weiteren sinnlosen Todes. Zusätzlich zur Ausmerzung von Serienmördern versuchten sie auch, einen alten ungeklärten Fall zu lösen. Er nahm eine Fotografie in die Hand und runzelte die Stirn. „Die Verbindung ist etwas dünn, finden Sie nicht?"

Schlanke Schultern hoben und senkten sich mit falschem Selbstbewusstsein, als ob sie nicht entsetzliche Angst hatte, weil sie mit ihm in einem Zimmer war. Weil *er* das Erschreckendste war, das sie kannte. Wütend lächelte er. Vielleicht hatte sie recht. Er war gefährlicher als die Monster, die sie jagten.

Er studierte die Fotografie. Der gesuchte Mörder warf Leichen normalerweise offen in Abflussgräben in entlegenen Gegenden. Warum war es bei diesem Opfer anders? Oder war es einfach das erste Mal, dass die Polizei eine Leiche gefunden hatte, die er – oder sie – auf diese Art versteckt hatte? Das konnte man unmöglich mit Sicherheit sagen.

„Können wir Zugriff auf die Berichte der Polizei und des Gerichtsmediziners bekommen?" Er war kein Psychologe, verstand Mörder aber besser als viele. Er verstand weder den Zwang noch den Kitzel, aber er begriff die Mechanismen – und die waren es normalerweise, an denen diese Typen scheiterten. Wie bei dem FBI-Profil in Verbindung mit Meachers Handydaten, die ihm den verdienten Erfolg gebracht hatten.

„Nicht sofort, außer jemand kann sich bei ihnen einhacken, aber das örtliche Polizeirevier hat damit begonnen, ViCAP zu durchsuchen. Es wird nicht lange dauern, bis sie eine Verbindung zu den anderen Leichen finden werden. Die Bundespolizei wird schon bald dran sein."

Seine Augen glitten über die Wandkarte der Vereinigten Staaten. Spurensicherung brauchte Zeit. Einen Mörder zu finden brauchte Zeit. „Ich habe einige andere Verpflichtungen, denen ich vordringlicher nachkommen muss."

„Der Boss besteht unbedingt darauf, dass…"

„Es ist im besten Fall völlige Spekulation."

„Nach all diesen Jahren ist *alles* Spekulation."

Alex verbarg seine Reaktion, indem er aus dem Fenster starrte. Es waren nicht die Geister derjenigen, die er getötet hatte, die ihn nachts wachhielten. Es war die Zerstörung der Familien, die er zurückließ. Er hatte immer Befehle befolgt. Bis zu jener letzten schicksalshaften Mission, als er gerade im Begriff gewesen war, einem internationalen Waffenhändler den Hals zu brechen. Dann war die zwölfjährige Tochter des Mannes ins Zimmer gekommen – und Alex war erstarrt. Ein besserer Attentäter hätte sie beide getötet, aber er hatte es nicht übers Herz gebracht. Er hatte sie beide am Leben gelassen und war gegangen.

Er hatte reichlich Zeit gehabt, diese Entscheidung zu bereuen.

Was ihn am meisten gestört hatte war, dass er immer noch nicht in der Lage sein würde, diesen Waffenhändler vor den Augen seiner Tochter zu töten. Sogar nachdem der Bastard im Gefängnis persönliche Rache genommen hatte. Vielleicht hatte Alex es verdient.

Jane sammelte ihre Sachen zusammen, offensichtlich in Eile, von ihm weg zu kommen. „Das ist noch etwas", ihre Stimme war nun kaum mehr als ein Flüstern. „Jemand, der an der Meacher-Ermittlung beteiligt ist, hat angefangen, herumzuschnüffeln."

Das war nur eine Frage der Zeit gewesen.

„Wir müssen einige unserer Methoden anpassen." Etwas mehr unterstützter Selbstmord und etwas weniger tödliche Gewalt „Sie müssen die anderen informieren."

Ihr leichtes Ächzen ließ ihn die Stirn runzeln. Hatte sie wirklich gedacht, dass er von den beiden anderen Attentätern nichts wusste, die das Gateway Project für diese Operation angeworben hatte? Er hoffte, dass sie nicht so verkorkst waren wie er. „Wer ist die Person, die herumschnüffelt?" Er würde ihre E-Mails und Handys anzapfen.

„Ich bin überrascht, dass Sie das noch nicht wissen." Janes Ton hatte etwas Bissiges, das ihn fast zum Lächeln brachte. „Der Boss möchte, dass Sie ein genaues Auge auf die Lage haben." Sie hielt erneut inne, aber es brauchte mehr als wohleingesetztes Schweigen, um ihn zu knacken. „Der Person, die herumwühlt ist Special Agent Mallory Rooney, FBI Außenstelle Charlotte." Sie ging ohne ein weiteres Wort hinaus, als ob sie ihm nicht gerade mitten ins Gesicht geschlagen hätte.

KAPITEL VIER

M ALLORYS HAAR WAR noch von ihrer hastigen Fünfminutendusche nass, und ihre Ohren brannten in der Kälte, als sie durch den frostigen Morgen in das Gebäude rannte. Sie hatte gestern von zu Hause aus gearbeitet. Normale Routine an einem Nationalfeiertag, vor ihren Kamin gekuschelt. Sie nahm die Treppen, in ihrem Schritt lag ein Schwung, der ihr in letzter Zeit gefehlt hatte. Sie hatte nicht nur gut geschlafen und an diesem Morgen drei Meilen joggen können, sie war zudem verdammt sicher, dass da draußen jemand herumlief, der Selbstjustiz gegen Gewalttäter verübte. Vielleicht war das eine gute Sache, aber überwiegend glaubte Mallory an das Justizsystem – sie musste daran glauben.

Sie schob sich durch die Tür und sah eine Gruppe vor dem Büro ihrer Vorgesetzten versammelt. Vorsichtige Blicke schossen in ihre Richtung und dann schnell wieder weg. Sie runzelte die Stirn, hatte sie doch eigentlich gedacht, die ganze Sache mit dem Artikel in der Zeitung läge mittlerweile hinter ihnen, obwohl eine neue Version aufgewärmt worden und in der Druckausgabe erschienen war. Leicht genervt ging sie zu ihrem Schreibtisch, ließ ihre Tasche fallen und machte sich auf den Weg zu Lucas hinüber, der jedoch noch nicht da war. Er würde diese Ermittlungen leiten, und wenn ihre Theorie stimmte, könnte sie für den Fall von Bedeutung sein.

„Special Agent Rooney." Danbridges Stimme hallte wie Donner aus ihrer Tür. „In mein Büro."

Mallory hatte gedacht, dass sie sich am Montagabend im Guten voneinander verabschiedet hatten. Was war passiert? Sie schloss die Tür hinter sich. „Ma'am?"

„Sie wissen, dass ich mich für diesen Job bei der BAU in Quantico beworben habe?"

„Sie haben den Job?" Mallory lächelte, vollführte in Gedanken einen Freudensprung und ließ ein Feuerwerk los, während ihre innere Stimme Halleluja sang. „Glückwunsch!"

Danbridges blaue Augen funkelten wütend. Mallory wich einen Schritt zurück.

„Nein, ich habe den Job nicht bekommen." Sie warf Mal ein Stück Papier zu. „*Sie* haben ihn."

Mallorys Mund klappte auf. „Was?" Sie nahm das Papier und überflog es. Sie wurde nach Quantico versetzt? Sie versuchte, den Brief zurückzugeben, aber Danbridge nahm ihn nicht. „Das kann nicht stimmen. Da muss ein Fehler vorliegen."

Ihre Vorgesetzte umklammerte die Kante ihres Schreibtischs, als ob sie sich körperlich zurückhalten musste. Ihre Stimme trug weit, und Mallory konnte die Neugier ihrer Kollegen durch die Wände wie Pfeile in ihrem Fleisch spüren.

„Ganz sicher liegt ein Fehler vor. Sie sind auf gar keinen Fall die qualifizierteste Bewerberin. Sie sind nichts als eine Harvard-Abbrecherin."

„Nein." Mallory verbesserte sie. „Ich habe nicht abgebrochen, Ma'am." Sie hatte nichts falsch gemacht, und sie würde es richten können. „Ich habe meinen juristischen Abschluss gemacht, bevor ich dem FBI beigetreten bin."

„Nun", Danbridge fauchte geradezu, „wir wissen beide,

dass es nicht Ihr juristischer Abschluss ist, der Ihnen eine Stelle bei der BAU eingebracht hat."

„Es muss ein Fehler vorliegen. Ich habe mich nicht einmal..."

„Es gibt keinen Fehler! Ich habe sie angerufen, um es zu bestätigen. Sie haben ihn. *Sie* haben den besten verdammten Job beim FBI bekommen." Danbridge lehnte sich näher zu ihr, ihre Kiefermuskeln arbeiteten heftig. „Sie haben ihn bekommen, weil Ihre Mutter eine Senatorin im Capitol Hill ist."

„Meine Mutter hat keinen Einfluss auf das FBI." Mallory knirschte mit den Zähnen. Das hier musste ein Verwaltungsfehler sein.

„Sie sollte keinen Einfluss haben, das ist verdammt richtig." Danbridges Lippen verzogen sich, noch betont durch den blutroten Lippenstift. „Erwarten Sie nicht, dass Ihre Mutter Ihnen den Arsch rettet, wenn Sie Rückendeckung brauchen." Tiefe Falten bildeten sich um ihre Augen. Ihre Stimme war leise und boshaft. „Ich habe viele Freunde in Quantico."

War das eine Drohung? Mallory drehte sich auf dem Absatz um und ging mit großen Schritten zurück zu ihrem Schreibtisch. Sie rief Quantico an und erreichte nichts außer angespanntem Geschwafel über geänderte Befehle und einer knappen Weigerung, sie mit jemand höher in der Rangordnung reden zu lassen. Die Versetzung galt ab sofort. Sie schickte Lucas eine Mitteilung, dass sie umgehend mit ihm reden musste, aber er antwortete nicht. Ein Gefühl des Versagens umhüllte sie wie ein kaltes, nasses Leichentuch.

Es dauerte den Großteil des Tages, ihre letzten Berichte einzureichen und ihren Schreibtisch auszuräumen. Zwei Kartons und drei Plastiktüten voller Habseligkeiten waren alles, was sie nach ihrer Zeit in Charlotte vorzuweisen hatte. Dazu noch ein paar Gangmitglieder, die sicher hinter Gittern saßen und einen toten Serienmörder, rief sie sich ins Gedächtnis. Sie dachte an Janelle Ebert, während sie ihre Habseligkeiten durch die Vordertür und an den frostgeschädigten Bäumen vorbeischleppte. Vielleicht würde sie eines Tages auf ihre Zeit hier zurückblicken und wissen, dass sie etwas bewirkt hatte. Sie warf ihre Kartons in den Kofferraum und knallte den Deckel zu. Momentan fühlte sie sich wie eine Marionette. Das FBI spielte die Musik, sie tanzte nur dazu.

ALEX FLUCHTE, ALS er an Mallory Rooneys kleinem, zweistöckigen Haus in einem Vorort von Clanton Park vorbeifuhr. Sie kam normalerweise erst spätabends von der Arbeit zurück, aber hier war sie und kämpfte sich gerade mit einigen Kartons durch die Eingangstür. Ihr geänderter Zeitablauf verdarb seine Pläne. Nun musste er umdenken.

Er parkte einige Blocks entfernt und näherte sich von den Wäldern aus, die die Rückseite ihres Grundstücks säumten. Er kletterte auf eine knorrige Eiche, dankbar für die Lederhandschuhe, die er trug. Seine Muskeln brannten unter der Anstrengung, bis er ein Bein über einen Ast in ungefähr viereinhalb Metern Höhe schwingen und von dort sitzend über ihren Zaun in den dunklen Garten sehen konnte. Es gab einen kleinen Schuppen und einen rechteckigen und ordentlich gemähten Rasen. Das Haus des südlichen Nachbarn war dunkel, im Haus auf der nördlichen Seite schien man fernzusehen, Bilder flackerten wie Blitzlichtfotos durch die

Vorhänge. Licht drang aus Mallorys Küche nach draußen. Sie wurde sichtbar, als sie das Küchenrollo herunterließ. Ihr Gesicht sah verkniffen und müde aus. Er fragte sich, was für einen Tag sie wohl gehabt hatte und welche Art Frau sich entschied, Verbrechen zu bekämpfen, wenn sie es sich leisten könnte, in untätigem Luxus zu leben.

Der Wind brachte die Zweige um ihn herum zum Rauschen, der Baum knarrte und stöhnte in sanftem Protest unter seinem Gewicht. Er musste gehen. Der Gedanke daran, einzubrechen während sie schlief, gefiel ihm nicht. Er wollte sie nicht erschrecken, falls sie aufwachen sollte. Und wenn sie aus irgendeinem Grund sein Gesicht sah, würde sie ihn identifizieren können. Dann säße er so richtig in der Patsche.

Mallory Rooney stellte eine Komplikation dar, die er nicht brauchte. Seit seiner Unterhaltung mit Jane Sanders hatte er es sich zur Aufgabe gemacht, alles Wissenswerte über die Agentin herauszufinden, und die anfängliche Anziehung hatte sich verstärkt. Er mochte kluge Frauen.

Ein Licht ging oben an. Er wollte sich gerade auf den Boden schwingen und aufbrechen, als ein Schatten sich aus dem Gartenschuppen löste. Alex erstarrte, als der Schatten ein Brecheisen nahm, es in das Schloss in der Hintertür steckte und das Holz aufhebelte. Das leise Knirschen war von dort, wo Alex hockte, kaum zu hören.

Er zögerte, als die Gestalt hineinschlüpfte. *Scheiße.* Er blieb, wo er war. Hineinzugehen war ein immenses Risiko. Er lebte in einem Kartenhaus, das durch eine einzige falsche Bewegung zusammenstürzen könnte.

Seine Augen glitten über das obere Fenster. Hatte Mallory den Einbrecher gehört? Hatte sie ihre Waffe bei sich? War sie bereit, es mit dem Scheißkerl aufzunehmen? Wahrscheinlich.

Aber was, wenn nicht?

Was, wenn sie ihre Waffe abgelegt hatte und Musik hörte oder den Fernseher anhatte? Was, wenn der Kerl sie unerwartet mit einem Überraschungsangriff überwältigte? Was dann?

Er ließ sich zu Boden fallen und zog die Skimaske über sein Gesicht. Er schwang sich über den Zaun und sprintete über den Rasen, bevor er lautlos ins Haus schlüpfte.

Das Erste, was er bemerkte, war das Geräusch der Wasserleitungen. Mallory ließ sich entweder ein Bad ein oder duschte. Verletzlich. Nichtsahnend.

Er nutzte all seine Sinne, um den Eindringling aufzuspüren. Wer auch immer es war, er wusste, dass sich eine Frau im Haus aufhielt und war trotzdem eingebrochen. Seine Nackenhaare kribbelten unter der Wolle seiner Maske. Eine Stufe knarrte. Alex wartete einige Sekunden, bevor er ihm folgte. Er zog ein Messer aus seinem Stiefel und schob sich vorsichtig ins Wohnzimmer. Er ließ die M1911-Pistole, die er immer dabeihatte, im Holster. Sie war zu laut und zu tödlich, um dieses spezielle Problem zu lösen. Er wollte hier nicht entdeckt werden, schon gar nicht bewaffnet. Er wollte niemanden töten, der nicht vom Gateway Project freigegeben worden war. Aber er konnte nicht einfach eine Frau dieser Bedrohung überlassen.

Er bewegte sich schnell durch das Haus und die Stufen hinauf und warf einen Blick in das Schlafzimmer. Tatsächlich, der Kerl – groß, schlank, wie Alex von Kopf bis Fuß in Schwarz gekleidet – stand vor der Badezimmertür. Kein offensichtliches Anzeichen einer Waffe, obwohl die Tasche der schwarzen Jacke sich aufgrund von irgendetwas wölbte, das wahrscheinlich keine Pfadfinderinnenkekse waren. Kein

Zeichen von Mallory, also war sie wahrscheinlich im Badezimmer. Das war gut. Das einzig Positive an diesem ganzen gottverdammten Fiasko.

Jetzt musste Alex dieses Arschloch hier herauskriegen, ohne dass Mallory mitbekam, dass sie ungeladene Gäste hatte. Der Eindringling legte seine Hand auf den Türknauf. Da bemerkte Alex die OP-Handschuhe. Hass breitete sich in seinem Inneren aus, dieser Mann hatte vor, eine Frau zu verletzen und dies wahrscheinlich nicht zum ersten Mal. Er war eindeutig die Art von Täter, die das Gateway Project eliminieren wollte, aber es war nicht an Alex, Zielpersonen auszuwählen. Er führte nur Befehle aus.

Alex bewegte sich rasch und hatte sein Messer am Hals des potentiellen Angreifers, bevor der andere Mann die Tür öffnen konnte. Die Augen hinter der Maske weiteten sich, glitzerten. Alex benutzte seine linke Hand, um dem Kerl zu bedeuten, dass er die Treppe hinuntergehen sollte.

Alles hätte gut geklappt, wenn der Einbrecher sich nicht entschieden hätte, abzuhauen. Er schwang seinen Ellbogen in Richtung von Alex' Gesicht, aber Alex duckte sich. Er hatte nicht vor, irgendwelche DNA zu hinterlassen. Der Kerl war ein wenig größer, versuchte, diesen Vorteil zu nutzen, indem er herumschwang und Alex umklammerte. Alex wandte sich aus dem Griff und tänzelte auf seinen Fußballen aus der Reichweite des anderen Mannes, während er die rasiermesserscharfe Klinge seiner Waffe in einem Bogen vor sich herschwang. Sie standen sich in einer Pattsituation gegenüber.

Die Tür klickte. Da stand Mallory, eingehüllt in ein blaues Handtuch, in Schussposition. In einer Hand hatte sie die Glock 21. Wenn sie sein Gesicht sah, war alles vorbei. Alex steckte sein Messer weg. Bevor sie reagieren konnte, versuchte er, ihr die Pistole zu entwenden. Ein Schuss krachte, das Projektil schlug in der Wand ein, der Rückstoß schlug ihre vereinten Hände nach hinten, bevor er die Waffe ergriff und Mallory von sich wegstieß. Aus dem Augenwinkel sah Alex den Typen abhauen. Fünf Sekunden später knallte die Eingangstür auf, und er war weg.

Verdammt. Der Abend war nicht nach Plan verlaufen. Wenn er hier erwischt würde, würde *er* als Einbrecher, als Spanner, vielleicht sogar Vergewaltiger verdächtigt werden. Der Ruf seiner Firma wäre beschädigt, seine Freunde würden sich betrogen fühlen und sich von ihm abwenden. Das bestätigte nur all die Gründe, aus denen er darauf bestand, Beweise für die Straftaten einer Zielperson zu sehen, bevor er diese erledigte. Indizienbeweise reichten nicht aus.

Ihre Augen waren wie große Bernsteinteiche. Es lag Angst in ihnen, aber auch Wut. Er ging rückwärts zum Fenster und öffnete es weit, holte das Fliegengitter mit einer Hand heraus und warf es auf das Bett.

„Was glauben Sie, was Sie da tun?" Ihre Stimme klang heiser.

Er wagte es nicht, etwas zu sagen. Stimmen gruben sich tief in das Unterbewusstsein der Leute, und er wollte keine Identifizierung riskieren. Und auf gar keinen Fall würde er sich auf eine Schießerei mit Special Agent Mallory Rooney einlassen. Er deutete mit der Pistolenmündung auf den Boden und kletterte über die Fensterbank.

Sie verschränkte die Arme vor der Brust, die Lippen verkniffen, die Augen verengt. „Wir sind hier im ersten Stock." *Arschloch* war unausgesprochen hinzugefügt.

Er warf ihre Glock hinter sich auf den Rasen und ließ sich

so weit wie möglich hinunter, bevor er sich die restlichen drei Meter auf den Rasen fallen ließ. Ihre Hände griffen nach ihm, aber sie kam zu spät. Als Alex auf dem Boden aufschlug, rollte er sich auf die gleiche Art ab, wie er es bei Fallschirmsprüngen tat, und kam danach unversehrt wieder auf die Füße. Sie brüllte ihm zu, stehen zu bleiben, aber er war schon weg. Zwanzig Sekunden später war er tief in den Wäldern, rannte wie ein Windhund, während ihm Zweige ins Gesicht schlugen. Er riss sich die gestrickte Maske und die schwarze Fleecejacke ab, sodass sich das darunter getragene Hemd mit Krawatte zeigte. Er hörte mit dem Rennen auf, als er den Bürgersteig erreichte, ging ruhig zurück zu seinem Mietwagen. Er stieg ein, stopfte seine Kleidung unter den Beifahrersitz, sah aus wie jeder Durchschnittstyp auf dem Nachhauseweg von der Arbeit.

Er drehte eine schnelle Runde durch die umliegenden Straßen und Gassen hinter den Häusern, suchte nach dem Eindringling, sah aber niemanden. Schließlich gab Alex auf und fuhr zurück zum Flughafen, wo er einen Piloten kannte, der ihn ohne Fragen und Papierkram überall hinfliegen würde. Er versuchte, das Bild von Mallory Rooney, die in ein Handtuch gewickelt und mit gezogener Waffe dastand, aus seinen Gedanken zu vertreiben, aber es gelang ihm nicht.

Wenn sie je herausfand, wer er war, würde sie diese Waffe mit voller Absicht auf ihn richten. Und er würde entscheiden müssen, wie er damit umging.

DIE BEHAVIORAL ANALYSIS Unit, kurz BAU, war nicht mehr in den dunklen Tiefen des Kellergeschosses versteckt, sondern stattdessen in ansehnlichen Büros untergebracht, in denen sich die allgegenwärtigen, grau abgetrennten Arbeitsnischen befanden. Mallory ging zum Empfang und fühlte sich wie eine Hochstaplerin. Sie hatte am Vortag gepackt, während ihre Hintertür durch ein stabileres Modell ersetzt und eine Alarmanlage installiert worden war. Dann war sie nach D.C. gefahren. Keine Information über die Angreifer, und die örtliche Spurensicherung hatte keinen einzigen Finger- oder Handflächenabdruck gefunden, den sie durch ihr System hätte laufen lassen können. Einbrüche waren in einer der am schnellsten wachsenden Städte der USA keine Seltenheit, aber was ungewöhnlicher war – wenn auch nicht unbekannt – waren zwei Täter mit Skimasken. Weil sie eine Bundesagentin war, hatten die Ermittler und Spurensicherer gründlich gearbeitet, aber nichts war gestohlen worden. Gott sei Dank hatte der Typ, der aus dem Fenster gesprungen war, ihre Pistole zurückgelassen. Mals Gesicht brannte immer noch aus Scham darüber, wie leicht er sie entwaffnet hatte.

Sie hatte gerade unter die Dusche steigen wollen, als sie unter der Tür gesehen hatte, wie sich Schatten bewegten. Zum Glück hatte sie immer ihre Ersatzwaffe bei sich, denn ihre Hauptwaffe war unten in der Schublade gewesen, in der sie sie aufbewahrte. Sie wollte nicht darüber nachdenken, was passiert wäre, wenn die Männer nicht durch die Konfrontation in Panik geraten und geflüchtet wären. Sie schob die Szene aus ihren Gedanken. Training und Bewusstsein für die Situation hatten sie geschützt, und es hatte keinen Sinn, über eventuelle andere Ausgänge nachzudenken.

Eine Umzugsfirma würde kommen und all ihre persönlichen Habseligkeiten bringen. Sie hatte fürs erste nur die notwendigsten Dinge mitgebracht – Kleidung, Toilettenartikel, Computer und die Unterlagen über ihre Schwester. Sie war in die Wohnung ihres Vaters in D.C. gezogen, bis sie wusste, ob diese Versetzung unbefristet war. Ins Büro war es von dort aus ein Arbeitsweg von fünfundvierzig Minuten, was in Ordnung war. Ihr Vater verbrachte den Großteil seiner Zeit als Bundesrichter in West Virginia und hatte die Wohnung gekauft, als er und ihre Mutter sich zum ersten Mal getrennt, aber weiterhin so getan hatten, als ob sie ein Paar seien. Nun behielt er die Wohnung für die Zeit nach seiner Pensionierung.

Mallory stand unsicher vor dem Empfang in Quantico und bemerkte die Vielzahl neugieriger Blicke, die sie streiften. Sie biss sich auf die Unterlippe und war sich bewusst, dass alle ihre Körpersprache als völlige Verängstigung interpretierten und dass sie etwas ändern musste. Sie ging einen zögerlichen Schritt auf den Schreibtisch der Empfangsdame zu.

„Special Agent Rooney." Die Stimme kam von hinten und sie schwang herum, drückte ihre Tasche an die Brust. Der silberhaarige Agent Hanrahan schritt auf sie zu, das Gesicht ernst und die Haltung, nun ja, nicht wirklich einladend.

„Folgen Sie mir."

Sie ging gehorsam hinter ihm, wie ein Hund bei Fuß. Ihre Mutter hatte Stein und Bein geschworen, dass sie keine politischen Beziehungen hatte spielen lassen, um ihr diesen Job zu besorgen, aber es war das Einzige, das einen Sinn ergab. Also hatte sie sich nicht im Geringsten schuldig gefühlt, als sie sich geweigert hatte, an der diesjährigen Medienkampagne teilzunehmen. Sie hatte sogar die Einladung ihrer Mutter für diesen Abend abgelehnt. Jegliche schlechten Gefühle darüber, dass sie an diesem besonderen Jahrestag nicht bei ihrer Mutter war, wurden durch einen dumpfen Ärger aufgehoben, der direkt unter ihrer Haut brodelte. Sie hasste es, manipuliert zu werden.

Sie folgte Hanrahan einen kahlen Flur entlang in dessen Büro. Hoffentlich konnte sie ihn davon überzeugen, es sich anders zu überlegen, und den Job jemandem zu geben, der es mehr verdient hatte.

Das Büro war vollgestopft mit Bücherregalen, einem großen Schreibtisch, zwei Stühlen und zwei Computern mit großen Bildschirmen. Das Fenster blickte auf den Parkplatz hinaus. Der Hindernisparcours, der sie schon mehrfach in die Knie gezwungen hatte, war in den nahen Wäldern versteckt.

„Schließen Sie die Tür und setzen Sie sich."

Sie tat wie geheißen, schlug die Beine übereinander, stellte sie wieder nebeneinander, schlug sie dann wieder übereinander.

„*Verdammt.* Entspannen Sie sich. Sie machen mich schwindlig." Hanrahan wandte den Blick von ihren Beinen ab. In seinen blauen Augen lag keine Bewunderung, sondern eher eine Art Mitleid. „Ihr Veilchen ist weg, wie ich sehe. Sie hatten wirklich eine ereignisreiche Woche."

Sie nickte. Er hatte sich offensichtlich über sie auf dem Laufenden halten lassen, wodurch sie sich etwas unbehaglich fühlte. „Ich weiß nicht, was ich hier soll", gab sie zu. „Ich habe mich noch nicht einmal für diese Position beworben."

Ein Lächeln vertiefte alle Falten in seinem Gesicht. „Das weiß ich."

„Ich möchte nicht hier sein, nur weil meine Mutter ihre Beziehungen hat spielen lassen."

„Ist es das, was Sie glauben?" Die Intensität seines Blickes war entnervend.

„Ja."

Er sah erleichtert aus. „Und wenn ich Ihnen sagen würde, dass Ihre Mutter mit Ihrer Versetzung nichts zu tun hat?"

Sie lehnte sich vor. „Dann würde ich antworten, dass Sie entweder ein sehr guter Lügner sind oder ich es nicht verstehe."

„Was, wenn ich Ihnen sagen würde, dass ich von Ihrem Auftritt bei der Besprechung letzten Montag so beeindruckt war, dass ich beschlossen habe, Sie für mich arbeiten zu lassen?"

„Ich würde antworten, dass Ihr Ruf als ausgezeichneter Menschenkenner wohl unbegründet ist, oder Sie kürzlich eine Kopfverletzung erlitten haben." Sie schüttelte den Kopf. Vielleicht konnte Ehrlichkeit dazu führen, dass sie gefeuert wurde. „Ich habe in dieser Besprechung wie eine Idiotin ausgesehen."

„Nein, das haben Sie nicht." Er lehnte sich seufzend in seinem Stuhl zurück. „Ich bin nicht sehr gut in diesen Manövern und diesem politischen Scheiß."

Mallory schloss die Augen und betete, dass der Boden sie einfach verschlucken würde. „Ich verstehe."

„Das glaube ich nicht."

„Dann erklären Sie mir, was hier vor sich geht", forderte sie.

Er presste seine Lippen zusammen und starrte sie an, als ob er versuchte, etwas an ihr zu entdecken, das nicht in Ordnung war – genau so hatte er sie bei der Besprechung angestarrt.

„*Sagen* Sie es mir einfach." Sie klang wie sie sich fühlte. Nervös und angefressen.

„Ich möchte das heute nicht machen..."

Mallory zuckte zusammen. „Weil heute mein erster Tag in

einem neuen Büro ist, oder weil es der Jahrestag des Verschwindens meiner Schwester ist?"

Erneut schwieg er, während seine Augen sie durchbohrten. Was zur Hölle ging da vor sich?

Endlich sprach er. „Sie haben in ViCAP Selbstjustizmorde recherchiert."

Das war das Letzte, das sie von ihm erwartet hatte. Sie nickte. „Ich glaube, ich habe mehrere Fälle gefunden, die genügend Übereinstimmungen haben, um eine weitere Ermittlung zu rechtfertigen."

„Was genau haben Sie gefunden?"

Sie berichtete ihm über mehrere mutmaßliche Mörder, Sexualstraftäter und Pädophile, die unter verdächtigen Umständen tot aufgefunden worden waren. „Ihre Namen wurden anschließend von anonymen Anrufern als Verdächtige benannt, die Anrufer konnten nie ermittelt werden."

„Vielleicht hat es niemand wirklich versucht?"

„Nun, *ich* habe es versucht. Und *Mike Tanner* hat es versucht." Sie starrte ihn an. Jeder wusste, dass Mike Tanner einer der Besten war. Ihre Arme waren eng vor ihrer Brust verschränkt. „Woher wissen Sie, dass ich zu Selbstjustiz recherchiert habe?"

„Ich habe einige Alarme für die Suche nach bestimmten Begriffen eingerichtet. *Selbstjustiz* und *anonymer Anrufer* sind zwei solcher Begriffe."

Sie wusste nicht, was sie sagen sollte.

„Haben Sie mit jemandem über Ihren Verdacht gesprochen?"

Gott, sie wünschte, er würde sie nicht so ansehen, als ob er ihr Gehirn sezieren wollte. Dieser Typ hatte mit

Serienmördern zu tun – dachte er wirklich, dass sie etwas vor ihm verbergen könnte? Oder wollte?

„Ich habe versucht, Special Agent Lucas Randall zu kontaktieren, der die Ermittlungen zu Meachers Tod leitet, aber ich konnte ihn nicht erreichen." Sie nahm an, dass er genauso sauer auf sie war wie die anderen. Einen begehrten Job durch Beziehungen – nicht durch gute Arbeit – zu ergattern, stand nicht ganz oben auf der Sympathieliste. Aber nun war sie nicht mehr so sicher, dass ihre Mutter damit zu tun hatte…

„Sie haben also nicht mit ihrer besten Freundin oder ihrem Lebenspartner darüber gesprochen?"

Sie schüttelte ihren Kopf. Etwas lag in Hanrahans Blick. Befriedigung? Erleichterung? „Sagen Sie mir endlich, was los ist."

„Was vermuten Sie denn?"

Ihr Herz klopfte heftig. Ihr Ärger war offensichtlich. „Sie hören sich an wie der Psychologe aus meiner Kindheit."

Sein Mund zuckte traurig „Das mit Ihrer Schwester tut mir leid."

Sie nickte. Welchem normalen Menschen würde so etwas nicht leidtun?

Er wartete darauf, dass sie es begriff. Sie hätte schon Rückschlüsse ziehen sollen. „Sie denken also auch, dass jemand Selbstjustiz verübt?"

Sein Mund bildete eine gerade Linie. „Ja."

„Warum haben Sie mich dann nicht in Charlotte eine Ermittlung einleiten lassen?"

Er atmete tief durch die Nase ein. Sogar sein Atmen klang kontrolliert und geduldig.

Die Puzzlestücke formten ein Bild.

„Weil Sie denken, dass sie es herausfinden würden." Mallory setzte sich aufrechter hin. „Sie denken, dass wer auch immer dahinter steckt Zugriff auf ViCAP haben? Sie denken, dass sie die gleichen Alarme eingerichtet haben wie Sie, falls jemand anfängt, zu suchen?"

„Ich bin fast sicher, dass sie eine Art Frühwarnsystem haben, aber wer auch immer es ist, verbirgt seine Spuren so gut, dass mein IT-Kollege sie nicht finden kann, und er ist der Beste beim FBI."

„Aber in dem Fall wissen sie jetzt bereits, dass ich einen Verdacht hinsichtlich Selbstjustiz habe…"

Er nickte. „Wenn Sie nach Ihrer Versetzung die Suche nicht fortsetzen, werden sie ihre Wachsamkeit lockern und davon ausgehen, dass Sie sich hier mit anderen Fällen beschäftigen."

„Und werde ich das?"

„Im Großen und Ganzen, ja."

„Also haben Sie mich hergebracht, um … was? Um mich zu beschützen?"

Sein Lachen klang sehr amüsiert. „Sie sind Bundesagentin. Sie können sich selbst beschützen." Er lehnte sich über seinen Schreibtisch nach vorne. „Sie scheinen Zugriff auf die gleichen Informationen wie wir zu haben, inklusive der Täterprofile."

Das war ein beängstigender Gedanke. Mallory schluckte den Klumpen in ihrem Hals herunter, da sie plötzlich begriff, worum er sich sorgte. „Sie denken, dass sie eine Quelle innerhalb des FBI haben?"

„Schlimmer." Er hielt ihrem Blick stand. „Ich glaube, dass sie einen Maulwurf hier in der BAU haben. Irgendjemand hier ist nicht vertrauenswürdig. Wenn ich eine Ermittlung einleite, riskiere ich, dass diese Person in Deckung geht und wir sie nie erwischen. Ganz zu schweigen davon, dass dies dem tadellosen Ruf einer Gruppe von Kollegen schaden könnte, die ihr Leben der Verbrechensbekämpfung gewidmet haben." Er schloss die Augen und massierte sich die Nasenwurzel. „Jede Strafverfolgungsbehörde in den USA würde dann zögern, uns zur Beratung hinzuzuziehen. Das können wir nicht riskieren. Die Menschen in diesem Land würden darunter leiden."

Mallory leckte sich über die trockenen, gesprungenen Lippen. „Also, wozu haben Sie mich hergebracht? Um die anderen auszuspionieren?" Sie mochte den Gedanken nicht, die Leute zu betrügen, denen sie ihr Leben anvertraute.

„Ich habe die Tatsache, dass Sie eine einflussreiche Mutter haben, genutzt, um Sie in mein Team zu bekommen, ohne dass jemand Verdacht schöpft. Niemand darf davon wissen. Nicht Ihre Freunde, nicht Ihre Familie. Das muss unbedingt ein Geheimnis bleiben." Sein Blick bohrte sich in ihren. „Ich möchte, dass Sie da hinein gehen", er deutete auf eine Tür, „Freundschaften schließen, Fehler machen, harmlos wirken und sich allmählich in ihre Arbeit und ihr Leben einschleichen. Es wird Zeit brauchen – Monate, vielleicht Jahre. Sie werden an der nächsten Trainingseinheit teilnehmen müssen, wenn diese beginnt, was noch mehr Zeit erfordern wird, aber es wird Ihnen Erfahrung und Kontakte bringen." Seine Worte trafen sie wie Hagel, jedes stach noch ein wenig schmerzhafter. „Ich bringe Sie damit in eine sehr verletzliche Position. Ob wir diese Person erwischen oder nicht, Sie werden Angriffen von allen Seiten ausgesetzt sein."

„Bekomme ich eine Gehaltserhöhung?"

Die Art, wie er seine Augen zusammenkniff, sagte ihr, dass es kein guter Zeitpunkt für Witze war. „Ich weiß nicht, ob Sie begreifen, wie ernst die Sache ist."

„Oh, ich glaube, das habe ich verstanden." Ihr war übel. „Wenn das hier vorbei ist, wenn unsere Theorie über die Selbstjustiz nicht stimmt, werde ich als karrieregleiler Emporkömmling angesehen werden, die ihre Position der Tatsache verdankt, dass ihre Mutter Senatorin ist. Ich werde dann keinerlei Glaubwürdigkeit mehr haben. Wenn wir einen Maulwurf fassen, werde ich als nicht vertrauenswürdige Person angesehen werden, die ihre Kollegen verpfeift." Sie war in beiden Fällen geliefert, aber sie saß auch in der Falle.

Ein trockenes Lächeln überraschte sie.

„Wenn es Sie tröstet, ich *war* von Ihrer Arbeit in Charlotte beeindruckt."

Sie zog zweifelnd eine Augenbraue hoch. *Sicher.* „Glauben Sie, dass der Maulwurf und der Selbstjustizmörder dieselbe Person sind?"

„Nein, ich habe versucht, festzustellen, wo die Agenten dieses Büros sind, wenn sich diese Morde ereignen. Sie haben alle Alibis, auch wenn Alibis nie vollkommen sicher sind."

„Halten Sie sie für gefährlich?", fragte sie leise.

„Die Person, die Kugeln in Leute jagt ist ganz sicher ein ausgebildeter Attentäter – also würde ich diese als gefährlich einstufen. Die Leute in diesem Büro haben", eine buschige Augenbraue hob und senkte sich in ihre Richtung, „in der Regel lange und hart gearbeitet, um es hierher zu schaffen." Er schürzte die Lippen. „Sie werden nicht kampflos ins Gefängnis gehen."

Fantastisch.

„Also, sind Sie dabei?"

„Habe ich eine Wahl?"

„Sie können ablehnen und ich werde Sie neu zuordnen, aber ich glaube nicht, dass Sie das tun werden."

Er hatte recht. Aber wahrscheinlich nicht aus den Gründen, die er annahm. Ja, sie wollte die bösen Jungs aufspüren. Aber hier, im Herzen der BAU, hatte sie die Möglichkeit, mehr von den Leuten zu lernen, die tagtäglich mit Serienmördern und Kindesentführungen zu tun hatten.

Auch wenn sie den Gedanken, ihre Kollegen auszuspionieren hasste, würde sie nie wieder eine bessere Möglichkeit bekommen, in den Ermittlung zu ihrer Schwester weiterzukommen. Sie streckte die Hand aus und schüttelte seine. „Ich bin dabei."

Hanrahan lächelte, aber Mal wurde von plötzlicher Einsamkeit überwältigt. Die Suche nach Antworten endete nie. Zum ersten Mal seit ihrer Zulassung zur FBI-Akademie fragte sie sich, ob sie die richtige Wahl getroffen hatte. Vielleicht wäre es ein besseres Andenken an ihre Schwester gewesen, ein erfülltes und glückliches Leben zu führen, anstatt Schatten nachzujagen. Während Hanrahan sie aus seinem Büro und den Flur hinunter in ihr neues Büro führte, wurde ihr etwas anderes klar. Sie schuldete ihrer Mom eine dicke fette Entschuldigung.

KAPITEL FÜNF

Dɪᴇ Bᴀʀ ʟᴀɢ in einem eleganten Hotel in D.C., nur einen Block von der Wohnung ihres Vaters entfernt. Sie hatte sich selbst die Erlaubnis gegeben, auszugehen, sich zu betrinken und sich das Wochenende über zu erholen, etwas, das sie seit dem Abschluss ihres Jurastudiums nicht mehr gemacht hatte. Es war ein Freitagabend im November, der Raum war schwach beleuchtet und voll mit etwas, das wie eine seltsame Ingenieurstagung aussah. Mallory ergatterte einen leeren Hocker am Ende der Bar. Sie schlüpfte aus ihrem Mantel, legte ihn über ihre Knie und bestellte einen Schuss McClelland's.

„Danke."

Sie erhob das Glas auf das Wohl ihrer Schwester und kippte den Drink herunter. Sie hatte Makeup aufgelegt und ein schwarzes Cocktailkleid angezogen, damit alle dachten, sie würde jemanden zum Essen treffen und sie weniger geneigt waren, sie herauszuwerfen, bevor sie ihren Pegel erreicht hatte. Sie brauchte etwas, dass sie vergessen ließ. Und mit einer Flasche Scotch allein in ihrer Wohnung zu sitzen schien noch armseliger, als sich mit Fremden zu umgeben. Sie hatte Freunde in der Stadt, wollte aber keinen von ihnen sehen – nicht heute.

Heute vor achtzehn Jahren war sie ins Bett gegangen, und

als sie aufgewacht war, war ihr Leben, und das von vielen anderen, zerstört worden. Warum hatte der Bastard Payton genommen und nicht sie? Hatte sie etwas gesagt oder getan, das ihre Schwester in Gefahr gebracht hatte? War es ihre Schuld gewesen oder nur reines Glück?

Mallory war als Kind Schlafwandlerin gewesen. War sie tatsächlich schlafend unterwegs gewesen, als die Entführer kamen? Und dann zurück in ihr Bett geklettert, um in kindlicher Ahnungslosigkeit weiterzuschlafen? Hatte sie die Eingangstür aufgeschlossen? Jemanden ins Haus gelassen? Sie wusste es nicht, konnte sich einfach nicht erinnern. Die Nacht war aus ihrer Erinnerung gelöscht. Sie erinnerte sich nur daran, dass sie aufgewacht und Payton weg gewesen war. Sie signalisierte dem Barmann, der ihr zunickte, während er sich um einen anderen Gast kümmerte.

Lichter blinkten, und Michael Bublé sang „Jingle Bells". Wenn sie ihre Waffe dabeigehabt hätte, hätte sie die Musikanlage in tausend Stücke zerschossen.

Sie nippte am nächsten Drink. Er brannte in ihrem Hals. Als sie damit fertig war, wechselte sie zu einer Weißweinschorle, bevor der Barmann beschloss, sie nicht weiter zu bedienen. Sie wollte sich betrinken, aber sie wollte nicht bewusstlos werden. Jedenfalls noch nicht.

Innerhalb einer Woche war ihre hübsche, ordentliche Karriereplanung durch die Ränge des FBI auf den Kopf gestellt worden. Bei ihr war eingebrochen worden, sie hatte ihre Mutter aufgeregt, und sie war einem neuen Job zugewiesen worden, mit dem ausdrücklichen Zweck, ihre Kollegen zu bespitzeln und herauszufinden, ob einer von ihnen mit einem Mörder zusammenarbeitete und damit ein potentieller Kandidat für den Todestrakt war.

Klasse.

Das war kein guter Weg, Freunde zu finden, und Mallory mangelte es in diesen Tagen sehr an Freunden. Jemand stieß gegen sie, als er sich auf den Hocker neben sie setzte. Sie biss die Zähne zusammen und verengte die Augen, während sie in die blubbernden Blasen in ihrer Weinschorle sah. Wenn jemand sie anmachen wollte, würde derjenige es bereuen.

„Ich habe nicht erwartet, Sie in D.C. zu sehen, Special Agent Rooney.“

Sie zwinkerte überrascht, drehte sich, sah Alex Parker neben sich sitzen. Ihr Herz flatterte vor Panik ein wenig. *Nicht jetzt. Nicht heute Abend.*

Aber warum eigentlich nicht heute Abend? Alles andere war verkorkst, warum also nicht?

Scheiß drauf. Sie prostete ihm zu und nahm einen großen Schluck. „Meine Pläne haben sich unerwartet geändert. Kommen Sie oft hierher, Mr. Parker?“ Ihre Stimme hatte einen bitteren Unterton. Sie war unerklärlich froh, ihn zu sehen, aber sie wollte keine Zeugen für ihren Rausch an diesem Abend. Sie wollte nur geistlose Besinnungslosigkeit. Keine interessierten Schaulustigen.

„Manchmal.“ Er zuckte mit den Schultern. Heute sah er anders aus. Er war immer noch wunderbar anzusehen, aber nicht auf die Art eines Geschäftsmanns. Ein schwarzes T-Shirt schmiegte sich um wohldefinierte Muskeln, und abgetragene Jeans umschlossen den Rest. Ihre Augen taxierten ihn von Kopf bis Fuß, während er ein Bier bestellte. Eine Tätowierung lugte unter dem Rand seines Ärmels hervor. Er wirkte wie der Soldat, der er einst gewesen war, nicht wie der Sicherheitsberater, der er jetzt war. Er fing ihren Blick auf, seine Miene war ernst. „Macht es Ihnen etwas aus, wenn ich hier sitze?"

Sie schüttelte den Kopf, auch wenn sie zwiegespalten war. Tatsache war, dass sie den Kerl kennenlernen wollte – und zur Abwechslung Zeit außerhalb ihres eigenen Kopfes verbringen wollte. Aber zu reden war nicht annähernd so befriedigend, wie ihren Kummer einige Stunden oder Tage lang zu ertränken.

„Das verletzt nicht Ihre Keine-Verabredungen-Regel?"

Ihr Mund wurde trocken. „Neben mir zu sitzen, verletzt die Keine-Verabredungen-Regel nicht, nein."

Seine Augen verdunkelten sich zur Farbe von Kohle. „Wie ist es mit Reden? Würde Reden Ihre Keine-Verabredungen-Regel verletzen?"

Der kühle Wein glitt ihre Kehle hinunter. Aber ein warmes Glühen verbreitete sich in ihrem Magen, und ihre Muskeln entspannten sich. Der Alkohol tat endlich seine Wirkung. „Reden verletzt die Keine-Verabredungen-Regel ebenfalls nicht, aber ich habe momentan nicht viel zu sagen. Eigentlich bin ich keine gute Gesellschaft." Sie konnte ruhig ehrlich sein. Er schien ein netter Kerl zu sein, und sie hielt nichts davon, Leute zu hintergehen. Leider würde sie in naher Zukunft diesbezüglich auf der Arbeit keine Wahl haben. *Klasse.* Sie war pathetisch und sie hasste eigentlich Pathetik. Mal nahm einen weiteren Schluck Wein.

„Ich bin auch kein großer Redner." Seine Lippen kräuselten sich leicht, und sie fühlte ein sinnliches Flirren bis hinunter in ihre Zehen. Der Mann hatte einen sündigen Mund. Volle Lippen und ein kleines Kinngrübchen. Und er roch auch gut. Wie Sandelholzseife und saubere männliche Haut. „Gibt's heute irgendwas Bestimmtes zu feiern?" Er setzte eine Bierflasche an seine Lippen und sie betrachtete, wie sich die Muskeln in seinem Hals beim Schlucken bewegten.

Dann begriff sie.

Er wusste es nicht.

Er wusste nichts über ihre tragische Vergangenheit.

Gott sei Dank.

Erleichterung durchströmte sie. Es gab tatsächlich jemanden im Universum, der sie nicht als Mitleidsobjekt betrachtete. Sie leerte ihren Wein und bestellte einen weiteren Whisky.

„Mir auch einen", sagte Alex dem Barmann.

Sie saßen schweigend nebeneinander, widmeten sich ihren Drinks, hörten zu, wie Michael Bublé sang „All I Want for Christmas Is You". Die Melancholie dieser Jahreszeit zog wie eine Wolke über sie. Die Woche vor Thanksgiving stand für die Entführung ihrer Schwester. Weihnachten selbst erinnerte an eine dicke fette Lücke im Leben ihrer Familie. Einen leeren Stuhl am Tisch. Jahre ungeöffneter Geschenke.

Mallory war nicht mehr in der Stimmung für starken Alkohol. Sie war angenehm beschwipst, und eine andere Art der Energie breitete sich in ihren Zellen aus. Aus irgendeinem Grund erinnerte dieses blöde, sentimentale Weihnachtslied sie daran, dass sie seit über zwei Jahren keinen Sex mehr gehabt hatte, und dass der Kerl neben ihr nicht nur gut gebaut war, sondern sie tatsächlich um eine Verabredung gebeten hatte. Er war nicht irgendein Fremder, der sie abschleppen wollte, er war einer von Lucas Randalls besten Freunden, und Lucas tolerierte Arschlöcher nicht. Sie ertappte sich dabei, sich näher zu ihm zu beugen, weil er so verdammt gut roch. Der Bizeps seines Arms erhob sich jedes Mal unter dieser Tätowierung, wenn er einen Schluck nahm, und sie spürte ein seltsames, kleines Zittern, wenn sie ihn nur ansah. Ihr Blick wanderte über das kurzgeschnittene Haar, die breiten Schultern und den festen Bauch. Sogar seine Stiefel waren sexy. Sie wandte sich ab, nur um im Spiegel hinter der Bar seinen Blick aufzufangen. Er lächelte trocken. Er hatte gesehen, wie sie ihn unter die Lupe genommen hatte, und die Hitze in diesen grauen Tiefen sagte schon alles.

Begierde regte sich tief in ihrem Inneren. Sie sah in ihr Glas, war aber nicht mehr durstig.

Ihre Haut fühlte sich überempfindlich an. Ihre sich gegen die schwarze Seide ihres Kleides drängenden Brustwarzen machten ihre Erregung offensichtlich. Sie spürte seine Augen auf sich. Spürte sein Interesse. Hitze raste durch ihren Körper. Ein Zittern zwischen ihren Beinen brachte sie dazu, ihre Oberschenkel zusammenzupressen.

Erwartung. Begierde.

Sie leckte sich die Lippen und er hörte auf, sie im Spiegel zu betrachten. Stattdessen wandte er sich ihr direkt zu. Sein Blick war wachsam. Die Art, wie er sie ansah, war anziehend. Der Typ war unglaublich sexy. Perfekt symmetrisches Gesicht. Starke Kinnpartie. Schlafzimmeraugen, und dieser verdammte Mund. Es gab andere Wege, um endlich vergessen zu können…

Mit ihrer Fingerspitze fing sie einen Tropfen der bernsteinfarbenen Flüssigkeit an der Außenseite ihres Glases auf und leckte sie ab. Sie hörte ein leises, fast nicht wahrnehmbares Knurren und lächelte. Die Vorstellung, ihn anzumachen, erregte sie. Es war, als ob sie in die Haut einer anderen geschlüpft wäre. Sie tat so etwas nie. Sie hatte im Leben noch nie einen Typen in einer Bar abgeschleppt, aber es war untertrieben zu sagen, dass sie gerade eine Trockenzeit durchlebte, was Männer anging.

Und technisch gesehen war Sex keine Verabredung.

Sie rutschte auf ihrem Hocker herum. Michael Bublé nervte sie nicht mal mehr halb so sehr, wie er es kurz vorher noch getan hatte. *Entschuldige, Michael. Alles vergeben.* Ein Bild von einer Weihnachtlieder singenden Payton schoss durch ihr Gehirn, aber mit der Erinnerung an ihre Schwester kam das verzweifelte Bedürfnis, zu vergessen, worum es heute Abend wirklich ging.

Sie ließ ihre Hand auf seinen Oberschenkel fallen und fühlte, wie seine Muskeln steinhart wurden.

„Möchtest du an einen ruhigeren Ort gehen?"

Sein Blick hielt ihrem stand, seine Augen waren jetzt fast schwarz. Vor Begehren? Sie wusste es nicht. Er nahm ihre Hand von seinem Oberschenkel und drückte ihre Finger. „Das bricht aber sicher die Keine-Verabredungen-Regel."

„Nur, wenn wir uns küssen", sagte sie.

„Was?" Das Wort klang schroff.

„Ich hab ein wenig drüber nachgedacht." *Was, wenn er ablehnt?* Sie wollte nicht, dass er ablehnte. „Wir brechen die Keine-Verabredungen-Regel nur, wenn ich dich küsse."

„Wenn *du mich* küsst?" Verdammt, sie mochte die Farbe seiner Augen, wenn sie ganz rauchig und dunkel wurden.

„Richtig." Sie nickte und hielt sich an der Bar fest. *Ups.* Der erste Drink holte sie ein und es fühlte sich traumhaft an, sich nicht über jede Kleinigkeit Sorgen zu machen. Aber sie war eine Bundesagentin, sie wollte nicht in der Öffentlichkeit umkippen. Sie schob Geld auf den Tresen und rutschte vom Stuhl. Ihr Mantel fiel zu Boden. Alex hob ihn auf und hielt ihn, während sie hineinschlüpfte. Das Gefühl des kalten Satins an ihren nackten Armen war köstlich, aber es war die Berührung seiner Finger, die sie erzittern ließ.

„Ich bringe dich nach Hause."

Bedeutete das, dass er nicht interessiert war? Oder war er höflich und tat so, als ob sie sich noch nicht entschieden hatte?

Sie hatten die Lobby verlassen und standen auf dem Bürgersteig. Der bittere Wind nahm ihr den Atem. Eisige Kälte schlug ihr gegen Gesicht und Beine, als sie sich in ihren Mantel kuschelte. „Oh je, warum habe ich nur Nylons angezogen?" Trotz des langen Wollmantels klapperten ihre Zähne, und sie stampfte mit ihren Füßen in ihren dummen hochhackigen Schuhen.

Alex sah hinunter auf ihre Beine. „Ja, warum *hast* du Nylons angezogen? Es ist unter null Grad hier draußen." Aber er trug selbst nur eine leichte Jacke und schien gar nicht zu frieren.

„Weil...", sie griff schnell nach seinem Arm, als die Lichter hinter ihm zu wirbeln begannen, „sie einen in solchen Lokalen mehr trinken lassen, wenn man nicht wie ein Penner aussieht."

Sie begannen, über den breiten Bürgersteig zu gehen und sie kuschelte sich an ihn. Die Sterne waren in der eisigen Nacht hell, auch wenn es schwer war, sie durch die Lichter von D.C. zu erkennen. Sie hatte vergessen, wie sehr sie diese Stadt liebte und wie gut es sich anfühlte, bei einem Mann zu sein, zu dem man sich hingezogen fühlte.

„Und du wolltest mehr trinken, weil...?"

Trotz des Schwipses tat die Frage weh. Gott. Sie blinzelte einen feuchten Schimmer weg, tat so, als ob es der brutale Wind in ihren Augen sei. Sie brauchte einen weiteren Drink oder einen Kuss. Sie zupfte an seinem Ärmel, damit er anhielt, fuhr herum, um ihn anzusehen und schob ihre Hände seine Brust hinauf. Der Mann fühlte sich an, als ob er aus Granit gemeißelt wäre, und es ging so viel Hitze von ihm aus, dass sie unter seine Haut kriechen wollte. Wie produzierten Männer so viel Hitze? Es schien nicht fair. Sie schlang ihre Arme um seinen Hals und spürte seine Hände tief auf ihrer Taille. Ihre Begierde schmerzte. Ihre Brüste waren an seine Brust gepresst und sie war sich sicher, seinen Herzschlag durch die dicke Wolle ihres Mantels zu spüren. Er sah sie wachsam an. Sie lehnte sich vor, um seine Lippen zu schmecken, aber er schob sich zurück, als sie ihm schon ganz nah war.

Sein Atem war warm auf ihrem Gesicht. „Du hast deine Keine-Verabredungen-Regel vergessen."

„Habe ich?" Er verschwamm an den Rändern ein wenig, aber das Gefühl der Sicherheit, das er vermittelte, umhüllte sie wie ein Umhang. Sie löste sich von ihm, drohte ihm dann mit dem Finger. „Das *stimmt*."

Irgendetwas an der Regel hatte sie vergessen, aber es war so verdammt kalt draußen, und je schneller sie in ihre Wohnung kamen, desto schneller konnte sie herausfinden, ob die Muskeln unter diesem T-Shirt so gut aussahen wie sie sich anfühlten. Ihre Zähne klapperten, und er legte wieder seinen Arm um sie.

„Du bist eiskalt." Er zog sie eng an sich.

Seit Jahren war diese Nacht mit nichts als schmerzlichen Erinnerungen angefüllt gewesen. Sie wollte das alles wegsprengen. Wollte sämtliche Erinnerungen auslöschen an diese ungegessenen Mahlzeiten am Tisch ihrer Mutter, die ihr den Magen umdrehten, und den ganzen nutzlosen, endlosen Schmerz.

Was machte ihre Mutter jetzt gerade?

Schuld versuchte, sich einzumischen, versuchte, ihre Meinung hinsichtlich Alex zu ändern, aber das Gefühl von seinem Körper an ihrem war so viel besser als der Schmerz des Nacherlebens dieses schrecklichsten Tages ihres Lebens. Und dann waren sie vor ihrem Wohnhaus – *Zauberei*.

Sie senkte die Hand in ihre Tasche, um nach ihrer Geldbörse zu suchen, aber sie konnte sie nicht hervorziehen.

„Ich mach das." Seine Hand glitt in ihren Mantel und sie zuckten beide zusammen, als sie an ihrem Oberschenkel entlangstrich. Er hielt inne, öffnete den Mund anscheinend für eine Entschuldigung, also nahm sie sein Gesicht in beide Hände und küsste ihn. *Wen kümmerten schon die blöden Regeln?*

Seine Lippen waren überraschend weich, sein Mund schmeckte nach Whisky und Bier und nach einem echt heißen Typen. Plötzlich übernahm er die Kontrolle, ging tiefer, seine Zunge spielte so besitzergreifend mit ihrer, dass ihr Inneres schmolz. Sie wurde gegen die Glasfassade des Gebäudes gepresst, Alex' eine Hand immer noch tief in ihrer Tasche, die andere um ihren Hinterkopf.

Sein Körper presste sich eng an ihren, wie füreinander gemacht. Ihr war nicht mehr kalt. Sie fühlte sich, als ob ihre Haut sich gleich entzünden würde. Ein Stöhnen entrang sich seinem Brustkorb, obwohl die in ihrer Manteltasche befindliche Hand frustrierend unbeweglich blieb und sie sich danach sehnte, dass er sie berührte. Mit einem Ächzen löste sie ihren Mund von seinem, war sich plötzlich bewusst, dass sie an einem öffentlichen Ort waren.

„Gehen wir hinein." Ihre Stimme klang atemlos und sinnlich.

Er löste sich von ihr, holte ihre Geldbörse aus ihrer Tasche und nahm die Schlüsselkarte heraus. Dann öffnete er die Vordertür. Sie wollte hineingehen, zog an seiner Hand, aber er rührte sich nicht.

„Ich kann nicht, Mallory." Der Ausdruck seiner Augen war gequält.

„Was?" Nach dem Kuss gab es absolut keinen Zweifel, dass er sie wollte.

„Ich kann nicht mit hinaufkommen", wiederholte er.

„Warum nicht? Bist du verheiratet?" Die Enttäuschung in ihrer Stimme hätte sie an einem normalen Tag zusammenzucken lassen. Heute war aber nichts normal gewesen. Heute war immer *Und täglich grüßt das Murmeltier* mit einem Haken. Nun, sie würde das nicht länger mitmachen. Und wenn sie sich auf der Straße nackt ausziehen müsste, sie würde dafür sorgen, dass sich heute Nacht alles änderte und Alex Parker war genau der richtige Mann, ihr dabei zu helfen.

„Weder verheiratet noch gebunden, aber..." Er lachte, aber es klang verzweifelt genug, um seine Fröhlichkeit Lügen zu strafen. „Du hast zu viel getrunken. Du kannst nicht klar denken. Ich möchte nicht etwas sein, das du morgen früh bereust."

Enttäuschung sprudelte in ihr hoch. „Ich bin nicht so betrunken."

Er sah nicht überzeugt aus.

„Wirklich." *Bitte überleg's dir nicht anders.* Sie biss auf ihre Unterlippe und sah, wie sich seine Pupillen weiteten, glaubte nicht, dass sie die Zeichen falsch verstand. *Okay.* Sie würde den Kerl verführen müssen. Sie runzelte die Stirn. Wie verführte man einen Kerl? Falls sie es je gewusst hatte, hatte sie es vergessen. Er ließ ihre Hand los und sie nutzte die Bewegung, um aus ihrem Mantel zu schlüpfen. Er glitt auf den Boden und als Alex sich bückte, um ihn aufzuheben, schloss sich die Vordertür hinter ihm. Grinsend ging sie zum Aufzug, achtete darauf, auf ihren verdammten hochhackigen Schuhen nicht zu sehr schwanken. Und wenn sie ein wenig beschwipst war? War das illegal? *Nein, Sir, das war es verdammt noch mal nicht.*

Sie hielt die Aufzugtür auf, während sie aus ihren Schuhen schlüpfte und sie von ihrem Finger baumeln ließ. Er stand da, sah angespannt und unsicher aus, hielt ihre Schlüsselkarte in einer Hand und den Mantel in der anderen.

„Ich weiß, was ich tue, Mr. Parker."

Bei diesen Worten hob sich einer seiner Mundwinkel und seine Augen glänzten. „Das sehe ich."

Sie lehnte sich an die Wand des Aufzugs und ließ dann den Knopf los. Er betrachtete die Tür hinter sich wie einen Fluchtweg und sie dachte, er würde einfach da stehenbleiben, während sich die Türen zwischen ihnen schlossen. Dann war er plötzlich im Aufzug, ohne dass sie gesehen hatte, wie er sich bewegte.

———

AUS DEM DUNKEL seines Autos betrachtete er die betrunkene Hure. Als der Dreckskerl sie gegen die Außenwand ihres Wohnhauses drückte, wollte er seine Pistole ziehen und ihnen beiden eine Kugel verpassen. Ausgerechnet heute hatte er etwas mehr Respekt für das Andenken ihrer Schwester erwartet. Zorn breitete sich in ihm aus. Sie reichte nicht annähernd an Payton heran. Diese hätte sich geschämt, wenn sie erlebt hätte, was aus ihrer Schwester geworden war – eine Hure, eine billige Schlampe.

Er überprüfte seine Pistole und griff nach der Türklinke seines Wagens als sie gerade in das Gebäude gingen. *Scheiße.*

Er beobachtete das Gebäude noch eine Weile. Wartete darauf, dass irgendwo in dem Wohnblock ein Licht anging, aber es geschah nicht. Die Vorstellung, wie sie Sex hatten, verbrannte ihm das Gehirn. Auch wenn sie nicht Payton war, ihnen zuzusehen wirkte auf ihn, als ob er sah, wie seine Geliebte ihn betrog, und den Gedanken konnte er nicht ertragen. Sein Herzschlag wurde schneller und er stellte sich vor, sein Messer zu nehmen und den Namen ihrer Schwester in ihre Stirn zu ritzen. Aber nicht einmal das war sie wert. Seine Hände zitterten, als er den Motor anließ. Er würde stattdessen *Schlampe* hineinritzen.

Er sah über seine Schulter, fuhr dann los, aus der Stadt heraus und in Richtung der Route 66. Seine Pläne waren gescheitert. Er hatte erwartet, Mallory allein zu erwischen, vielleicht sogar auf ihn wartend. Ein Lächeln umspielte seinen Mund. Er würde ihr beibringen müssen, was er von ihr erwartete. Payton hatte nie eine Lektion nötig gehabt, nicht einmal eine laute Stimme. Sie war perfekt gewesen. Hatte sich immer gefreut, ihn zu sehen.

Der Highway war ruhig, obwohl es nicht so spät war. Er musste morgen arbeiten, also musste er ohnehin zurück. Es war ganz gut, dass er sie sich heute nicht geschnappt hatte. Er musste einen Plan machen, wie genau er mit dieser Frau umging, die seiner geliebten Frau so ähnlich sah, sich aber wie eine Nutte benahm. Eine Idee entwickelte sich – er musste sie an ihre Schwester erinnern, musste es schaffen, dass es sie nicht kalt ließ. Er war sich ziemlich sicher, dass er wusste, wie er das bewerkstelligen konnte.

Sein Blick erfasste eine einsame Gestalt am Straßenrand. Weiblich. Weiß. Dunkles Haar.

Tu es nicht. Versuchung kämpfte mit Vernunft. *Fahr*

weiter.

Er blinkte, wurde langsamer und fuhr an den Straßenrand. *Verdammt.* Er kurbelte das Fenster herunter. „Wo willst du hin?"

Das Mädchen – um die zwanzig – machte einen zögerlichen Schritt nach vorne. „Gainesville." Ihre Augen flogen über das Autoinnere. Ihre Zähne klapperten, als sie sich in ihren Kapuzenpullover kuschelte. Es war weit unter dem Gefrierpunkt, mehr Schnee wurde erwartet. „Nehmen Sie's nicht persönlich, aber ich fahre nur mit, wenn andere Frauen im Auto sind."

Er zuckte mit den Schultern. „Mir egal. Viel Glück dabei, zu dieser Nachtzeit eine Frau zum Anhalten zu bringen." Er begann, das Fenster wieder hochzukurbeln, aber mit einem raschen Blick auf den leeren Highway legte sie ihre Finger oben auf die Scheibe.

„Warten Sie!" Ihr Lächeln war unsicher. „Okay. Ich würde gerne mitfahren, wenn es Ihnen nichts ausmacht."

Er lächelte sie an. Sie schien ein nettes Mädchen zu sein, Payton viel ähnlicher als Mallory es auf den zweiten Blick war. „Spring rein."

Sie kletterte ins Auto und legte ihren Rucksack auf ihren Schoß. Er fuhr wieder los und fühlte sich zum ersten Mal seit Stunden gut. Er warf einen raschen Blick auf das Profil des Mädchens. Sie hatte ein süßes Gesicht. Braune Augen.

Vielleicht war sie diejenige? Nicht Mallory, aber dieses unbekannte Mädchen?

Es fühlte sich an, als ob er geprüft wurde.

Er setzte sich aufrechter. Er würde es herausfinden. Es würde Zeit und Geduld und Entschlossenheit benötigen. Das war in Ordnung. Er hatte alle drei, und Mallory Rooney ging nirgendwo hin, wo er ihr nicht folgen konnte.

———

DAS HIER WAR ein Fehler. Eine riesige, vollständige, verfluchte Katastrophe. Aber er musste sicherstellen, dass Mallory sicher in ihre Wohnung kam – und dann würde er gehen. Ja, er war ein echter Pfadfinder. Half immer alten Damen über die Straße und schoss Serienmörder zwischen die Augen.

Aber vielleicht bekam er das hier hin. Schnell rein und raus – und nicht in der Art und Weise, die sein Körper sich ersehnte.

Wenn er Zugang zu ihrem Laptop bekam, konnte er Software aufspielen, durch die er alles überwachen konnte, was sie tat. Er konnte auch die winzige Kamera in seiner Tasche in ihrem Arbeits- oder Wohnzimmer anbringen. Er sah sie an und widerstand dem Drang, seine Hand über sein Gesicht zu reiben.

Wem machte er denn schon etwas vor? Er wollte sie. Aber es würde absolut nicht passieren. Sie war betrunken und verletzlich.

Als er ihr vorhin in die Bar gefolgt war, hatte er gewusst, dass sie am Rande irgendeines Abgrundes stand. Er wusste um die Bedeutung des Datums und was es mit jemandem anrichten konnte, der normalerweise vernünftig und nüchtern war. Er hatte sich eingeschaltet, als er einige Kerle gesehen hatte, die sie wie Frischfleisch beäugten. Hatte beschlossen, dass er zusah, wie sie sich betrank, alle abschreckte, die größer und haariger waren als er, sie nach Hause brachte und sicherstellte, dass sie unbeschadet ins Bett kam. Allein. Auch wenn er ein kaltblütiger Killer war, erfreute sich das

Kavaliersgen in seiner DNA bester Gesundheit.

Von wegen!

Es war immer noch ein durchführbarer Plan. So lange er nicht daran dachte, sich zu ihr zu gesellen. Denn auch wenn sein Boss ihm befohlen hatte, ein Auge auf die Bundesagentin zu haben, beinhaltete das wahrscheinlich nicht, seine Zunge in ihren Hals zu stoßen und ihre Mandeln zu überprüfen.

Mallory lehnte an der Metallwand des Aufzugs und strich mit einem bestrumpften Fuß die Rückseite ihrer Wade hinauf und hinunter. Sie sah so verdammt sexy aus, dass er das Ding gleich hier anhalten und sie küssen wollte, bis keiner von ihnen mehr aufrecht stehen konnte.

Wird nicht passieren.

Nur ein paar Nächte zuvor hatte er sie in ihrem Schlafzimmer überrascht und sie halb zu Tode erschreckt. Jetzt küsste er sie? Er spielte mit dem Feuer, das war glasklar. Heute wirkte sie zerbrechlich und schutzbedürftig. Sie sah aus, als ob die kleinste Erschütterung sie zerspringen lassen würde, was ihn sofort daran denken ließ, ihr beim Orgasmus zuzusehen. Er schüttelte den Kopf. Was war mit ihm nicht in Ordnung? Was an dieser Frau veränderte ihn von Grund auf?

Bevor er die marokkanische Mission versaut hatte, war er mit zahlreichen schönen Frauen ausgegangen, die ihm nichts bedeutet hatten – er konnte sich nicht einmal an ihre Namen erinnern. Mallory war anders. Alles an ihr war anders, inklusive der Tatsache, dass sie eine FBI-Agentin war, die ihn erledigen würde, wenn sie je herausfand, wer er wirklich war.

Es war nicht nur ihr Aussehen, das ihm zu Kopf stieg, auch wenn diese schrägen Augen etwas Elfenhaftes hatten, das ihn innerlich aufwühlte. Sie hatte ein inneres Leuchten, das ihn anrührte. *Weichei.* Er konnte sich diese Zuneigung nicht erlauben. Er konnte es sich nicht erlauben, an irgendetwas anderes zu denken, als daran, seine Verpflichtung gegenüber dem Gateway Project zu erfüllen. Was auch immer die Leute denken mochten, er war ein ehrenhafter Mann, der seine Schulden zahlte und seine Versprechen hielt – an jedem der fünfhundertachtunddreißig Tage, die er einzeln abstrich.

Er hielt sich während der Aufzugfahrt fern von ihr, aber der Geruch ihres dezenten, blumigen Parfums und das Geräusch ihres unregelmäßigen Atems zerrten an seinen Nerven. Sie erreichten den fünften Stock, und er folgte ihr zur Wohnungstür ihres Vaters, versuchte, seine Augen von ihrem Körper abzuwenden.

„Ist das deine Wohnung?", fragte er. Als ob er es nicht wüsste.

„Sie gehört meinem Vater, aber er wohnt in West Virginia."

Er folgte ihr hinein. Das Licht war aus. Die Vorhänge waren noch nicht zugezogen und ermöglichten einen prachtvollen Blick über die festlich erleuchtete Stadt. Ein Kribbeln der Erkenntnis strich über seine Haut, als die Tür sich hinter ihm schloss. Okay, sie war sicher zu Hause. Er legte ihren Mantel über die Sofalehne und beobachtete, wie sie sich von ihm entfernte. Allein ihr Anblick machte ihn verrückt. Er begann, sich zurückzuziehen. Er würde ein anderes Mal einbrechen, um die Wanzen zu platzieren, wenn sie nicht da stand und so verdammt sexy aussah. *Zeit, hier rauszukommen.*

„Möchtest du was trinken?"

Er sah ihren Laptop und zögerte. Zugriff auf diesen zu bekommen, war allgemein viel schwieriger, denn sie nahm ihn fast überallhin mit, und als Bundesbeamtin hatte sie gute Schutzprogramme gegen Malware. Er könnte es schaffen, es würde aber vielleicht Spuren hinterlassen. „Sicher."

Es war sowohl eine Erleichterung wie auch Grund zur Sorge, dass sie nach Quantico versetzt worden war, bevor sie Zeit gehabt hatte, mehr als einige Suchanfragen zu Selbstjustiz durchzuführen. Der Spitzel behielt sie genau im Auge, aber da Lucas Randall die Ermittlungen im Meachermord leitete, bestand die Möglichkeit, dass Mallory zu irgendeinem Zeitpunkt ihre Verdächtigungen mit seinem Kumpel besprechen würde. Alex musste wissen, ob und wann das geschah.

Er hasste es, seinen Freund zu belügen. Und er hasste es, diese Frau zu belügen, die ihren Job ernst nahm. Aber die Alternative war wesentlich schlimmer. Das Gateway Project operierte im Verborgenen, aber selbst diese kleine Welle der Aufmerksamkeit hatte dazu geführt, dass alle sich noch weiter in die Schatten zurückzogen. Alex war nicht sicher, wie weit eine geheime Regierungsorganisation wie diese gehen würde, um ihre Geheimnisse zu bewahren, aber angesichts der potenziellen Konsequenzen ihrer Taten, ging er davon aus, dass sie vor einigen toten Strafverfolgungsbeamten nicht zurückschrecken würden. Das würde er auf keinen Fall zulassen.

Er bezweifelte, dass Mallory von Seiten der Organisation wirklich Gefahr drohte, aber momentan war er nicht sicher, dass sie sich nicht selbst in Gefahr brachte.

„Dir ist bewusst, dass du einen Fremden in deine Wohnung mitgenommen hast? Was, wenn ich irgendein kranker Drecksack wäre?"

„Das bist du nicht."

„Woher willst du das wissen?"

„Lucas ist ein guter Menschenkenner, und er mag dich

offensichtlich." Sie beugte sich vor, um die Stereoanlage einzuschalten, und dieses winzige Kleid rutschte hoch genug, um ihm beinahe einen Herzanfall zu bescheren. Trotz des Alkohols, den sie konsumiert hatte – mit der Effizienz eines Matrosen auf Landurlaub – bewegte sie sich mit der flüssigen Eleganz einer Tänzerin. „Ich hätte nicht einfach jeden mit nach Hause genommen." Sie drohte ihm mit dem Finger. „Außerdem habe ich eine Waffe." Im Moment war sie ganz sicher nicht bewaffnet, denn in diesem Kleid ließ sich nicht mal eine Münze verstecken, geschweige denn eine Pistole. „Und ich habe Freunde beim IRS. Wenn du also ein kranker Drecksack *bist*, werde ich dein Leben zur Hölle auf Erden machen, sobald ich Montagmorgen aufwache."

Trotz ihres Versuches, humorvoll zu sein, schien etwas bei der Aussicht auf Montagmorgen sie offensichtlich schwer zu deprimieren. Was steckte dahinter? Die BAU war ein Traum für FBI-Agenten, und sie war gerade mal einen Tag in Quantico. Sie hatte noch nicht einmal Zeit gehabt, ihren Schreibtisch einzuräumen, geschweige denn, es sich mit jemandem zu verderben.

Sie ging zum Alkoholschrank ihres Vaters und begann, die Flaschen durchzusehen. Sie fand den Single Malt, hielt ihn mit einem triumphierenden Grinsen hoch, schenkte ihnen beiden ein. Er nahm ihr die schweren Kristallschwenker aus den Händen, bevor sie einen Schluck nehmen konnte.

„Langsam. Dir wird noch schlecht." Er stellte die Drinks auf den Sofatisch, versuchte, sie von der Selbstzerstörung abzubringen.

„Das ist mir egal." Tränen kamen aus dem Nichts, und ihr hastiges Blinzeln berührte einen Teil von ihm, den er schon lange für tot gehalten hatte. „Es gibt etwas, das ich heute Nacht vergessen muss, Alex. Und glaub mir, ich bin noch nicht mal halbwegs betrunken genug, um das schon zu können.“

„Also willst du dich volllaufen lassen und mir das Hirn rausvögeln, damit du dich nicht erinnern musst?“ Er hoffte, dass die direkten Worte sie in die Realität zurückholen würden, aber stattdessen sah er, wie ihre Seele in ihren großen Bernsteinaugen ertrank.

„Ja“, sagte sie schlicht.

KAPITEL SECHS

Dieses einzelne Wort war wie ein Tritt in seine Magengrube. Also tat er noch etwas Dummes. Er küsste sie. Sie schmeckte so gut, wie sie es draußen auf dem Bürgersteig getan hatte – nach Whisky, mondän und so verdammt heiß, dass es sein Fleisch versengte. Sein Puls raste, und er löste sich schweratmend von ihr. Er konnte das nicht tun. Er war nicht ehrlich. Wenn sie Sex hatten – ausgerechnet in dieser Nacht – und sie dann herausfand, dass er sie belogen hatte, würde sie rasend sein. Sie hatte Besseres verdient als von Abschaum wie ihm hintergangen zu werden.

Er strich ihr Haar von ihrer Stirn, und schon diese kleine Berührung ließ ihn zittern. „Ich muss gehen.“

Sie presste ihre Lippen aufeinander und entzog sich seinen Armen. „Gut.“ Dann ging sie um ihn herum, griff ihren Mantel vom Sofa und ging steifbeinig zu Tür.

„Wo gehst du hin?“ Aber er wusste es bereits. *Scheiße.*

„Zurück zur Bar.“ Sie war barfuß, schien das aber nicht zu bemerken, als sie sich in ihren großen Wollmantel kämpfte. „Ich hab dir doch gesagt, dass ich einfach nur eine Nacht lang alles vergessen möchte.“

„Was vergessen?“ Sein Mund wurde trocken, das wird immer so, wenn er jemanden anlog. Vielleicht konnte er sie doch noch zur Vernunft bringen.

„*Alles.*"

Jesus. Ein Teil von ihm wollte sie schütteln, ihr die Risiken verdeutlichen, die sie schon einging, wenn sie zu viel trank, vom Verführen eines Fremden mal ganz abgesehen. Aber als Attentäter jemanden über Lebensentscheidungen zu belehren, war zu heuchlerisch, sogar für ihn.

Sie hielt den Kopf hoch, aber Tränen glitzerten in ihren Augen.

Wegen ihm fühlte sie sich schlecht. *Klasse.* Furcht überkam ihn. Furcht und ein seltsames Gefühl der Niederlage. Seine körperliche Erregung spannte seine Nerven bis aufs Äußerste an. Er konnte seine eigenen Bedürfnisse ignorieren, es waren ihre, die ihn zermalmten. Er sah zu dem Alkohol, nahm eines der Gläser und leerte es, nahm dann das andere und tat das Gleiche.

Alex verstand das Bedürfnis, zu vergessen, große Teile des Lebens auszublenden – er hätte seinen letzten Cent gegeben, um manche Teile seiner Erinnerung auszuradieren – den Tod seiner Kumpel in Afghanistan, die in Marokko durchlebte Folter, die Gesichter der Männer, die er beseitigt hatte, um die Welt zu einem besseren Ort zu machen. Leider konnte kein Geld der Welt manche Dinge auslöschen.

Sie stand bei der Tür und beobachtete ihn. Traurig und verletzt.

Das hier war keine Liebe oder Romantik. Es war Sex. Und er hatte schon so lange keinen Sex mehr gehabt, dass er sich kaum noch erinnerte, wie es sich anfühlte. Jetzt wollte er es – er wollte sie – mit einer Intensität, die ihn hätte ängstigen sollen. Er hatte zu viele Geheimnisse, um sich mit jemandem einzulassen, am wenigsten mit Special Agent Mallory Rooney, aber es schien, als ob er eine schlechte Entscheidung nach der anderen traf, wenn es um sie ging.

Ein One-Night-Stand.

Es könnte das Wenige zerstören, das noch von seiner Seele übriggeblieben war, aber er hatte die schreckliche Ahnung, dass es das wert sein könnte.

Alex legte seine Jacke ab, zog sein T-Shirt über seinen Kopf und warf es durch das Zimmer. Ihre Augen blitzten schockiert auf, als sie seinen Körper und dann seine Narben fixierten. Es bestand durchaus die Möglichkeit, dass sie davon so angewidert war, dass sie ihn mit einem Fußtritt vor die Tür beförderte, was ihrer beider Probleme gelöst hätte.

Das Leuchten in ihren Augen zeigte keinen Ekel. Es war Empathie. Mitgefühl. Lust.

Na gut.

„Afghanistan?", fragte sie.

„Ein paar davon." Er konnte ihr die Wahrheit nicht sagen, aber Lügen würde ebenso unmöglich sein, sogar wenn sie betrunken war und sich morgen hoffentlich an kein einziges Wort erinnern würde. Diese Erkenntnis erschreckte ihn zu Tode.

Heute Nacht brauchte sie jemanden, der ihr beim Vergessen half, und er würde sich wie ein braver kleiner Soldat für das Wohl der Gemeinschaft opfern. Was zur Hölle konnte es schon schaden? Er würde das durch seine Adern rasende Bedürfnis befriedigen und in weniger als einer Stunde verschwunden sein. Sie wäre sicher und schlafend zu Hause und würde einen weiteren herzzerbrechenden Jahrestag überstanden haben.

Win-win.

Er ging auf sie zu und sie sah ihn aufmerksam an. Sie sog die Luft tief ein, ihre kecken Brüste drückten sich gegen die schwarze Seide, dass es ihn in den Fingern juckte, sie zu berühren. Sie wussten beide, dass es nun geschehen würde. Sie waren beide mit der Richtung der Geschehnisse einverstanden. Weil es nicht um ihn ging. Sie brauchte einfach nur einen warmen Körper. *Irgendeinen* Körper. Das schaffte er. Er konnte irgendjemand sein – er konnte nur nicht *jemand* sein.

Er blieb vor ihr stehen und sie ließ den Mantel auf den Boden gleiten. Mit einem Finger fuhr er die zarte Erhebung ihres Schlüsselbeins nach. Sie hielt den Atem an. Ihre Haut war weich wie Rosenblätter, viel erotischer als schwarze Seide. Etwas an der Berührung ließ ihn daran zurückdenken, wie es sich anfühlte, vor einem Erschießungskommando zu stehen. So verängstigt, dass sein Mund zu Staub wurde.

„Atme", erinnerte er sie beide.

Sie sog ihre Lunge voller Luft, und er konnte nicht widerstehen, seine Hände auf ihre Brüste zu legen. Er strich mit seinen Daumen über ihre Brustwarzen, einmal, zweimal, sah, wie die Spitzen sich unter dem glatten Stoff ihres Kleides zu Perlen aufrichteten. Er sah, wie ihre Augen vor Erregung dunkel wurden. Ihr Mund war leicht geöffnet, die Augen geschlossen. Sie war schlichtweg die schönste Frau, die er je gesehen hatte. Ein Stöhnen entwich ihren Lippen, und er wurde sofort hart. Er stand mit seinem Knie zwischen ihren und schob dieses Kleid hoch, um einen Blick auf die endlosen, in spitzengesäumte Strümpfe gehüllten Beine zu erhaschen. Speichel sammelte sich in seinem Mund. Die Haut auf der Innenseite ihres Oberschenkels zu berühren war das Unglaublichste, das er je erlebt hatte.

Er küsste sie, diese perfekten rosa Lippen waren so herrlich weich und nachgiebig, dass er aufstöhnen wollte. Ihre

Zunge strich sinnlich über seine, sodass sein Herz wie Gewehrfeuer gegen seine Rippen hämmerte. Seine Lippen fanden ihren Hals, Zähne streiften über süße Alabasterhaut. Er bewegte sich langsam, strich mit seinen Händen über die Kurven ihrer Brüste, die Wölbung ihrer Hüften und die perfekte Rundung ihres Hinterns. Ihre Hände legten sich um seinen Nacken und strichen hinauf in seine Haare, zogen ihn näher. Langsam, so langsam, dass es ihn schier umbrachte, schob er einen Finger in ihr Höschen und in die heiße vulkanische Hitze ihres Innersten. Sie ging auf die Zehenspitzen, ihre Hände umkrallten seine Schultern, ihre Augen und ihr Mund weiteten sich vor Schock. Er konnte ihrem Mund nicht widerstehen, küsste sie erneut, wollte verzweifelt jeden Zentimeter ihres Körpers schmecken. Er zog seinen Finger zurück und glitt erneut hinein, hielt einen gleichmäßigen Rhythmus, bis sie sich gegen seine Handfläche wand. Sie war eng und keuchte, als er ein wenig tiefer stieß.

„Zu viel?" Seine Stimme klang nicht nach ihm. Er hatte die Version schon einmal gehört, in diesem Gefängnis in Marokko. Sein inneres Tier wurde losgelassen, aber diesmal aus Lust, nicht aus Schmerz.

Sie schüttelte den Kopf, und ihre Nägel gruben sich in seine Schultern. „Mehr", verlangte sie. Dann küsste sie seinen Nacken, biss fest genug zu, um ihn zum Lachen zu bringen.

Sie konnte jederzeit ihr Zeichen auf ihm hinterlassen.

Ihr Atem verbrannte seine Haut, und sein Körper schmerzte geradezu bei dem Gedanken, dass sie sich mit ihrem hübschen Mund dem Rest von ihm in derselben Weise widmen würde, wie er es mit ihr vorhatte. Er verrieb die Nässe über ihre weiblichen Mulden und presste seine Handfläche fest gegen die empfindlichen Nerven ihrer Klitoris. Ihre

Muskeln zuckten, ihre Beine zitterten. Oder vielleicht war er das. Er zog sich zurück und hob sie höher, spreizte ihre Beine, schuf Platz für sich. Sein Puls hämmerte. Hitze brach durch seine Haut. Feuer fraß sich durch seine Adern.

Er küsste sie hungrig. Sie erwiderte den Kuss, verzehrte ihn im gedankenlosen Rausch. Etwas zerbrach in ihm. Die über Jahre aufgebaute Kontrolle brach zusammen. Er wollte nicht aufhören. Er wollte nicht gut oder edel sein, oder sie kommen lassen und gehen. Es war falsch, aber nichts zählte, außer sich bis zum Anschlag in diese Frau zu vergraben. Er schob die Hand in seine Hosentasche und zog seine Geldbörse hervor. Mit einer Hand wühlte er in einem der Fächer, ließ Karten und Geld auf den Boden fallen, bis er die Plastikverpackung gefunden hatte und die Geldbörse fallen ließ. Er ließ von ihrem Mund ab und riss die Verpackung mit den Zähnen auf. Sie versuchte, seinen Reißverschluss zu öffnen, aber er löste sich, setzte ihre Füße sanft auf den Boden als er sich mit einem Kondom umhüllte und sie beide schützte.

Sie griff nach ihm, aber er fasste ihre Hand. „Wenn du mich anfasst, ist es alles vorbei. Ich wollte noch nie so sehr mit jemandem Sex haben wie in diesem Moment mit dir.“

„Okay. Beeil dich.“ Sie sah ihn mit Augen an, die haargenau die gleiche Farbe hatten wie der Whisky, den sie getrunken hatten.

Er wollte ihr die Kleider vom Leib reißen, sie auf das Bett werfen und sie nehmen, bis sie das Bewusstsein verlor. Das Schlafzimmer war zu weit weg. Er zog ihr Kleid bis zu ihrer Taille hoch. Während er an ihrem Ohr heftig atmete, schloss er die Hand um ihr Seidenhöschen. „Bis du sicher, dass du das willst, Mallory?“

Sie nickte, und er riss das Höschen sauber ab. Ihre

Fingernägel fraßen sich in seinen Bizeps. Es war ihm egal. Sie hob ein bestrumpftes Bein und legte es um seine Hüfte. Unfähig, sich zurückzuhalten, stieß er tief hinein. Das Lust trat umgehend ein, ebenso wie die Panik, denn er war komplett am Ende.

„Du bist so eng." Und er hatte sie gegen eine Wand genommen. *Idiot.* „Tue ich dir weh?" Er wollte sich zurückziehen, aber sie griff ihn fester.

Sie schüttelte den Kopf, wand sich, um näher zu kommen. „Mehr", verlangte sie und knabberte an seinem Kinn. Ihre Nägel zerkratzten seinen Rücken, gruben sich auf eine schmerzhafte Weise in seine Haut, die ihn mehr erregte, als er es je für möglich gehalten hätte. Er umfasste ihr anderes Bein und legte beide um seine Taille. Und dann war jeder pulsierende Zentimeter von ihm in ihr, umfangen von der samtenen Umklammerung nasser Hitze.

„Okay?", fragte er. *Okay* beschrieb nicht mal annähernd, was er fühlte. Er war sich ziemlich sicher, dass das Wort dafür noch gar nicht erfunden war.

„Oh, ja."

Schweiß brach auf seiner Stirn aus, während er sich in ihr bewegte. Sie wurde von seinem Körper gegen die Tür gedrückt, ihre Hüften bewegten sich, um ihm Stoß für Stoß entgegenzukommen. Sein Gehirn schien zu implodieren. Es gab nichts, außer ihrer Hitze. Er wurde tiefer und tiefer in den Strudel gezogen, der Mallory Rooney war, und er wollte, dass es nie endete. Sie begann zu kommen und jeder angenehme Gedanke, jedes angenehme Bild, das er je erlebt hatte, verschmolz in seinem Gehirn und detonierte wie ein Feuerwerk, als sie aufschrie, seinen Namen schluchzte. Zwei weitere Stöße und ihr Orgasmus riss ihn mit. Er kam mit einer

Wucht, die ihn fast auf die Knie zwang. Ein urzeitlicher Schauder erfasste ihn, das Herz in seiner Brust pochte wie ein Vorschlaghammer.

Seine Haut fühlte sich an wie unter Strom gesetzt, seine Lungen, als ob sie nie wieder einen vollen Atemzug aufnehmen könnten. Und dann begann sie zu weinen.

DIE WELT BEGANN sich zu drehen. Zuerst dachte Mallory, dass es am Alkohol lag, obwohl sie viel zu schnell wieder nüchtern geworden war. Sie war in ihrem Schlafzimmer. Alex suchte nach dem Reißverschluss an ihrem Kleid und ließ es dann von ihren Schultern gleiten. Sie war überrascht, dass er nicht schreiend aus der Wohnung gerannt war.

Von der verrückten Lady verführt worden. *Treten Sie näher, treten Sie näher.*

Sie kniff die Augen gegen die brennend heißen Tränen zusammen, die sie auf ein emotionales Wrack reduzierten. Sie wollte doch einfach nur vergessen. Es war gleich, was sie tat, dieser Tag endete immer in Tränen. In der Zeit, die sie und Alex mit Sex verbracht hatten, hatte sie das Datum und das, wofür es stand, ignorieren können. Sobald sie aufgehört hatten, war die Schuld wie eine Abrissbirne in sie zurückgeschmettert.

Er ließ sie los. Warum auch nicht? Er musste sie für eine nuttige Trinkerin halten, die eine Schraube locker hatte. Aber sie weinte nicht, weil Alex vielleicht schlecht von ihr dachte. Sie und Payton hatten eine besondere Verbindung gehabt. Als sie ihr genommen worden war, hatte es sich angefühlt wie der Verlust eines Körperteils. Sie vermisste ihre Schwester. Sie vermisste ihre Schwester wirklich. Immer noch. Und sie war diejenige gewesen, die davongekommen war.

Die Tränen flossen weiter. Tränen, die ihr die Energie nahmen. Scham überkam sie. Nicht wegen des Sex. Sex war nicht wichtig, wenn man ihn mit dem Verlust oder Tod eines jungen Mädchens verglich. Sie schämte sich, dass sie das Geheimnis nicht hatte aufklären können, dass sie trotz ihrer fast übersinnlichen Verbindung nicht in der Lage gewesen war, ihre Zwillingsschwester zu finden. Sie wollte sich unter die Bettdecke verkriechen und dort das ganze Wochenende über bleiben, oder sich einfach im Alkohol verlieren – aber das war gefährlicher. Sie bedeckte ihre Augen mit ihren Händen. „Gott, es tut mir so leid."

„Sch." Er legte seine Hände auf ihre Schultern und küsste ihre Wange. Sie lehnte sich in diesen Kuss hinein. Er öffnete ihren BH und zog ihr dann die Strümpfe aus. Es hätte ihr peinlich sein sollen, nackt da zu stehen, aber es war ihr egal. Es erinnerte sie daran, dass es ihm zuvor gelungen war, sie vergessen zu lassen, und vielleicht konnte er sie wieder vergessen lassen.

Sie strich mit ihren Händen über seinen Oberkörper. Er hatte den erstaunlichsten Körper, und ihn zu erforschen war millionenfach besser als darüber nachzudenken, was irgendein krankes Monster ihrer neunjährigen Schwester achtzehn Jahre zuvor angetan hatte.

Sie folgte mit ihrem Finger einer Narbe. Wer hatte ihm all diese Wunden zugefügt?

Er griff ihre Hände. „Ich mache mich kurz frisch, und dann reden wir." Er ging ins Badezimmer.

Reden war das Letzte, das sie tun wollte, also ging sie zurück ins Wohnzimmer, um sich noch einen Drink einzuschenken. Alex erwischte sie, bevor sie dort ankam.

„Lass mich los." Sie versuchte, sich seiner Umarmung zu entwinden.

„Vielleicht möchte ich nicht." Seine Arme schlangen sich um ihre Taille und zogen sie eng an sich.

„Dann bist du verrückt."

„Das sind wir beide, Babe. Das sind wir beide", flüsterte er in ihr Haar.

„Wirst du bleiben?" Sie hielt den Atem an. Sie wollte nicht, dass er ging.

Sie spürte seinen Seufzer an ihren Rippen nachklingen. „Ich kann nicht."

Ihre Finger verstärkten den Griff um seine Handgelenke, während er ihren Nacken liebkoste. Er war wieder hart. Sie konnte ihn heiß und schwer an ihrer Hüfte fühlen, aber sie würde nicht betteln. „Ich bin noch nicht dazu bereit, wieder allein zu sein."

Er hob sie hoch und trug sie zurück zum Bett, streifte seine Stiefel ab und kletterte hinter ihr hinein. Alex hielt sie fest, bot ihr mit seiner Wärme Geborgenheit. Es fühlte sich gut an, von starken, männlichen Armen gehalten zu werden. Besser als sie es in Erinnerung hatte. Aber er behandelte sie wie ein zerbrechliches Kind, und sie war schon seit langer Zeit kein Kind mehr.

„Es tut mir leid, dass ich dich eben vollgeheult habe." Sie erwartete einen Witz als Antwort. Stattdessen drehte er sie auf den Rücken.

„Entschuldige dich nicht", sagte er. „Entschuldige dich nie bei mir."

Er ließ sich zwischen ihren Oberschenkeln nieder, als ob er dort hingehörte, und sie hob die Hüfte an, um ihm ihre

Zustimmung zu signalisieren. Ein wachsamer Ausdruck huschte über sein Gesicht. Sie wussten beide, dass er schon wieder in ihr wäre, wenn er keine Jeans trüge und dass es genau der Ort war, an dem sie ihn haben wollte.

Eine winzige Narbe durchtrennte seine rechte Augenbraue. Sie hatte sie vorher nicht bemerkt, aber aus der Nähe sah es wie die Art Verletzung aus, die Boxer ständig erlitten. Sie hob einen Finger, um sie zu streicheln. Seine Augen flackerten kurz. Dann schloss er sie und lehnte seine Stirn an ihre. „Ich war nicht gut darin, dich das vergessen zu lassen, was auch immer du vergessen musst."

„Das stimmt nicht." Sie rieb mit ihrer Handfläche über die Stoppeln an seinem Kinn. „Als du in mir warst, habe ich alles vergessen. Ich sollte dir danken."

Alex kniff seine Augen zu, wirkte fast, als ob er Schmerzen hätte. „Ich sollte besser gehen." Sein warmer Atem strich an ihrem Ohr vorbei, und seine Hände griffen ihre Schultern so fest, dass sie morgen blaue Flecken haben würde. Es war ihr egal.

„Okay." Sie leckte kurz über seine Unterlippe, weil sie wollte, dass er blieb und trotz der aus seinem Mund kommenden Worte schien er es mit dem Gehen nicht eilig zu haben. Sie presste ihre Lippen auf seine und küsste ihn. Bei Alex zu sein, entfernte sie aus der Realität – und die Realität war Scheiße.

Sie strich mit ihren Händen über seinen starken Rücken, als er endlich ihren Kuss erwiderte. Seine Haut war glatt und heiß, die Muskeln bewegten sich in Reaktion auf ihre Berührung.

Er verlagerte seine Position, sein Mund senkte sich auf ihre Brüste und sie wölbte sich vom Bett hoch, als ein heftiger

Rausch der Lust sie durchströmte. Sein Geruch machte sie hungrig. Die Berührung seines Mundes und seiner Hände machten es ihr unmöglich, auch nur einen einzigen Gedanken in ihrem Kopf zu behalten. Außer Sex. Sex. Jetzt sofort. Der antreibende, urzeitliche Drang. Sie kümmerte sich um seine Knöpfe und befreite ihn von seiner Hose.

„Kondom", sagte er zwischen zusammengebissenen Zähnen.

Mist.

Sie riss die Nachttischschublade auf, erleichtert, eine Schachtel zu finden. Alex warf seine Jeans beiseite, streifte sich eines über und war sofort in ihr. Sie umschloss seine Hüften mit ihren Beinen – dann gab es keine Gedanken mehr, nur Gefühl und Genuss und glatte Körper, die einander so nah wie möglich kommen wollten, dem Ort zustrebten, an dem nichts sonst zählte.

Dann, gerade als sie dachte, dass sie auf der Zielgeraden wären, verlangsamte Alex alles.

Er strich die Haare aus ihrer Stirn und presste sich tief in sie, sah in ihre Augen. Er stieß erneut zu, langsam, und jedes Mal durchfuhr sie leichte Verwunderung. Es fühlte sich unglaublich an, eine jener Empfindungen, von der man wollte, dass sie nie endete, auch wenn man wusste, dass sie nicht ewig andauern konnte. Sie passte sich ihm an, nahm die Bewegung tiefer in sich auf. Sie kletterte höher und höher und er ließ sie langsam dorthin gelangen, zögerte es hinaus, ließ es andauern. Sie klammerte sich an ihn und keuchte.

„Verdammt, Mallory." Und dann stieß er immer wieder in sie und stöhnte, als auch er jenen Gipfel erreichte, auf dem alle Nervenenden vom Blitz getroffen wurden.

Nach einigen Minuten kamen sie beide zur Ruhe, ihre

Haut feucht, die Herzen klopften in ihren Brustkörben heftig gegeneinander.

Er begann, sich zurückzuziehen. Sie hielt ihn fest. „Bleib."

„Ich kann nicht." Aber er ging nicht. Er legte die Arme um sie und drehte sie beide, sodass sie auf ihm ausgebreitet lag.

Erschöpft und befriedigt dämmerte sie weg. „Du bist ein guter Mann, Alex Parker."

Er küsste sie auf den Scheitel. „Nein. Aber du gibst mir das Gefühl, dass ich einer sein könnte."

KAPITEL SIEBEN

A LEX SCHLÜPFTE AUS dem Bett und zog sich an, wobei er darauf achtete, leise zu sein. Mallory hatte endlich Ruhe gefunden. Er hatte eine gute Stunde wachgelegen und sie einfach nur gehalten – sichergestellt, dass sie wirklich schlief. Aber er würde wohl nie etwas anderes sein als ein kaltblütiger Killer, und je eher er sich das in Erinnerung rief, desto besser.

Im ruhigen Wohnzimmer blieb er einen Moment stehen, versuchte, den Schmerz der Einsamkeit zu ignorieren. Das Zimmer war in neutralen Farben eingerichtet, ansprechend, edel, aber ohne richtigen Charakter. Anders als Mallory, die so verdammt voller Charakter war, dass man sie unmöglich ignorieren konnte. Er hob ihre hochhackigen Schuhe hoch und grinste.

Verdammte Schuhe. Verdammtes Kleid. Verdammter, perfekter Körper und verdammt tragische Augen.

Er legte die Schuhe wieder sanft ab und erinnerte sich daran, dass er einen Job zu erledigen hatte. Mit Mallory zu schlafen war nur eine Art, dies effizienter zu erledigen. *Sicher, Arschloch.* Er fuhr ihren Laptop hoch und sah zu, wie er sich mit dem Internet verband. Zwei Minuten später hatte er die Software installiert, die er brauchte, um nicht nur auf ihre Tastenanschläge, sondern auch auf alle eingehenden und ausgehenden Mails, sowie die Kamera und das Mikrofon

Zugriff zu bekommen. Er löschte alle Anzeichen des Downloads aus dem System und führ den Computer herunter. Dann hob er seine auf dem Boden zusammengeknüllte Jacke auf und suchte in der Innentasche nach der Kamera und der Wanze, die er bei sich gehabt hatte. Ursprünglich war er ihr am vergangenen Abend in die Bar gefolgt, um abschätzen zu können, wie lange sie dort sein würde, damit er einbrechen und die Überwachung installieren konnte. Irgendwie war er in seine eigene Falle getappt.

Er bückte sich, um seine Geldbörse und verstreuten Sachen dort vom Boden aufzusammeln, wo sie zuerst Sex gehabt hatten. Dann schloss er seine Augen und zählte bis zehn. Wenn er weiter über all die verschiedenen Arten nachdachte, auf die sie gevögelt hatten, würde er am Ende wieder zu ihr ins Bett kriechen und auf eine letzte Runde hoffen. Aber das würde nie wieder vorkommen.

Bedauern breitete sich in ihm aus.

Es gab keinen Zweifel, dass er von Mallory sehr angezogen war und sie liebend gerne wiedersehen würde. Aber wenn sie wüsste, was er wirklich war und welch illegale Aktivitäten er für Leute innerhalb ihrer Regierung ausführte, wäre sie angewidert. Er wollte nicht, dass sie ihn unter falschen Voraussetzungen kennenlernte, aber es war unmöglich, ihr die Wahrheit zu gestehen. Also war es am besten, zu verschwinden, bevor sie aufwachte.

Warum zur Hölle fühlte es sich dann so falsch an?

Dazu kam noch, dass sein Chef nicht sehr glücklich sein würde, wenn er wüsste, wie nah er heute Nacht an seiner Zielperson dran gewesen war. Haut-an-Haut war wahrscheinlich nicht das, was sie sich vorgestellt hatten, als er den Befehl erhalten hatte. Fünfhundertsiebenunddreißig weitere Tage, und er könnte diese Scheiße für immer hinter sich lassen. Aus irgendeinem Grund brachte ihm der Gedanke nicht den üblichen Frieden.

Alex nahm die Kamera aus seiner Tasche und befestigte sie unter einem Tisch neben der Wohnungstür. Sie bot einen Weitwinkelblick über das Wohnzimmer und ein Stück der Küche. Die Wanze war gut in einer Lampe am anderen Ende des Raumes befestigt. Auf dem Couchtisch stand eine große blaue Schachtel. Neugierig hob er den Deckel und sah einen Stapel Akten und Zeitungsausschnitte über die Entführung ihrer Schwester. Er biss die Zähne zusammen. Wie fühlte es sich an, wenn ein geliebter Mensch in den Äther verschwand und man nie wieder von ihm hörte? Er wusste es nicht, aber es erinnerte ihn an die Bedeutung dessen, was er tat.

Er half, Monster zu stoppen.

Während er in seine Jacke schlüpfte, versuchte er, die an seinem Gewissen nagende Schuld zu ignorieren und sagte sich, dass er Mallory gegeben hatte, was sie brauchte – ein paar Stunden gedankenlosen Vergnügens und tiefen Schlaf.

Na klar, er war ein echter Held.

Es war lange her, dass er irgendwo oder durch irgendetwas Trost gefunden hatte. Seine gesamte Willenskraft war vonnöten, um nicht ins Schlafzimmer zurückzukehren und zu ihr ins Bett zu klettern. Stattdessen schlüpfte er geräuschlos aus der Wohnungstür und begann, in südwestliche Richtung zu gehen. Wenn er einfach lange genug ging, würde er vielleicht allen Fehlern entkommen, die er in seinem Leben gemacht hatte – ein weiterer unmöglich zu realisierender Traum. Obwohl er es letzte Nacht, genau wie Mallory, wenigstens eine Weile lang vergessen hatte.

Da erkannte er, dass er schon viel zu lange unerreichbar

gewesen war und schaltete sein Telefon an, als er den Dupont Circle erreichte. Fluchend las er seine Nachrichten. Es hatte in der Nacht eine gewaltige Cyberattacke auf eine der großen Banken gegeben – eine Bank, die Cramer, Parker & Gray ursprünglich konsultiert und ihnen dann mitgeteilt hatte, dass ihre Dienste zu teuer waren, um sich dann für einen günstigeren Wettbewerber zu entscheiden.

Man bekommt, wofür man bezahlt, auch wenn man sich nie vollständig gegen Angreifer absichern konnte, musste man nur vorbereitet sein, einen Angriff zu entdecken und abzuwehren.

Alex freute sich über die Ablenkung. Seine Kollegen waren die ganze Nacht mit der Beeinträchtigungs- und Schadensbegrenzung beschäftigt gewesen, also war er nun an der Reihe. Es war besser, an Codes und Strategien zu denken, als sich an den dunklen Haarschopf zu erinnern, der sich an sein Herz geschmiegt hatte, während sie schlief.

Er konnte sich nicht davon abhalten, ihr eine Nachricht zu schicken. „Notfall auf der Arbeit. Ich muss hin. Genieß das restliche Wochenende." Noch während er auf Senden drückte, schüttelte er seinen Kopf und stieß dann das Handy in seine Tasche. Offenbar hatte er seinen beschissenen Verstand verloren.

MALLORY WAR SUPERVISORY Special Agent Frazers Team in der BAU-4 zugewiesen worden, welches sich mit Serienmorden an Erwachsenen und anderen ungewöhnlichen Verbrechen beschäftigte. Der Mann wusste nichts von Hanrahans Erweiterung ihrer normalen Pflichten. Sie saß um neun Uhr am Montagmorgen in ihrer ersten Teambesprechung. Obwohl Mal wusste, warum sie wirklich hier war, war sie aufgeregt die Möglichkeit zu haben, mit diesen Leuten zu arbeiten.

Die Mienen ihrer Kollegen waren weniger begeistert; sie reichten von abgelenkt über wachsam bis hin zu offen feindselig. Ein Typ sah aus, als ob er ihr an die Wäsche gehen wollte. Der Letzte, Frazer, hatte einen berechnenden Gesichtsausdruck. Trotz seines strahlend blonden Haars erinnerte er sie heute nicht an einen Filmstar. Er war ernst und abweisend, und vermittelte das Bild des mächtigen Strafverfolgungsbeamten, der sowohl Marke als auch Waffe trug und seine Pflichten sehr ernst nahm. Auf gar keinen Fall würde er die Regeln brechen und mit einem Selbstjustizmörder arbeiten – *oder*?

„Special Agent Rooney ist von der Außenstelle Charlotte zu uns gekommen. Sie war sehr in den Meacherfall involviert", stellte Frazer sie dem Team vor. BAU-4 hatte ihre Unterstützung in der Meacher-Ermittlung abgeschlossen. Alle Videoinformationen waren kopiert, die Originale in der Beweissicherung gelagert. Die Identifizierung der Opfer lief noch, aber das würde hauptsächlich Sache der Agenten vor Ort und der Forensik in Charlotte sein.

Mallory nickte und hielt ihren Mund. Wenn sie auch nur einen Funken Glaubwürdigkeit hier bewahren wollte, konnte sie nicht sagen, dass sie tatsächlich nichts getan hatte, außer das Telefon zu beantworten, aber sie hasste es, zu lügen.

„Warum macht sie den Trainingskurs nicht mit?", fragte eine Frau mit tintenschwarzen Haaren und ebenso dunklen Augen.

Mallory rutschte unbehaglich auf ihrem Stuhl herum.

Agenten, die der BAU beitraten, durchliefen einen sechzehnwöchigen Trainingskurs, bevor sie im Turnus in den verschiedenen Abteilungen der *Behavioral Analysis* arbeiteten, um ein weites Spektrum an Erfahrungen zu sammeln. Es konnte bis zu zwei Jahre dauern, dies abzuschließen. Kein Wunder, dass die Leute misstrauisch und sauer waren.

„Das wird sie, aber die nächste Runde beginnt erst im späten Januar, also bleibt sie so lange bei uns."

Die dunkelhaarige Agentin schnaubte.

„Ich weiß, wir arbeiten alle an aktuellen Fällen, aber wir haben einen neuen Fall, bei dem wir um Unterstützung gebeten wurden, und ich möchte diesen zur Priorität machen", fuhr Frazer fort. Gott sei Dank, denn sie begann unter der intensiven Musterung zu schwitzen. „Im Laufe des letzten Jahres gab es eine Mordserie an jungen Frauen im Alter von knapp unter zwanzig bis Ende dreißig." Er hängte Fotografien von sechs lächelnden jungen Frauen auf, alle mit schwarzbraunem Haar. Unter jedem platzierte er eine Tatortfotografie ihrer Leichen. Mallory zuckte zusammen. Ihre Gesichter waren brutal geschlagen worden, und es sah aus, als ob sie erwürgt worden waren.

„Die Beweise sprechen dafür, dass die Frauen alle an Highways entführt wurden, also arbeiten wir mit Special Agent Tate vom HSK – Highway Serial Killings Initiative – zusammen." Er nickte dem Typen zu, der Mallory angestarrt hatte, als ob sie seine Lieblingseiscremesorte wäre.

Sie fand den Kerl nicht im Geringsten anziehend, wurde aber sofort an Alex erinnert und an das, was sie Freitagnacht getan hatten. Mal schluckte hart. Aufzuwachen und festzustellen, dass er weg war, war sowohl eine Erleichterung wie auch eine Enttäuschung gewesen. Die Tatsache, dass er ihr eine Nachricht geschickt hatte, hatte seltsame Dinge mit ihrem Herzen gemacht – Dinge, die sie sich nicht leisten konnte. Freitagnacht war eine Normabweichung gewesen. Eine einmalige Sache, die nie wiederholt werden würde. Der Gedanke deprimierte sie abgrundtief.

Sie achtete auf eine neutrale Miene, während sie Frazer zuhörte. Mallory nahm ihre Arbeit ernst, auch wenn es schien, als ob diese sie momentan nicht sehr ernst nahm. Auf gar keinen Fall würde sie sich mit einem Kollegen einlassen, aber – ihr rutschte das Herz in die Hose – es war wahrscheinlich nützlich für ihre *andere* Ermittlung. Kein Rummachen, aber vielleicht freundlicher sein als sie wirklich wollte. Auch wenn sie niemals etwas tun könnte, das ihr das Gefühl gab, ihre Seele verkauft zu haben. Sie musste sich einen Rest Würde bewahren.

„Was ist das auf den Brustkörben der Opfer?" Sie lehnte sich nach vorn, um einen besseren Blick auf die Bilder zu bekommen, aber sie konnte es nicht erkennen. Die Frauen waren nackt, aber fast kindlich mit über die Schamgegend gelegten Händen positioniert.

Frazer kniff die Lippen zusammen. „Der Mörder ritzt etwas in die linke Brust des Opfers ein." Frazer nahm ein weiteres Bild aus der Fallakte und hängte es an das Whiteboard.

„Ist das ein AR oder AK?", fragte der HSK-Agent.

Frazer hängte Großaufnahmen aller Verstümmelungen auf, und jede Zelle in Mallorys Körper erstarrte.

„Bei den ersten Opfern ist es noch grob gemacht, aber er verfeinert seine Technik nach und nach. Wir sind ziemlich sicher, dass es die Buchstaben PR innerhalb eines Herzes darstellt."

Ihr Herzschlag beschleunigte sich. PR – Payton Rooney? Oder etwas anderes?

Frazer hielt ihrem Blick stand, als ob er auf eine Reaktion wartete. Sie weigerte sich, ihm eine zu zeigen.

„Wir wissen noch nicht, was diese Buchstaben bedeuten."

„Ante oder post mortem?", fragte die dunkelhaarige Frau.

Mallory wappnete sich und atmete erleichtert aus, als Frazer erwiderte: „Post."

„Sexueller Übergriff?", fragte einer der Männer.

„Ja. Es scheint, als ob die Opfer einige Zeit am Leben gehalten und wiederholten sexuellen Übergriffen ausgesetzt wurden."

„Irgendeine Verbindung zu den Meachermorden?", fragte Mallory. Es gab Ähnlichkeiten hier, aber auch offensichtliche Unterschiede.

„Keine, die bisher entdeckt wurden. Das letzte Opfer wurde zwei Tage nachdem wir Meachers Haus gestürmt haben, gefunden. Der Gerichtsmediziner hat festgestellt, dass der Todeszeitpunkt nach Meachers Tod liegt. Aber diese Fälle sind in den Staaten North Carolina, Virginia, West Virginia vorgefallen – Meachers Jagdgründe –, also möchte ich eine Verbindung nicht ausschließen. Ich möchte, dass Sie diesen Aspekt bei der Durchsicht der Akten berücksichtigen." Er sah nicht überzeugt aus, aber gute Strafverfolgungsbeamte blieben aufgeschlossen.

„Falls Meacher also nicht doch einen Komplizen hatte, ist es wahrscheinlich ein anderer Täter." Mallory grübelte über den *Komplizen-der-sich-gegen-seinen-Partner-gewandt-hatte*-Blickwinkel im Vergleich zum *Selbstjustiz*-Blickwinkel nach. Sie musste sich die Fälle näher ansehen und mit Lucas in Charlotte reden – sie hatte ihm Mitteilungen hinterlassen, aber bis jetzt keine Antwort erhalten. Es war ohnehin ein Schlag für sie gewesen, dass sie ihre Selbstjustiztheorie nicht mit ihm durchsprechen konnte, weil Hanrahan sie zur Geheimhaltung verpflichtet hatte. Sie hasste das. Vielleicht war ihre Theorie einfach das Ergebnis davon, zu häufig Fernsehpolizeishows angesehen und Konspirationstheoriespinnern zugehört zu haben.

„Ich habe gehört, Sie haben beim Sturm auf Meachers Haus eine große Rolle gespielt, Rooney", grinste eine zweite weibliche Agentin. „Ihr alter Boss hat mir alles darüber erzählt."

Mallory tauschte einen Blick mit der älteren, tödlich boshaften Agentin aus. Vermutlich eine von Danbridges Gefolgsleuten.

Gut zu wissen.

„Die Tatsache, dass dieser Mörder seine Opfer mit den Händen erwürgt hat, deutet darauf hin, dass es ihm um etwas Persönliches geht." Frazer ignorierte diese Unterbrechung. „Dafür sprechen auch die brutalen Schläge im Gesichtsbereich." Als ob er sie bestrafen und unkenntlich machen wollte. „Wir wurden von der State Police in Virginia und mehreren Sheriffbüros um Unterstützung und Erstellung eines Profils gebeten. Ich habe vor, in der nächsten Woche die Strafverfolgungsbehörden vor Ort zu besuchen und mir die Leichen anzusehen. Wir wissen alle, dass einige örtliche Polizeireviere wegen Budgeteinschränkungen Morde oder Entführungen nicht einmal melden, also möchte ich, dass Sie, Rooney, Stadtverwaltungen und Sheriffbüros anrufen, um zu sehen, ob es weitere Opfer dort draußen gibt, die nicht in ViCAP eingetragen wurden."

„Ich habe gehört, dass sie gut am Telefon ist", warf

Danbridges Kumpanin höhnisch ein.

Frazer sagte nichts, betrachtete den Austausch nur aufmerksam. „Ich hätte wohl alle vorstellen sollen. Rooney, dies sind die Special Agents Moira Henderson, Felicia Barton, Darsh Singh." Er arbeitete sich um den Tisch herum. „Bradley Tate, Matt Lazlo und zu guter Letzt Jed Brennan."

Obwohl er in der Besprechung saß, arbeitete Special Agent Brennen offensichtlich an etwas anderem. Ertappt blickte er auf und lächelte sie trocken an. „Schön, Sie kennenzulernen, Agent Rooney."

„Agent Brennan arbeitet am Fall des Rainbow-mörders." Eine besonders grausige Mordserie an jungen, homosexuellen Männern. Frazer warf dem Mann einen nachdrücklichen Blick zu. „Er ist manchmal von seiner Arbeit geradezu besessen."

Brennan schnitt eine Grimasse in Mallorys Richtung, als Frazer nicht hinsah, was ihre Lippen nach oben zucken ließ.

Frazer fuhr fort: „Sam Walker ist ein weiterer unserer Agenten, aber er ist unterwegs. Er wird in einigen Tagen zurück sein."

Mallorys Herz rutschte ihr in die Hose. Sofern sie oder Hanrahan nicht das Gegenteil beweisen konnten, waren dies alles potenzielle Verdächtige.

Frazers Lächeln erreichte seine Augen nicht ganz. „Willkommen im Team."

ER FUHR AUF dem Weg nach Hause gewundene Straßen entlang und über abgelegene Hügel. Dann stellte er seinen Geländewagen vor seiner Hütte ab – die er von seinem Onkel geerbt hatte. Im Schlafzimmer zog er sich um, streifte eine Jeans über, Stiefel, ein kariertes Hemd, eine Wollmütze. Mit der neben der Tür stehenden Axt machte er sich in die Wälder auf. Er hatte sich immer gefragt, ob seine Eltern von den Abarten seines Onkels gewusst hatten, jedenfalls hatten sie es nie erwähnt. Er wünschte, er hätte ihn damals schon umgebracht, als er derjenige gewesen war, der den Missbrauch hatte erdulden müssen – er wäre mit Notwehr davongekommen, und sein Leben wäre kein Haufen Scheiße geworden.

Er vermisste Payton so sehr, dass es wehtat.

Ihre Mutter war Senatorin der Vereinigten Staaten, ihr Vater Bundesrichter. Er wünschte, er hätte ihnen erklären können, dass ihre Tochter in Sicherheit gewesen war und gut versorgt wurde. Abgesehen von jenen ersten Monaten hatte sie nicht gelitten – und er hatte sichergestellt, dass sein Onkel für ihre anfänglichen Schmerzen bezahlt hatte. Der Schaden an ihrer Seele war nicht so gut geheilt wie er gehofft hatte, sonst hätte er sie gehen lassen, wäre wie ein Racheengel zu ihrer Rettung geeilt. Aber sie hatte sich nie vollständig von dem erholt, was sein Onkel ihr angetan hatte. Nachher aber war sie glücklich gewesen – und immer so verdammt froh, ihn zu sehen.

Emotionen legten sich wie ein klammernder Griff um seine Kehle. Trauer und Einsamkeit über ihren Verlust stiegen auf. Er wünschte, er könnte der Rooneyfamilie erklären, wie sehr er und Payton einander geliebt hatten. Er konnte das Bild, wie sie in einem bauschigen weißen Hochzeitskleid am Arm ihres Vaters zum Altar schritt, deutlich vor sich sehen. Das Lächeln, mit dem der Mann ihn bedachte, als ob er wirklich verstand, wie entschieden er Payton beschützt hatte. Verdammt, er hatte für sie getötet.

Er riss sich aus seinen Gedanken. Sie hätten es nicht verstanden. Diese Art Märchen waren nicht für Leute wie ihn bestimmt, und der einzige Weg, nicht vor Trauer verrückt zu werden, war, jemanden zu finden, der sie ersetzte, wenn es auch nur körperlich war.

Die Anhalterin – Kari – hatte sich als sittsam und süß herausgestellt, aber das konnte auch nur Show sein. Er hatte sie noch nicht angefasst, also würde die Zeit es zeigen. Und vielleicht hatte der Richter ein letztes Weihnachtsfest mit seiner anderen Tochter verdient. Er hatte schon herausgefunden, wie er sie an ihre Verbindung mit ihrer Schwester erinnern konnte, aber er wollte nicht zu schnell handeln und es versauen, indem er etwas Dummes tat. Planung brauchte Zeit. Langsam und vorsichtig war genau richtig.

Ungefähr eine Viertelmeile in den abgelegenen Wald hinein, nicht weit vom Eingang der Kammer, hatte er damit begonnen, einen Holzstoß aufzurichten. Im Norden, Osten und Westen wurde er von Dornensträuchern umgeben, die er vor Jahren schon hatte wachsen lassen. Er lehnte die Axt gegen die Holzscheite. Gras wuchs über der Luke, und er schob den Eisenriegel zurück, der sie verschloss. Sein Onkel hatte damals diese Höhle ausgehoben, er selbst hatte mittlerweile eine richtige hölzerne Treppe eingebaut. Darin waren ein Fernseher mit Antenne, ein Radio und sogar eine chemische Toilette. Es gab ein Sofa und ein Doppelbett. Er hatte Wasser- und Nahrungsvorräte angelegt. Es war nicht gerade eine Bruchbude. Man konnte es hier gut einige Monate aushalten.

Es wurde zu dieser Jahreszeit kalt, aber es gab einen kompakten Propangasheizer für wirklich kalte Nächte, außerdem reichlich Decken. Die Erde speicherte Wärme besser als es überirdisch der Fall war, also würde niemand erfrieren.

Er schloss die Luke hinter sich und nahm die Taschenlampe, die er am oberen Ende der Treppe aufbewahrte.

Kari lag auf dem Bett. Ihre Augen waren vom Weinen gerötet, der Mund verzogen. Er hatte sie mit Handschellen an eine lange Kette gefesselt, die an einem unter dem Bett liegenden Betonblock befestigt war. Sie konnte alles Notwendige erreichen, aber sie konnte nicht fliehen.

„Warum tun Sie mir das an?" Ihre Stimme klang krächzend. Irgendwie niedlich.

Er brachte ihr ein Glas Wasser von dem Krug an der Seite.

Sie hielt es mit beiden Händen, und er setzte sich neben sie, während sie trank. Er strich ihr die Haare aus dem Gesicht, die durch die Tränen an ihren Wangen klebten.

„Was glaubst du, was ich will?"

Ihre Augen waren riesig, ausdrucksvoll. Verängstigt. „Ich glaube, dass Sie mich vergewaltigen wollen."

„Sehe ich wie die Sorte aus, die auf Vergewaltigung zurückgreifen muss, um eine Frau zu kriegen?"

Ihre Augen wanderten verzweifelt über sein Gesicht. „Nein, Sie sehen gut aus, sogar attraktiv. Wenn Sie mich nicht vergewaltigen wollen, was dann? Mir wehtun?" Sie begann, von ihm wegzurutschen, aber er zog sie zurück an seine Seite. Sie passte gut dorthin.

„Ich will dir auch nicht wehtun." Er schüttelte den Kopf. „Ist dir nicht in den Sinn gekommen, dass ich vielleicht einfach jemanden möchte, um den ich mich kümmern, den ich ... lieben kann?"

Ihre Lippen öffneten sich überrascht. Er hielt den Atem

an. Die letzten beiden Frauen hatten gelacht und damit bewiesen, dass sie nicht die Richtigen waren. Aber sie lachte nicht. Sie lächelte ihn zögernd an, und er berührte ihre Unterlippe mit seinem Daumen, genoss das weiche Gefühl. Dann lehnte er sich vor und küsste sie, öffnete ihren Mund unter seinem. Sein Herz schien für einen langen Moment innezuhalten.

Zuerst war da nichts, und er spürte die Enttäuschung, aber dann, endlich, berührte ihre Zunge seine. Vielleicht, nur vielleicht, war sie diejenige.

ALEX STAND IN der Dusche, das Wasser strömte heftig auf ihn herunter. Er versuchte, sich selbst aufzuwecken. Es hatte Tage gedauert, die Cyberattacke abzuwehren und die Schäden zu reparieren. Zwei weitere Kunden hatten ähnliche Angriffe erleben müssen. Daten zu sichern, Passwort- und Emailprotokolle zwischen Mitarbeitern zu ändern, Softwarelücken zu stopfen und herauszufinden, wer zur Hölle hinter dem Eindringen steckte, war ein mühsamer Vorgang. Der Server schien sich in Nordkorea zu befinden, aber Alex bezweifelte, dass sie dort Hacker und Systeme hatten, die für einen solchen Angriff ausgefeilt genug waren. Nordkorea schien ein Lockvogel, und Alex hasste es, auf das Offensichtliche hereinzufallen. China war normalerweise der Hauptschuldige, mit vom Staat unterstützten Hackern, die unter anderem aus einem Gebäude in Shanghai heraus tätig waren. Aber große Firmen wollten nicht mit dem Finger auf China zeigen, um ihren Geschäftsbeziehungen mit einem so wichtigen Handelspartner nicht zu schaden. Da der Diebstahl geistigen Eigentums die USA pro Jahr geschätzte dreihundert Milliarden Dollar kostete, war es eine interessante Zeit, im Cybersicherheitsbereich tätig zu sein.

Er hatte Leute zu Firmensitzen in New York und London geschickt, weitere ins Silicon Valley und nach Hong Kong. Seit seiner Gefangenschaft in Marokko wusste sein Team auch ohne ihn genau, wie sie agieren mussten, und manchmal fühlte er sich eher wie ein Aushängeschild als wie der Chef. Trotzdem war es gut, abgesehen vom Töten noch für etwas anderes nützlich zu sein. In den letzten Tagen hatte er sich hier und da ein kurzes Nickerchen abgezwackt und in seinen wenigen freien Minuten verstohlen Mallorys Handy und E-Mails überprüft. Er hatte noch nicht die Möglichkeit gehabt, sich die Video- und Audioaufnahmen anzusehen und zögerte, diese Grenze zu überschreiten. *Warum eigentlich?* Er hatte Freitagnacht weit mehr getan, als in ihre Privatsphäre einzudringen, aber wenigstens war das Vergnügen echt und beidseitig gewesen.

Er drehte das heiße Wasser ab und zwang sich, stillzustehen, während das kalte Wasser über jeden Zentimeter seiner Haut floss, bis sein ganzer Körper vor Taubheit kribbelte. *Ja, Arschloch, jetzt wird nicht mehr an Freitagnacht gedacht.*

Er verließ die Dusche, trocknete sich ab und zog ein Paar Jeans an. Seine Wohnung bot Ausblick auf den Watergate-Gebäudekomplex, was ihn stets an die Macht nicht nur der Überwachung, sondern auch des Egos erinnerte, besonders wenn man mit Politikern zu tun hatte. Natürlich hatte er alles auf Wanzen überprüft, als er hineingekommen war und nun griff er sich ein Bier aus dem Kühlschrank und machte sich rasch ein Sandwich.

Alex wollte ins Bett fallen und einen Tag durchschlafen, aber zuerst musste er überprüfen, ob die Kamera und die Wanze in Mallorys Wohnung tatsächlich funktionierten. Er konnte nicht von dem Gedanken ablassen, dass er vielleicht zurückkehren und alles austauschen müsste; wie ein hormongesteuerter Teenager, der nach jeder Entschuldigung suchte, mit seinem Schulschwarm zu reden. Als Ton und Bild beide deutlich und klar wie eine Satellitenübertragung durchkamen, schüttelte er den Kopf.

Ihr zuzusehen verursachte einen bitteren Geschmack in seinem Mund. Er konnte sie nicht haben. Niemals. Sie war auf jede erdenkliche Art außerhalb seiner Reichweite. Er fühlte sich schmierig, sie auszuspionieren; es war, als ob er den schlimmstmöglichen Verrat beging. Und das tat er auch. Aber die Frage, ob er oder irgendein anderer Geheimagent die Überwachung übernahm, stellte sich gar nicht. An diese Frau würde er niemanden sonst heranlassen. Sie war schon zu oft verletzt worden, als dass er auch nur in Betracht gezogen hätte, dass seine Organisation sie erneut verletzte, ganz gleich wie unbeabsichtigt.

Als er sie am Esstisch sitzen sah, erstarrte er. Die blaue Schachtel lag offen vor ihr. Er schaltete seinen Laptop an und ihre Laptopkamera zeigte, wie sie auf ihrer Lippe kaute, als sie eine Internetsuchanfrage eingab. Sie sah müde aus, kein Makeup, kein Lipgloss, aber es musste eines der erlesensten Gesichter sein, das er je gesehen hatte. Vielleicht, weil es nicht aufgemalt war – ihre Schönheit kam von innen.

Sie verbrachte ihre gesamte Freizeit mit der Untersuchung der Entführung ihrer Schwester.

Es war sinnlos. Solange der Bösewicht nicht gestand, lag die Chance, herauszufinden, was mit Payton Rooney geschehen war, nahe Null. Und der Gedanke, dass Mallory ihr Leben vergeudete, lastete schwer auf seinen Schultern. Er setzte sich aufrechter, als er sah, was genau sie suchte. Zeitungsartikel über Entführungen in den USA zwei Jahre vor und nach Payton Rooneys Entführung.

Gute Idee. Denn Straftaten wurden nicht immer in Polizeidatenbanken eingegeben.

Aber sie würde Wochen, wenn nicht Monate, brauchen, um die gesamten Informationen zu sichten. Sie gähnte und rieb sich die Augen, was ihn daran erinnerte, wie müde er selbst war. Irgendwie bezweifelte er, dass Mallory ausgeruhter war.

Ein Gedanke flammte in einer Ecke seines Gehirns auf, auch wenn es dumm wäre, sich einzumischen. Sie gähnte erneut, und er wusste, dass er geliefert war. Er würde ihr helfen, ganz gleich, ob es vernünftig war oder nicht. Er hatte die Werkzeuge, um die gesamte Information auf nützliche bissgerechte Häppchen zu reduzieren.

Sein Telefon klingelte, und er schnappte sich den Hörer. „Parker."

„Alex? Lucas Randall hier."

„Was kann ich für dich tun, Kumpel?" Alex schaltete wieder auf wachsam um. Lucas untersuchte den Mord an Meacher, er musste vorsichtig sein.

„Die IT-Leute vom FBI haben ein paar Probleme, Handydaten von dem Sendemast zu isolieren, der Meachers Haus am nächsten ist und ich frage mich, ob…"

Verdammt. „Ob ich mir die Information für dich ansehen kann?" Er wollte in diese Ermittlung genau so wenig involviert sein wie er Mallory überwachen wollte. Beides beinhaltete Betrug, und wenn es etwas gab, das er verstand, war es, wie sehr Betrug verletzen konnte. „Ich bezweifle, dass ich etwas entdecken kann, das eure Jungs nicht finden können."

„Würdest du es dir einfach ansehen?" Lucas senkte die Stimme. „Ich komme mit dieser Ermittlung nicht weiter, und meine Chefin führt sich so sehr wie ein verdammtes Miststück auf, dass ich sie bald umbringen und ihre Leiche in der Body Farm deponieren werde. Ich glaube nicht, dass mir jemand daraus einen Vorwurf machen wird."

Alex drückte die Finger fest gegen seine Schläfen. Er kannte Lucas seit der Grundausbildung und hatte in Afghanistan Seite an Seite mit ihm gekämpft. Selbstbeschuldigung krampfte seinen Magen zusammen. Er hasste, wer er war und was er tat. „Schick mir die Dateien, aber ich stecke bis zum Hals in internationaler Scheiße und weiß nicht, wann ich es mir ansehen kann." Nicht, dass sich in den Handydaten irgendetwas finden würde. Die Signale der Telefone, die er und Jane zur Kommunikation genutzt hatten, waren noch über militärische Standards hinaus verschlüsselt. Er hatte die elektronische Illusion eines Prepaidhandys geschaffen. Sein Laptop, an den alles weitergeleitet wurde, konnte ebenfalls nicht zurückverfolgt werden. Wenn sie es versuchten, würden sie auf einer winzigen Insel in der Mitte des Südpazifiks landen. Aber er mochte es nicht, dass er so eng in die Ermittlung involviert war. Natürlich konnte er sich auf dem Laufenden darüber halten, was sie wussten, aber wenn es eine Falle war…

Scheiße. Er mochte das nicht. Fallen gefielen ihm nicht. Manipulation auch nicht. Er dachte zurück an das Gefängnis. Daran, wie sein neuer Boss in einem so weißen Anzug vor ihm gestanden hatte, dass es seinen Augen wehtat. Er war schmutzig und ungepflegt gewesen. Er hatte versucht, aktiv zu bleiben, aber Krankheit, Mangel an sauberem Wasser und anständigem Essen hatten ihn ausgelaugt. Schläge hatten ihn geschwächt und ausgezehrt. Alex hatte seine Einsätze in dem Wissen angetreten, dass niemand ihn retten würde, wenn etwas schiefging. Es gesagt zu bekommen war etwas ganz anderes als die brutale Realität mit jedem metallbeschwerten Schlag am eigenen Leib zu erfahren. So viel zum Dienst für das Vaterland. So viel zur Loyalität.

Das Gateway Project hatte ihm einen Vorschlag gemacht, der ihm die Flucht aus jenem Höllenloch ermöglicht hatte. Er schuldete ihnen etwas. Aber er machte sich nicht vor, dass es anders laufen würde, wenn er auf amerikanischem Boden geschnappt werden würde.

„Schick mir die Information, aber ich verspreche nichts." Er holte tief Luft. „Mallory Rooney ist mir in D.C. begegnet."

„Mallory Rooney? *Meine* Mallory Rooney?"

Der besitzergreifende Unterton in der Stimme des Mannes überraschte Alex. „Sie sagte, sie wäre nach Quantico versetzt worden."

„Ja, wurde sie." Lucas' Stimme wurde zu der eines beschützenden älteren Bruders. „Sie ist nicht der Typ Frau für Spielchen, Alex. Halt dich von ihr fern, denn wenn du ihr das Herz brichst, prügele ich dich windelweich."

„Zwischen uns läuft nichts." Er versuchte, nicht daran zu denken, was sie Freitagnacht getan hatten und sah rasch vom Laptop weg, damit er nicht sehen konnte, wie sie über ihrem Computer einschlief.

„Sie lässt sich nicht mit Männern ein." Lucas knurrte fast.

„Worum machst du dir dann solche Scheißsorgen?", entgegnete Alex. Als ihr Freund hätte Lucas sie ermutigen sollen, unter Leute zu gehen, statt jede Minute des Tages zu arbeiten.

Für eine Weile herrschte angespanntes Schweigen. „Hör zu, sie hat viel durchgemacht. Ich möchte nur nicht, dass sie verletzt wird. Was mich daran erinnert, dass ich sie anrufen muss."

Der Kerl hatte Gefühle für sie – warum hatte er das nicht erkannt? Weil er selbst hingerissen gewesen war und versuchte, nicht wegen mehrfachen vorsätzlichen Mordes verhaftet zu werden. „Schick mir die Handydaten, Lucas, aber ich verspreche nichts."

„Danke, Kumpel."

„Ja, ein Kumpel, der nicht gut genug ist, mit deiner sogenannten Freundin auszugehen", murmelte er.

„So ist es nicht…"

„Ja, red dir das nur ein." Alex beendete das Gespräch. Drei Sekunden später sah er Mallory nach ihrem Handy greifen. Ihr Gesicht wurde von einem Lächeln erhellt – Lucas. Eifersucht erwischte ihn wie ein Vorschlaghammer am Kopf. Wütend auf sich selbst, schaltete Alex den Laptop aus und ging hinaus in die Nacht. Er wollte nicht hören, was Lucas Randall am Telefon über ihn sagte, aber das war genau die Art Unterhaltung, die er überwachen musste. Er würde sie sich später anhören, wenn sein Kopf wieder richtig funktionierte.

Es dauerte mehrere Stunden und es war bereits weit nach Mitternacht, als er alle von ihm benötigten Informationen zusammengestellt hatte. Er trug beim Anfassen von Papier und Umschlag Latexhandschuhe, druckte die Information aus und benutzte eine von mehreren falschen Identitäten, um das Paket über Nacht per Kurier an Mallorys Arbeit zu schicken. Vielleicht würde er nie mehr als eine verschwommene Erinnerung für sie sein, aber vielleicht konnte er ihre Last immerhin ein wenig erleichtern. Er musste jede mögliche Chance auf Wiedergutmachung nutzen.

KAPITEL ACHT

Es war Freitagnachmittag, und Mallory hatte den Großteil der Woche damit verbracht, Fallakten zu lesen und verschiedene Polizeireviere anzurufen, um mit Mordermittlern, Deputy Sheriffs und Gerichtsmedizinern zu sprechen, bis ihr Kiefer schmerzte. Sie machte das meiste aus jedem Anruf, um sich auch nach nicht offiziell gemeldeten Fällen von vor fünfzehn bis zwanzig Jahren geschehenen Kindesentführungen zu erkundigen, vielleicht hatte sie ja Glück.

Nein, sie hatte kein Glück.

Sie sah auf und stellte fest, dass sie allein im Raum war, den sie normalerweise mit acht anderen Agenten teilte. Sie waren alle in Besprechungen gegangen, und Mal war in ihre Gedanken versunken allein geblieben. Sie sah sich um. Es war leer. Niemand war hier.

Ihr Puls pochte laut in ihren Ohren.

Der tatsächliche Grund für ihr Hiersein schoss ihr durch den Kopf, gefolgt von einem Bauchkribbeln, das zu einem Magendruck wurde. Das Summen des Heizungssystems und das Murmeln weitentfernter Stimmen drangen aus der Ferne zu ihr. Sie stand auf und betrachtete die Schreibtische in ihrer direkten Nähe. Moira Henderson oder Felicia Barton? Henderson war Danbridges Kumpanin, also nahm sie sich ihren Tisch zuerst vor.

Sie ging hinüber und durchsuchte die Schubladen. Handschellen, Munition, Hefter, Klebezettel, ein zerbrochenes Kreuz – nichts Nützliches. An den Wänden von Hendersons Arbeitsnische hingen Fotos – ein Familienbild mit einigen Kindern. Mallory sah über ihre Schulter, als sie Schritte hörte, aber sie verstummten nach dem eine Tür zugeknallt wurde. Auf der linken Seite von Hendersons Schreibtisch war ein Stapel Akten. Mallory warf einen Blick in die erste und sah eine Fotografie von sich selbst und einige ihrer Personalunterlagen. Heilige Scheiße, die Frau hatte eine Akte über sie.

Die feinen Härchen an ihrem Nackenansatz stellten sich auf, als sie hörte, wie eine weitere Tür im Flur geöffnet und geschlossen wurde. Schnell blickte sie in die nächste Akte und fand Hintergrundinformationen über Edgar Meacher. Die Schritte kamen näher, und Mallory ging auf Zehenspitzen zurück zu ihrem Schreibtisch, ihr Herz trommelte in ihrem Brustkorb, als Special Agent Henderson den Raum betrat.

Der argwöhnische Blick der Frau streifte sie, aber Mallory konnte sie genauso wenig ansehen, wie sie Topfpflanzen jonglieren konnte. Henderson ging zurück zu ihrem Schreibtisch und nahm den Telefonhörer auf. Hatte sie einen Verdacht über den wirklichen Grund, aus dem Mallory versetzt worden war? Warum hatte sie eine Akte über Meacher?

Natürlich war Meacher die Art Mörder, zu der sie täglich ermittelte, also warum sollte sie keine Akte über ihn haben?

Superparanoid?

Die dunkelhaarige Agentin Barton kam mit einer FedEx-Schachtel hinein. „Das ist für Sie, Rooney. Die Poststelle hat es auf verdächtige Substanzen überprüft, sagt aber, dass es sauber ist. Niemand versucht, Sie umzubringen – noch nicht." Barton reichte ihr die Schachtel mit einem Grinsen. Mallory bedachte sie mit einem dankbaren Lächeln, das aber nicht erwidert wurde. Die Frau sah sie nachdenklich an. Henderson sagte etwas, und Barton ging weiter. Mallory schauderte. Und diese Leute sollten auf ihrer Seite sein?

Danke, Hanrahan.

Die Schachtel war ungefähr acht Zentimeter hoch, und als sie sie öffnete, entsetzte sie der Anblick. Ausdrucke alter Zeitungsartikel über Kindesentführungen in West Virginia, Ohio, Pennsylvania, Virginia und Kentucky, die fünfundzwanzig Jahre zurückgingen.

Wer zur Hölle wusste, dass sie dazu recherchierte?

Agent Frazer hatte sie bei der Besprechung am Montag auf die Idee gebracht, aber sie hatte es niemandem erzählt … abgesehen von jedem Strafverfolgungsbeamten, mit dem sie in den letzten fünf Tagen gesprochen hatte. Außerdem konnte jeder im Büro gehört haben, wonach sie sich erkundigte. Sie kratzte sich am Kopf. Jemand hatte ihr einen großen Gefallen getan, sie wünschte nur, dass sie wüsste, wer es war und welches Motiv er oder sie hatte. Sie suchte nach der Absenderinformation, fand eine Adresse in D.C. Sie würde versuchen, einen Namen herauszufinden.

Sie stellte die Schachtel auf den Boden, um sie am Abend mit nach Hause zu nehmen. Ihr ganzes Wochenende war gerade durch irgendeine unbekannte Quelle bestimmt worden, und sie war sich unschlüssig darüber, ob sie dies gutheißen sollte, oder nicht. Sie lehnte sich in ihrem Stuhl zurück und ließ ihre Blicke über die Landkarte schweifen, die sie an die Wand ihrer Arbeitsnische gehängt hatte. Sie zeigte die Orte, an denen die jungen Frauen wahrscheinlich entführt worden waren, und diejenigen, an denen ihre Leichen gefunden worden waren. Ihr Blick wurde zurück zu ihrem Heimatstaat gezogen, in dem sie die ersten zehn Jahre ihres Lebens verbracht hatte. Das Anwesen der Familie ihres Vaters, Eastborne, in Colby, West Virginia.

Nach Paytons Entführung hatte sie auf ein Internat in D.C. gehen müssen, aber sie hatte zahlreiche Sommer dort verbracht, Payton vermisst, mit Lucas und seinen Schwestern abgehangen, die in der Nähe wohnten. Seit dem College war sie nicht mehr oft dort gewesen. Erst Virginia Tech, dann Harvard Law School. In den letzten zwei Jahren galt ihrer Karriere ihre höchste Priorität und Freizeit war rar gewesen. Sie verbrachte ihre wenigen Urlaubstage in D.C., wo sie beide Eltern zur gleichen Zeit sehen konnte. Trotz der Scheidung verstanden sie sich gut. Ihr Vater wollte sogar, dass sie Weihnachten ein letztes Mal alle zusammen in Eastborne verbrachten, danach wollte er das Anwesen verkaufen.

Der Gedanke machte sie traurig, obwohl sie nie dort hatte leben wollen. Die Bande, die sie mit dem herrlichen alten Haus verknüpften, waren so tief wie Minenschächte und stark wie Stahl, aber es war eine Schande, dass so ein wunderschönes Haus den Großteil des Jahres, abgesehen von der Haushälterin, leer stand.

Ihre Augen wanderten über die Landkarte. Eines der letzten Opfer des Serienmörders war aus Greenville, nur fünfzehn Meilen von Colby entfernt.

Ihr Telefon piepte. Eine Mitteilung ihrer Mutter, die sie fragte, ob sie am Wochenende zum Abendessen komme wolle. Sie schickte ihr eine rasche Antwort, dass sie darüber nachdenken würde und starrte dann auf ihr Telefondisplay. Die Tatsache, dass sie Alex' Nachricht vom letzten

Freitagabend aufbewahrt hatte, zeigte, wie armselig sie war. Zum hundertsten Mal schwebten ihre Finger über die Tastatur, um ihn zu fragen, ob die Krise bei seinen Kunden bewältigt war. Der Drang ließ sie frustriert ihren Kopf schütteln. Sie legte das Telefon in ihre Tasche. Mal hatte keine Zeit für eine Beziehung, auch wenn sie ihn wirklich wiedersehen wollte.

„Gibt es ein Problem?"

Sie sprang auf ihrem Stuhl hoch, und ihr Herz machte einen dreifachen Salto. „Nein, Sir."

Frazer starrte sie an wie ein Adler eine Maus, als ob er sich fragte, ob es der Mühe wert war. Der Kerl sah makellos aus, während es ihr gelungen war, Kaffee auf ihre weiße Bluse zu kleckern. Das am Morgen aufgetragene Makeup war schon lange verschwunden. Sein Gesichtsausdruck ließ sie darüber nachdenken, ob vielleicht der Spinatsalat, den sie zum Mittag gegessen hatte, zwischen ihren Vorderzähnen hing. Sie fuhr sich mit der Zunge im Mund herum, fühlte aber nichts außer Zähne.

Die Andeutung eines Lächelns umspielte einen seiner Mundwinkel, und sie verengte die Augen.

Oh, er wollte sie definitiv aus der Fassung bringen.

Die Special Agents Barton und Henderson kamen zu ihrem Schreibtisch, um alles mitzubekommen.

„Hatten Sie Glück mit den anderen Strafverfolgungsbehörden?"

„Noch nicht, aber ich warte noch auf Rückrufe, und ich habe angefangen, einige der Nachbarstaaten zu kontaktieren."

Er nickte knapp. „Gut. Was halten Sie von dem geographischen Profil?" Er zeigte auf die Landkarte, die sie an ihre Wand gehängt hatte.

Mallory runzelte die Stirn. „Es ist ein ziemlich großes Areal, aber eine starke Konzentration in Virginia deutet darauf hin, dass das seine Komfortzone ist." Sie deutete auf den mittleren Bereich der Punkte.

„Daran erinnern Sie sich aus der Akademie, Rooney?", fragte Barton.

„Da sie sie erst vor kurzem verlassen hat, sollte sie das auch." Henderson gab sich keine Mühe, ihre Verachtung zu verbergen, aber Frazer machte keine Anstalten, sie zu verteidigen.

Mallory straffte ihre Schultern. Bevor sie den Mund öffnen konnte, unterbrach Frazer. „Ich fahre am Montag nach Greenville, West Virginia. Sie sind in der Nähe aufgewachsen, richtig, Rooney?"

Sie nickte.

„Ich möchte, dass Sie mich begleiten." Mallorys Mund klappte schockiert auf. „Ich sollte Sie warnen, dass wir auch das Büro des Gerichtsmediziners in Manassas besuchen werden, um die Leichen von drei Opfern anzusehen, bevor sie zur Beerdigung freigegeben werden."

„Ich war bereits bei einigen Autopsien dabei, aber danke für die Vorwarnung."

„Ich dachte, *ich* würde Sie dorthin begleiten", unterbrach Henderson. Ihre Miene war angespannt. Fast empört.

Mals freudige Aufregung über die Fahrt sank rapide.

„Sie haben es nur zu deutlich gemacht, wie unterqualifiziert Agent Rooney ist, Agent Henderson. Also kann sie mich als zweites Paar Augen begleiten und Erfahrung sammeln." Seine Miene war unbewegt, aber Mallory hatte keinen Zweifel daran, dass er die andere Agentin für ihr Verhalten zurecht wies. Es bedeutete nicht, dass er sie mehr mochte als Henderson, aber es sorgte definitiv dafür, dass Mallory sich besser fühlte. „Außerdem hat Agent Rooney persönliche Kenntnisse über West Virginia, die Sie nicht haben." Er zog eine Braue hoch. „Korrekt?"

Die andere Agentin nickte gedemütigt.

„Wir brechen Punkt acht Uhr auf. Seien Sie pünktlich." Er nickte Mallory steif zu und ging fort.

Sie sah, wie Henderson so heftig einatmete, dass sie dachte, die Lungen der Frau würden platzen. Dann drehte sie sich auf dem Absatz um und schritt davon. Barton betrachtete sie mit einem seltsamen Funkeln in den Augen, so als ob gerade einige ihrer grundlegenden Vorstellungen auf den Kopf gestellt worden wären. *Willkommen im Club.* Dann drehte auch sie sich um und ging.

Mallory unterließ es, triumphierend mit der Faust in die Luft zu schlagen und suchte stattdessen alles zusammen, was sie am Wochenende brauchen könnte. Es war fantastisch. Sie würde hoffentlich in der Lage sein, etwas Konkretes zu dieser Ermittlung beizutragen, selbst wenn es nur das Eisbrechen mit den örtlichen Strafverfolgungsbehörden war, die es vorziehen würden, mit einer ihrer eigenen Leute zu tun zu haben, als mit einem „Außenstehenden" aus Virginia. Wahrscheinlich war es krank, darüber aufgeregt zu sein, dass dieser neueste Mörder „PR" in seine Opfer ritzte, aber seit Jahren hatte sie nichts gehabt, was einer Spur im Fall ihrer Schwester so nahegekommen war. Sie schnappte sich ihren Laptop, den Mantel und die seltsame Schachtel und ging durch die eisige Nacht in Richtung Parkplatz. Es war dunkel. Theoretisch sollte der Verkehr nicht allzu dicht sein, da sie dem Berufsverkehr entgegen fuhr, aber irgendwie wurde diese Theorie nie zur Praxis.

Sie ging an mehreren Autoreihen vorbei und fand schließlich ihr Auto dort, wo sie es am Rande des Waldes abgestellt hatte. Sie öffnete die Beifahrertür und warf ihre Sachen auf den Beifahrersitz. Dann ging sie zum Kofferraum und stellte fest, dass das Auto seltsam schief stand.

Sie hatte nicht nur einen platten Reifen, sondern gleich zwei. *Verdammt.* Sie wollte vor Frust aufheulen, aber das sah nie gut aus. Sie versteifte sich, als Special Agent Henderson langsam in ihrem Geländewagen vorbeirollte. Die Frau ließ ihr Fenster herunter. „Irgendein Problem?", fragte sie.

Mal stemmte ihre Hände in die Hüften. „Kein Problem."

Mit einem Grinsen fuhr die andere Frau davon. Hatte Henderson das mit ihrem Auto gemacht? FBI-Agenten waren bekannt für Streiche untereinander, aber dies war eher bösartig als spaßig. Ein unbehagliches Zittern strich über ihre Schulterblätter und sie sah zum Wald.

Sei nicht dumm, Mal, du bist vom US Marine Corps umgeben. Als ob sie sich imaginäre Feinde ausdenken musste, wenn sie doch eine beträchtliche Auswahl an echten Feinden hatte.

Mallory zog ihr Handy hervor und rief ihren Automobilclub an. Nachdem sie das Gespräch beendet hatte, stand sie da und sah Alex Textnachricht an.

Sie tippte: „Hoffe, Notfall ist behoben. Danke für Freitagnacht." Es wirkte banal und unzureichend, aber sie konnte ja kaum schreiben „Danke, dass ich dir das Hirn rausvögeln durfte." *Jesus.* Ihre Finger schwebten volle dreißig Sekunden zwischen Senden und Löschen, bevor sie endlich den Knopf zum Senden drückte. *Mist.* Nur weil *sie* ständig an *ihn* denken musste, hieß das nicht, dass er überhaupt noch einen Gedanken an sie verschwendet hatte. Sie biss sich auf die

Lippe. Jetzt war es egal.

Sie warf einen Blick auf den Wald und zitterte. Sie wusste nicht, was sie mehr ängstigte – von irgendeiner unbekannten Schreckensgestalt angegriffen zu werden, oder sich in Alex Parker zu verlieben.

SEIN TELEFON VIBRIERTE. Eine Textnachricht von Mallory. Sein Puls raste. Soviel zum coolen unbeteiligten Geheimagenten. Wobei er den Titel schon verloren hatte, als ihn dieses junge Mädchen überrascht hatte, während sein Arm um den Hals ihres Vaters lag und er es nicht fertiggebracht hatte, den Scheißkerl umzubringen.

„Hoffe, Notfall ist behoben. Danke für Freitagnacht."

Er grinste. Das klang so gar nicht nach Mallory, und er würde darauf wetten, dass sie eine Ewigkeit überlegt hatte, was genau sie schreiben sollte.

Er prüfte die Telefontrackingdaten. Sie war immer noch in Quantico. Nicht im Gebäude selbst, aber auf dem Parkplatz. Er war nur zehn Minuten entfernt und fuhr gerade nach einer Besprechung in Fredericksburg auf der 95 nach Hause, die mit dem üblichen Feierabendverkehr verstopft war. Sie musste ebenfalls auf ihrem Weg nach Hause sein.

Ein Signal auf seinem Computer teilte ihm mit, dass Mallory weitere Telefonanrufe gemacht hatte. Er biss die Zähne zusammen, als er sie abhörte. Der Klang ihrer Stimme erinnerte ihn an ihre Lippen, und die Erinnerung an ihre Lippen erinnerte ihn wiederum daran, wie heiß ihre Küsse und wie traurig ihre Augen gewesen waren – und wie massiv er sie hintergangen hatte.

Dann achtete er auf ihre Worte. Zwei platte Reifen? Er betrachtete die Trackingdaten. Sie war tatsächlich immer noch auf dem Parkplatz in Quantico. *Scheiße.* Er sah auf seine Armbanduhr und hörte den Automobilclub sagen, dass sie so bald wie möglich dort wären – was eine weitere Stunde dauern würde. Das gefiel ihm nicht. Er wählte ihre Nummer.

„Hallo?"

„Hier ist Alex. Die Antwort auf deine Frage ist Ja."

„Meine Frage?" Ihre Stimme war zögerlich.

„Mein Notfall ist mehr oder weniger behoben. Und was den zweiten Teil deiner Nachricht betrifft, das Vergnügen war ganz meinerseits."

Sie schnaubte, aber er konnte eine leichte Anspannung in ihrer Stimme ausmachen, während er seinen Audi durch den Verkehr lenkte. „Es war nicht *ganz* auf deiner Seite."

„Streite nicht mit einem hungrigen Mann. Was machst du gerade?" Er musste weiter ihre Stimme hören, denn er machte sich Sorgen, dass sie verletzlich war, selbst umgeben von Bundesagenten und Marines. Es war verrückt. Es war zwanghaft. Aber zwei platte Reifen waren ungewöhnlich.

„Ich mache Überstunden." Sie wollte es ihm offenbar nicht sagen.

„Möchtest du zum Abendessen ausgehen?" Nachdem der Stau sich aufgelöst hatte, überholte er einen schwerfälligen Truck und raste den Highway Richtung Quantico und D.C entlang. „Oder verletzt alles, was mit Essen zu tun hat, die Keine-Verabredungen-Regel?"

„Ich glaube, meine Keine-Verabredungen-Regel benötigt einige Anpassungen."

Er konnte das Grinsen in ihrer Stimme hören und wünschte, er könnte es sehen. Sein Fuß trat das Gaspedal bis zum Anschlag durch, und es wäre reines Glück, wenn er nicht von der Autobahnpolizei angehalten werden würde. „Nein wirklich? Wegen Freitagnacht?"

„Ganz genau."

Sie seufzte. „Nichtsdestotrotz hänge ich noch für mindestens eine Stunde bei der Arbeit fest. Mein Auto hat zwei platte Reifen, und ich warte auf den Kerl vom Automobilclub, der herkommen und sie austauschen wird."

„Zwei platte Reifen? Wurden sie zerschlitzt? Wo bist du, bist du in Sicherheit?" Er wollte so viel Information wie möglich.

„Ich bin in Quantico, schwer bewaffnet in meinem Auto, also glaube ich, dass ich in Sicherheit bin. Die Reifen wurden nicht zerschlitzt, jemand hat wohl nur die Luft herausgelassen."

„Was zur Hölle?"

„Sagen wir einfach, dass ich anscheinend auf einige meiner neuen Kollegen nicht so einen tollen ersten Eindruck gemacht habe."

„Ich bin fünf Minuten entfernt, lass die Schlüssel für die Typen vom Automobilclub da und ich fahre dich nach Hause." Sie wurde ruhig. Zu ruhig. Er konnte spüren, wie sie ihm entglitt. „Ich erwarte keine Wiederholung von Freitagnacht, Mallory, ich möchte mich nur vergewissern, dass du sicher nach Hause kommst." Obwohl, warum sollte sie ihm eigentlich trauen?

„Ich möchte Ja sagen, Alex, du weißt nicht, wie sehr. Aber ich muss Nein sagen. Ich bin einfach momentan nicht in der Verfassung, mich auf eine Beziehung einzulassen." Er glaubte, Tränen in ihrer Stimme zu hören, aber das musste Einbildung sein. „Ich möchte Ja sagen, aber ich kann nicht."

Er bog links in den FBI-Bereich des Quantico-Areals ein und hielt an einem Kontrollpunkt an. „Wenn du dich nicht von mir fahren lässt, werde ich vor all diesen harten Kerlen wie ein verdammter Idiot aussehen."

„Du bist schon hier?" Sie beendete das Gespräch, und er zeigte dem Wachmann seinen Ausweis. Sie ließen ihn durch, was darauf hinwies, dass sie Mitleid mit ihm gehabt und beim Kontrollpunkt angerufen hatte, um für seine Unbedenklichkeit zu bürgen.

Er bog auf den Parkplatz ein und sah Mallory neben ihrem Auto stehen, eine Schachtel hervorholen, die er kannte, dann ihren Laptop und ihre Handtasche. Sie öffnete seinen Kofferraum und legte ihren Kram hinein. Alex nutzte die Zeit, um sein Handy auf lautlos zu stellen und es in seine Tasche zu stecken. Mit ernster Miene und funkelnden Augen öffnete sie die Beifahrertür.

„Mr. Parker."

„Special Agent Rooney." Er erwiderte ihr Nicken ernst. Ihr Anblick und Geruch zogen ihn an. Sie roch nachPfefferminz.

„Wir müssen aufhören, uns so zu begegnen." Sie stieg ein.

Sein Blick glitt über sie. Jedes Mal, wenn er sie sah, berührte sie ihn mehr. Er wusste nicht, woran es lag. „Gibt es Gesetze, die es untersagen, sich so zu begegnen?", fragte er vorsichtig.

„Nur wenn wir das, was wir letzten Freitagabend gemacht haben, direkt hier auf dem FBI-Parkplatz tun."

„Du musstest es wohl laut aussprechen?" Er fuhr los, sobald sie sich angeschnallt hatte. „Du konntest nicht so tun, als ob ich dich nicht nackt gesehen hätte?"

„Ich bin nicht jemand, der etwas vortäuscht." Ihr Gesichtsausdruck verdunkelte sich für einen Moment.

„Zumindest meistens nicht." *Was bedeutete das?* „Aber ich versuche nicht, mit dir zu spielen. Ich habe wirklich keine Zeit für eine Beziehung."

„Wer hat gesagt, dass ich auf der Suche nach einer Beziehung bin?" Denn das war er nicht. Wirklich nicht.

Sie neigte ihren Kopf zu einer Seite und biss auf ihre Unterlippe. „Vielleicht wiederhole ich es ständig, weil ich hoffe, mich selbst genauso zu überzeugen, wie ich versuche, dich zu überzeugen."

„Du legst gerne alle Karten auf den Tisch, hm?"

„Ich mag Ehrlichkeit", stimmte sie zu.

Sein Mund wurde trocken. „Warum entspannen wir nicht einfach und lernen einander kennen?" *Jesus, wo war das hergekommen?* Er wollte sie nur sicher nach Hause bringen. Sonst nichts. Kein Kennenlernen. *Verdammter Idiot.*

„Erzähl mir von deiner Familie", forderte sie ihn auf.

„Da gibt's nicht viel zu erzählen."

Sie hob eine Augenbraue, während er wieder in Richtung Hauptverkehrsstraße fuhr.

„Meine Mutter ist tot." Er sprach nie über sie. „Sie starb an Krebs, als ich vierzehn war. Ich habe sonst niemand mehr."

„Das tut mir leid." Der Schmerz in ihrer Stimme war offensichtlich.

„Es ist lange her." Seine Finger umfassten das Steuer fester. Es hatte Zeiten gegeben, in denen er überzeugt gewesen war, dass die Seele seiner Mutter ihn in diesem widerlichen schmutzigen Gefängnis besucht hatte – das waren die guten Zeiten gewesen. „Sie hätte dich gemocht."

Sie seufzte tief. „Du hast nur die guten Seiten gesehen, und die waren durch Alkoholkonsum vernebelt."

„Sie waren nackt, was meiner Meinung nach immer gut

ist. Aber das ist es nicht, weshalb sie dich gemocht hätte." Sie überholten einen Abschleppwagen mit blinkenden gelben Lichtern, der mit Rekordtempo gefahren sein musste. „Ich erinnere mich, wie sie mir vor ihrem Tod sagte, ich solle sicher gehen, dass ich etwas Sinnvolles mit meinem Leben anfange. Ich bin nicht sicher, dass ich das getan habe, aber du hast es getan. Du solltest stolz sein."

Sie warf ihm einen trockenen Blick zu. „Vielleicht schaffe ich das eines Tages." Sie sah weg, als ob die Unterhaltung zu persönlich wäre. Was sie wahrscheinlich auch war.

Also lockerte er die Stimmung auf. „Mein Vater war ein professioneller Spieler aus Reno."

Sie sah ihn erneut an. „Im Ernst? Er konnte davon leben?"

„Scheiße, nein."

Sie lachte.

„Er reiste immer per Greyhoundbus zwischen den Städten umher, was kein Zeichen für einen erfolgreichen Geschäftsmann ist. Wenn er gelegentlich zu Besuch kam, lag es normalerweise daran, dass er sonst nirgendwo hinkonnte. Mom ließ ihn bleiben. Ich glaube nicht, dass sie ihn liebte, er tat ihr nur leid. Er war ein Süchtiger, und das Glücksspiel war seine Droge."

„Was geschah mit ihm?"

„Er hat eines Tages in Carson City Glück gehabt und hunderttausend Dollar gewonnen."

„Dein Ton weist nicht auf ein glückliches Ende hin."

„Er wurde in einer finsteren Gasse erstochen. War wahrscheinlich auf der Suche nach genug Speed, um ihn lange genug wachzuhalten, damit er seinen Gewinn wieder verspielen konnte." Alex zuckte mit den Schultern. Über seinen Vater zu reden, war nicht so schmerzhaft, wie über seine Mutter zu reden. Abgesehen von ihrer DNA hatten sie keine Verbindung.

Sie überholten einen weiteren Abschleppwagen. „Wow, sieht so aus, als ob ich heute Abend nicht die Einzige mit Problemen bin."

„Du hast keinen Wohnungsschlüssel oder deine Adresse im Auto gelassen, oder?"

„Nein. Sie haben meine Adresse in ihren Unterlagen, haben aber zugestimmt, das Auto zu der Werkstatt zu bringen, die ich immer nutze." Sie warf ihm einen tadelnden Blick zu. „Ich bin keine Idiotin, Alex."

Er nickte, aber irgendwas an der ganzen Sache beschäftigte ihn. Es fühlte sich nicht richtig an, aber vielleicht war es egal, da Mallory sicher neben ihm saß und er nicht zulassen würde, dass jemand sie verletzte.

„Lucas sagte, dass du bei der Meacher-Ermittlung beratend tätig bist?", sagte sie.

Und umgehend kühlte die Atmosphäre sich ab. „Er hat mir Daten von einem Handymast geschickt, aber es ist nichts Nützliches dabei."

„Vielleicht hatte derjenige, der Meacher erschoss, kein Handy bei sich."

„Vielleicht. Hast du eine Ahnung, wer es war?" Er versuchte, ungezwungen zu klingen

„Ich bin nicht mehr involviert, und Lucas hat nichts gesagt." Sie zuckte mit den Schultern, setzte sich aber etwas aufrechter, als ob ihr Gehirn sich eingeschaltet hatte. Es erinnerte ihn daran, dass sie die einzige Agentin gewesen war, die einen professionellen Attentäter verdächtigt hatte. Sie hatte gute Instinkte. Er musste vorsichtig sein. „Er klang absolut nicht so, als ob er irgendwelche Fortschritte gemacht hätte, als ich gestern Abend mit ihm gesprochen habe. Da Danbridge ihm im Nacken sitzt, verzweifelt er allmählich."

„Ihr zwei seid euch nah?"

Sie warf ihm einen Blick zu. „Freunde, sonst nichts. Glaub nicht, dass wir einen Kumpel betrogen hätten, denn das stimmt nicht. Lucas ist wie ein überbesorgter älterer Bruder für mich. Der Gedanke, ihn zu küssen – *uh*." Sie schauderte mit anscheinendem Widerwillen, was ihm recht war. Hoffentlich empfand Lucas Randall ebenso.

Die restliche Fahrt verbrachten sie schweigend. Er hätte sie mit Fragen löchern können, aber ihre zusammengepressten Lippen und die Haltung ihrer Schultern verrieten ihm, dass sie erschöpft war, und er wusste schließlich genau, wie lange sie jede Nacht aufblieb. In der Nähe von Dale City schlief sie ein, und er war zufrieden damit, einfach nur in ihrer Gegenwart zu sein. Etwas an Mallory Rooney beruhigte ihn. Vielleicht ihre stetige Hingabe an ihre Schwester. Vielleicht ihr Mangel an Hinterlist in einer Welt voller gefährlicher Geheimnisse. Oder vielleicht war es seine masochistische Ader. Als er vor ihrem Wohngebäude anhielt, wartete er einen Moment und betrachtete ihr Profil. *Du Narr.* Sehr sanft strich er über ihre Wange.

„Wir sind da, Special Agent Rooney."

Sie blinzelte sich wach, zog dann eine Grimasse. „Entschuldigung. Ich hoffe, ich habe nicht geschnarcht oder gesabbert." Sie löste ihren Sicherheitsgurt, lehnte sich zu ihm und drückte einen keuschen Kuss auf seine Lippen. Pfefferminz lag in ihrem Atem, und sie roch so süß, dass er sie hätte aufessen können. Jede Zelle seines Körpers flehte ihn an, weiter zu gehen, aber er schaffte es, sich gerade eben noch an seine guten Vorsätze zu halten.

Blasse Finger schlossen sich über seine viel größere dunklere Hand. „Danke fürs Fahren."

Der Anblick ihrer Haut auf seiner legte irgendeinen Schalter in ihm um. Er nahm ihr Gesicht in seine Hände und küsste sie fest, schmeckte die Leidenschaft, die sie hinter der hartarbeitenden Persönlichkeit verbarg. Er zog sie an sich, und sie erwiderte seine Küsse, inhalierte ihn, während sich ihre Zunge in einem wilden Tanz um seine schlang. Er riss ihre Bluse aus ihrer Hose und ihre spitzenbedeckte Brust füllte seine Handfläche, als sie sich enger und enger anschmiegte. Es war nicht eng genug. Er fand ihre Brustwarze und streichelte sie, bis sie fast auf ihn kletterte. Das verdammte Auto war nicht zum Rummachen geschaffen – er brauchte ein neues Auto, mit einer durchgehenden Sitzbank. Die Erregung verbrannte ihn, als ob er in Benzin getaucht worden wäre und jemand ein Streichholz angezündet hätte.

Ein Klopfen an der Scheibe ließ sie auseinanderfahren. *Scheiße.* Ein Verkehrspolizist starrte sie durch die Scheibe missbilligend an. Mallory schien zu begreifen, was vor sich ging, bevor sein Hirn sich wieder einschaltete. Natürlich hatte sie auch nur einen einzigen Kopf, um den sie sich kümmern musste.

Sie rollte das Fenster herunter.

„Entschuldigung, Officer, wir haben nicht nachgedacht."

Er schnaubte. „Allerdings. Verschwinden Sie."

„Ich bin FBI-Agentin. Ich wohne hier, und ich steige jetzt aus."

„Diese Stadt ist voller Bundesagenten, Politiker und Diplomaten. Sie haben dreißig Sekunden, bevor ich Sie beide wegen Erregung öffentlichen Ärgernisses einbuchte."

„Danke, Officer."

Der Kerl drehte sich um, um zu seinem Motorrad zurückzugehen.

Mallorys Lippen murmelten drängend an seinen: „Ich muss gehen. Du weißt nicht, wie unbedingt ich dich hineinbitten möchte."

Die anschwellende Erektion in seiner Hose gab ihm einen verdammt guten Eindruck. „Geh. Bevor dieser Typ sauer wird." Er hätte dem Polizisten danken sollen, dass er sie unterbrochen hatte, denn er hätte ganz sicher nicht von allein aufgehört. Sie öffnete die Autotür, Bluse halb in, halb aus ihrer Hose, ihr Haar wild in alle Richtungen weisend.

Alex griff ihre Hand im letzten Moment. „Wenn du mich je brauchst", ihre Bernsteinaugen weiteten sich, „weißt du, wo du mich findest."

Sie schluckte und lächelte ihn verhalten an. „Warte nicht auf mich, Alex."

Er fühlte sich, als ob er schon ein Leben lang gewartet hätte. Es ergab keinen Sinn. Sie nahm ihre Sachen aus dem Kofferraum und winkte dem Verkehrspolizisten zu, der nur seinen Kopf schüttelte und irgendeine besserwisserische Bemerkung machte, die sie zum Lachen brachte.

Sobald sie sicher im Gebäude war, fuhr er nach Hause. Und träumte von zwei kleinen Mädchen, die von bösen Typen gejagt wurden. Er war der böse Typ.

ZORN VERENGTE SEINE Sicht. Wie konnte sie ihm schon wieder entkommen sein? Die ganze Planung? Ein gesamter Tag mit der Vorbereitung eines Hinterhalts verschwendet? Das Risiko, das er eingegangen war, als er die Luft aus ihren Reifen gelassen hatte? Er überlegte, ihr Auto zu nehmen und es aus reiner Bosheit im Wald abzustellen, aber er wollte keinen Verdacht erregen. Stattdessen drehte er sich um, sagte dem Wachmann, dass er sich mit der Abholadresse vertan hätte und fuhr weg. *Hilft nichts, aber schadet auch nichts.*

Sie war wie eine Katze mit neun Leben.

Er hatte keine verdammte Ahnung, wer der andere Typ gewesen war, als er in ihr Zuhause in Charlotte eingebrochen war. Er hatte fast einen Herzanfall bekommen, als der Mann ihm dieses Messer an den Hals gehalten hatte.

Im Dunkeln fuhr er nach Hause, wollte nicht angehalten werden oder jemandes Aufmerksamkeit erregen. Eine einsame Gestalt am Straßenrand streckte ihren Daumen aus, führte ihn in Versuchung, bis ihn kalter Zorn überkam. Er hupte sie an und, sie zeigte ihm den Mittelfinger. *Schlampe.* Was zur Hölle dachte sie, was auf solchen Straßen passieren würde? *Verdammt,* manche Frauen waren so unfassbar dumm.

Payton war klug gewesen, bis zu dem Moment, in dem sein Onkel ihren Kopf auf den Boden geschlagen hatte. Er hatte ihr Gehirn beschädigt. Er wusste das. Sein Onkel war ein kranker, bösartiger Bastard gewesen, den man nicht einmal auf eine Meile an ein Kind hätte heranlassen sollen. Ein Kloß bildete sich in seinem Hals. Wenn er in der Zeit zurückgehen und den Verlauf der Nacht, in der sie sie geholt hatten, ändern könnte, würde er es tun. Aber Payton war tot und würde nie wieder zurückkehren.

Er holte tief Luft, erinnerte sich daran, was zu Hause auf ihn wartete und fühlte sich erleichtert, als ein Schwung Erwartung ihn überkam. Es war möglich, dass die Anhalterin genau die Richtige war. Er würde Mallory trotzdem kriegen. Sie hatte ihn jetzt sauer gemacht, und der Gedanke, sich zwei

Frauen auf einmal zu halten, hatte sich in ihm eingenistet und ausgebreitet. Er lächelte, als er das Radio anmachte und Aerosmith daraus ertönte. Das Leben war gut. Mallory Rooney hatte sich ein weiteres Wochenende in Freiheit verdient, aber es würde nicht mehr lange dauern. Er wusste bereits, wo er sie unterbringen wollte. Nicht im Bunker. Es gab einen alten Minenschacht in der Nähe, zu dem ein Vorratsschuppen gehörte. Er würde das Ding verstärken und sie dort angekettet lassen. Darüber nachdenken, was er mit ihr tun würde, nachdem er ihr in die Augen gesehen und ihr gesagt hatte, wer er war. *Mal sehen, ob sie unter ihrer eleganten Hülle etwas von ihrer süßen Schwester hat.* Er freute sich darauf, sie um Gnade betteln zu lassen, der bloße Gedanke erregte ihn. Er drückte den Fuß auf das Gaspedal, begierig darauf, nach Hause zu kommen.

KAPITEL NEUN

A M MONTAGMORGEN HATTE sie dreißig zusätzliche Minuten für die fünfundvierzigminütige Fahrt eingeplant, aber ein Unfall auf der 95 führte dazu, dass sie vom Parkplatz zum Büro rennen musste, um sicherzustellen, dass sie zu ihrem Termin mit Special Agent Frazer nicht zu spät kann.

Mallory hatte das Wochenende vertieft in Internetsuchen nach alten Zeitungsberichten verbracht, und wenn sie nicht über die Bösartigkeiten nachgedacht hatte, die Menschen einander zufügen konnten, hatte sie an den verzehrenden Kuss gedacht, den sie mit Alex Parker ausgetauscht hatte. Sie wusste nicht, wann sie sich das letzte Mal von jemandem so angezogen gefühlt hatte, oder so innerlich zerrissen über eine persönliche Entscheidung.

Ihre Schritte auf dem grauen Linoleum des Flures waren forsch. Köpfe fuhren hoch und drehten sich dann weg. Keine lächelnden Begrüßungen, kein freundliches Winken. Die Situation bei der Arbeit verursachte ihr ein immer mulmigeres Gefühl. Sie kam an Hanrahans offener Tür vorbei und hielt an. Er hob die Hand zur Begrüßung und lächelte sie trocken an. Sie öffnete den Mund, um etwas zu sagen, aber er schüttelte den Kopf. *Gut.* Sie stieß fast mit Frazer zusammen, als er aus seinem Büro kam.

„Gut. Sie sind nicht zu spät." Er schloss seine Tür ab. „Gehen wir."

Sie hatte kaum Zeit, Luft zu holen, als sie sich auf dem Absatz umdrehte und wieder in die Richtung zurückging, aus der sie gerade gekommen war.

Frazer war elegant in einen blassgrauen Nadelstreifenanzug gekleidet, die Haare gekämmt und glänzend, das Kinn zu granitener Perfektion rasiert. Seltsam, dass sie sich nicht im Geringsten von ihm angezogen fühlte, obwohl er der klassische blauäugige Wikinger war. Nicht, dass sie durch die Gegend lief und sich von allen Männern in ihrer Umgebung angezogen fühlte. Wenn der mit Alex erlebte Funke nicht gewesen wäre, hätte sie wohl fast vergessen, dass sie auch eine sexuelle Seite hatte. Erneut fragte sie sich, ob sie nicht einen großen Fehler machte, wenn sie Alex abwies. Wie oft im Leben war man mit jemandem so tief auf diese Weise verbunden?

„Sie haben sich die Fallakten noch einmal angesehen?"

Mal riss sich von den Grübeleien über ihr Liebesleben los. Sie hatte Arbeit zu erledigen. „Ja, Sir."

Er hielt ihr die Tür auf, und sie begegnete diesem kalten abschätzenden Blick. Könnte Frazer mit Selbstjustizmördern im Bunde sein?

Er sagte nichts mehr, bis er hinter dem Steuer eines großen schwarzen Lexus saß – seinem Dienstwagen –, was bedeutete, dass er zu allen relevanten Stellen gute Verbindungen hatte. Sie schnallte sich an. Es hatte eine Zeit gegeben, in der dieser Luxus eine Konstante ihres Lebens gewesen war. Nachdem sie ihre berufliche Ausrichtung von Jura zur Strafverfolgung geändert hatte, hatten ihre Eltern ihr die finanzielle Zuwendung gestrichen, um etwas zu beweisen. Es war nach hinten losgegangen, denn sie hatte zuvor nicht gewusst, wie herrlich es sich anfühlen würde, finanziell unabhängig zu sein. Und sicher, sie hatte ein gewisses Sicherheitspolster für Anzahlungen auf Möbel und Hypothek gehabt, aber sie war nicht zu ihnen gerannt und hatte um Unterstützung gebeten. Mal hatte gelernt, zu sparen und innerhalb des ihr verfügbaren Rahmens zu leben. Diesen kleinen Schritt in die Unabhängigkeit zu schaffen, hatte ihr eine fast lächerliche Befriedigung gegeben.

„Was können Sie mir über die Fälle sagen?"

Das war ein Test, und sie wollte beweisen, dass sie nicht völlig inkompetent war. Mallory räusperte sich. „In den letzten zwölf Monaten hat dieser Mörder junge weiße Frauen mit langen dunklen Haaren entführt. Er vergewaltigt sie, schlägt und erwürgt sie, und lädt die Opfer an abgelegenen Orten ab, von denen er weiß, dass die Leichen dort letztendlich entdeckt werden, allerdings nicht sofort. Er stellt sicher, dass er genug Zeit hat, sich von dem Ort zu entfernen."

Sie überdachte ihre Gedanken. „Allerdings wurde Lindsey Keeble an einem Ort abgeladen, an dem es unwahrscheinlich war, dass sie vor dem Frühling gefunden würde. Wir hatten Glück. Sie ist wahrscheinlich unsere beste Chance, den Kerl zu erwischen."

„Vielleicht war sie keine Ausnahme – wir wissen nicht, wie viele Frauen er ermordet und an ausgesprochen abgelegenen Orten abgeladen hat. Vielleicht war Lindsey nur die Einzige, die wir gefunden haben."

„Stimmt." Was eine unerträgliche Vorstellung war, denn wer konnte wissen, wie viele unentdeckte Leichen da draußen lagen? Sie schob diese Gedanken weg und fuhr fort, weil er es von ihr zu erwarten schien. „Die Autos der Opfer, die gefahren sind, wurden manchmal in einsamen Gegenden gefunden, im

Allgemeinen abseits der Straße, im Wald. Man vermutet, dass einige der Frauen entführt wurden, während sie trampten. Niemand hat etwas Verdächtiges gesehen."

„Was worauf hindeutet?"

Mallory runzelte die Stirn. „Er hat ein Fahrzeug. Verbringt viel Zeit auf Nebenstraßen. Er könnte den guten Samariter gespielt haben, wenn sie eine Panne hatten. Oder die Autos manipuliert haben, sodass er wusste, dass sie irgendwann ausfallen würden und er dann vor Ort sein konnte, um Hilfe anzubieten." Sie dachte an ihre platten Reifen vom letzten Abend und zog eine Grimasse. Es wäre ihr lieber, wenn Henderson es auf sie abgesehen hätte, anstatt irgendeines Serienmörders.

„Oder er könnte so tun, als ob er selbst Hilfe braucht", fügte Frazer hinzu. Er schien ihren Beitrag als stichhaltig zu erachten, auch wenn sie so unterqualifiziert war, dass es lächerlich war. Sie hatte Kriminologie und forensische Psychologie im College und an der Akademie studiert, und auf ihrer Suche nach Hinweisen zu Paytons Entführung Berichte über zahllose Fälle gelesen. Trotzdem.

Frazer hielt an, um Kaffee zu kaufen, und sie konnte einen Schub Koffein jetzt dringend brauchen. Sie suchte in ihrer Geldbörse nach Kleingeld, als Frazer ihr einen dampfenden Becher schwarzen Kaffees reichte.

„Der geht auf mich", erklärte Frazer.

„Danke." Sie nahm den Kaffee und genoss die Wärme angesichts der kalten Luft. Frazer war kein Anhänger hoch aufgedrehter Autoheizungen, und es war ein weiterer düsterer nasskalter Novembertag. Sie zitterte.

„Todeszeitpunkt?"

„Es ist schwer, den Todeszeitpunkt präzise festzustellen.

Die meisten Leichen waren zu stark verwest. Aber das letzte Opfer, Lindsey Keeble, wurde innerhalb von zwölf Stunden vor dem Auffinden ihrer Leiche getötet. Sie wurde Freitagabend entführt und ihre Leiche wurde am Sonntagmorgen entdeckt. Also hat er sie etwa einen Tag lang am Leben gelassen, bevor er sie tötete."

„Also hat er ein Fahrzeug oder einen Ort, an den er seine Opfer bringen und mit ihnen machen kann, was er will. Irgendwo so weit abgelegen, dass er sich keine Sorgen um eine Entdeckung macht." Sie dachte zurück an Meachers Farmhaus außerhalb von Fleet. Sie fuhren auf ihrem Weg nach Norden an ähnlichen Häusern vorbei, die einzeln in der Landschaft verteilt waren. Ihr Mund wurde trocken.

Der Gedanke, so viel Zeit in den Händen des Bösen verbringen zu müssen, verursachte in ihrem Magen ein Gefühl öliger Abscheus. Wieso dachten sie, dass sie das Recht hatten, das einem anderen Menschen anzutun? Wie lange hatte Payton gelitten? Sie drückte ihre Knöchel in ihren Mund, hielt den Kaffee vorsichtig in der anderen Hand. *Nicht zusammenbrechen, Mal. Mach deine Arbeit.*

„Todesursache und -art?"

Sie nahm einen Schluck Kaffee, um zu versuchen, den Schmerz in ihrem Hals zu lindern. „Die Schläge waren brutal genug, um die Opfer zu verunstalten, aber daran sind sie nicht gestorben. Die Todesursache war Ersticken durch manuelles Erwürgen. Auf den Leichen wurden weder Fingerabdrücke noch DNA gefunden. Die Verwesung war im Allgemeinen zu weit fortgeschritten. Er – oder sie", nicht wahrscheinlich, aber noch nicht zu hundert Prozent ausgeschlossen, „wäscht die Opfer mit einer stark verdünnten Bleichmittellösung ab, bevor er sie ablädt. Der Gerichtsmediziner hat Spuren auf Lindsey

Keebles Leiche gefunden, die vielleicht brauchbare DNA-Proben ergeben."

„Das ist alles schön und gut, wenn er in der Datenbank eingetragen ist, oder wir einen Verdächtigen haben."

Aber andererseits nutzlos, um den Kerl zu stoppen.

„Signatur?"

„Die Todesursache und -art insgesamt scheinen Teil seiner Signatur zu sein. Aber das Einritzen der Buchstaben *PR* auf den Brustkörben der Opfer scheint ein besonderes Merkmal dieses speziellen Täters zu sein."

„Sie haben sich offenbar weitergebildet. Um in der Entführung Ihrer Schwester zu ermitteln?", fragte er.

Mal spannte ihren Kiefer an. „Das ist der Grund, aus dem ich zum FBI gegangen bin. Also, ja, das habe ich."

„Hat Ihre Mutter deshalb ihre Beziehungen spielen lassen, um Sie in die BAU einzuschleusen? In der Hoffnung, dass Sie vielleicht irgendwie auf mysteriöse Weise einen Fall lösen können, mit dem wir uns schon seit Jahren beschäftigen?"

Mallory erstarrte. Er hatte sie in eine Falle gelockt. Sie beschloss, ehrlich zu sein. „Offen gesagt, habe ich keine Ahnung, wie ich zur BAU gekommen bin."

„Sie haben sich beworben, oder?" Er hatte dies so abfällig gesagt, dass sie sich nicht die Mühe machte, ihm zu widersprechen. Es war nicht so, als ob sie ihm die Wahrheit sagen konnte.

„Es ist offensichtlich ein Traum von mir, mit den Kollegen in der BAU arbeiten zu können." Sicher würde Hanrahan nicht den Agenten verdächtigen, mit dem er am engsten zusammenarbeitete, aber wenn das stimmte, warum zur Hölle hatte er sich dem Mann dann nicht anvertraut? „Hier gibt es die interessantesten Fälle. Und ja, ich weiß, dass es oft die schrecklichsten sind.“

„Glauben Sie, dass Sie damit umgehen können?“ Sein Blick war so scharf wie ein Laserstrahl.

Sie zwang sich, diesem alles durchdringenden Blick standzuhalten. „Ich weiß nicht, Supervisory Special Agent Frazer. Ich hoffe es, aber momentan befolge ich nur Befehle.“

Seine Miene wurde langsam weicher, und er wandte sich wieder der Straße zu. „Ich glaube nicht, dass irgendeiner von uns wirklich weiß, worauf er sich hier einlässt, Agent Rooney. Nicht einmal nach jahrelanger Erfahrung. Manche Fälle erwischen uns unvorbereitet.“

Sie waren einige Minuten still, der Lexus bewegte sich rasch in Richtung Manassas.

„Der Fall Ihrer Schwester“, fing er an.

Sie sank tiefer in ihren Sitz zurück. „Was ist damit?“

„Glauben Sie, dass die Initialen, die dieser Killer in die Brustkörbe dieser Frauen ritzt, in irgendeiner Art mit dem Verschwinden Ihrer Schwester zusammenhängen?“

„Nein.“ Suchte er nach einem Grund, sie aus dem Team zu werfen? Wenn ja, warum? Weil er sie für inkompetent hielt? Oder weil er wusste, dass sie begonnen hatte, zu Selbstjustizmördern zu ermitteln und dann in sein Büro versetzt worden war?

Auf seinem gutaussehenden Gesicht erschien ein leichtes Lächeln, dem sie nicht traute.

„Was?“, fragte er.

Sie runzelte die Stirn. Er war offensichtlich ein Mann, der es gewohnt war, seinen Willen durchzusetzen. Nun, sie war umgeben von mächtigen, manipulativen Menschen aufgewachsen. Sie sah weg. „Nichts. Mir ist nur kalt.“

Er drehte die Heizung hoch, was immerhin etwas war.

Aber es erinnerte sie an altmodische Befragungstechniken. *Komm ihnen entgegen. Zeig ihnen, dass du derjenige bist, der das Sagen hat.*

„Es war eine ausgefeilte Entführung. Es bedurfte ausgiebiger Planung. Haben Sie an diese Nacht irgendwelche Erinnerungen?", fragte er.

Sie biss sich auf die Lippe und fühlte, wie ihre Augenbrauen sich zusammenzogen. Was war mit den Träumen, die sie in letzter Zeit hatte? Waren sie Erinnerungen? Oder basierten sie auf Angst und Schuldgefühlen? Sie schüttelte ihren Kopf. „Ich erinnere mich an nichts."

„Haben Sie es mit Hypnose probiert?"

Ihre Mutter hatte versucht, sie dazu zu zwingen, aber ihr Vater hatte es nicht erlaubt. „Nein."

„Möchten Sie, dass ich das für Sie arrangiere?"

Sie stellte ihren Kaffeebecher in den Halter und wandte sich ihm direkt zu. „Woher das plötzliche Interesse?"

Ein bitteres Lächeln verzog seine Lippen. „Ich habe an dem Fall mitgearbeitet." Er zuckte mit den Schultern. „Es beschäftigt mich."

„Was?" Sie setzte sich aufrechter hin. Sie hatte seinen Namen auf keinem der Berichte gesehen.

„Ich war fünfundzwanzig. Nach dem College habe ich einige Jahre bei der State Police in Wisconsin gearbeitet und bin dann '95 dem FBI beigetreten." Das Jahr, in dem Payton verschwunden war. Also war er jetzt Anfang vierzig. Sie hatte nicht realisiert, dass er so viel älter war als sie. „Ich war Agent vor Ort in der Pittsburgh-Abteilung. Die Entführung Ihrer Schwester war einer meiner ersten Fälle." Seine Lippen wurden schmal. „Ich erinnere mich sogar daran, Sie als kleines Mädchen bei der Mahnwache gesehen zu haben."

Das fühlte sich an wie ein Schlag. „Sie waren bei der Mahnwache?" Sie wusste nicht, warum sie das so schockierte. Sie fühlte sich entblößt. Verletzlich. Sie fühlte sich seit Jahren so. Vielleicht war das der wirkliche Grund, aus dem sie zum FBI gegangen war. Um die Kontrolle zurückzubekommen. Ihr Vorhaben funktionierte nicht besonders gut.

„Mir wurde gesagt, ich solle mich unter die Einwohner mischen. Darauf achten, ob jemand teilnahm, der irgendwie auffällig wirkte."

„Haben Sie jemanden gesehen?"

„Niemanden, der passte." Er sah sie erneut an, und Mallory widerstand dem Drang, auf ihrem Sitz herumzurutschen. „Es war ziemlich unheimlich, ein kleines Mädchen zu sehen, das dem gesuchten Mädchen so ähnlich sah und einfach dastand wie ein Gespenst."

Das hatten die Leute sich jahrelang zugeflüstert. Leider hatten sie es nicht sehr leise geflüstert. „Das FBI hat nie einen plausiblen Verdächtigen gefunden", kam es wie eine Anschuldigung aus ihrem Mund.

„Es war eine ausgeklügelte und gut geplante Entführung, ohne ein Zeichen gewaltsamen Eindringens, aber es gab nie eine Lösegeldforderung."

„Die Polizei schwankte zwischen der Annahme, dass es jemand war, der die Familie kannte, oder eine Zufallstat, die von jemandem begangen wurde, der auf der Durchreise war. Als keine Nachricht kam, gingen sie davon aus, dass Payton von einem Pädophilen entführt worden war." Arktische Kälte strich über ihre Haut.

Er presste die Lippen zusammen und schüttelte den Kopf. „Was ich an der Theorie, dass es ein Pädophiler war, schwer zu glauben finde ist, dass der doch sicher Sie beide mitgenommen hätte. Identische Zwillingsmädchen? Der Kerl hätte er Sie beide für Hundertausende Dollar verkaufen können."

„Fahren Sie rechts ran!" Sie presste eine Hand auf ihren Mund und stützte sich mit der anderen am Armaturenbrett ab. Sie würgte, schaffte es aber glücklicherweise an den Straßenrand, bevor sie sich übergeben musste.

Frazer stieg aus und betrachtete sie über sein Auto hinweg. „Sind Sie okay?"

Sie spuckte und nickte.

„Ich werde … mir die Leichen vielleicht alleine ansehen."

„Nein." Sie nahm ihren Kaffee aus dem Becherhalter, spülte ihren Mund aus und spuckte erneut. Sie schüttete den Rest der Flüssigkeit auf dem braunen Gras am Straßenrand aus und knüllte den Becher in ihrer Hand zusammen. „Es geht mir gut. Vielleicht sollten wir aber nicht über die eventuelle Vergewaltigung und Tötung meiner neunjährigen Schwester reden, während wir in einem fahrenden Auto sitzen."

Er nickte, und seine Miene blieb ausdruckslos. Mal drängte sich die Überlegung auf, ob das von Anfang an seine Absicht gewesen war. Sie aufrütteln und sehen, was passiert.

Tollster Job beim FBI.

———

DIE GERICHTSMEDIZIN BEFAND sich in der Nähe des Prince William Campus der George Mason University. In einem Raum neben dem Autopsiesaal waren drei Bahren herausgezogen worden, die Körper der Opfer waren mit weißen Laken bedeckt, um ihnen ein wenig Würde zu lassen. Der Raum war kalt wie ein Kühlschrank, und Mallorys Finger krallten sich in die Ärmelaufschläge ihrer Jacke, in dem

Versuch, dort ein wenig Wärme zu finden. Der strenge Geruch von Chemikalien hing in ihrer Nase, ebenso wie etwas, das verdächtig nach verdorbenem Fleisch roch.

Zum Glück hatte ihr Magen sich beruhigt und Frazer hatte keine weitere Bemerkung gemacht.

Der Gerichtsmediziner war ein großer Mann, der wahrscheinlich zweihundertfünfzig Pfund wog. Als er in den Raum kam, konnte Mallory ihre Überraschung nicht verbergen, dass jemand mit so viel Übergewicht eine so viel Sorgfalt erfordernde Arbeit erledigen konnte.

„Agent Frazer, Agent Rooney? Ich bin Dr. Ross Avery." Er schüttelte ihnen beiden die Hand, seine Haut angesichts der vorherrschenden Kälte fast brennend heiß. „Das ist die erste Frau, die wir untersucht haben. Lucy Fairfax, in der Nähe von Woodstock aufgefunden. Sie wurde letzten Mai gebracht, aber wir haben sie erst kürzlich identifizieren können, als ihre Eltern DNA in die nationale Datenbank hochgeladen hatten." Mallory sah auf das lange dunkle Haar des Opfers hinunter. Ihr Gesicht war unkenntlich, die Haut durch die Verwesung schwarz und aufgequollen. Tiere hatten an dem Körper gefressen, bevor sie entdeckt worden war.

„Lucy hat uns nicht viele Erkenntnisse gewährt, bis wir das nächste Opfer hereinbekamen." Er ging zur zweiten Bahre und zog das Laken zurück. „Und Ähnlichkeiten zwischen ihnen erkannten. Dann stellte ich einige Vergleiche an. Kendra McCloud wurde am 11. Juli gefunden, sie war seit Ende Juni vermisst worden. Sie waren sich körperlich sehr ähnlich – beide 1,72 groß, schlank, dunkeläugig, brünett. Beide waren sexuell missbraucht worden, beide hatten erhebliche Gesichtsverletzungen, und sie starben durch Strangulation. Das ist ein sehr zupackender Mörder."

„Toxikologie?", fragte Frazer mit verschränkten Armen.

„Nichts Außergewöhnliches. Kein Alkohol, keine Drogen, aber die Zeitspanne war für solche Tests nicht hilfreich. Wir wissen, dass er sie mit irgendeiner desinfizierenden Lösung abgewaschen hat, die Bleiche enthält." Dr. Avery sah von seiner über den Tisch gebeugten Position auf. Die blauen Augen voller Schmerz. „Als Lindsey Keeble ankam, habe ich wegen der toxikologischen Untersuchungen Druck gemacht, aber es war das Gleiche. Er hat sie nicht mit irgendwelchen Substanzen betäubt, oder falls er es tat, benutzt er etwas, das so schnell wirkte, dass keine Spur davon mehr in Blut oder Gewebe vorhanden ist. Aber Lindsey hat mir einige interessante Dinge verraten, die die anderen Opfer nicht offenbaren konnten." Er zog das Laken zurück, um ihre Füße zu enthüllen.

Mallory wusste nicht, warum der Anblick der silberlackierten Zehennägel sie so schockierte, aber in diesem Moment wurde Lindsey Keeble zu einer richtigen Person. Sie war eine junge Frau, die sich an einem nicht sehr lange zurückliegenden Tag hingesetzt und sich die Zeit genommen hatte, sich ihre Zehen hübsch zu machen. Die Realität traf sie wie ein Schlag gegen den Hals.

„Sehen Sie die Spuren an ihrem linken Knöchel?"

Sie und Frazer lehnten sich beide vor. Auf ihrem unteren Bein fanden sich mehrere rote Abschürfungen.

„Sie war angekettet?", fragte Frazer.

Dr. Ross nickte. „Das nehme ich an. Irgendeine Art metallene Fußschelle."

Ein Schauder durchlief Mallory. Angekettet wie ein Tier. Wie würde sich das anfühlen? Ihr Ärger wuchs. Sie erinnerte sich an den Eindringling in ihrem Haus. Es hätte sie sein können, die hier mit lackierten Zehennägeln zur Ansicht lag.

„Irgendeine Idee, wie er sie ohne Drogen überwältigt?", fragte Frazer.

Der Gerichtsmediziner nickte. „Ich habe es zuerst übersehen, aber ich glaube, ich habe es herausgefunden." Er schob das Laken bis zu Lindseys Torso hoch und enthüllte ihre linke Seite. „Sehen Sie dieses schwache Mal?"

Mallory kniff die Augen zusammen, konnte nicht wirklich etwas erkennen, das sich von dem violett marmorierten Körper abhob. „Nicht wirklich."

„Es ist aufgrund der Lividität – die Farbe weist auf Erwürgen hin – schwer zu sehen, aber es finden sich dort einige winzige Brandmale. Die Bildanalyse bestätigt es."

„Elektroschocker", sagte Mal leise.

Frazer nickte, als dies bestätigte, was er bereits vermutet hatte. Musste schön sein, wenn man unfehlbar war. „Danke, Doktor. Sie waren eine große Hilfe."

„Kann ich die Leichen den Familien freigeben?"

Frazers Miene blieb so unbewegt wie eine Maske. „Solange Sie alles dokumentiert haben, was Sie uns heute mitteilten, können Sie die Leichen freigeben. Die Familien haben lange genug gewartet."

———

ALEX SAß AUF einer Bank und sah sich die Riesenpandas an. Der Zoo war nahe an seinem Büro. Er kam oft her, wenn er nachdenken musste. Er hatte das Wochenende damit verbracht, Mallory sechzehn Stunden am Tag daran arbeiten zu sehen, Fälle mit Ähnlichkeiten zu der Entführung ihrer Schwester zu finden und zu recherchieren. Es deprimierte ihn unendlich, sie so getrieben zu sehen.

Auch wenn er sie nicht ausspioniert hätte, wäre es ihm nicht möglich gewesen, sie sich aus seinem verdammten Kopf zu schlagen. Der Kuss von Freitagabend wiederholte sich in seinen Gedanken immer wieder. Das Gefühl der Erwartung, des unglaublichen Bedürfnisses, das weiterzuführen, was sie begonnen hatten, war wie ein Juckreiz von innen. Einer, an dem er nicht zu kratzen wagte. Sie wieder zu wollen machte ihn wahnsinnig. Er wollte sie nicht hintergehen oder verwirren, aber der Drang, bei ihr zu sein, sie anzurufen und verdammt noch mal einfach zu reden, war fast unwiderstehlich. Er könnte ihr helfen…

Ja, sie hat schon genug gelitten.

Die Bank knarrte, als Jane Sanders sich neben ihn setzte, in einem Hosenanzug, der wahrscheinlich genug gekostet hatte, um die Pandas ein Jahr lang mit Bambus zu versorgen. Die Sonne war so hell, dass sie ihn blendete. Alex kniff die Augen zu, genoss den Sonnenschein auf seinem Gesicht und wünschte zum millionsten Mal, dass er einige der grundlegenden Entscheidungen seines Lebens rückgängig machen könnte. Zum Beispiel die Entscheidung, als Geheimagent für die CIA zu arbeiten, in dem naiven Glauben, dass er seine amerikanischen Landsleute rettete.

„Der Boss ist nicht sehr glücklich mit Ihnen."

Er öffnete seine Augen. Janes Haar fiel offen um ihre Schultern. Fast weißblond. Aus irgendeinem Grund verachtete er sie nicht so sehr wie früher. Er wurde altersmilde. Oder gevögelt zu werden machte ihn nicht mehr zu so einem Bastard. Eines von beiden.

Sie reichte ihm eine Fotografie. Darauf war Gerry Rodman, ein Mann, den Alex am Samstagabend hatte erledigen sollen. Er vergewaltigte darauf einen ungefähr achtjährigen Jungen. Alex hatte sich geweigert, weil er dem Spitzel beim FBI nicht vertraute und auch Jane nicht vertraute. Der kleine Junge hatte den Preis bezahlt.

Ihm wurde übel.

„Positiv zu vermerken ist", Jane sprach leichthin, „dass die Cops einen anonymen Hinweis erhalten haben und ihn für den Verkauf von Drogen an Minderjährige und Kinderpornographie auf seinem Laptop eingebuchtet haben – also wird er eine Weile im Knast bleiben. Sie fanden außerdem eine beträchtliche Menge von Methamphetamin, Waffen und Bargeld in seiner Wohnung." Ihr Lächeln war kalt wie ein norwegischer Fjord. „Wenn diese Fotos unter gewissen Gruppen der Strafgefangenen verbreitet werden … nun, der Job wird erledigt werden, und keine weiteren Kinder werden verletzt."

Er hielt ihrem Blick stand, als er das Bild zurückgab. Vielleicht war es so am besten. Gefängnisjustiz konnte brutaler sein als alles, was er je ausgeteilt hatte.

„Wer hat die Cops angerufen?"

Jane zuckte mit den Schultern. Sie hielt auf der Bank Abstand. Auch wenn sie eine Nuance wärmer geworden war, wirkte sie immer noch kalt und unerreichbar, genau wie er. Deshalb fühlte er sich so zu Mallory hingezogen – sie war überhaupt nicht wie er. Sie war lebhaft und warm, und sie in seinen Armen zu halten fühlte sich an, als ob man versuchte, Sonnenlicht festzuhalten.

„Ich konnte den anonymen Hinweisgeber in der Meacher-Ermittlung zurückverfolgen", sagte er ihr.

Sie streckte ihre Zehen in ihren schicken, hochhackigen Schuhen aus. „Wer war es?"

„Es kam von Ihrem Telefon."

„Was?" Ihre Augen blitzten stahlblau auf, das Blut wich aus ihrem Gesicht. „Was haben Sie gesagt?"

„Der anonyme Hinweis kam von Ihrem Telefon."

Sie schüttelte den Kopf. „Das ist nicht möglich."

Er schätzte sie gemächlich ab. Würde sie die Organisation hintergehen? Vielleicht. Zum richtigen Preis. „Also sagen Sie, dass Sie es *nicht* waren, Jane?"

Ihre Gesichtszüge waren scharf, Angst hatte sich eingefressen. „Ich weiß, was passiert, wenn man geschnappt wird. Ich möchte nicht ins Gefängnis."

„Das Gefängnis ist Ihr kleinstes Problem." Sie verstand es als Drohung, ihr ganzer Körper zitterte. Alex war nicht gerne das Monster, aber genau das war seine Rolle in diesem Albtraum. „Hatten Sie den ganzen Abend Ihr Telefon im Blick?"

Sie begann, den Kopf zu schütteln, hielt dann aber inne. „Ich lasse es auf meinem Schreibtisch, wenn ich auf die Toilette gehe."

„Weil?"

Die blasse Säule ihres Halses vibrierte mit einem Schlucken. „Ich habe Angst, dass Sie mir nachspionieren."

„Ich bin kein Perverser."

Ihre Augen blitzten. „Und ich bin keine Exhibitionistin."

„Ich laufe nicht herum und spioniere Frauen nach, solange es mir nicht von unserem Boss befohlen wird. Lassen Sie Ihr Telefon nicht unbeaufsichtigt, oder wir werden es beide irgendwann bereuen." Die Mächtigen würden ihm oder Jane nicht die Möglichkeit geben, zu Kronzeugen zu werden. Sie hätte Glück, wenn sie im Gefängnis vierundzwanzig Stunden überleben würde.

Zum Glück hatte er eine ziemlich gute Ahnung, wer diesen Anruf getätigt hatte, und warum. Vielleicht war dieser ganze Mist nicht Sabotage gewesen, sondern schlechtes Timing und hundsmiserables Urteilsvermögen.

„Wer auch immer der Spitzel beim FBI ist, muss bei der Kommunikation vorsichtiger sein. Einmal Scheiße zu bauen ist akzeptabel, aber ein weiteres Mal … er wird sich vor mir rechtfertigen müssen." Er fühlte sich mehr als müde. Verdammt, vielleicht brauchte er nur einen Urlaub – ein paar Wochen Frieden, Ruhe, heißer Sand und kalte Brandung. Ein Mann konnte träumen. Was er wirklich brauchte, war zu kündigen, aber er hatte sich verpflichtet. Noch fünfhundertachtundzwanzig Tage. Ohne die Möglichkeit vorzeitiger Entlassung.

Jane räusperte sich. „Der Boss hat sich gefragt, ob es irgendwelche Entwicklungen bezüglich der anderen Angelegenheit mit gewissen Bundesinteressen gibt?"

Alex dachte an spitzengesäumte Strümpfe und Sex vor einer Tür. „Das ist unter Kontrolle."

Sie saßen einen weiteren Moment schweigend da. Ein kleines Mädchen rannte vorbei, die Mutter oder das Kindermädchen dicht auf ihren Fersen. Jane zuckte zusammen. Alex gab vor, es nicht zu bemerken. „Bedeutet das, dass Sie zurück an die Arbeit gehen, oder sind Sie immer noch in Ihrer Auszeit?"

Seine Instinkte sagten ihm, dass etwas nicht in Ordnung war. „Ich denke, wir sollten alles eine Weile abkühlen lassen", antwortete er. „Einige Dinge ändern."

„Machen Sie Schluss mit mir, Mr. Parker?" Sie hielt seinem Blick stand.

„Nein, aber wir sollten einige Zeit getrennt verbringen und einige Wochen die Gesellschaft anderer Leute genießen. Bis etwas Dringendes ansteht." Mit dringend meinte er unwiderlegbare Beweise der Identität eines Serienmörders, der eine unmittelbar bevorstehende Lebensgefahr darstellte.

Sie spielte mit dem Saum ihres Rockes, der über ihren Knien lag. „Eigentlich möchte der Boss, dass ich", sie schürzte einen Moment die Lippen, bevor sie fortfuhr, „einen Freund von Ihnen *überzeuge*, auf eine Verabredung zu gehen."

„Einen Freund von mir?" Dann fluchte er. „Sie werden Lucas Randall nicht an der Nase herumführen."

„Er könnte unsere beste Möglichkeit sein, Informationen über die Meacher-Ermittlung zu bekommen."

„Müssen Sie ihn auch vögeln?"

Sie blinzelte wie eine Eule. „Ich glaube kaum, dass Sie in der Position sind, mich zu belehren, Alex."

Er zog eine Augenbraue angesichts der Tatsache hoch, dass sie sich endlich traute, ihn mit seinem Namen anzureden. Wusste sie von seiner Nacht mit Mallory, oder bezog sie sich auf seine allgemeinen Pflichten für die Organisation? Alex wusste es nicht, und es war ihm nicht wichtig. Seine Freunde allerdings waren ihm wichtig. Und Mallory war ihm wichtig. Und genau deshalb würde er sie nicht mehr anrufen, ganz gleich, wie sehr er es wollte.

Er lehnte sich dicht an Janes Ohr, betrachtete, wie der Puls an ihrem Halsansatz als Reaktion auf seine Nähe hochraste.

„Im Moment tritt die Meacher-Ermittlung auf der Stelle. Aber wenn Sie Lucas Randall auf irgendeine Art verletzen, werde ich mich schneller gegen Sie und diese Organisation wenden, als Sie Senatsermittlung sagen können." Er hielt ihrem Blick stand. „Verstehen wir einander?"

Sie nickte, und er küsste sie. Ein Mann, der sich von einer früheren Geliebten verabschiedete. Ihre Lippen waren kalt und in ihm rührte sich nichts.

„Seien Sie vorsichtig, Alex", rief sie, als er wegging. „Es ist nicht immer alles so, wie es scheint."

KAPITEL ZEHN

MALLORY UND FRAZER erreichten Greenville kurz nach dem Mittagessen. Die Leichen zu sehen, hatte ihren Magen nicht so sehr durcheinandergebracht wie Frazers Mangel an Sensibilität auf dem Herweg. Wenn sie bedachte, wer er war und was er tat, fiel es schwer, davon auszugehen, dass er diesen Angriff nicht geplant hatte, um ihre Reaktion zu beurteilen und ihre Leistung zu beeinträchtigen.

Nicht, dass sie viel Leistung vorweisen konnte.

Die Stadt war ihr vertraut. Als kleines Mädchen war es ein großes Abenteuer gewesen, nach Greenville zu kommen. Sie waren zu den Paraden zum vierten Juli und für Eiscreme-Sodas hergekommen. Das örtliche Sheriffbüro war an der Main Street, gegenüber eines altmodischen Kinos, in welchem sie und Payton gelegentlich gewesen waren. Der über die Straße ziehende Geruch nach Popcorn brachte lebhafte Erinnerungen mit sich. Sie konnte das unbändige Gekicher ihrer Schwester beinahe hören. Traurigkeit durchzog sie, aber sie ignorierte den Gefühlsansturm. Schließlich war Mallory hier, um zu arbeiten, nicht um Erinnerungen nachzuhängen. Sie folgte Frazer in die Vorhalle des Sheriffsbüros und war sich bewusst, dass mehrere Augenpaare sie genau musterten.

„Ich bin Supervisory Special Agent Frazer und dies ist Special Agent Rooney. Wir sind hier, um mit Sheriff Williams zu sprechen", teilte Frazer dem weiblichen Deputy Sheriff am Schreibtisch mit.

„Sie sind vom FBI?" Der Dialekt war reinstes süßes West Virginia und schickte einen kleinen heimischen Schauder direkt bis zu Mallorys Zehen hinab.

„Ja, Ma'am." Frazer wandte seinen Charme bei der Beamtin an.

Bei ihr würde er von nun an verdammt sicher ins Leere laufen. Mal hatte innerhalb der letzten Stunden begriffen, dass er sie nur angewiesen hatte, ihn zu begleiten, damit er sie während der Reise unter vier Augen befragen konnte. Sein Misstrauen gegen sie hatte ihr Misstrauen gegen ihn erhöht, auch wenn es mehr als einige Stunden auf einer Autofahrt brauchen würde, einen so intelligenten Mann wie Frazer zu Fall zu bringen.

Verdammt, sie kannte nicht einmal seinen Vornamen.

Sheriff Williams kam aus seinem Büro und musterte sie, bevor er zu ihnen herüberkam. Ein Deputy platzte herein, als sie gerade die Hände schüttelten. „Verkehrsunfall auf dem Highway 3, ein Schulbus ist beteiligt, Sheriff. Zu dem Zeitpunkt keine Fahrgäste. Beide Fahrer haben leichte Verletzungen."

Der Schnurrbart des Sheriffs wuchs über seine volle Oberlippe. „Ist Ray James der Busfahrer?"

„Yep." Der Deputy war groß und hatte eine fast militärische Haltung. Sein Blick huschte immer wieder über sie, als ob sie eine Art Sehenswürdigkeit wäre. Es war normal, dass die Leute hier sie erkannten, sowohl durch den erst kürzlich veröffentlichten Artikel in der *Post* wie auch durch die jährliche Fernsehkampagne ihrer Mutter. Sie gab vor, es nicht zu merken und starrte auf die Fahndungsposter an der

Wand.

„Stellen Sie sicher, dass Sie eine Blutprobe von beiden bekommen, Deputy Chance. Wenn der Hundesohn James während der Arbeit getrunken hat, will ich es wissen. Die Sicherheit der Kinder in diesem County ist meine Priorität. Mir ist egal, wer der Onkel des Mannes ist."

„Ja, Sir." Der Deputy ging mit großen Schritten davon.

Mallorys Blick zuckte zurück zum Sheriff, der sie genau ansah. Er nickte steif und führte sie dann zu einem Konferenzraum im hinteren Teil des Gebäudes.

Ihr Telefon klingelte. Sie sah nach der Nummer und stellte fest, dass es Lucas Randall war. Mal ließ den Anruf auf die Voicemail gehen.

Der Sheriff setzte sich ans Kopfende des Tisches und bot ihnen mit einer Geste an, Platz zu nehmen. „Wenn es Ihnen nichts ausmacht, dass ich das sage, Agent Rooney, es ist gut, Sie nach all diesen Jahren wiederzusehen. Ich erinnere mich an Sie, als Sie noch ein kleines Mädchen waren."

Anscheinend würde es doch ein Tag der Erinnerungen werden. Sie nickte, war sich bewusst, dass Frazer sie mit seinem sezierenden Blick anstarrte, darauf wartete, dass sie es versaute.

„Die Strafverfolgungsbehörden in Greenville waren immer sehr gut zu mir und meiner Familie, Sheriff. Ich schätze alles, was Sie getan haben." Ihre Mutter hegte immer noch starken Groll gegen die Strafverfolgungsbehörden, weil diese den Fall nicht aufgeklärt hatten, aber das würde sie nicht erwähnen.

Er zwinkerte eine Träne weg. „Nun, wir waren alle entsetzt, was Ihrer Schwester geschehen ist. Nichts Derartiges ist unseres Wissens seitdem vorgefallen. Am nächsten kommt das mit dem armen Mädchen, Lindsey Keeble. Die Fälle sind nicht annähernd ähnlich, aber wir erleben die gleiche Panik unter den Menschen hier. Nicht, dass ich ihnen das vorwerfe."

Was, wenn es der gleiche Kerl war?

Der Gedanke nagte an ihrem Hirn.

„Was können Sie uns über das Opfer berichten, Sheriff? Hatte sie einen Freund?" Frazer begann mit der Befragung.

„Kein Freund. All ihre Kommilitonen sagten, dass sie entschlossen war, etwas aus sich zu machen und für Beziehungen und Verabredungen keine Zeit hatte. Sie war ein gutes Mädchen. Intelligent, arbeitete hart, verdiente Geld, um das College zu finanzieren."

„Wie lange hatte sie in der Tankstelle gearbeitet?"

„Sie hat im Herbst dort angefangen. Ihr Dad sagte, es war das Einzige, was sie finden konnte, das ihr weiterhin ermöglichte, aufs College zu gehen, aber nichts mit einer Bar zu tun hatte."

„Sie hatte was gegen Alkohol?"

„Ihre Mutter war eine Trinkerin, die den Großteil von Lindseys jungem Leben in den örtlichen Kneipen verbracht hatte." Das Gesicht des Sheriffs wurde verkniffen. „Sie starb vor einigen Jahren. Erfroren. Geriet in einen Blizzard und war zu betrunken, um den Weg nach Hause zu finden." Er sah auf. „Ich glaube, für die restliche Familie war es ein Segen."

„Jetzt ist nur noch der Vater übrig?"

Der Sheriff nickte. „Bryce Keeble."

Mallorys Augen weiteten sich, und der Sheriff bemerkte ihren Gesichtsausdruck. „Sie erinnern sich an ihn?"

„Vage." Sie nickte.

„Er hat als Handwerker auf dem Anwesen Ihrer Eltern gearbeitet."

„Er wurde bezüglich Payton Rooney befragt, und es wurde

festgestellt, dass er nichts damit zu tun hatte, korrekt?", fragte Frazer.

Der Sheriff nickte und schien sich unbehaglich zu fühlen, als er mit ihr sprach. „Ihre Mutter hat ihn trotzdem entlassen. Ich weiß, dass es für die Keebles ein schwerer Schlag war, dass er seinen Job verlor, denn es war in etwa zu der Zeit, als Lindsey geboren wurde. Er hatte Schwierigkeiten, Arbeit zu finden."

Oh, Mom. Mallory breitete ihre Finger auf der Tischplatte aus. „Paytons Verschwinden hat uns alle schwer getroffen, Sheriff, aber insbesondere meine Mutter. Sie hat nicht immer rationale Entscheidungen getroffen." Etwas, das ihre politischen Gegner nur zu gerne gegen sie verwendet hätten.

„Jeder, der Kinder hat, kann ihre Reaktion verstehen, aber…"

„Aber was?", fragte Frazer.

„Sie werden als Nächstes mit Bryce sprechen?"

Frazer nickte. Mallorys Inneres zog sich vor Furcht zusammen.

„Denken Sie daran, dass er diesmal derjenige ist, der ein Kind verloren hat. Vielleicht trifft er ebenfalls keine rationalen Entscheidungen."

Frazer informierte ihn über die wenigen Details, die sie über die Fälle wussten. Es war nicht viel. „Sobald wir ein Profil haben, schicken wir es Ihnen und unterstützen Ihre Abteilung auf jede uns mögliche Weise." Sie standen auf, um zu gehen.

An der Tür des Konferenzraums hielt der Sheriff Mallory an, während Frazer voranging „Es ist schön zu sehen, dass es Ihnen so gut geht, Agent Rooney." Er kniff die Augen zusammen. „Sie müssen eine der jüngsten Agentinnen in der Geschichte der BAU sein."

Mallory zwang sich zu einem Lächeln. „Ich glaube, diese Ehre wird mir zuteil, Sheriff. Im Moment jedenfalls", fügte sie leise hinzu.

Draußen in der Vorhalle des Sheriffsbüros bemerkte sie den Blick eines weiteren Deputy, der sie intensiv anstarrte. Sie runzelte die Stirn und hielt an. Dann deutete sie mit dem Finger auf ihn. „Ich erinnere mich an dich."

Er lächelte sie schüchtern an, trat vor und streckte seine Hand aus. „Wir haben als Kinder zusammen gespielt. Ich kann nicht glauben, dass Sie mich erkannt haben. Seany Kennedy." Er zog ein verschämtes Gesicht. „Heute Deputy Sean Kennedy."

„Wir sind im Sommer im Steinbruch schwimmen gegangen."

„Nun, Ma'am, ich wollte nicht sagen, dass ich Sie nackt gesehen habe, aber da Sie es erwähnen."

Sie lachte. „Ich glaube, wir waren… was? Fünf?"

„Ich glaube, ich war sogar schon sechs oder sieben, Miss Mallory."

Sie deutete verlegen auf ihre Marke. „Jetzt *Agent* Rooney, *Deputy* Kennedy. Nenn mich einfach Mallory." Sie erinnerte sich an Sean als molliges und gutmütiges Kind. Er hatte ziemlich abgenommen.

„Ich dachte, du wolltest Anwältin werden." Er lehnte sich gegen seinen Schreibtisch.

„Das dachten meine Eltern auch."

„Ich wette, das ist gut angekommen." Er verschränkte seine Arme über einem breiten Brustkorb. „Dann ist wenigstens etwas Gutes aus dem erwachsen, das Payton passiert ist." Die Tatsache, dass er den Namen ihrer Schwester laut ausgesprochen hatte, die Tatsache, dass er sie *gekannt* hatte, war unglaublich bewegend. An manchen Tagen schien es, als ob Payton nichts als eine Fotografie auf einem Polizeibericht war. Aber das war nicht die echte Payton. Die echte Payton war entzückend und großzügig gewesen und hatte Scooby Doo, Schwimmen, Disneyfilme und Eiscreme geliebt. Nicht viele Menschen erinnerten sich daran.

„Du bist dem FBI beigetreten und ich dem Sheriffbüro. Wir bekämpfen die bösen Jungs, so gut wir können."

„Es gibt immer reichlich böse Jungs zu bekämpfen."

„Das ist wahr."

Frazer sah sie von der Tür aus irritiert an. Sie musste los.

Sean bemerkte ihre Blickrichtung und stand auf. „Es war richtig schön, dich nach all den Jahren wiederzusehen. Tut dem Herzen wohl, wenn man sieht, dass das Leben nach einer Tragödie weitergehen kann."

„Ich habe mich auch gefreut, dich zu sehen." Mal hatte einen Kloß im Hals, als sie seine Hand schüttelte. Eigentlich wollte sie ihn am liebsten umarmen, schaffte es aber, sich zurückzuhalten. Ihre Mutter hätte solche unkontrollierten Gefühlsausbrüche nicht gebilligt, und ihr Vorgesetzter würde das ebenfalls nicht tun. „Wir sollten irgendwann mal in Ruhe plaudern. Dad möchte, dass wir alle zu Weihnachten herkommen – ein letztes Familientreffen, bevor er Eastborne verkauft."

„Ich wusste nicht, dass er verkauft. Wirklich schade, aber ich bin nicht überrascht." Sean presste seine Lippen zusammen und nickte ihr traurig zu. „Ja, ich würde zur Weihnachtszeit gerne in Ruhe mit dir plaudern, *Agent Mallory*."

Sie lachte, gab ihm ihre Karte und ging hastig zu Frazer. Ihr war nicht bewusst gewesen, wie tief das Verschwinden ihrer Schwester sich auf die gesamte Stadt und all die Menschen, die an dem Fall gearbeitet hatten, inklusive dem eisig kühlen Frazer, ausgewirkt hatte. Sie hätte schon vor Jahren herkommen und mit diesen Menschen reden sollen; vielleicht würde sie sich dann erinnern, was genau in jener Nacht geschehen war.

DIE KEEBLES WOHNTEN in einem heruntergekommenen Haus am Rand von Greenville, nur einen Katzensprung entfernt von den Bahnschienen. Es hätte einen neuen Anstrich gebrauchen können, die Vorderveranda hing an der nordwestlichen Ecke leicht durch, aber das Grundstück war ordentlich, kein Müll lag herum. Ein Kranz schmückte die Vordertür, und Mallory hätte alles darauf verwettet, dass sie wusste, wer ihn dort aufgehängt hatte. Ein Hund – halb Pit Bull, halb Coonhound – döste auf der Erde. Er wachte auf, um loszubellen, als sie anhielten und aus dem Auto stiegen.

Mallory sah den Hund argwöhnisch an. Ein Ruf aus dem Haus führte dazu, dass der Hund ein verdrossenes Knurren ausstieß und sich wieder auf der Erde zusammenrollte. Sie mochte Hunde, traute aber dem bösartigen Funkeln in den trüben Augen dieses alten Hundes nicht. Frazer überraschte sie, indem er in die Hocke ging und den Kopf des Tieres kraulte. Der Hund streckte den Nacken, um sich ihm entgegenzudrücken.

Okay.

Ein Mann kam zur Tür. Ihre Blicke trafen sich, und er zuckte zusammen, als er sie erkannte. Nun, da sie ihn wiedersah, erinnerte Mal sich lebhaft an ihn. Er hatte sie und

Payton Huckepack genommen, sie auf dem Rücksitz seines Geländemotorrads auf Ausflüge mitgenommen und oft mit ihnen gescherzt und sie geneckt.

Sein Gesicht war älter, breiter, rauer als es achtzehn Jahre zuvor gewesen war. Sie und Payton hatten ihn damals gutaussehend gefunden. Heute nicht mehr. Das Weiße seiner Augen war rot, die Iriden schwarz, das Gesicht schien in einem ungesunden fleckigen Rot. Sein Haar war von einem glänzenden Blauschwarz gewesen, aber nun mit Grau durchsetzt.

„Mr. Keeble?" Frazer näherte sich dem Mann mit ausgestreckter Hand. „Supervisory Special Agent Frazer. Dies ist Special Agent Rooney."

Bryce Keeble schüttelte Frazers Hand, ohne den Blick von Mallory zu wenden. „Was wollen Sie hier?"

„Wir ermitteln im Mord an Ihrer Tochter. Wir müssen Ihnen einige Fragen stellen."

„Bundesagenten?" Sein Blick flog zwischen ihnen hin und her. „Wissen Sie schon, wer's war?"

Frazer schüttelte seinen Kopf. „Wir haben momentan keinen eindeutigen Verdächtigen."

Bryce Keebles Kopf schoss hoch. „Sind Sie hier, um es *mir* anzuhängen? Einen trauernden Mann zu quälen?" Er lachte hohl, öffnete seine Vordertür, und winkte sie herein. „Nicht, dass es mir nicht scheißegal wäre."

Es bestand kein Zweifel, dass dieser Mann litt, dass ihm seine gesamte Welt entrissen worden war. Es bedeutete nicht, dass er es nicht getan hatte, aber er stand auf ihrer Liste der Verdächtigen nicht weit oben.

Frazer wirkte im Wohnzimmer fehl am Platz und zu elegant angezogen. Überall waren Fotos von Lindsey. Das

Zimmer war sauber, aber unordentlich. Überall standen leere Becher. Zigarettenrauch hing schwer in der Luft.

„Sie hat mich nie im Haus rauchen lassen – Lindsey." Seine Stimme stockte und brach. „Sie hat mich nirgendwo rauchen lassen, nur draußen. Wenn sie mich dann dabei erwischte, hat sie mich zusammengeschissen."

„Sie war ein kluges Mädchen." Mallory betrachtete die überquellenden Aschenbecher. „Ihr Verlust tut mir leid, Mr. Keeble."

Er funkelte sie einen Moment an, die Nasenlöcher gebläht, die Augen von einem plötzlichen Tränenansturm verwässert. „Das sagen die Leute die ganze Zeit zu mir." Er zündete eine Zigarette an, die er aus einer Schachtel neben einem alten abgewetzten Fernsehsessel nahm und sog den Rauch ein, als ob es Sauerstoff wäre. Er blies eine dichte wirbelnde Wolke aus, von der sie husten musste. „*Ihr Verlust tut mir leid*? Was antworte ich darauf? ‚Schon in Ordnung'? ‚Danke'? Ich meine, was zur Hölle sagt man, wenn Leute das zu einem sagen?" Seine Augen bohrten sich in ihre, verlangten eine Antwort. Wollten wissen, wie man mit der schrecklichen Realität umging, das Einzige verloren zu haben, das wirklich zählte.

Eine dunkle Wahrheit entschlüpfte aus Mallorys Innerem, als sie seinem Blick standhielt. „Die Leute meinen es gut. Die Worte ermöglichen es ihnen, der Tragödie zu gedenken und dann weiterzumachen. Aber Menschen wie Sie und ich, wir können nicht weitermachen. Zumindest nicht gleich." Ihre Stimme wurde heiser vor Gefühl. „Jemanden durch ein brutales Verbrechen zu verlieren ist nicht wie ein normaler Verlust. Wir trauern anders als andere. Wir *hassen* anders."

Seine Augen ruhten auf ihren, weil er jetzt wusste, dass sie ihn vollständig verstand.

„Dieser Hass kann einen entweder auffressen oder wir lernen, ihn loszulassen." Welchen Weg hatte sie gewählt? Sie wusste es noch nicht. „Nichts heilt Trauer, nur Zeit."

Seine Augen brannten in einem zornigen Rot. „Ich nehme an, du hast es oft genug gehört."

Viel zu oft, um es zählen zu können.

„Ich würde gerne Lindseys Zimmer sehen, wenn ich darf?", schaltete Frazer sich ein. Er hatte das Gespräch wie der Profiler verfolgt, der er war. Und hatte dabei wahrscheinlich mehr über sie erfahren als über Bryce Keeble.

„Machen Sie nur, aber nehmen Sie nichts, ohne zu fragen."

„Das werde ich nicht." Frazer sah Mallory vielsagend an. „Agent Rooney kann Ihnen Tee oder Kaffee machen."

Sie merkte, wie ihre Augen sich weiteten, aber sie nickte. Das konnte sie tun. Sie ging in die Küche und versuchte, nicht zurückzuschrecken. Auch wenn sie nicht schmutzig war, verbreiteten der Mülleimer und der Stapel schmutziger Teller im Waschbecken einen starken Geruch.

Es gab keine Kaffeekanne, also füllte sie den Teekessel und stellte ihn auf den Herd. Dann öffnete sie den Geschirrspüler und begann, ihn mit spitzen Fingern einzuräumen. Sie konnte genauso gut auf praktische Art helfen, da sie ein deutliches ‚Verschwinde'-Signal von Frazer bekommen hatte. Sie spürte von der Tür her einen Blick auf sich. Bryce Keeble war ihr gefolgt.

„Ich nehme an, Lindsey war hier diejenige, die sich um den Haushalt gekümmert hat."

Scham huschte über sein Gesicht, und er richtete sich aus seiner schlaff am Türrahmen lehnenden Haltung auf. „Ich bin normalerweise nicht unordentlich, ich konnte nur … kein Interesse dafür aufbringen.“

Der intensive Schmerz in seinen Augen rührte sie. „Sie würde nicht wollen, dass das hier Sie zerstört, Mr. Keeble. Sie liebte Sie. Nach allem, was ich gehört habe, war Lindsey eine starke und entschlossene junge Frau.“ Mal versuchte, nicht an die Leiche unter diesem weißen Laken zu denken.

Tränen strömten sein Gesicht herunter und er wischte sie an seiner Schulter ab. „Sie *war* stark und entschlossen. Nachdem ihre Mutter sie im Stich ließ, hat sie gelernt, ihr Schicksal selbst in die Hand zu nehmen.“ Er schluchzte mehrfach. „Sie wird sich gewehrt haben. Und deshalb wird er sie noch mehr verletzt haben. Und sie wird darauf gewartet haben, dass ich sie rette.“ Ein Schluchzer überkam ihn. Lieber Gott, sie verstand diese Art Schuld. „So wie ich sie auch hätte retten sollen.“ Sein Atem war ein raues, ersticktes Rasseln. „Ich will denjenigen finden, der das getan hat und ihn mit meinen bloßen Händen zerreißen.“ Seine Fäuste taten genau das.

„Rache ist nicht der richtige Weg“, versuchte sie ihn zu beruhigen. „Verraten Sie nicht das Andenken ihrer Tochter, indem Sie im Gefängnis enden. Lassen Sie uns unseren Job machen.“

„So wie die Cops es für deine Schwester getan haben, meinst du?“ Seine Miene wurde wütend und verbittert. „Sie dachten, dass ich es war, wusstest du das?“ Er trat einen Schritt auf sie zu. Zu nah in der winzigen Küche. Nach ihrer Begegnung mit diesen Eindringlingen in ihrem Haus, war sie nervöser als früher. Es machte sie wütend. „Als sie begriffen, dass ich es nicht war, hat deine Mutter, dieses Biest, mich trotzdem gefeuert, weil jemand ihr gesagt hatte, dass ich euch Mädchen auf meinem Motorrad mitgekommen hatte. ,Es ist zu gefährlich.‘“ Er ahmte ihre Mutter nach. „Nun, ich habe nie jemanden verletzt, aber mir hat die Polizei noch nie irgendwie genützt.“ Seine Stimme wurde lauter, seine Körpersprache zunehmend aggressiv. Sie zwang sich, ihre Hand nicht auf ihre Waffe zu legen, da sie wusste, wie sehr er litt.

Der Ärger in seinem Gesicht löste sich auf, Kummer trat an seine Stelle. „Ich habe gerade noch etwas begriffen. Wenn jemand so mächtiges wie deine verdammte Mutter keine Gerechtigkeit bekommen kann, hat jemand wie ich gar keine Chance.“

„Das Gesetz hat kein Preisschild.“

Bryce grinste höhnisch. „Glaub das mal schön weiter.“ Er fuhr herum, ging mit großen Schritten zu einem Korkbrett in der Nähe der Hintertür und riss einen alten Zeitungsausschnitt herunter. Er schleuderte ihn in Richtung ihres Gesichts und sie fing ihn auf. Mal war bereit, diesen Mann gewaltsam abzuwehren, falls er näherkam. Das tat er aber nicht. Er ging weg. Sie sah auf das Stück Papier, das er ihr zugeworfen hatte. Es war ein Ausschnitt eines der ersten Artikel, die über Paytons Verschwinden geschrieben worden waren, und er zeigte ein Foto von ihnen beiden auf dem Rasen von Eastborne, ihr Hund lag zwischen ihnen. „Ich habe ihn behalten, um mich daran zu erinnern, nie damit aufzuhören, nach deiner Schwester zu suchen. Aber sie ist tot, genau wie meine Lindsey tot ist. Und wir werden nie herausfinden, was mit ihnen geschehen ist.“ Die Abscheu in seinen Augen verschlug ihr den Atem.

„Ich weiß nicht, ob ich deine Eltern beneiden oder bemitleiden soll.“ Sein Blick maß sie von Kopf bis Fuß. „Einerseits haben sie noch ein Kind, das genau wie das aussieht, das sie verloren haben. Andererseits muss die ständige Erinnerung sie jeden einzelnen Tag innerlich zerrissen haben."

Sie hatte diesen Schmerz in den Augen ihrer Eltern gesehen. Ungefilterte Gefühle stiegen auf, wollten sie überfluten, aber es war genauso wenig ihre Schuld wie es der Mord an seiner Tochter gewesen war. „Ich bin nicht meine Schwester, Mr. Keeble. Wir sehen nur gleich aus."

Frazer erschien im Türrahmen, als der Kessel anfing zu pfeifen. „Alles in Ordnung?"

Bryce Keeble schlurfte zum Herd, um ihn abzuschalten. „Ja. Ich mach das schon." Zu ihrer Erleichterung begann er, das Waschbecken mit heißem Wasser und Geschirrspülmittel zu füllen. Vielleicht würde er es durchstehen. Vielleicht.

„Wir werden uns melden, Mr. Keeble", sagte Frazer.

Auf der Stufe vor dem Haus drehte er sich um, die Hände auf den Hüften. „Was zur Hölle war das?"

Sie presste ihre Lippen fest zusammen und ignorierte ihn. Sie konnte jetzt nicht reden. Der Hund wedelte mit dem Schwanz, als er Frazer sah, betrachtete sie aber misstrauisch. Sie ignorierte das Tier und stieg in den Lexus. Es interessierte sie nicht mehr, ob sie Frazer beeindruckte oder nicht. Sie glättete den Zeitungsauschnitt, legte ihn über ihre Knie und starrte auf das brüchige, vergilbte Papier hinunter. Keeble hatte recht. Es *war* schwer für ihre Eltern gewesen, seitdem Payton entführt worden war. Sie hatten nie Gerechtigkeit erlangt. Nie abschließen können. Ihre Schwester war entführt worden, und niemand hatte je gewusst, warum. Sie wollte beweisen, dass Keeble bezüglich der Polizei im Unrecht war. Sie wollte an das System glauben. Sie wollte Gerechtigkeit für Lindsey und ihren trauernden Vater. Dann gab es, vielleicht, doch noch einen Funken Hoffnung, dass sie auch

Gerechtigkeit für ihre Familie erlangen würde. Das verdienten sie alle."

———

ER KAM PFEIFEND die Treppen hinunter. Es war fast Thanksgiving und er hatte viel, für das er dankbar sein konnte. Er hatte Mallory Rooney an diesem Morgen per Post ein kleines Geschenk geschickt und fühlte sich besser als er es seit Monaten getan hatte. Das Mädchen setzte sich auf dem Bett auf.

„Wie fühlst du dich heute?"

Sie lächelte nervös. „Oh… okay. Wund, würde ich sagen."

Sie hatten zweimal Sex gehabt. Nichts Abenteuerliches. Nichts Grobes. Nett und langsam und entspannt; er war ein aufmerksamer Liebhaber gewesen. Er hatte ein Kondom benutzt – er war noch nicht zu einer höheren Stufe des Vertrauens bereit, aber er überlegte, ob er eine Familie gründen sollte. Er sah sich um. Auf gar keinen Fall konnten sie *hier* ein Kind aufziehen, aber er hatte ein wenig darüber nachgedacht. Das war das, was er bei Payton am meisten bedauerte. Kein Baby mit ihr zu haben.

„Ich habe dir ein paar Kleider mitgebracht." Er hielt ihr die Kleidungsstücke entgegen, die er in dem Kaufhaus im Nachbarcounty gekauft hatte, als er sein Paket abgeschickt hatte.

Sie streckte die Hände danach aus. „Danke."

Ihre Nägel waren schmutzig. Ein Bad hätte ihr gutgetan. „Möchtest du, dass ich etwas Wasser warm mache, mit dem du dich waschen kannst, bevor du deine neuen Sachen anziehst?"

Sie räusperte sich. „Das wäre schön, danke."

Anständig erzogen und gute Manieren. Seine Mutter wäre einverstanden gewesen.

Er stellte einen Topf mit Wasser auf den Propangasofen auf der Arbeitsplatte. Als er sich umdrehte, saß sie immer noch auf dem Bett. Ihre Schüchternheit amüsierte ihn. „Du wirst dich ausziehen müssen."

Ihre Hände schlossen sich fester um die neue Kleidung. Er runzelte die Stirn. Es war normal, sich in Gegenwart von Männern unbehaglich zu fühlen, aber er hatte doch wohl bewiesen, dass er sie nicht verletzen würde? Er hatte sich auch noch Mühe gegeben, um sicherzustellen, dass sie es auch genoss.

„Sei nicht so schüchtern." Die Schärfe in seiner Stimme schreckte sie auf, und sie begann, die Knöpfe ihrer Bluse zu öffnen. Sie faltete sie und legte ihren BH ordentlich darauf. Sie zog ihre Jeans und Socken aus, ein Bein verfing sich in der um ihren Knöchel liegenden Kette. Er kniete sich hin und entfernte die Fessel, damit sie sich anständig umziehen konnte. Eines Tages würden sie die Kette nicht mehr brauchen.

Sie stand nackt vor ihm, den Kopf demütig gesenkt.

„Das ist besser."

Er tauchte den Waschlappen in das warme Wasser und hob ihr Kinn an. Dann wusch er Schmutz und Dreck von ihrem Mund und ihren Wangen ab. Ihre Lippen waren von einem tiefen natürlichen Rot. Das Haar dünn und fast schwarz. Er wischte ihren Hals ab, hielt ihre langen Locken hoch, während er arbeitete. Sie zitterte, die Brustwarzen waren geschwollene rote Spitzen vor milchblasser Haut. Sie war schlank, fast schon dürr, abgesehen von vollen Brüsten, die größer waren als die von Payton. Aber er musste zugeben, dass sie ihm trotzdem gefielen. Blaue Adern waren unter der durchscheinenden Haut sichtbar. Er fühlte, wie er steif wurde, zwang sich aber, sie vollständig zu waschen, weil er es versprochen hatte. Ihre Arme entlang, die Hände, jeden Finger, ihre Nägel. „Dreh dich um." Er spülte den Lappen aus und wusch ihren Rücken, ihr Hinterteil, ihre Beine und Füße. Als er sie anwies, sich wieder umzudrehen, platzte ihm fast seine Jeans. „Spreizen." Er deutete auf ihre Beine, und sie gehorchte ohne Zögern. Er kniete vor ihr, sah zu ihrem Gesicht hoch, aber sie vermied seinen Blick. Er mochte es, wie sie tat, was man ihr sagte, obwohl sie unerfahren war.

Er strich mit dem warmen Lappen von ihrem zarten Knöchel die Innenseite des einen Beines hinauf und dann des anderen. Die Fessel hatte ihren Knöchel aufgescheuert, und er nahm sich gedanklich vor, längere Strümpfe mitzubringen.

Als sie sauber war, beugte er sich vor und küsste ihren Bauch. Sie wollte einen Schritt zurückgehen. „Beweg. Dich. Nicht", warnte er sie. Er begegnete ihrem Blick, die Augen so dunkel, dass er nicht hätte sagen können, welche Farbe sie hatten, wenn er es nicht schon gewusst hätte. „Leg dich aufs Bett."

Sie tat es, und er lächelte, als sie zitternd da lag, die Beine fest aneinandergepresst. Sie mochte nicht Payton sein, aber sie tat, was man ihr sagte. Vielleicht würde sie eines Tages versuchen, ihn so zu erfreuen, wie Payton ihn erfreut hatte. Eines Tages.

„Spreiz deine Beine für mich."

Sie nahm sie ein klein wenig auseinander.

„Weiter", stieß er ungeduldig hervor.

Sie tat es sofort.

„Das ist besser, Süße." Sie musste wissen, wer der Boss war. Aber er musste daran denken, dass sie unsicher und nervös war, musste ihr Zeit geben. Sie war nicht wie diese anderen. Oder wie Paytons nuttige Schwester. „Wenn du mich weiterhin erfreust, wie du es bis jetzt tust, wird alles sehr schön werden. Ich werde mich um dich kümmern. Ich verspreche es."

KAPITEL ELF

P !NKS „BLOW ME" lief auf Mals iPod, als sie nach Hause fuhr. Sie hatte einen beschissenen Tag gehabt. Eigentlich war ihre gesamte zweite Woche bei der BAU furchtbar gewesen. Die stressbedingten Kopfschmerzen hämmerten schon wieder in ihren Schläfen. Sie hatte Thanksgiving durchgearbeitet und ihren Eltern versprochen, es Weihnachten wieder gutzumachen. Die Freuden des öffentlichen Dienstes.

Sie wollte unter ihr Federbett kriechen und zwei Tage durchschlafen.

Es hatte keine weiteren Meldungen über Entführungen oder Funde von Leichen mit den in die Haut geritzten Buchstaben *PR* gegeben – das waren gute Neuigkeiten. Sie hatten die Ergebnisse der vom Gerichtsmediziner ins Labor geschickten DNA-Proben noch nicht, also bestand noch Hoffnung, dass der Mörder Mist gebaut hatte und im System war.

Mallory spürte ein winziges Auftauen in ihren Beziehungen mit einigen Mitgliedern des BAU-Teams – der Sekretärin und dem Hausmeister. Gestern, Thanksgiving, war es ihr gelungen, Bartons und Singhs Schreibtische zu durchsuchen, und hatte exakt gar nichts gefunden. Hanrahan hatten ihre bisherigen Ergebnisse nicht umgehauen, aber er hatte betont, dass Geduld und Unauffälligkeit wichtig waren.

Derart kluge Leute würden belastende Beweise nicht offen herumliegen lassen.

Moira Henderson hatte sich das Luftablassen aus weiteren Reifen oder offene Feindseligkeit verkniffen. Bis jetzt hatte Mallory nichts gesehen, dass sie an der Integrität ihrer Kollegen zweifeln ließ. Sie rissen sich den Hintern auf, um Monster zu jagen.

Das Beängstigende war, dass sie den Selbstjustizmörder tief im Inneren verstand. In den vergangenen Jahren hatte sie oft darüber nachgedacht, was passieren würde, wenn sie je den Mann fand, der ihre Schwester entführt hatte. In ihrer Vorstellung hielt sie ihm eine Pistole an den Kopf und verlangte, dass er ihr sagte, wo Paytons Überreste waren. Aber nachdem er es ihr gesagt hatte, verschwamm alles. Würde sie den Abzug drücken? Oder würde sie ihm seine Rechte vorlesen und ihn verhaften?

Sie wusste es nicht und hasste sich für ihre Schwäche.

Lindsey Keebles Fall ließ sie nicht los. Die Trauer ihres Vaters war so rau, so düster, und ihre Familie hatte zu seiner Last beigetragen. Sie erinnerte sich an den unbekümmerten jungen Mann, der sie auf seinem Geländemotorrad um das Schwimmbad herumfuhr und an sein damaliges ansteckendes Grinsen. Das Grinsen war jetzt verschwunden. Sie glaubte nicht, dass er es je zurückerlangen würde.

Er hätte Payton entführt haben können… Oder er könnte ein weiteres Opfer dieser ganzen traurigen Geschichte sein. Er hatte seine Tochter offensichtlich geliebt.

Der Verkehr war dicht. Sie fuhr mit ihrem kleinen Sedan über eine belebte Kreuzung. Ein weiterer Freitagabend in D.C., welches in seinem hübschen festlichen Strahlen funkelte. Sie schob den Gedanken an Alex Parker weg. Heute Abend wollte sie zu Hause bleiben und nichts tun. Absolut überhaupt nichts. Ganz sicher nicht den Kerl für eine Wiederholung anrufen, egal, wie verführerisch es war, auch nur seine Stimme zu hören.

Sie hatte sich freiwillig gemeldet, um in der nächsten Woche zu Lindsey Keebles Beerdigung zu gehen, obwohl sie Beerdigungen hasste – wahrscheinlich, weil ihre Schwester nie eine gehabt hatte. Es gab keinen Grabstein, an dem man Blumen niederlegen konnte. Kein Grab zu pflegen. Aber sie schuldete es Bryce Keeble, sowohl wegen der Art, in der ihre Familie ihn behandelt hatte, als auch als Strafverfolgungsbeamtin, die zum Tod seiner Tochter ermittelte.

Frazer war sofort auf den Vorschlag angesprungen, und zum Ende der Unterhaltung schien er sich selbst davon überzeugt zu haben, dass es seine eigene Idee gewesen war. *Männer.* Sie verdrehte die Augen, als sie in ihre Tiefgarage fuhr. Sie fuhr auf ihren Platz, stellte den Motor ab und entspannte sich.

Mal schloss ihre Augen und sackte in ihrem Sitz zusammen.

Ruhe. Einfach nur Ruhe.

Genau vor zwei Wochen hatte sie nichts anderes gewollt, als alles zu vergessen. Nun schien es unerlässlich, dass sie versuchte, sich zu erinnern. Es gab so viele Dinge aus jener Zeit ihres Lebens, an die sie sich nicht erinnerte. Nach Greenville zu fahren, Bryce Keeble und diesem Deputy, Sean Kennedy, zu begegnen, hatte sie begreifen lassen, dass sie tiefer in der Vergangenheit graben musste; denn vielleicht, nur vielleicht, warteten die Antworten dort immer noch auf sie.

Sie dachte an Alex und wie sie ihn abgewiesen hatte – und wie verzweifelt sie wünschte, sie hätte es nicht getan.

„Verdammt, Pay. Warum musstest du weggehen und mich verlassen?"

Die Kopfschmerzen wurden schlimmer, wühlten sich unermüdlich durch ihre Schläfen, als sie aus ihrem kleinen silberfarbenen Sedan ausstieg und ihren Laptop vom Beifahrersitz zum Aufzug trug. Er wog tausend Tonnen. Vielleicht würde sie den Abend freinehmen. Ihr Gehirn neu hochfahren. Ihre arme, vernachlässigte Mutter besuchen, wie sie es ständig versprach. Sie schaute nach ihrer Post und fand einen etwas mitgenommenen Luftpolsterumschlag von Amazon. Ihre Mutter und ihr Vater bestellten ihr oft Dinge online, vielleicht als Ausgleich für ihren allgemeinen Mangel an Familienmiteinander. Sie klemmte ihn unter ihren Arm und fuhr hoch zur Wohnung ihres Vaters. Im Aufzug dachte sie immer wieder zurück an jenen Freitagabend und den Mann, der ihre Welt durcheinandergebracht hatte. Bei der Erinnerung an seine Hände auf ihrer Haut bekam sie Gänsehaut. Ihr Puls wurde schneller.

Aber man konnte jemanden nur wenige Male wegstoßen, bevor er tatsächlich ging. Tränen wollten sich in ihren Augen bilden, aber sie weigerte sich, das zuzulassen. Sie war nicht so schwach. Sie brauchte momentan keinen Mann in ihrem Leben, es war zu kompliziert.

Mal schaffte es, ihre Tür aufzuschließen und in die Wohnung zu stolpern. Es war kalt und still. Sie drehte die Heizung hoch und warf all ihre Sachen bei der Wohnungstür auf den Boden. Sie streifte ihre Stiefel ab, hängte ihre Jacke in den Wandschrank, legte ihre Glock und ihren Holster in die Schublade neben der Tür. Sie legte das Päckchen auf den Couchtisch und schenkte sich ein großes Glas Wasser ein. Die Kopfschmerztabletten waren im Medizinschränkchen im

Badezimmer. Sie ging ziellos in die Küche. Bald würde sie Lebensmittel einkaufen oder dem Hungertod ins Auge sehen müssen.

Zurück im Wohnzimmer drehte sie das Päckchen in den Händen, drückte es. Was auch immer darin war, war leicht und weich. Vielleicht ein T-Shirt? Ihr Vater hatte einen boshaften Humor und schickte ihr oft Shirts, die er nicht selbst tragen konnte. Sie öffnete langsam die Umschlagklappe, genoss den Überraschungseffekt. Sie zog den Inhalt heraus und runzelte die Stirn. Sie verstand ganze drei Sekunden lang gar nichts. Dann raste ihr Herz und sie ließ die plastikverpackte Kleidung fallen, als ob sie sie gestochen hätte. Sie griff nach ihrem Handy, drückte die Wahlwiederholung. Der Schock setzte ihr Gehirn außer Gefecht.

„Mallory?"

Sie blinzelte verwirrt. Sie dachte, sie hätte bei der Arbeit angerufen, aber sobald Alex das Gespräch angenommen hatte, brauchte sie ihn. „Etwas ist passiert. Kannst du herkommen? Ich bin in der Wohnung."

„Ich bin in fünf Minuten da."

Keine Fragen. Kein Drama.

Sie bedeckte ihren Mund mit ihrer Hand, als sie auf den Kinderschlafanzug hinuntersah, den ihr jemand geschickt hatte. Sie beugte sich über das Päckchen, wusste, dass sie die Verpackung nicht wieder mit bloßen Händen berühren konnte, suchte aber nach Hinweisen auf seine Echtheit. Die Kleidungsstücke zeigten violette Pferde auf weißem Hintergrund, feste violette Bündchen. Es war genau die Art Kleidung, die sie beide in der Nacht der Entführung getragen hatten, aber waren es tatsächlich Paytons Sachen? Sie untersuchte sie Zentimeter für Zentimeter und fand endlich die Antwort, als sie die handgenähte Ausbesserung am linken Bündchen entdeckte. Ihre Mutter hatte blaues Garn benutzt, weil sie keines in Violett hatte finden können. Mallory fiel zurück auf den Boden, weg von der Kleidung, weg von dem Beweis, nach dem sie all die Jahre gesucht hatten. Der Beweis, dass jemand irgendwo genau wusste, was mit ihrer Schwester geschehen war.

Es klopfte an der Tür. Sie rappelte sich auf und sah durch den Spion, bevor sie aufschloss und sich in Alex' Arme warf, die sich wie ein Schraubstock um sie schlossen. Er strahlte Stärke, Geborgenheit, Sicherheit aus. Er war offensichtlich draußen joggen gewesen, als sie ihn angerufen hatte. Er war verschwitzt und sein Herz schlug stark an ihrem Ohr und beruhigte ihren rasenden Puls. Alex führte sie hinein, schloss die Tür mit dem Fuß und brachte sie zum Sofa, wo er sie auf seinen Schoß zog und wiegte. Sie hielt sich fest, so aufgewühlt, so zerrissen zwischen Verzweiflung und Hoffnung, dass sie nicht sprechen konnte. Sie griff sein T-Shirt mit ihrer Hand. Sie konnte die Wärme seiner Haut durch den Stoff spüren und die Wirkung durchströmte sie und bot solchen Trost, dass sie einen Moment lang nicht atmen konnte. Er roch wundervoll. Sauberer, männlicher Schweiß mit dieser Note Sandelholz, die ein integraler Teil von ihm zu sein schien.

Endlich sprach er in ihr Haar. „Was ist denn passiert?"

Sie atmete tief aus. Normalerweise war sie nicht so emotional, aber die Ereignisse der letzten Zeit hatten sie völlig durcheinandergebracht. „Ich habe ein Geschenk per Post erhalten."

Sie versuchte, seinen Armen zu entkommen, denn sie war eine Bundesagentin, kein schwaches Mädchen, aber er ließ sie nicht los, und er war verdammt viel stärker als ihr bewusst gewesen war.

„Ist schon gut." Er hielt sie fester. „Du hast mich am Telefon zu Tode erschreckt. Gib mir eine Minute."

Sie schloss ihre Augen und legte ihre Arme fest um ihn.

Alex sah auf den Umschlag und die plastikverpackte Kleidung. „Was ist das?"

Sie erzählte ihm rasch von der Entführung ihrer Schwester. „Das war Paytons." Dann ließ sie ihn los. Und entzog sich. Diesmal ließ er sie.

Er sah sie scharf an. „Willst du damit sagen, dass dies die Kleidung ist, die deine Schwester tatsächlich trug, als sie entführt wurde?"

Sie nickte, ihr Hals zu rau, um zu sprechen.

„Und man hat es *dir* geschickt? Zu dir nach Hause?"

Sie nickte.

Sein Gesicht wurde hart. „Du kannst nicht allein hierbleiben, Mallory."

Sie sah ihn nur an. An solche Konsequenzen hatte Mal gar nicht gedacht.

„Was, wenn er hinter dir her ist?"

Sie konnte die ihre Wange herunterrinnende Träne nicht stoppen. „Dann finde ich endlich heraus, was mit meiner Schwester passiert ist."

„Auch, wenn es dich das Leben kostet?" Seine Stimme war sanft.

„Ich muss es wissen, Alex. Es nicht zu wissen, bringt mich um." Sie verschränkte die Arme über der Brust. „Außerdem bin ich kein kleines Mädchen. Ich bin bereit für den Dreckskerl, wenn er etwas versucht."

Er nickte langsam, als ob er irgendeine Entscheidung getroffen hatte. „Okay. Such etwas, in das du das hier verpacken kannst, und ich fahre dich damit jetzt gleich nach Quantico.“

Das ergab Sinn.

„Und dann halten wir an meiner Wohnung und ich packe ein paar Sachen ein.“

„Moment. Was?“

Sein Kiefer spannte sich an. „Ich lasse dich nicht allein. Nicht, bis du in Sicherheit bist. Nicht, bis dieser kranke Hurensohn entweder eingesperrt oder tot ist.“

„Das könnte Monate, vielleicht Jahre dauern…“

„Wir finden eine Lösung, aber wenn du in der Zwischenzeit hierbleibst, dann hast du mich am Hals.“

Sie konnte nicht glauben, dass er das für sie tat, aber er war eben ein Sicherheitsberater. Vielleicht hatte sie genau gewusst, wie er mit der Situation umgehen würde. Das machte sie zum Feigling, denn sie wollte ihn hier und hatte nicht den Mut gehabt, ihn einfach zu fragen. Ihre Hände umklammerten einander. Sie fühlte sich klein und belanglos und verwirrt. „Es tut mir leid, dass ich deine Nachrichten nicht beantwortet habe.“

Lachend stand er auf. Er war in schwarze Joggingshorts und ein blauschwarzes Sport-T-Shirt gekleidet, das seine Augen rauchig und dunkel aussehen ließ. Er griff nach ihrer Hand und strich sanft mit seinem Daumen über ihre Knöchel. „Es ist mir egal, ob du mir eine Nachricht geschickt hast oder nicht. Ich bin kein Teenager. Du hast mir von Anfang an gesagt, dass du keine Beziehung willst, aber du hast angerufen, als du mich brauchtest. Danke.“ Er strich ihre Haarsträhnen beiseite. „Was auch immer passiert, ganz gleich, was zwischen uns passiert … du musst wissen, dass ich immer für dich da sein werde, wenn du mich brauchst. Immer.“

Ein Schauder durchlief sie. Das letzte Mal, als sie eine solche Verbindung mit jemandem gefühlt hatte, hatte diejenige genau dieselbe DNA gehabt wie Mal. Was sie und Alex füreinander fühlten, war intensiver als es sein sollte, und sie wusste, dass er das auch spürte. „Ich möchte dich nicht auf meine Stufe von Verrücktheit herunterziehen."

Das Lächeln in seinem Gesicht war bildschön. „Ich bin *weit* unter deiner Stufe von verrückt, Süße. In Wahrheit bist du wahrscheinlich das einzig Normale an mir."

———

ES WAR FAST Mitternacht, als sie zurück zu Mallorys Appartment kamen. Alex war zu seiner Wohnung gefahren und hatte weitere Sachen und seine Waffe geholt. Nicht diejenige, die er für seine Missionen benutzte, diese hier gehörte ihm ganz legal und er durfte sie verborgen getragen.

Er hatte vor dem Komplex in Quantico auf sie gewartet. Es war insgesamt einfacher, als um diese späte Uhrzeit zu versuchen, einen Besucherausweis zu bekommen, und er ging davon aus, dass sie im FBI-Gebäude sicher genug war. Sie hatte die Beweise ihrem Vorgesetzten gegeben, der sie dort getroffen hatte. Frazer hatte die Kleider und das Päckchen direkt ans Kriminallabor geschickt und ihre Aussage aufgenommen.

Nun, als sie in ihrer Wohnung stand, war Mallory so blass, dass Alex Angst hatte, dass sie in Ohnmacht fallen würde. Sie hatte nichts gegessen. Er berührte ihre Wange. „Geh ins Bett. Du bist in Sicherheit. Ich werde auf dem Sofa schlafen."

Sie schüttelte den Kopf und zog ihn mit sich in ihr verdunkeltes Schlafzimmer. „Schlaf bei mir." Sie ließ seine

Hand los, zog sich aus, ohne ihn verführen zu wollen und schlüpfte in ein Nachthemd. Er betrachtete sie und gab sich Mühe, seine Gedanken zu verbergen.

Er wollte sie.

Obwohl sie müde und aufgebracht war. Er wollte sie. Und er würde sie nicht wissen lassen, was für eine Art Mensch er wirklich war.

Mal schlüpfte unter die Decke. Er saß auf dem Bettrand, streichelte ihr Haar. Sie griff nach seiner Hand, als ihre Augen zufielen – und war schon eingeschlafen. Das Vertrauen war so enorm, dass es ihm die Sprache verschlug.

Sie war eine Bundesagentin, die dafür lebte, das Recht zu schützen.

Er war ein Killer, der sterben würde, um ihre Sicherheit zu gewährleisten.

Alex seufzte. *Verdammt.* Seine Hände zitterten. Es war seine Idee gewesen, zu bleiben, aber er hatte seit langem nicht mehr mit einer anderen Person im gleichen Zimmer geschlafen – abgesehen vom Gefängnis, wo die Zelle mit zehn Menschen vollgepackt gewesen war, Unschuldigen und Schuldigen.

Er wusste nicht, ob er bei jemandem schlafen *konnte.* Aber er durfte sie nicht verletzlich alleinlassen, nicht mit diesem Arschloch auf freiem Fuß, das sie mit ihrer Schwester verhöhnte. Sie brauchte eine gewisse Geborgenheit, und er brauchte die Bestätigung, dass sie tatsächlich in Sicherheit war. *Scheiße.* Er zog sein Hemd aus und warf es auf einen Stuhl. Auf gar keinen Fall würde er aus dieser Situation unbeschadet herauskommen, aber vielleicht war es nach Wochen zwanghafter Gedanken an diese Frau auch egal. Vielleicht war ihre Sicherheit das Einzige, das wirklich zählte.

Und vielleicht sah er die Situation völlig falsch. Welche bessere Methode gab es, um im Auge zu behalten, was das FBI eventuell wusste, als nahe bei dieser Frau zu bleiben, während er darauf achtete, dass sie in Sicherheit war? Der Gedanke fühlte sich an wie ein Betrug, war aber als Rechtfertigung ausreichend. Er musste sie beschützen, er musste seine Verpflichtung gegenüber dem Gateway Project erfüllen. Hier zu sein war eine Win-Win-Situation. *Finde dich damit ab.*

Sie mussten nicht einmal Sex haben. Vielleicht wollte sie keinen Sex. Sie wollte nur Geborgenheit und das Gefühl der Sicherheit, das man empfand, wenn jemand auf einen achtete, dem man vertraute. Und sie konnte ihm vertrauen. Er würde nicht zulassen, dass irgendjemand sie verletzte.

Er streifte Schuhe und Socken ab und zog seine Hose aus, behielt aber seine Boxershorts an. Dann legte er sich auf das Bett und starrte an die Decke. Er war komplett am Arsch.

Zweimal stand er auf, um zu gehen und stellte fest, dass er nicht in der Lage war, weiter als bis zur Schlafzimmertür zu gehen. Er wollte nicht, dass sie aufwachte und dachte, sie wäre allein. Oder dass er nur zum Sex in ihrer Nähe sein könnte.

Mallory zitterte im Schlaf, und er zog das Federbett höher über ihre Schultern, seine Finger verweilten auf der weichen Haut ihres Oberarms. Mit ihr intim gewesen zu sein war ein Fehler gewesen, denn jetzt war sie wie flüssiges Heroin in seinem System, und er war süchtig.

Alex war ein professioneller Lügner, aber er machte sich selbst nichts vor. Er war tatsächlich froh, dass der Drecksack ihr diese Kleider geschickt hatte, denn jetzt hatte er endlich einen Grund, in ihrer Nähe zu bleiben.

Scheiße.

Das war krank.

Er sollte wirklich gehen, bevor sie aufwachte. Auf dem Sofa schlafen und so tun, als ob er ein anständiger Mensch sei. Das sagte er sich selbst, aber seine Gliedmaßen waren an das Bett geschweißt, und sein Körper weigerte sich stur, sich zu bewegen. Es fühlte sich an, als ob sein Kopf aufgeknackt worden wäre, sein Gewissen freilag und er nicht wusste, wie er damit umgehen sollte.

Irgendetwas in ihm verschob sich.

Jahrelanges Lügen und das Bewahren von Geheimnissen vor wichtigen Leuten, hatte den Mann, der er einst gewesen war, ausgehöhlt. Die Zeit im marokkanischen Gefängnis hatte ihm den Rest gegeben – zumindest glaubte er das. Die Schläge, von seinem Land im Stich gelassen zu werden, sein eigenes jämmerliches Versagen hatten ihn wünschen lassen, dass er tot wäre. Als das Gateway Project sich eingeschaltet hatte, hatte er sich für nicht mehr rettbar gehalten, aber der menschliche Geist war ein unglaubliches Phänomen. Der Überlebenswille überwog alle anderen Überlegungen. Also hatte er ihrem Angebot zugestimmt. Zugestimmt, erneut für die Leute zu arbeiten, die ihn in diesem Höllenloch hatten verrotten lassen.

Irgendwie berührte ihn etwas an Mallory auf eine Art, wie es niemand anders je getan hatte. Durch sie wollte er herausfinden, ob noch etwas von dem alten Alex Parker übrig war. Noch etwas übrig von dem Jungen, der vor all diesen Jahren während dieser Zeremonie an einem kalten Veteran's Day die Hand seines Großvaters festgehalten hatte. Noch etwas übrig von dem Soldaten, der von der CIA angeworben worden war, nachdem seine Freunde durch den Betrug von jemandem, der auf ihrer Seite zu sein schien, getötet worden waren. Und jahrelang hatte er etwas bewirkt. Er hatte das glauben müssen. Er hatte nicht einfach kaltblütig getötet. Er hatte Gefährdungen von US-Interessen auf der Welt neutralisiert.

Warum also fühlte er sich dann ausschließlich wie ein kaltblütiger Killer? Und wenn er nur Befehle befolgte, warum hatte er den Waffenhändler nicht umgebracht? Oder Gerry Rodman? Und wenn er Befehle nicht befolgte, was zur Hölle tat er dann? Entschied er, wer es verdiente, zu leben und zu sterben, genau wie es ein Serienmörder vielleicht tat? Der Gedanke ließ ihn in Schweiß ausbrechen.

Mallory drehte sich um und legte ihren Arm über seine Brust, was ihn beruhigte. Er legte seine Finger auf ihre.

Alex musste eingeschlafen sein, denn er wachte abrupt auf. Es war dunkel, aber er erkannte sofort Mallorys Geruch, warm und berauschend. Sanfte Lippen folgten einer Narbe auf seiner rechten Seite – ein Andenken an ein Messer und diesen Scheißkerl, dessen Hals er hätte brechen sollen.

Er ließ sie spielen; als seine Augen sich an die Schatten gewöhnten, sah er zu, wie sie ihn küsste. Zähne strichen über fieberheiße Haut, Nerven wurden durch Lust kurzgeschlossen. Sie hatte keine Ahnung, dass niemand ihn seit seiner Gefangenschaft angefasst hatte.

Jesus.

Sie hatte die Macht, ihn zu zerstören. Und wenn sie je herausfand, wer und was er war, würde sie nicht zögern, genau dies zu tun. Irgendwie hatte Mallory Rooney komplette und absolute Kontrolle über ihn. Und das alles, weil ihre Schwester entführt worden war und sie ihn mit diesen großen Bernsteinaugen angesehen und *ihn erkannt* hatte. Nicht den Attentäter, nicht den Geschäftsmann, sondern den eigentlichen Mann, den niemand mehr zu sehen schien.

Sanfte Küsse neckten seinen Körper und brachten sein

Fleisch in Aufruhr. Er fühlte sich, als ob er von innen nach außen lebendig verbrennen und zur gleichen Zeit befreit würde. Die von ihr ausgelösten Gefühle erschreckten ihn und er zitterte tatsächlich.

Er war nicht verliebt. Er war nicht die Art Mann, die es sich leisten konnte, sich zu verlieben. Zu viele Geheimnisse. Zu viel Tod.

Die Lichter der Stadt schienen hinter den Vorhängen, hüllten den Raum in sanftes Licht. Eine Zunge leckte die Linie von seinem Hüftknochen zu seinem Schenkel hinunter. Er stöhnte unter dem sinnlichen Gleiten nassen Fleisches auf angespannter Haut. Dann legte sie ihre Finger um ihn und er kniff die Augen zusammen, als ihr Mund sich um ihn schloss.

„Mallory", stöhnte er, mit verzweifeltem Sehnen nach etwas, das er nicht einmal benennen konnte. „Du musst das nicht tun."

„Vielleicht möchte ich es ja." Ihr Lächeln ließ stürmische Lust durch ihn strömen. Sie ihn mit dem Mund lieben zu sehen, war das Erotischste, das er je erlebt hatte. Jeder Muskel spannte sich unter dem Vergnügen an, das sie ihm bereitete. Er fühlte sich hilflos. Ihre Finger umfassten ihn fester und ihre Lippen sogen an ihm.

Er war ein gnadenloser Killer, und sie hatte ihn wortwörtlich in der Hand.

Es war unmöglich, nicht alles zu nehmen, was sie anbot. Der Sog ihres Mundes wurde stärker, die Anspannung, die sich an seinem unteren Rücken aufbaute, war so fest gewunden wie eine Feder. Er war nur Sekunden davor, sich ganz darin zu verlieren, als eine einsame Gehirnzelle sich einschaltete und er sie sanft von sich wegzog.

„Aber…"

Er drückte seinen Finger auf ihre Lippen. „Noch nicht."

Sie biss ihn leicht in den Finger.

Er zog ihr das Nachthemd über den Kopf und legte sich neben sie auf das Bett, umfuhr den rosigen Kreis ihrer Brustwarzen mit dem Finger. „Was magst du, Mallory?"

Ihr Blick wurde neugierig. „Was meinst du?"

„Offensichtlich weißt du, was mich anmacht." Sie im gleichen Zimmer schien auszureichen, um ihn steif werden zu lassen. „Was macht dich an?" Er knabberte an ihrem Ohr.

„Ich glaube nicht, dass mich das jemals jemand gefragt hat. Das Übliche – dich in mir." Sie lachte und das Strahlen ihres Lachens erwischte ihn mitten in der Magengrube. Sie fuhr mit ihrem Zeigefinger seine vernarbte Augenbraue entlang. „Glaub es oder nicht, ich bin nicht so erfahren was sexuelle Begegnungen angeht."

Seine Temperatur schoss nach oben. Er küsste sie langsam, neckendes Knabbern, bis sie sich unter ihm entspannte. Seine Zunge fuhr ihr Ohrläppchen entlang. „Irgendetwas, das du gerne ausprobieren möchtest?"

Ihre Augen weiteten sich. „Ich weiß nicht. Ich glaube nicht, dass ich abartige Sachen mag, wenn das dein Ding ist. Der Gedanke an Schmerzen und Fesseln macht mich nicht wirklich an." Sie blickte auf seine im Licht der morgendlichen Dämmerung gerade sichtbaren Narben.

„Die habe ich nicht von Sexspielen bekommen, Mallory." Es war das erste Mal, dass seine Narben ihn amüsierten.

„Du sagtest, dass du einige von ihnen in Afghanistan bekommen hast." Sie zögerte. „Wie?"

„Ich wurde gefoltert." *Jesus.* „Ich will nicht darüber reden." Denn sie musste nur die richtige Frage stellen und er könnte genauso gut nach Hause gehen und sich die Birne wegblasen.

Sein Herz stolperte ein wenig angesichts der Traurigkeit, die er auf ihrem Gesicht sah, Traurigkeit über seine Erfahrungen. Seit langem war es niemandem wichtig gewesen. Er konnte nicht widerstehen, küsste sie tiefer, hielt ihr Kinn. Er wollte jeden Zentimeter von ihr berühren, ihr Vergnügen bereiten und sie die Welt vergessen lassen. Er legte die Hand um ihre Brust, strich mit einem schwieligen Daumen über die harte rosa Spitze, bis sie sich zu ihm aufbäumte.

„Das magst du? Sag mir, was du sonst noch magst."

Ihre Finger sanken in sein Haar. „Nur, wenn du es mir ebenfalls sagst."

Der Gedanke, wie Mallory versuchte, ihn zu befriedigen, ließ ihn sich gering und unwürdig fühlen, und erregt ohne Ende. „Du zuerst", sagte er rau.

„Bleiben wir das ganze Wochenende im Bett und haben Sex."

Ein Wochenende, um Mallorys sexuelle Grenzen auszuloten – auch wenn er schon wusste, dass sie ihn mehr lehren würde als sie je von ihm lernen würde. Sicher konnte er ihr neue Stellungen zeigen, aber sie hatte ihn bereits gelehrt, wieder zu fühlen. Das war doch beinahe unmöglich – wie ein Mann mit durchtrennter Wirbelsäule, der wieder das Laufen lernte.

„Du willst mich umbringen." Er nahm eine Brustwarze in seinen Mund, strich mit seiner Zunge über ihre empfindliche Haut, bis sie die Laken fest mit ihren Händen griff.

„Es wäre ein verdammt toller Abgang."

Er lehnte sich zurück und lächelte. „Ich bin noch nicht mal sehr gut", warnte er. „Das letzte Mal warst du zu betrunken, um es zu bemerken, aber du bist nicht mal gekommen…“

„Lügner.“ Sie umfasste sein Gesicht mit ihren Händen und zog ihn zu einem Kuss herunter. „Ich war nicht so betrunken, und wenn du über deine Leistung so besorgt warst, kannst du es jetzt wiedergutmachen.“ Das Lachen in ihren Bernsteinaugen versetzte seinem Herzen einen unerwarteten Schlag.

„Du kennst mich nicht einmal.“ Seine Stimme war ein hässliches Kratzen.

Sie berührte seine Wange. „Ich möchte dich kennenlernen.“

Er glitt über und in sie, erstarrte angesichts des wilden Vergnügens der intensiven Berührung. *Verdammt*, sie war so feucht und bereit für ihn, dass er einfach nur bis zur Erschöpfung in sie hineinstoßen wollte.

Er zog sich zurück und nahm ein Kondom vom Nachttisch. „Durch dich vergesse ich. Alles.“ Er konnte es sich nicht erlauben, unachtsam zu werden, aber sicher würde ein Wochenende mit Mallory keinen Schaden anrichten? Es würde den Bundesbehörden Zeit geben, die Beweise zu untersuchen und vielleicht den Dreckskerl zu finden, der sie verhöhnte. Sie brauchte diese Flucht ganz sicher mehr als er.

Er streife es sich über und glitt kurz darauf tief in ihre Hitze. Er nahm ihre beiden Hände und hielt sie über ihrem Kopf, während er in ihren heißen willigen Körper stieß. Er ließ ihre Hände nicht los, löste den Blick nicht von diesen hübschen Augen, als er sich härter in sie vergrub und sie stöhnte und sich mit ihm bewegte, ihn so tief wie möglich aufnahm.

Und es war in genau diesem Moment, dass er wusste, dass

er komplett am Arsch war. Sex mit dieser Frau zu haben, löste ihn auf. Mallory riss ihn entzwei, weidete ihn aus, reduzierte ihn auf Knochen und Blut. Ließ ihn denken, dass er alles sein konnte, was er wollte.

Vielleicht hatte er einen Zusammenbruch. Vielleicht wurde er wahnsinnig. Alles, was er sicher wusste, war, dass sie zerstört hatte, wer auch immer Alex Parker sein sollte. Alles, was den neuen Alex Parker interessierte, war *ihr* Vergnügen, *ihr* Wohlbefinden. Jeder andere auf dem Planeten, er selbst eingeschlossen, konnte zur Hölle fahren.

———

MALLORY FUHR AUS dem Schlaf hoch. Sie hatte wieder diesen Traum gehabt. Sie war in einem kleinen Raum gefangen, voller Angst, dass jemand nach ihr suchte, aber unfähig, sich zu bewegen und ihn zu konfrontieren, unfähig, wegzulaufen. Schweißtropfen bildeten sich auf ihrer Oberlippe, obwohl der Raum kühl war. Ihr Herzschlag hallte laut in ihren Ohren, während sie versuchte, ihren Atem zu kontrollieren.

Sie begriff, dass sie nicht allein im Bett war, Alex lag schlafend neben ihr. Sein Gesicht war entspannt und wirkte jünger als wenn er wach und aufmerksam war. Nachdem er den Großteil der Nacht damit verbracht hatte, sie in den Wahnsinn zu treiben, musste er erschöpft sein. Ein warmes Gefühl trat an die Stelle der Panik aus dem Traum. Etwas an ihm berührte sie tief, aber sie wusste nicht, was es war. Vielleicht lag es daran, dass sie so viel Mühe hatte aufwenden müssen, ihn ins Bett zu bekommen oder daran, dass er so verdammt gründlich war, sobald er erst einmal darin war.

Sex war eigentlich ein Bonus.

Er behandelte sie, als ob sie wichtig wäre. Als ob das, was sie dachte, wichtig wäre. Nach Jahren, in denen Leute davon ausgegangen waren, dass sie sie aufgrund dessen, was ihrer Familie geschehen war, kannten, war es herrlich, dass jemand darauf achtete, was sie sagte und dachte.

Mallory schlüpfte leise unter der Decke hervor und nahm ihren Morgenmantel. Sie holte sich ein Glas Wasser und schaute auf ihren Laptop, der in einer Ecke des Wohnzimmers stand. Nichts von Frazer. Sie wusste, dass sie ihren Eltern von der Entwicklung mit dem Schlafanzug berichten musste, aber Frazer hatte vorgeschlagen, abzuwarten, ob das Labor etwas fand, bevor sie sich in ihre Hoffnungen hineinsteigerte.

Er hatte recht. Sie hatten schon genug durchlitten.

Sie öffnete die Akte über den Fall ihrer Schwester. Für jeden anderen sah die Fotografie auf der ersten Seite wie die einer jungen Mallory aus, aber die Nase war zu gerade, die Augen etwas zu groß. Sie berührte das alte Bild, ein Schulportrait; an dem Tag waren sie gezwungen worden, identische blaue Kleider zu tragen. Ihre Mutter hatte darauf bestanden, dass sie ihr Haar zu den gleichen Zöpfen geflochten trugen. Aber in der Schule hatte Mallory rebelliert, und als sie vor dem Fotografen saß, war Gras in ihrem Haar und es hing lose um ihre Schultern.

Payton war das gute Mädchen gewesen. Das gehorsame Kind. Mallory war die Unruhestifterin gewesen, das Teufelchen, die Nervensäge. Manche Sachen hatten sich nicht geändert.

Ein Kloß wuchs in ihrem Hals. Ganz gleich, wie sehr sie versuchte, den Fall ihrer Schwester objektiv anzugehen, es war nicht möglich. Was zur Hölle konnte sie schon erreichen, wenn sie es nicht einmal ohne Weinen über die erste Seite hinausschaffte.

„Hey."

Die Papiere fielen zu Boden. „Oh, Gott. Du hast mich erschreckt", sagte sie Alex.

„Nicht dran gewöhnt, fremde Männer in deiner Wohnung zu haben?" Seine Augen funkelten. Er hatte Jeans und ein T-Shirt angezogen, aber seine Füße waren nackt. Sexy Füße.

„Nicht dran gewöhnt, irgendjemanden in meinem Reich zu haben, Punkt."

Ein leichtes Lächeln umspielte diesen wunderschönen Mund. „Ich auch nicht." Er setzte sich auf den Boden, während ihr Herz in ihrer Brust Saltos schlug. Ein Blick auf dieses Lächeln und sie wusste, dass sie in ihn verliebt war. Das war nicht gut.

„Was ist das?" Er runzelte beim Anblick der Fotografie und der Papiere die Stirn. Strich mit einem Daumen über das Bild. „Die Fallakte deiner Schwester?" Er sah auf.

„Eine Kopie." Sie nickte. Zu aufgebracht, um zu reden.

Er las ein wenig in der Akte. „Das, was du an jenem Wochenende also vergessen wolltest, war der Jahrestag ihrer Entführung?"

„Achtzehn Jahre." Ihr Hals schmerzte vor unterdrückten Gefühlen.

Er richtete die Seiten gerade aus und legte sie ordentlich zurück in die Akte. „Ist sie der Grund, aus dem du zu den Bundesbehörden gegangen bist?"

Wie oft hatte sie diese Frage in letzter Zeit schon beantwortet? Und jedes Mal fühlte sie sich dabei mehr und mehr wie eine Versagerin. Sie nahm die Akte aus seinen Händen und legte sie auf den Schreibtisch. „Ich habe mich an meinen freien Tagen mit Paytons Verschwinden befasst, aber ich bin nicht weitergekommen als die Behörden damals.“

Er nahm ihre Hände in seine. Die Wärme seiner Haut sickerte in ihre Finger. Ihr war nicht bewusst gewesen, wie kalt ihr war, bis sie ihn berührte. Etwas in seinen Augen ließ den Wunsch in ihr entstehen, ihm alles zu erzählen.

„Ist sie der Grund, warum du nicht auf Verabredungen gehst?“ Seine Augen bohrten sich in ihre, verlangten Antworten.

„Nein.“ Nur fühlte sich das Wort wie eine Lüge an. „Vielleicht“, gab sie schließlich zu. „Ich habe keine Zeit für Verabredungen. Ich verbringe meine gesamte freie Zeit mit dem Versuch, herauszufinden was geschehen ist.“

„Sie hätte nicht gewollt, dass du dein Leben für sie aufgibst.“

War es das, was sie getan hatte? Ihr Leben aufgegeben? Es fühlte sich nicht so an, aber vielleicht hatte Alex recht. Aber wie konnte sie einfach ihren Alltag leben, nachdem ihre Zwillingsschwester entführt worden war? Wie sollte sie weitermachen, als ob es nie geschehen wäre?

Mal schüttelte den Kopf. „Ich komme nicht über die Schuld hinweg, sie nicht gerettet zu haben...“ Dunkle Gedanken drückten sie von allen Seiten nieder. Sie versuchte, sich ihm zu entziehen, aber er ließ sie nicht.

„Du warst ein Kind. Es gab nichts, was du hättest tun können.“

Ihre Augen wurden feucht, und sie musste die Gefühle niederkämpfen, die sie in die Knie zwingen wollten. „Sie war neun Jahre alt, Alex. Sie war meine Schwester. Meine beste Freundin...“ Ihre Stimme brach. Zu viel Leid. Zu viel Schmerz.

Alex zog sie an sich, sprach in ihr Haar. „Du kannst nicht

ändern, was geschehen ist. Und du kannst nicht zulassen, dass dieses Arschloch auch noch dein Leben ruiniert."

Aber sie wollte diesen Kerl so unbedingt erwischen. Sie konnte es nicht einfach sein lassen, insbesondere nicht jetzt, da neue Spuren auftauchten. Sie lehnte sich in seinen Armen zurück und sah in seine Augen. „Mein Leben wird nicht normal sein, bis dieser Mörder entweder tot oder im Gefängnis ist. Es mag nicht gesund oder normal sein, aber ich kann nicht einfach einen Schalter umlegen und so tun, als ob es nie geschehen sei. Ich habe nicht viel Zeit für Abendessen und Kinobesuche, also suchst du dir besser eine nette, normale Frau für Verabredungen."

„Was würde ich mit einer normalen Frau anfangen?" Er küsste ihre Augenbraue, gab ihr das Gefühl, sie grundlegend zu verstehen. „Außerdem, wie ich dir schon sagte, deine Keine-Verabredungen-Regeln passen mir ganz gut."

„Witzig."

„Sexy", verbesserte er.

Das Lachen sprudelte in ihr hoch, ließ die Melancholie zerspringen. „Du hast mich meine guten Vorsätze aufgeben lassen."

„Stets zu Diensten." Er hielt ihrem Blick stand. Er roch immer noch herrlich, aber zusammen mit den vom Schlaf verworrenen Haaren erweckte das Gesamtpaket in ihr das Bedürfnis, das Wochenende unter den Bettdecken zu verbringen, ihm das Letzte abzuverlangen. Und das hatte sie ihm in der Nacht versprochen. Aber es machte sie verrückt, zu wissen, dass der Mörder ihrer Schwester irgendwo da draußen war. Der Gedanke, dass sie Spaß hatte, während Payton tot war, ließ die Schuld noch anwachsen … aber Payton würde auch weiterhin tot sein, wenn Mallory unglücklich war, und es war ebenso schwer, damit umzugehen.

„Mallory." Seine Stimme war geduldig. Geduldiger als sie es verdiente. „Ich kann sehen, wie du zurückweichst und eine Million Dinge bereust, aber ich gehe hier nicht weg, bis der Kerl geschnappt ist. Wir müssen uns nicht gegenseitig das Hirn rausvögeln", der Blick in seinen Augen ließ sie erzittern, „aber ich meinte, was ich letzte Nacht sagte. Allein bist du potenziell in Gefahr. Dieser Kerl weiß, wo du wohnst. Und als Sicherheitsexperte solltest du mir in dieser Hinsicht vertrauen."

Sie drückte seine Finger. „Danke, dass du letzte Nacht für mich da warst."

Das Funkeln in seinen Augen änderte sich und er sah weg. „Ich werde immer für dich da sein, Mallory, aber du musst noch etwas anderes wissen. Ich bin nicht gut in Beziehungen. Ich versaue sie. Ich lasse Leute hängen. Und ich möchte dich nicht verletzen."

Ein leichtes Bedauern zog durch ihre Brust, wurde aber durch Erfahrung abgemildert. Sie brauche keine wertlosen Versprechungen. Sie zog unsichere Wahrheit vor. Niemand wusste, was die Zukunft bereithielt, nur Geld konnte man auf der Bank aufbewahren, und sogar das konnte gestohlen werden. Sie blickte auf die Akte ihrer Schwester. „Wir alle haben Leute hängen lassen." Ihr fiel etwas ein. „Hey, vielleicht sollte ich deine Firma engagieren."

„Wozu?"

„Um Informationen zu finden. Deine Firma greift doch sicher auf Hacker zurück."

Er schüttelte den Kopf. „Nichts Illegales, solange die Regierung uns nicht bittet, irgendwo einzudringen."

„Sie bitten euch, einzudringen?"

„Sie haben normalerweise die Wahl zwischen uns und den Chinesen, also ja, sie fragen uns. Bezahlen uns sogar für das Privileg – doppelt, wenn wir es unbemerkt durch ihre Sicherheitseinstellungen schaffen." Sein Grinsen deutete an, dass seine Firma es öfter als einmal geschafft hatte.

„Dann wäre es ein Kinderspiel, Telefonunterlagen von vor achtzehn Jahren auszugraben?"

Er ging einen Schritt zurück, und sie konnte es ihm nicht vorwerfen. „Abgesehen davon, dass es illegal ist und du für das FBI arbeitest."

Mallory biss sich auf die Unterlippe. „Ich weiß. Aber alle legalen Optionen sind ausgeschöpft. Nun ist meine einzige verbliebene Möglichkeit, in die Privatsphäre anderer Leute einzudringen." Abgesehen von diesen alten Zeitungsartikeln über entführte Kinder. Der Gedanke, dass die Schachtel mit den Zeitungsausschnitten von der gleichen Person gekommen war, die den Schlafanzug geschickt hatte, war ihr durchaus gekommen. Aber diese war an ihr Büro geschickt worden, nicht an ihr Zuhause, und keiner der Artikel hatte bis jetzt definitive Verbindungen ergeben. Außerdem hatte sie sie schon mehrfach angefasst und so waren sie forensisch wahrscheinlich wertlos. „Ich renne gegen eine Mauer nach der anderen."

„Ist das *alles*, was du in deiner Freizeit machst?"

Sie sah auf, direkt in diese rauchigen Augen. „So ziemlich." Eine Seite ihres Mundes zog sich hoch. „Aufregend, was?"

„Wann hast du dir zum letzten Mal einen Tag Zeit für dich genommen?"

Ihre Finger umkrallten die Akte so fest, dass sie den Karton verbogen. „Wenn ich Urlaub nehme, kann ich nicht aufhören, an sie zu denken. Daran, was mit ihr geschehen sein könnte."

Alex klappte ihren Laptop zu und nahm ihre Hand. „Du musst damit aufhören, bevor es dein Leben völlig beherrscht."

„Ich glaube, der Zug ist schon abgefahren. Ich würde nicht wissen, was ich sonst mit mir anfangen sollte."

Er küsste sie. Hart. Intensiv. Als er von ihrem Mund abließ, zitterte sie.

„Hast du nicht gesagt, du wolltest das Wochenende mit mir verbringen?"

„Wollte ich – will ich." Sie blickte auf die Akte ihrer Schwester, und die alte Schuld kroch in ihr Gehirn.

„Gut." Er zog sie an ihrem Arm ins Badezimmer und stellte die Dusche an. „Wir werden uns beide ein Wochenende gönnen und so tun, als ob wir normale Menschen wären." Er streifte den Morgenmantel von ihren Schultern.

„Aber…"

Er griff ihren Morgenmantel fest um ihre Oberarme, schloss sie darin ein und küsste sie erneut. Hunger nach ihm stieg in ihr auf und ihre Lippen folgten seinen, als er sich löste.

„Deine Schwester würde es dir nicht verübeln, wenn du ein Wochenende lang dein Leben lebst, Mal. Wenn sie dir auch nur ansatzweise ähnlich war, dann würde sie wollen, dass du glücklich bist."

Er zog sein Hemd aus, schüttelte die Jeans ab und hob sie in die Wanne, als ob sie nichts wog. Als sie völlig nass war und ihn anflehte, sie zu nehmen, begriff ein winziger Teil ihres Gehirns endlich, dass es in Ordnung war, für eine kleine Weile zu vergessen.

KAPITEL ZWÖLF

VIERUNDZWANZIG STUNDEN SPÄTER griff Alex nach Mallorys Hand und zog sie zur Wohnungstür. „Wir gehen, selbst wenn ich dich den ganzen Weg hinter mir herzerren muss." Die Ironie entging ihm nicht. Er zog seine eigene Gesellschaft vor und war ein Arbeitstier, aber es gab nichts, was er lieber tun würde, als den Nachmittag über mit Mallory durch D.C. zu spazieren.

Seit er dem Gefängnis entronnen war, hatte er frische Luft und Spaziergänge neu zu schätzen gelernt. Nach fast sechsunddreißig Stunden in der Wohnung musste er nach draußen, musste Mallory wieder in die richtige Welt locken.

„Gut." Sie verdrehte die Augen, lachte aber auch. Das Geräusch traf ihn mitten ins Herz. Er wusste nicht, wann er es jemals so genossen hatte, Zeit mit einer anderen Person zu verbringen, mit jemandem in Verbindung zu stehen und an ihrer Gesellschaft Freude zu finden. Er steuerte auf eine Katastrophe zu, aber je mehr Zeit er mit ihr verbrachte, desto mehr war er entschlossen, alles dafür zu tun, um sie aus ihrer Besessenheit über den Fall ihrer Schwester zu rütteln. Den Dreckskerl zu erwischen wäre das effektivste Szenario. Er hoffte, dass das FBI-Labor etwas Nützliches an diesen neuen Beweisen entdeckt hatte.

„Wir besorgen dir auf dem Heimweg einige Lebensmittel." Ihre Schränke waren abgesehen von Ketchup, einigen Dosensuppen und einer Schachtel abgestandener Cracker leer. „Sogar die Mäuse sind schon angewidert ausgezogen."

„Vorsichtig, Mr. Parker. Ich beginne zu glauben, dass dir etwas an mir liegt."

„Mir liegt auch etwas an dir." Das Geständnis fühlte sich auf seinen Lippen fremd an, aber wie er ihr gestern gesagt hatte, war es wahr. Er zog sie an sich, küsste sie intensiv und machte einen Scherz daraus. „Ich muss mich in deiner Gegenwart bei Kräften halten."

Sie drückte sich an ihn, und er konnte nicht glauben, dass er wieder steif wurde. Sie hatte ihn in einen laufenden Ständer verwandelt, und sein Mangel an Kontrolle begann, ihm verdammt auf die Nerven zu gehen. Er war kein geiler Teenager. Er war vierunddreißig, und sie trieb ihn in den Wahnsinn.

„Wir könnten Pizza bestellen", flüsterte sie an seinen Lippen.

„Wir gehen raus und schnappen etwas frische Luft, sonst werde ich anfangen zu glauben, dass du dich schämst, mit mir in der Öffentlichkeit gesehen zu werden." Ein dicker Kloß der Gefühle steckte hinten in seinem Hals.

Einer ihrer Mundwinkel schoss hoch, und sie sagte mit perfekter Ernsthaftigkeit: „Alex, du bist gut gebaut, wunderschön und wohlhabend – der perfekte Mann –, und niemand hat sich je so um mich gekümmert wie du. Wie könnte irgendwer sich je deiner schämen?"

Weil ich Leute umbringe? Weil er menschliche Zielscheiben auf die gleiche Art erledigte, wie die meisten Leute eine Fliege erschlugen? Er wandte den Blick ab. Die Wahrheit war dunkel und widerlich und unangenehm real.

Nun, sie würde die Wahrheit nicht erfahren. Es würde sie nur verletzen, und dann würde sie ihn in den Arsch treten. Das würde nicht passieren. Er war so ehrlich, wie es ein Geheimagent nur sein konnte.

Er konnte keine Waffe dahin mitnehmen, wo sie hingingen, aber er glaubte nicht, dass dieses Arschloch sich auf eine direkte Konfrontation einlassen würde, wenn Mallory jemanden bei sich hatte. Alex war ziemlich sicher, dass er und Mallory die meisten Gefahren gemeinsam abwehren konnten. Er öffnete die Tür und erstarrte. Nur diese nicht.

Der Schock auf dem Gesicht der Frau entschädigte fast dafür, entdeckt zu werden. Bis sie diesen enttäuschten Blick auf Mallory richtete.

„Mom", sagte Mallory.

In ihrer üblichen Politikerinnenuniform aus dickem Wollkostüm, perfekten Haaren und manikürten Nägeln, entsprach Senatorin Margret Tremont perfekt dem Bild einer Frau mit Macht. Ihr Blick musterte ihn von Kopf bis Fuß und stufte ihn als unzureichend ein.

„Was geht hier vor?", verlangte sie zu wissen.

„Mom, das ist Alex Parker. Alex Parker, meine Mutter, Senatorin Margret Tremont."

Die Luft um sie vibrierte vor Anspannung. Er fragte sich, ob Mallory es auch fühlte.

Er streckte seine freie Hand aus. „Ich habe schon viel von Ihnen gehört, Senatorin."

„Bist du deshalb nicht zu Thanksgiving gekommen?" Sie ignorierte seine Hand absichtlich, und er verzog seine Lippen zu einem kalten Lächeln. *Nicht gut genug für ihre Tochter – abgehakt.* Nicht, dass er das nicht schon selbst gewusst hätte.

„Nein, Mom. Ich habe es dir gesagt. Ich habe gearbeitet."

„Mallory", der West Virginia-Akzent der Senatorin war unter der stahlharten Sprache gerade zu erahnen. „Ich muss bitte allein mit dir sprechen."

Mallorys Blick flog angespannt zu ihm und dann zurück zu ihrer Mutter. Sämtliches Lachen war verschwunden. „Mom, ich habe zu tun. Hat das nicht Zeit?"

„Es geht um das Verschwinden deiner Schwester." Ihre Augen waren hart wie Glasperlen.

„Ich wollte gerade mit Alex zum Smithsonian." Mallory klang defensiv und verärgert. Sie hatte beschlossen, ihren Eltern nichts von dem Schlafanzug zu sagen, bis die Leute im Kriminallabor ihn sich angesehen hatten. Der Preis für den Betrug wurde in Schuld gezahlt, und Mallory hatte bereits so viel unangemessene Schuld auf ihren Schultern lasten, dass es für ein ganzes Leben gereicht hätte. „Hat das nicht ein paar Stunden Zeit?"

„Vielleicht könnte Mr. Parker uns für einige Minuten allein lassen, während wir diese private Familienangelegenheit besprechen." Die Stimme der Senatorin schnitt wie ein Messer durch die Luft.

Alex hatte sein Leben lang Befehle befolgt, und alles, was es ihm eingebracht hatte, war Verachtung und Angst. Aber es war für jeden mit wenigstens einem halben Hirn offensichtlich, dass er gerade die Nacht mit Mallory verbracht hatte, und so etwas mochten Eltern nie. Sie hatte jedes Recht, sauer zu sein.

Die Höflichkeit gebot es, dass er ihnen etwas Privatsphäre gab, aber als er versuchte, wegzugehen, verstärkte sich Mallorys Griff um seine Finger. Sie weigerte sich, seine Hand loszulassen. Er erwiderte den Druck, versuchte sie zu beschwichtigen. Was auch immer er für sie empfand, verwandelte sich in einen beschützenden Drang, der auch beinhaltete, sie vor ihrer eigenen Mutter zu schützen.

Die Verachtung der Senatorin für ihn war offensichtlich.

„Komm einfach herein, Mom. Alex geht nirgendwo hin."

Die Worte begeisterten und verängstigten ihn zugleich. Er spielte ein närrisches Spiel. Seine Gefühle für diese Frau wurden stärker, intensiver. Es war nicht nur Sex. Und er wollte niemanden verletzen, der schon so viel gelitten hatte.

Die Senatorin ging hinein und sah sich verunsichert um, offensichtlich besorgt, Spuren ihrer Orgie zu finden. Er ließ Mallorys Hand los. „Vielleicht sollte ich für uns alle einen Drink holen, während ihr euch unterhaltet?"

Die Senatorin kniff die Lippen zusammen. „Bemühen Sie sich nicht, Mr. Parker. Bleiben Sie und hören Sie sich alles über die Leichen an, die unsere Familie im Keller hat. Sie werden es sowieso früh genug herausfinden."

Mit dieser ominösen Aussage ging sie zum Sofa und setzte sich auf die Kante. Zum ersten Mal bemerkte er die um ihre Augen und ihren Mund eingegrabene Anstrengung. Es erinnerte ihn daran, dass sie zwar Politikerin war, aber auch eine Mutter, die ein Kind verloren hatte.

„Hast du noch den Siegelring, den Daddy dir gegeben hat, als du klein warst?", fragte sie ihre Tochter.

Mallory runzelte die Stirn und wandte sich dann auf dem Absatz um. Sie kam einige Augenblicke später mit einer hölzernen Schmuckschachtel zurück, die er auf ihrer Kommode gesehen hatte. Sie hob den Deckel, nahm einen kleinen Silberring heraus und hielt ihn hoch.

Die Senatorin öffnete ihre Aktentasche und gab ihr ein Blatt Papier. „Dies wurde gerade an den Herausgeber der *Washington Mail* geschickt. Er hat mir freundlicherweise eine

Fotografie zukommen lassen." Gift tropfte aus jedem Wort.

Mallory legte eine Hand über ihren Mund und sank neben ihrer Mutter auf das Sofa. „Oh, Gott."

Alex trat vor und schaute auf das Bild. Es war die Fotografie eines Siegelrings mit den in der Mitte einer Herzform eingravierten Initialen PR. Sein Blut gefror, als er sich den Ring genauer ansah. *Scheiße.* Das Auftauchen eines Mörders, der die Buchstaben PR in einem Herz auf den Brustkorb junger Frauen mit langem, dunklem Haar ein-geschnitten hatte, und all diese neuen Beweise, die nach achtzehn Jahren im Payton Rooney-Fall auftauchten – war das Zufall? Das Worst-Case-Szenario war gerade zur wahrscheinlichsten Möglichkeit geworden.

„Das ist *gerade* aufgetaucht?", fragte er.

„Der Herausgeber hat ihn am Freitag per Post erhalten. Seine Redakteure haben es zuerst mit dem neuen Serienmörder in Verbindung gebracht, aber er ist so klein, dass sie wussten, dass der Ring einem Kind gehören muss. Dann erinnerte er sich an Payton und rief mich an, um zu fragen, ob ich ihn erkenne."

„Sie halten ihn für echt, keine aufwendige Fälschung?"

„Es ist der echte Ring." Sie deutete auf ein Bild, das den Stempel zeigte. „Er ist aus Platin, nicht Silber. Das konnte er nicht wissen, außer er hätte Zugriff auf die Unterlagen des Juweliers. Die Polizei hat ihn immer als Silberring beschrieben, aber er ist aus Platin." Sie faltete ihre Hände wieder in ihrem Schoß.

Ein unbehagliches Gefühl durchzog Alex. Er nahm die Fotografie aus Mallorys Händen und betrachtete sie genauer. Als er ihrem Blick begegnete, waren die Schatten unter ihren Augen dunkel wie Blutergüsse.

„Wer hat den Ring jetzt?", fragte Mallory.

„Der Herausgeber hat ihn an deine Kollegen beim FBI geschickt." Die Senatorin zitterte vor unterdrückter Gefühle. Hauptsächlich Wut, aber auch Trauer.

„Gut", sagte sie. Soweit zu einem normalen Wochenende. „Im Labor werden sie etwas finden, um diesen Kerl zu schnappen. Endlich."

„Es gibt noch mehr." Die Senatorin zog eine zusammengefaltete Zeitung aus ihrer Tasche und legte sie auf Mallorys Schoß.

Noch mehr?

Mallory blinzelte hastig. „Sie haben die Geschichte schon gebracht?"

„Ich nehme an, sie wollten mir nicht die Möglichkeit geben, ihnen meine Anwälte auf den Hals zu hetzen." Ihr Ton war scharf, aber für sie könnten es gute Nachrichten sein. Immerhin wusste irgendjemand da draußen etwas über Payton Rooneys Entführung und verhöhnte die Strafverfolgungsbehörden mit Informationshäppchen. Die Aufmerksamkeit der Presse könnte dieses monströse Ego eventuell anheizen und es dazu bringen, dass es einen Fehler beging.

Mallory entfaltete die Titelseite und stöhnte auf. Alex fluchte. Darauf war eine große Fotografie von Mallory in ihrer FBI-Kleidung, neben einem weiteren Foto, das sie und ihre Schwester als kleine Mädchen zeigte. Er mochte nicht, wie die Medien sich derartig auf Mallory konzentrierten. Er musterte die Senatorin und konnte erkennen, dass es ihr ebenfalls nicht gefiel. Sie schien sich nicht bewusst zu sein, dass sie diejenige gewesen war, die Mallory ständig ins Rampenlicht geschubst hatte.

Alex hegte keinen Zweifel, dass die Person, die die Rooneys verhöhnte, dieselbe Person war, die diese jungen Frauen umbrachte und wahrscheinlich auch dieselbe Person, die vor all diesen Jahren ihr kleines Mädchen entführt hatte. Das Motiv dieser Initialen in dem herzförmigen Ring war zu präzise, um ein Zufall zu sein; das Benutzen der Presse, um Aufmerksamkeit zu erlangen? Es schrie alles geradezu nach einem klassischen Serienmörder mit einer Mission.

War er an jenem Tag in Mallorys Haus in Charlotte dem Mörder ihrer Schwester gegenübergestanden? Es schien etwas zu viel des Zufalls, einen beliebigen Einbruch zu erleben, wenn gleichzeitig diese ganze andere Scheiße passierte. Hätte er dieses Problem schon längst lösen können, wenn er sich nicht so viele Sorgen um seine eigene Haut gemacht hätte?

„Ich muss dir etwas sagen, Mom." Mallory nahm die Hand ihrer Mutter. „Ich habe es dir nicht früher gesagt, weil das FBI zuerst sicher sein wollte, aber ich glaube, das hat sich hiermit erledigt." Mallory berichtete ihrer Mutter von dem Schlafanzug. Er konnte den Ärger der Senatorin spüren. Wut darüber, dass ihre Tochter ihr nicht sofort davon erzählt hatte, als sie es herausgefunden hatte. „Sei bitte nicht wütend."

Die Senatorin zwang sich zu einem Lächeln und stand auf, fuhr mit den Händen über ihren Rock. „Vielleicht bekommen wir endlich einige Antworten zu Paytons Verbleib. Ich muss gehen. Ich habe eine Verabredung zum Brunch mit einem Richter vom Supreme Court." Sie hielt inne. „Ich weiß, dass du denkst, dass *ich* diejenige war, die dir diese neue Stelle in Quantico besorgt hat, Mallory, obwohl ich dir versichert habe, dass ich es nicht war." Alex sah, wie Mallory zusammenzuckte, wahrscheinlich wegen seiner Anwesenheit. Sie hatte darauf bestanden, und ihre Mutter bestrafte sie nun dafür.

„Allerdings hoffe ich, dass du unabhängig von deinen Gefühlen diese Möglichkeit voll nutzt, um das FBI dazu zu bringen, ihre Bemühungen bei der Suche nach Payton zu erhöhen."

„Ich tue, was ich kann, Mom, aber ich kann nichts versprechen." Mallory klang verzweifelt, als sie ihre Mutter umarmte.

Margret Tremonts Augen verengten sich, als sie ihn über Mallorys Schulter ansah. „Kümmern Sie sich um meine Tochter, Mr. Parker. Sie ist alles, was ich habe." Dann überraschte sie ihn, indem sie seine Hand schüttelte, bevor sie ging.

Das Telefon klingelte. Mallory sah nach der Nummer und blickte zu ihm hoch. „Es ist das Büro."

Er nickte. „Du solltest wahrscheinlich rangehen."

Ein Grübchen zitterte auf ihrer Wange. „Soweit zu unserer ersten Verabredung."

„Wir gehen nicht auf Verabredungen, weißt du noch?" Er nahm ihr Gesicht in seine Hände und küsste sie. „Das Smithsonian wird auch nächste Woche noch da sein." Er konnte in diesen großen ausdrucksvollen Augen fast ihre Gedanken erkennen. „Du wirst auch noch da sein, Mallory. Ich werde nicht zulassen, dass irgendjemand dich verletzt." Aber seine Worte konnten die Wolke des Zweifels nicht auflösen. In den letzten achtzehn Jahren hatte diese schattenhafte Gestalt ihre Familie heimgesucht. Nun tötete er Frauen, die Mallory und Payton Rooney ähnlich sahen. Alex würde es zu seiner Mission machen, diesen Hurensohn zu schnappen und sicherzustellen, dass sie nicht auf die gleiche Art verschwand wie ihre Schwester. Wenn er den Kerl fand, ganz gleich was das Gateway Project genehmigte, würde er sicherstellen, dass er nie wieder jemanden verletzen konnte.

MALLORY SAß AM Besprechungstisch, umgeben von den gleichen Kollegen, die sie vor nicht allzu langer Zeit kennengelernt hatte. Der einzige Unterschied war, dass sie sie nun eher als eine Zeugin betrachteten und darüber verdammt viel glücklicher wirkten.

„Sie denken wirklich, dass die Person, die diese Frauen tötet, die gleiche Person ist, die Payton entführte?", fragte sie erneut. Das war eine tolle Art, einen Sonntagnachmittag zu verbringen.

„Der Modus Operandi hat sich geändert", gab Barton zu.

„Er war seit achtzehn Jahren inaktiv."

„Nicht unbedingt." Frazer hob einen Finger in ihre Richtung, und sie wollte ihm ebenfalls einen entgegenstrecken, wenngleich auch einen anderen.

„Es gibt eine Lücke in unserem Wissen über ihn. Das heißt nicht, dass er nicht gemordet hat."

Ein Schaudern fuhr durch ihren Körper, aber Mallory weigerte sich, ihn wahrzunehmen. Sie musste professionell genug sein, um dies zu besprechen.

Frazer fuhr fort. „Aus irgendeinem Grund ist etwa vor einem Jahr etwas passiert, dass eine Erhöhung der Mordrate in dieser Gegend ausgelöst hat. Alle Morde wiesen die gleiche Signatur auf. Und jetzt bin ich der Meinung, dass sie mit dem Fall von Payton Rooney zusammenhängen."

„Die wahrscheinlich seit achtzehn Jahren tot ist", warf Henderson ein.

Die meisten entführten Kinder wurden innerhalb der ersten Stunden getötet.

Mallory verschränkte die Arme über ihrer Brust, wollte

verbergen, was sie dachte, weil es so abgedreht klingen würde, aber sie konnte es nicht. „Ich glaube, er hat sie am Leben gelassen."

Frazer sah sie intensiv an. „Wie kommen Sie darauf?"

Sie schürzte ihre Lippen, aber diese Typen hielten sie ohnehin schon für eine Idiotin, also war es egal. „Weil ich sie *spüren* konnte."

„Wollen Sie jetzt behaupten, dass Sie medial veranlagt sind?" Hendersons skeptische Augenbrauen verschwanden unter ihrem altbackenen Pony.

„Nicht medial veranlagt. Es ist eine Zwillingssache. Ich kann es nicht wirklich erklären." Mallory betrachtete die Gesichter ihrer Kollegen. Draußen hatte es zu schneien begonnen. Alex war im Auto und wartete auf sie. Er gab ihr den Antrieb, weiterzumachen. Das hier hinter sich zu bringen. „Wir hatten unsere ganze Kindheit über eine Verbindung. Ich wusste, wo sie im Haus war, ich wusste, wenn sie hungrig war und sogar, *worauf* sie Appetit hatte. Ich wusste, wenn sie traurig war und wenn sie ein Geheimnis hatte." Sie grub ihre Nägel in ihre Handflächen. „Ich kann es nicht erklären, aber es war, als ob *wir* hungrig waren und *wir* ein Geheimnis hatten. Ich wusste nicht einmal, dass das nicht normal ist." Sie leckte sich über die Lippen. „Als sie verschwand, spürte ich sie noch jahrelang, auch wenn es nicht so stark war. Diese Verbindung endete irgendwann im letzten Oktober. Ich wachte eines Morgens auf und sie war einfach … weg."

Henderson lehnte sich über den Tisch und stieß mit ihrem Stift in Richtung Frazer. „Deshalb sollte sie nicht hier sein. Sie wird beeinflussen, wie wir den Fall betrachten."

„Sie könnte der Grund sein, dass wir ihn endlich lösen", argumentierte Frazer. Er starrte sie einen weiteren langen

Moment an, sah dann aber weg. „Das ist das erste Jahr, in dem Sie nicht im Fernsehen erschienen, um über die Entführung Ihrer Schwester zu reden, korrekt?"

Sie nickte.

„Ich glaube, dass der Mörder angefressen war und Ihre Aufmerksamkeit wollte." Frazer sprach mit seinem Team, ließ die Augen aber nie von ihr ab. „Deshalb hat er Ihnen diese Kleidung geschickt und den Medien diesen Ring. Er möchte, dass Sie wissen, dass er da draußen ist. Er möchte, dass Sie wissen, dass er Payton entführt hat, und er tötete diese anderen Frauen, damit Sie ihn nicht vergessen."

„Aber die Fälle sind so unterschiedlich."

„Vielleicht." Er presste seine Lippen aufeinander. „Aber nicht unbedingt. *Falls* Sie recht haben und Ihre Schwester all diese Jahre noch lebte, dann hatte er vielleicht das, was er brauchte, um seine Mordlust im Griff zu halten."

Der Gedanke, dass ihre Schwester diese ganze Zeit noch gelebt hatte, ließ ihren Magen verkrampfen. Und wenn ihre Theorie darüber, dass Payton noch gelebt hatte, richtig war, hätte sie dem FBI schon vor Jahren davon erzählen sollen? Hätte sie sie weiter erforschen sollen? Die Behörden unter Druck setzen müssen, obwohl sie wusste, dass sie schon jede Spur verfolgt hatten?

Mallorys Hände zitterten, also versteckte sie sie unter dem Tisch. Soviel dazu, sich unter Kontrolle zu haben. Barton sah sie mit einem Anflug von Mitleid an, aber Henderson sah aus, als ob sie bereit war, ihr den Todesstoß zu versetzen.

Mallory hob ihren Blick zu Frazer. „Jede der Frauen, die er tötet, ist sein Versuch, die durch Paytons Tod entstandene Lücke zu füllen?"

Frazer wirkte beklommen. „Es ist nur eine Theorie."

„Er sucht einen Ersatz", behauptete Barton.

„In dem Fall gibt es einen offensichtlichen Faktor, den Sie nicht anprechen, Frazer." Hendersons Stimme war scharf.

Er schoss einen finsteren Blick in ihre Richtung, aber Mallory sprach. „Es ist okay. Ich glaube, ich habe bereits begriffen, dass der perfekte Ersatz für meine Zwillingsschwester – theoretisch – ich wäre."

„Warum nur theoretisch?", fragte Frazer aufmerksam.

„Weil wir sehr unterschiedliche Persönlichkeiten haben … hatten. Pay war gehorsam. Immer höflich, widersprach nie. Sie war wirklich süß." Sie hielt Hendersons Blick stand. „Ich bin nicht so."

„Ich schlage vor, dass Sie, wenn diese Person Sie jemals in die Hände bekommt, vorspielen, dass Sie genau das sind, wonach er sucht", sagte Henderson. „Sonst prügelt er Sie grün und blau und erwürgt Sie dann mit bloßen Händen, so wie er es bei diesen anderen Mädchen gemacht hat."

„Ich kann für mich selbst sorgen." Sie dachte an Alex, so entschlossen, sich um sie zu kümmern, dass er draußen auf dem Parkplatz in seinem Auto herumsaß. Sie würde einen Weg finden müssen, ihn davon zu überzeugen, dass sie keinen Vollzeit-Leibwächter brauchte, allerdings … sie war gerne in seiner Nähe. Aber sie musste für sich einstehen und ihre Arbeit machen. Der Mörder hatte ihr schon genug genommen.

„Hoffen wir, dass es nicht soweit kommt." Frazer räusperte sich. „Es ist möglich, dass er sich bereits zu irgendeinem Zeitpunkt in Ihr Leben eingeschlichen hat. Gibt es jemanden, dem Sie in letzter Zeit nahegekommen sind?"

Ihre Kehle schnürte sich zu. „Sie machen Witze."

„Ich interpretiere das als ein Ja. Name?"

Sie blitzte ihn an. „Er ist es nicht."

„Dann wird es nicht schaden, Nachforschungen anzustellen. Name?"

Sie schob ihre Papiere und ihr Tablet in ihre Tasche. „Alex Parker."

Bartons Augen weiteten sich kaum merklich, als sie den Namen erkannte.

„Er ist ein Sicherheitsberater. Er berät die Regierung, inklusive dem FBI."

Frazer bedachte sie mit einem dünnlippigen Lächeln. „Praktisch. Dann haben wir eine Akte über ihn. Irgendwelche anderen Dinge, die kürzlich in Ihrem Leben passiert sind und verdächtig erscheinen könnten?"

Verdammt, was erschien an ihrem Leben im Moment nicht verdächtig? „In mein Haus in Charlotte wurde eingebrochen, direkt bevor ich versetzt wurde – ich nehme an, es war nur ein normaler Raubversuch." Ihre Haut wurde kalt. „Aber es waren zwei Männer darin involviert, also war es wahrscheinlich nur ein Zufall."

„Außer wenn zwei Mörder zusammenarbeiten?", schlug Barton vor.

Frazer fluchte und machte sich einige Notizen. „Ich spreche mit den Ermittlern des Falles. Noch irgendwas?"

Sie runzelte die Stirn, als sie an die platten Reifen auf dem Parkplatz dachte. Aber Henderson würde diesen Streich ebenso wenig zugeben, wie der unbekannte Täter sich stellen würde. Es würde wahrscheinlich eine gewaltige Zeitverschwendung sein. „Nichts." Angewidert schob sie ihren Stuhl zurück.

„Eine letzte Sache." Frazer deutete mit seinem Stift auf sie. „Wir haben es auf dem Weg nach West Virginia besprochen."

Bevor oder nachdem ich gekotzt habe?

„Ich möchte, dass Sie es mit Hypnose versuchen." Sie zuckte zusammen. „Ihr Gehirn enthält einen Schatz an Informationen. Die möchte ich haben."

Sie stand auf. „Gut. Wenn es sein muss", fuhr sie ihn an. Sie war nicht mehr daran interessiert, auf diese Leute einen guten Eindruck zu machen. Der Gedanke, dass sie herausfinden würde, wer – wenn überhaupt jemand – mit einem Selbstjustizmörder zusammenarbeitete, wurde immer lächerlicher. „Wann?"

Frazer lächelte, und sie fühlte sich, als ob sie ihm in die Falle getappt war. „Warum nicht gleich jetzt?"

ALEX SAß AUF dem Beifahrersitz seines Audi und arbeitete an seinem Laptop. Er wollte die effizienteste Methode herausfinden, nach Handymastinformationen in den Gegenden zu suchen, in denen jedes der Opfer des PR-Mörders mutmaßlich entführt worden war, um diese dann mit Handydaten in der Nähe der Leichenfundorte zu vergleichen. Er wollte auch Zugriff auf die Telefone der Opfer erlangen. Positionsdaten. Es klang einfacher als es war, da er sich zuerst in alle involvierten Telefonfirmen einhacken und dann nach Querverweisen suchen musste. Wenn er ein Muster oder eine Verbindung mit einer spezifischen Person fand, würde er dem FBI vorschlagen, Durchsuchungsbefehle zu besorgen, damit sie die Informationen vor Gericht verwenden konnten, wenn es jemals so weit kommen sollte.

Er brauchte keine Beweise, die vor Gericht standhielten. Nur genug, um das Gateway Project zu überzeugen, dass er die richtige Person gefunden hatte. Das Problem war, dass es ihm zunehmend schwerer fiel, zu glauben, dass das Gateway Project eine bessere Methode hatte, sich um Kriminelle zu kümmern als das traditionelle Justizsystem.

Tu, was Onkel Sam dir sagt. Befolge Befehle, und dein Gewissen ist rein, wie bei jedem guten Soldaten. Aber ein Soldat auf amerikanischem Boden zu sein, die Waffen gegen andere Amerikaner aufzunehmen, war nicht legal. Vor Gericht wäre *er* derjenige, der wegen Mordes verurteilt werden würde – verdammt, er war des Mordes *schuldig*. Die Legitimität der schattenhaften Organisation begann ihn um zu treiben. Nicht nur weil er wusste, wer den Preis bezahlen würde, wenn ihre Aktivitäten ans Licht kämen, er mochte die Erkenntnis nicht, dass er vielleicht nicht viel besser war als die Monster, die er jagte.

Aus dem Augenwinkel sah er, wie eine Frau sich seinem Auto näherte. Er klappte den Laptop zu, rollte das Fenster herunter.

„Alex Parker?"

„Ja, Ma'am."

Die scharfen Linien, die um ihre Augen erschienen, als sie lächelte, zeigten, dass sie wahrscheinlich Anfang vierzig war. Schwarze Haare, schwarze Augen. Fit. Kompakt. War sie diejenige, die die Luft aus Mallorys Reifen gelassen hatte? Er hatte ein wenig nachgeforscht, hatte aber noch nicht viel Zeit gehabt, gründliche Hintergrundüberprüfungen vorzunehmen.

„Ich bin Special Agent Felicia Barton. Agent Rooney wird länger als erwartet beschäftigt sein."

„Ist mit ihr alles in Ordnung?", unterbrach er sie.

Ihr Lächeln wurde straffer, und er merkte, dass er sich verraten hatte.

„Es geht ihr gut, Mr. Parker. Sie erwähnte, dass Sie hier draußen seien. Ich dachte, Sie würden vielleicht gerne hereinkommen. Ich sehe, dass Sie eine Unbedenklichkeitsbescheinigung haben, also ist es kein Problem", fügte sie hinzu.

„Das ist wirklich nett von Ihnen." Seine Miene blieb ausdruckslos. Ein guter alter amerikanischer Junge, der an Altruismus glaubte. Er legte den Laptop in seine Tasche und öffnete die Tür, während sie zurücktrat. Er trug Jeans, einen schwarzen Pullover und Kampfstiefel. Er konnte den Drill der Marines in der Entfernung hören. Das erinnerte ihn an seine Tage in Uniform. Die guten alten Tage.

Er schlug die Tür hinter sich zu und verschloss das Auto mit dem Schlüsselanhänger.

„Hübsches Auto." Die Bundesagentin bewunderte es mit einem leisen Pfiff. „Der öffentliche Dienst wird nicht ganz so gut bezahlt."

„Aber wir schätzen Sie alle trotzdem." Er lächelte sie an.

„Und ich schätze Ihren Dienst als Veteran." Sie begannen, zum Hauptgebäude zurückzugehen. Folgten der Routine, wahrten die Höflichkeit. Jeder wusste, was man sagen sollte. Und was man nicht sagen sollte. „Sie waren in Afghanistan?"

„Und im Irak."

„Und Ihnen wurde das Distinguished Service Cross verliehen. Das ist ziemlich beeindruckend."

„Sie scheinen viel über mich zu wissen, Agent Barton."

Ein rasches Lächeln flog über ihr Gesicht. „Das ist mein Job, Mr. Parker. Nehmen Sie es nicht persönlich."

„Mein Ego ist nicht so aufgeblasen, Ma'am."

Er folgte ihr durch das Gebäude, mit dem Aufzug hinauf. Als sie ausstiegen, sah er sich nach Mallory um, entdeckte sie aber nicht. Barton brachte ihn in einen großen Raum, der mit Arbeitsnischen und Schreibtischen gefüllt war. Bei einem Fenster neben einem Fotokopierer stand ein leerer Schreibtisch. „Es ist nicht viel, aber besser als den ganzen Tag im Auto zu sitzen."

„Danke."

Sie zögerte, anscheinend noch lange nicht fertig mit ihm und auf der Suche nach einem Weg, weitere Informationen aus ihm herauszubekommen. „Ich habe einen Bruder in der Operation Desert Storm verloren."

Er konnte in ihren Augen nicht erkennen, ob sie die Wahrheit sagte. Vielleicht verlor er sein Gespür. „Es tut mir leid, das zu hören."

„Ich habe einen anderen Bruder, der sich freiwillig gemeldet hat, nachdem Phil starb." Sie schluckte und wirkte den Tränen unbehaglich nah. „Ich war die ganze Zeit, die er drüben war, in Panik, dass er sich durch irgendein fehlgeleitetes Schuldgefühl töten lassen würde."

Sein Mund wurde trocken. „Das Schuldgefühl des Überlebenden ist eine starke Motivation."

„Haben Sie es je durchlebt? Als die Männer Ihrer Einheit starben?"

„Das war schwach, Agent Barton. Ich hätte von einer Agentin Ihres Kalibers einen besseren Übergang erwartet." Er richtete sich zu seiner vollen Größe auf, sodass er auf sie heruntersah. Nicht, dass sie das einzuschüchtern schien. „Wenn Sie mich verhören wollen, warum tun wir es nicht auf die altmodische Weise", schlug er vor.

„Gummischläuche?", grinste sie.

„Ich dachte eher an ein Zimmer mit einem Kassettenrekorder."

„Oh, Sie sind gar nicht unterhaltsam." Sie lachte und krümmte ihren Finger. „Folgen Sie mir. Ich werde Ihr Angebot annehmen, denn wenn Agent Rooney herausfindet, dass ich ihren Freund verhöre, findet sie wahrscheinlich einen Weg, mich feuern zu lassen…"

Der Begriff „Freund" gab ihm einen jugendlichen Kick, auch wenn es albern war. Er ließ nicht zu, dass es ihn ablenkte. „Sie mögen Mallory nicht?"

„Ich mag sie schon. Aber ich mag es nicht, wenn Leute irgendwo hingelangen, nur weil sie die richtigen Verbindungen haben."

„Sie denken, dass das bei ihr der Fall ist?"

Special Agent Barton warf ihm einen Blick über die Schulter zu. Sie war gerissen, er wusste nur nicht, wie gerissen. Soweit er wusste, konnte Special Agent Barton auch ein Spitzel des Gateway Projects sein und herausfinden wollen, ob er sich unter Druck gegen sie wenden würde. Er kannte die Antwort darauf bereits. Wenn sie ihn hintergingen, hätte er keinerlei Bedenken, sie auffliegen zu lassen. Wenn sie ihre Versprechen hielten, würde er ihre Geheimnisse mit ins Grab nehmen.

Er folgte ihr. Es war eine gute Möglichkeit, herauszufinden, wie diese Frau tickte. Die momentane Hauptsache war, Mallory vor jedem zu schützen, der ihr schaden wollte. Und das schloss ihre Kollegen der BAU mit ein.

KAPITEL DREIZEHN

ALS MALLORY FRAZERS Büro betrat, fühlte sie sich so entspannt wie eine Klapperschlange, die mit einem spitzen Stock gestochen worden war. In einer Ecke stand ein Sofa, auf dem ihr Vorgesetzter offensichtlich manchmal schlief, wenn man nach dem Kissen und der Decke ging, die ordentlich gefaltet darunter lagen. Pflanzen und Bücher beherrschten die Regale. Der Raum war voll, aber nicht mit Kleinkram überladen. Sein Schreibtisch war leer, abgesehen von einer einzigen, glänzend weißen Akte mit einem auf dem Deckel eingeprägten FBI-Logo.

„Wo soll ich mich hinsetzen?" Sie klang, wie sie sich fühlte. Bissig. Abwehrend.

Er drehte sich vom Fenster um, wo er die Jalousien herunterließ. „Ich kann Sie auch hypnotisieren, wenn Sie nicht entspannt sind, aber da wir zusammenarbeiten müssen, würde es besser gehen, wenn Sie versuchen, mir zu vertrauen."

Sie zog eine Augenbraue hoch.

Er hielt die Hände hoch. „Gut, ich bin nicht so niedlich und kuschelig wie Hanrahan, aber ich bin ein guter Agent. Wir sind im gleichen Team, und ich habe das hier schon unzählige Male getan und sehr gute Erfolge damit erzielt."

Mallory ließ einen aufgestauten Seufzer heraus. „Bringen wir es hinter uns."

„Das ist die richtige Einstellung." Sein trockener Humor brachte sie tatsächlich zum Lächeln. Er stellte Hintergrundmusik an. Vogelgezwitscher und das Geräusch des Windes in den Bäumen. Ein kalter Schauder durchlief sie.

„Legen Sie sich auf das Sofa und schließen Sie Ihre Augen. Ich verspreche, Sie nicht wie eine Ente quaken zu lassen und es auf Youtube hochzuladen."

„Habe ich alles schon erlebt, nachdem ich Harvard abgeschlossen habe." Sie schlüpfte aus ihren Schuhen, legte sich mit ihrem Kopf auf ein grünes Samtkissen und starrte an die Decke.

„Ich möchte Sie zu einer glücklichen Erinnerung zurückführen."

Sie dachte an Alex und lächelte.

„Nein, nicht die Art Erinnerung."

„Ha." Sie schloss die Augen. „Wenn das hier vorbei ist, darf ich *Sie* über *Ihr* Privatleben ausfragen, Supervisory Special Agent Frazer."

„Da gibt's nichts zu wissen. Meine Arbeit ist mein Leben. Ich habe eine Exfrau, die das bestätigt."

Dazu konnte sie nicht viel sagen. Scheidung war im Strafverfolgungsbereich häufig. Ein weiterer Grund, das zu genießen, was sie und Alex gefunden hatten – solange es andauerte. Barton hatte angeboten, ihn vom Parkplatz zu holen und in ihr Büro zu bringen. Mallory wusste, dass sie versuchen würde, Informationen aus ihm rauszuholen, aber auf gar keinen Fall ging sie mit einem Monster ins Bett. „Er hat ein Distinguished Service Cross."

„Was?"

„Mein …" *Freund? Liebhaber? Was war er?* „Alex hat einen Orden bekommen. Er war im Krieg. Solange es nicht mehr als einen Entführer gab – wenn man davon ausgeht, dass Payton all diese Jahre am Leben gehalten wurde und das alles nicht freiwillig mitmachte –, kann *er* keinesfalls der Kerl sein, nach dem wir suchen, da er Payton nicht so lange hätte allein lassen können, während er unserem Land diente." Die Worte strömten hastig heraus und Erleichterung überkam sie. Nicht, dass sie Alex je verdächtigt hätte, aber sie war froh, einen Beweis zu haben.

„Ich hoffe, dass Sie recht haben."

Sie öffnete ihre Augen und sah ihn an. Frazer hatte einen Stuhl herangezogen, nur ein paar Schritte von ihr entfernt. Er hielt ein Aufnahmegerät hoch. „Darf ich?"

„Sicher." Ihre Lippen spannten sich an. Sie fühlte sich dumm.

„Okay. Ich verspreche, dass das hier nicht wehtun wird. Während dieser Sitzung sind *Sie* meine Priorität und ich werde sicherstellen, dass nichts Sie verletzen kann. Holen Sie tief Luft. Und atmen Sie langsam aus." Sie wiederholten gemeinsam einige Atemübungen. Mal fühlte sich wie eine Närrin, aber langsam wich die Anspannung aus ihren Muskeln. Ihre Glieder wurden schwer. Sie hatte seit Tagen kaum geschlafen.

„Sie sind an einem glücklichen Ort, einem sicheren Ort, an dem niemand Sie verletzen kann." Frazers Stimme wurde tiefer, während er begann, ihr Fragen zu stellen. Er klang, als ob er weit entfernt sei. „Hatten Sie in Ihrer Jugend ein Haustier?"

Das brachte eine glückliche Erinnerung zurück. Sie wollte lächeln, aber ihre Lippen wollten nicht kooperieren. Zu müde. „Wir hatten einen Spaniel namens Taffy. Sie bekam immer Schwierigkeiten mit Mama, weil sie in unseren Betten schlief.

Mama fing an, sie nachts im Windfang einzuschließen."

„Das ist bedauerlich. Taffy hätte genug Lärm machen können, um jemandes Aufmerksamkeit zu erregen, wenn sie da gewesen wäre."

Eine riesige Woge der Traurigkeit schlug über ihr zusammen, aber bevor sie sie zu tief hinunterzog, sagte Frazer: „Erinnern Sie sich an die Farbe der Wände Ihres Kinderzimmers?"

„Blau, blassblau. Die Fensterrahmen waren weiß gestrichen und wir hatten gelbe Vorhänge. Gelb war Paytons Lieblingsfarbe." Das Bild dieser Vorhänge blendete sie. Hell und fröhlich wie Sonnenschein.

„Sie haben sich ein Zimmer mit Ihrer Schwester geteilt?"

„Ja. Wir schliefen nicht gerne getrennt." Das Gelächter ihrer Schwester erschien am Rand ihrer Erinnerung. Sie wollte die Hand ausstrecken und nach ihr greifen, aber etwas lauerte im Dunkel, und sie hatte Angst. „Ich schlafwandle." Sie schlug ihre Hand vor den Mund, als ob sie ihm ein großes Geheimnis verraten hätte.

Sie hörte ein Rascheln, als Frazer sich auf seinem Stuhl bewegte. „Ich bin früher auch schlafgewandelt. Bin einmal auf der Hauptstraße gelandet. Habe meine Mutter fast zu Tode erschreckt", erzählte Frazer ihr. „Sind Sie in der Nacht schlafgewandelt, in der Payton verschwand?"

„Nein." Sie schüttelte den Kopf. Ein Bild flackerte durch ihr Gedächtnis. Es war so schnell weg, dass sie es nicht festhalten oder herausfinden konnte, was es bedeutete.

„Die Nacht, in der sie verschwand. Haben Sie jemanden in Ihr Schlafzimmer kommen sehen, Mallory?" Seine Worte klangen, als ob er weit, weit weg stünde, und sie konnte ihn durch das Geräusch der raschelnden Blätter in den Bäumen kaum hören.

Sie nickte und spürte seine Aufregung.

„War es ein Mann oder eine Frau?“

„Ein Mann.“

„Wissen Sie, wer es war?“

„Nein.“ Sie schüttelte ihren Kopf.

„Können Sie ihn beschreiben?“

Sie suchte träge in ihrem Gehirn nach einem Hinweis, aber es war alles neblig und vage. „Füße.“

„Was meinen Sie mit ‚Füße‘? Sie haben seine Füße gesehen?“

„Ja.“

„Können Sie seine Füße beschreiben?“

„Grüne Converse-Turnschuhe. Er hat große Füße.“

Seine Stimme veränderte sich. Sie nahm es auf irgendeiner anderen Ebene wahr. „Sind Sie *unter* dem Bett, Mallory?“

Sie nickte. „Ich schlafe oft unter dem Bett.“ Daran hatte sie sich bis jetzt nicht erinnert. *Deshalb* hatte er sie nicht mitgenommen.

„Warum schlafen Sie unter dem Bett?“

Ihr Puls beschleunigte sich. Sogar in diesem entspannten Zustand spürte sie, wie ihr das Blut durch die Adern pochte. „Weil ich Angst vor Monstern habe.“

Es herrschte langes Schweigen. „Hat der Mann gesprochen? Hat er auch nach Ihnen gesucht?“

Sie runzelte erneut die Stirn. „Ich weiß es nicht. Ich bin aufgewacht, als er an Pays Bett stand. Ich habe meine Augen geschlossen, weil ich Angst hatte. Als ich sie wieder öffnete, war er weg.“ Tränen brannten in ihren Augen. „Ich wusste nicht, dass er sie mitgenommen hatte. Ich wusste nicht, dass er sie entführt hatte. Ich bin einfach wieder eingeschlafen." Aufruhr wirbelte in ihrem Inneren, rebellierte gegen die Lethargie.

„Es war nicht Ihre Schuld, Mallory. Sie machen das sehr gut, erinnern sich an so viel." Seine Stimme tröstete und beruhigte. „Wo waren Sie, als Ihre Eltern entdeckten, dass Payton weg war?"

„Ich war diejenige, die ihnen sagte, dass sie weg war, als ich morgens aufwachte. Sie waren im Bett."

„Zusammen?"

„Ja. Sie schliefen immer zusammen."

„Hat jemals jemand spezielles Interesse an Payton gezeigt?"

„Jeder liebte Payton. Sie war zu jedem nett, sogar zu Leuten, die nicht nett zu ihr waren."

„Wer war nicht nett zu ihr?"

Sie biss sich auf die Lippe. „*Ich* war nicht immer nett zu ihr. Einmal saß ich auf ihrem Rücken und zog an ihren Zöpfen. Sie hat es Mama oder Daddy nicht gesagt, weil sie mich nicht in Schwierigkeiten bringen wollte."

„Es ist für Geschwister normal, sich zu streiten. Es war nicht Ihre Schuld, dass sie entführt wurde, Mallory."

Ihre Augen wurden nass, aber sie hatte nicht die Energie, sie abzuwischen.

„Gab es sonst noch jemanden, der ihr gefolgt ist? Oder sie vielleicht beobachtet hat?"

„Vielleicht…" Das Bild eines Mannes und eines Jungen, die am Waldrand neben ihrem Grundstück standen, blitzte auf, war aber gleich wieder weg. Sie versuchte, das Bild zurückzuholen, sah nur vage Formen in der Ferne. „Ich erinnere mich nicht." Das Gewicht des Unwissens fühlte sich an, als ob es ihr die Brust zerquetschen würde, ihr Atem wurde flacher. Sie kämpfte darum, ihre Lunge mit Luft zu füllen.

„Eine letzte Frage." Seine Stimme zog sie von ihrem Kampf um das Atmen weg. „Sie werden sich an diese Frage nicht erinnern, wenn ich Sie aufwecke." Sie erstarrte, sogar während der Druck in ihrer Lunge sich aufbaute. „Warum arbeiten Sie hier bei der BAU?"

Warnsignale rasten durch ihr Gehirn, welches sich wie ein nasser Hund, der aus einem See geklettert war, schüttelte, um wach zu werden. Schließlich nahm sie einen langen tiefen Luftzug, öffnete ihre Augen und starrte direkt in seine. „Ich suche nach Gerechtigkeit. Warum sind Sie hier?"

ALEX SAß SPECIAL Agent Felicia Barton in einem Besprechungszimmer mit einem riesigen Fenster mit prachtvollem Blick auf die sie umgebende Landschaft von Virginia gegenüber. Er mochte Virginia. Die Geschichte. Das ruhige, blätterreiche Grün des Staates. Er liebte die sich ändernden Jahreszeiten. Sogar der späte Herbst hatte eine eigene unterschwellige, schwindende Schönheit.

„Ich weiß nicht, warum Sie mich verhören", sagte er vorsichtig.

„Ich habe nur einige Fragen an Sie."

Sie zog ein Aufnahmegerät aus ihrer Tasche und notierte einige Details wie seinen Namen und sein Geburtsdatum.

„Ich bin neugierig, wie Sie Ihr Distinguished Service Cross bekommen haben, Mr. Parker?"

Der Tag war ein Wendepunkt in seinem Lebens gewesen, über den er nicht gerne redete. Fünf seiner besten Freunde waren im Kampf gestorben, zwei waren unheilbar verletzt worden, und er hatte nicht mal einen Kratzer abbekommen.

Er trommelte mit seinen Fingern auf den Tisch. Schuldgefühl des Überlebenden. Er wusste alles darüber. „Haben Sie die Akte vom Militär angefordert?"

„Ich habe einen Antrag gestellt, aber es dauert. Sie sind jetzt hier, dies würde mir Mühen ersparen."

Er strich sich durch sein kurzes Haar. „Das meiste davon ist noch unter Verschluss."

„Warum?"

Weil die CIA Mist gebaut hatte. Als er es ihnen vorgeworfen hatte, hatten sie den Spieß umgedreht und ihm einen Job angeboten, um zu sehen, ob er es besser hinbekam. Und er hatte es besser hinbekommen, direkt bis zu dem Waffenhändler. „Nationale Sicherheit."

Sie richtete ihre volle Konzentration auf ihn. „Ich glaube, Sie können davon ausgehen, dass ich eine entsprechende Sicherheitsfreigabe habe."

„Dann werden sie Ihnen die Akte sicher schicken." Er verengte seine Augen. „Da ich das Risiko trage, wegen Preisgabe der Geheimnisse meines Landes angeklagt zu werden, falls Sie lügen, Agent Barton, werde ich Ihre Bitte nach Informationen über diese Mission respektvoll ablehnen." Denn er wollte ganz sicher nicht darüber reden.

Die Muskeln um ihren Mund zuckten sichtbar unter der Haut. „Wann sind Sie zurück ins Land gekommen?"

„Ich habe die Armee im Jahr 2005 verlassen. Zwei Freunde und ich haben eine Sicherheitsfirma gegründet."

„Welche Art Sicherheit?"

„Sicherheit in allen Bereichen. Personenschutz durch Leibwächter, Alarm- und Überwachungssysteme, Beratung über den Schutz großer Anlagen hinsichtlich der Infrastruktur, Cybersicherheit.“

„Das ist Ihr Bereich, richtig?“

Er nickte und trommelte wieder mit den Fingern auf den Tisch. „Die Jungs, die für mich arbeiten, sind die tatsächlichen Gehirne hinter der Organisation. Ich bekomme nur die Lorbeeren.“

„Und können das schicke Auto fahren.“

„Einer meiner Angestellten fährt einen Maserati. Brauchen Sie einen Job, Agent Barton? Oder nur ein neues Auto? Ich bin ziemlich sicher, dass ich Ihnen etwas besorgen kann.“

Ein Funken flackerte in ihren Augen auf. „Erinnern Sie sich noch, was ich über Leute sagte, die durch Beziehungen Jobs bekommen?“

Er lächelte.

„Also, nein danke.“ Ihre Miene war jetzt eisig.

„Lassen Sie mich wissen, wenn Sie es sich anders überlegen.“

Ihr Gesichtsausdruck sagte ihm, dass eher die Hölle zufrieren würde. Sie nahm sich einen Moment Zeit, um sich zu beruhigen, als sie merkte, dass er ihr die Führung in ihrem eigenen Verhör übernommen hatte. „Also, Sie möchten mir nicht mitteilen, wie Sie zum hochdekorierten Soldat wurden, und Sie bleiben etwas vage, was die genaue Art Ihrer Arbeit betrifft…“

„Das stimmt nicht.“ Er lehnte sich vor. „Ich kann es Ihnen in ausführlichsten Details schildern, aber Sie werden es nicht verstehen.“

Ihre Nasenlöcher blähten sich. Sie hörte nicht gerne, dass man ihr sagte, sie wäre nicht klug genug. Diese Frau hatte eine Menge Reizpunkte, die er nutzen konnte.

„Können Sie mir sagen, wie Sie Special Agent Rooney kennengelernt haben?"

„Sicher. Ich wurde von einem alten Armeekumpel gebeten, bei einer Besprechung der Counterintelligence Awareness Group in der FBI-Außenstelle Charlotte einen Vortrag zu halten. Special Agent Lucas Randall." Er warf einen Blick auf ihre Notizen. „Randall mit zwei ‚l'."

Sie knirschte hörbar mit den Zähnen.

„Randall stellte mir Mallory vor, die dort mit ihm arbeitete und die er noch aus der Kindheit kannte."

„Kennen *Sie* Randall oder Rooney aus Ihrer Kindheit?"

„Nein." Er runzelte die Stirn. Diese Fragen begannen, einen Sinn zu ergeben. Es ging nicht um seine Selbstjustizaktivitäten, aber sie konnten ihn immer noch zu Fall bringen, wenn er nicht vorsichtig war. Er war dumm gewesen, nicht damit zu rechnen. „Ich wuchs im Mittleren Westen auf. Lernte Randall kennen, als wir in Afghanistan im Einsatz waren. Ich habe Ihnen gerade berichtet, wann und wie ich Mallory kennenlernte."

„Sie sind vierunddreißig, Mr. Parker?"

„Ja, Ma'am."

„Also wären Sie 1995 was gewesen, sechzehn?"

„Fünfundneunzig? Mein Gott, ich kann mich kaum erinnern, wo ich fünfundneunzig war. High School, nehme ich an. Wo soll das hinführen?"

Schwarze Augen bohrten sich in seine. „Waren Sie je in West Virginia, Mr. Parker?"

„Kann ich nicht behaupten." Er wusste genau, wo das hinführen sollte, aber er hatte nicht die Absicht, es ihr einfach zu machen.

„Sie haben Familie?"

Sein Mund wurde trocken. Sein eigener Ruf war ihm gleich, aber er würde verdammt noch mal nicht zulassen, dass jemand ihren Ruf beschmutzte. „Meine Mom starb, als ich vierzehn war. Mein Großvater starb im Jahr darauf. Danach hat der Staat für mich gesorgt, bis ich aufs College ging." Er lehnte sich vor, hielt ihrem Blick stand. „Weder meine Mutter noch mein Großvater waren je in West Virginia, und keiner von ihnen hat Payton Rooney entführt."

Ihre Miene wurde zugleich entspannt und verärgert. „Sie müssen verstehen, dass wir nun, da es offensichtlich ist, dass derjenige, der es auf Mallory abgesehen hat, in Payton Rooneys Entführung *involviert*" – sie betonte das Wort – „ist, alle ihre engen Beziehungen überprüfen müssen. Insbesondere jene, die kürzlich begannen."

„Ich muss überhaupt nichts verstehen, wenn Sie vorhaben, meine Familie da hineinzuziehen. Vielleicht sollte ich meinen Anwalt anrufen?"

Ihre Augen weiteten sich, vielleicht begriff sie gerade, dass er nicht so ein leichter Gegner war, wie sie erwartet hatte. „Gut, klären wir das alles gleich jetzt. Wo waren Sie am Sonntag, den 9. November?"

Die Nacht, in der Lindsey Keeble entführt worden war. Die gleiche Nacht, in der er Meacher erschossen hatte. „Inwiefern trägt das zur Klärung bei?" Offiziell durfte ihm der zeitliche Ablauf der Morde nicht bekannt sein.

„Beantworten Sie einfach die Frage, Mr. Parker."

„Ich war in D.C. Ich traf mich mit einer Freundin zum Abendessen. Bin am nächsten Morgen um vier aufgebrochen, um zu der Besprechung nach Charlotte zu fahren." Sein GPS und seine Handydaten würden jedes Wort bestätigen, was bewies, dass man durchaus an zwei Orten zugleich sein konnte, wenn man wusste, wie es gemacht wurde.

„Sie sind mit dieser Freundin in einer Beziehung?"

Er sagte nichts. Er und Jane hatten zum Schein eine lockere Affäre, als Tarnung für ihre Besprechungen.

Sie wartete ungeduldig. „Ein Name und eine Adresse wären hilfreich."

Scheiße. Er schrieb Jane Sanders' Name, Adresse und Telefonnummer auf ein Stück Papier. Er wollte nicht, dass Mallory davon erfuhr. Das Zimmer fühlte sich plötzlich viel zu heiß an. Alles wurde kompliziert. Er hob den Blick zur Tür, und da stand Mallory und sah wütend aus.

Barton warf einen Blick über ihre Schulter. „Ich werde Ihr Alibi überprüfen müssen, Mr. Parker. Nehmen Sie es nicht persönlich."

„Warum sollte ich?" Er wandte den Blick nicht von Mallorys Augen ab. „Sie machen nur Ihren Job, richtig?"

„Fahren wir, Alex. Es tut mir leid, dass du das mitmachen musstest", sagte Mallory.

Er schob seinen Stuhl zurück und ignorierte Barton. „Das Einzige, was mir wichtig ist, bist du und sicherzustellen, dass dieses Arschloch erwischt wird." An der Tür sah er zurück zu Barton, die immer noch eifrig schrieb. „Solange deine Kollegen das genauso sehen, ist alles in Ordnung."

Das Zucken von Mallorys Augenbrauen erzählte eine eigene Geschichte. Sie berührte seinen Arm und beugte sich nah an sein Ohr. „Wenn es auf einen Wettbewerb hinausliefe, wem ich mehr vertraue … dir oder ihnen." Ihre Lippen strichen gegen sein Ohr und schickten einen Blitz durch ihn. „Ich bin ziemlich sicher, dass du die Nase vorne hättest."

Barton sah ihnen nach, als sie gingen. Alex wusste, dass sie weiter nachforschen würde. Was auch immer seine Befürchtungen über Jane und Mallory waren, er sollte besser verdammt sichergehen, dass sein Alibi standhielt.

KAPITEL VIERZEHN

E R HATTE SIE nun seit einigen Wochen. Sie hatte die Tests bestanden und sich weitaus länger gehalten als die anderen, und er begann zu glauben, dass sie wirklich die Richtige sein könnte. Er hatte geduscht, Aftershave aufgelegt, eine Wollmütze und seine Schaffelljacke angezogen, die Blumen genommen, die er gekauft hatte.

Die Arbeit war in den letzten Tagen hektisch gewesen, und er hatte keine Möglichkeit gehabt, nach ihr zu sehen. Sie hatte Essen und Wasser, aber wenn sie krank wurde, so wie Payton es geworden war…

Seine Stiefel knirschten durch die toten Blätter im Wald. Er ging jetzt etwas schneller. Es war dunkel, aber er kannte den Weg so gut, dass er nicht einmal eine Taschenlampe brauchte, wenn der Mond schien.

Er war der Polizist gewesen, der Lindsey Keebles Auto gefunden hatte, was ihm innerhalb der Abteilung viel Lob eingebracht hatte. Er war davon ausgegangen, dass es früher oder später ohnehin entdeckt worden wäre und dass er seine Probleme auch einfach zu seinem Vorteil nutzen konnte. Lindsey war ein Miststück gewesen, mit einer Ausdrucksweise, die so ätzend war, dass sie Farbe hätte auflösen können. Mann, er wünschte, er hätte sie sich nie geschnappt. *Zu viel Ärger. Zu nah an zu Hause.* Aber vielleicht hatte sie das Schicksal aus einem anderen Grund zu ihm geführt, denn Mallory Rooney würde morgen zu ihrer Beerdigung kommen.

Sollte er sie sich schnappen?

Der Gedanke, zwei Frauen zur gleichen Zeit zu haben, beherrschte mittlerweile seine Fantasien. Es war nichts Ungewöhnliches daran, dass ein Mann zwei Frauen zur gleichen Zeit vögeln wollte, aber das hier war riskanter. Er würde Mallory unter Kontrolle behalten müssen, körperlich und geistig. Vielleicht sollte er sie nach Heroin süchtig machen, sodass sie von ihm abhängig war, um ihren nächsten Schuss zu bekommen. Das könnte sie formbar machen.

Der Gedanke gefiel ihm.

Als Payton noch lebte, hatte er nie daran gedacht, sich zwei Frauen zu halten, aber er musste einen Weg finden, um den Rest seines Lebens zu überstehen, ohne wahnsinnig zu werden.

Er stolperte über einen Stock. „Scheiße!" Das hatte er davon, dass er nicht aufpasste. Vielleicht würde er Mallory einfach töten. Der Gedanke, dass sie das Andenken ihrer Schwester nicht wahrte, ließ ihn vor Wut schäumen. Aber er konnte sie nicht töten, ohne ihr wenigstens die Möglichkeit zu geben, sich reinzuwaschen, da Payton sie so geliebt hatte. Und vielleicht war sie wie Kari und brauchte nur ein wenig Anleitung.

Er hatte einen Metallring in die Wand der verlassenen Miene eingelassen. Er hatte eine Kette, um sie unter Verschluss zu halten, musste aber noch die Tür zum Vorratsschuppen verstärken. Solange er Mallory nicht sein Gesicht zeigen musste, konnte er es riskieren, sie an einem solchen Ort festzuhalten. Kari würde allerdings in der Kammer bleiben müssen. Wenn sie je entkam, könnte sie ihn identifizieren, und er würde es nicht riskieren, seine Freiheit zu verlieren.

Kari war süß. Die einfache Unterbringung schien ihr nicht so viel auszumachen, und er konnte versuchen, den Ort ein wenig hübscher zu gestalten. Wenn sie ein Baby bekam, würde er sich etwas Neues einfallen lassen. Vielleicht an einen entlegenen Ort ziehen, wo er eine Art ummauertes Anwesen bauen konnte ... oder sich einer dieser Milizgruppen anschließen, mit Kari als Ehefrau?

Jawohl. Ab heute Abend würde er sehen, ob er sie schwängern konnte. Es hatte keinen Sinn, noch länger zu warten.

Der Gedanke machte ihn so steif, dass sein Schwanz pochte.

Er erreichte den Holzstapel und blieb eine Weile stehen, um sicherzustellen, dass niemand in der Nähe war. Er war nicht durch Unachtsamkeit all diese Jahre unentdeckt geblieben.

Der Wald war heute Abend ungewöhnlich still, der erste starke Winterfrost war eisig. Er schob den Riegel zurück, hob die Falltür an und griff nach der Taschenlampe, die direkt dahinter lag. Er drückte den Schalter, aber nichts passierte. Die Birne war wahrscheinlich durchgebrannt. Er schüttelte sie und etwas rasselte in der Plastikhülle. *So ein Scheiß.*

In der Kammer war es dunkel. Stockdunkel. *Was zur Hölle?* Hatte die Paraffinlampe keinen Brennstoff mehr?

„Geht's dir da unten gut?" Er ging vorsichtig die Stufen in der Dunkelheit hinunter. Die Stille versetzte ihn in Panik. Scheiße, war sie okay? Er griff nach einer anderen Taschenlampe, die er auf einem der Regale aufbewahrte, die an den Wänden standen. Er tastete herum, warf Bücher und eine

Tasse herunter. Wo zur Hölle war das Ding? Warum antwortete sie nicht?

Irgendwas knallte gegen seine Schläfe, und ein Knie rammte sich in seine Eier. Weißglühender Schmerz schnitt seinen Körper entzwei. Die Blumen fielen ihm aus der Hand, als er wie ein Pfahl umkippte und mit dem Kopf auf der Ecke des Bettes aufschlug. Er rollte sich wie ein Fötus zusammen. *Verdammte Scheiße.* Der Schmerz war unerträglich, Schweiß brach ihm am ganzen Körper aus, und er würgte.

Schritte erklangen hinter ihm, das Geräusch der Kette fehlte seltsamerweise. *Scheiße.* Sie hatte sich befreit. Sie hatte ihn in einen Hinterhalt gelockt. *Kleine Drecksschlampe.* Wenn er seinen Hintern nicht hochbekam, würde sie ihn hier unten einschließen und dann zur Polizei rennen, wie das wehleidige Miststück, dass sie in Wahrheit war.

Er raffte sich auf, während sie die Leiter hochkletterte. Er stemmte seine Schulter durch die Öffnung, gerade als sie die hölzerne Falltür zuschlagen wollte.

„Komm zurück!" Er klang, als ob er gewürgt worden war. Seine Eier schmerzten.

Er griff nach ihrem Knöchel, aber sie sprang weg. Ihr ängstliches Aufkeuchen ließ ihn laut schreien. Dann konnte er hören, wie sie weglief. *Verlogene, verdammte hinterhältige Hure.* Er schwang sich die Leiter hoch, schloss die Falltür hinter sich und folgte ihr. Er zwang sich, nicht zu rennen, zwang sich, tiefe ruhige Atemzüge zu nehmen, obwohl seine Wut anstieg und ihn überrollte.

Er war ein Narr gewesen. Sie hatte ihn durch List dazu gebracht, ihr zu vertrauen, während er doch wusste, dass er es nicht hätte tun sollen.

Sie schrie in der Dunkelheit auf, machte genug Lärm, dass

ein Blinder ihr folgen konnte. Sie lief in nordwestlicher Richtung. Er erhaschte einen Blick auf blasse Haut in der Dunkelheit und begann zu laufen.

Er war in diesen Wäldern aufgewachsen, kannte jeden Zentimeter, in jeder Jahreszeit. Sie hatte keine Chance.

Er kam ihr näher, beschloss aber, sie zu umkreisen, sodass er letztlich vor ihr war. Er rannte voran und wartete in der Dunkelheit hinter einem Baum. Aber die Geräusche ihrer Bewegung waren nach Osten abgedreht und plötzlich klang sie weiter entfernt. *Verflucht.* Sie musste das Licht im Haus der McCaffertys gesehen haben, das am Rande des Waldes stand. Er begann, schnell zu rennen, kümmerte sich nicht um den unebenen Boden und Zweige, die sein Gesicht aufkratzten.

Sein Fuß rutschte in ein Loch und er fiel hart auf den Boden. Sein Kinn knallte in den Dreck und ein weißer Blitz schoss durch sein Gehirn. Sein Herz hämmerte. *Allmächtiger.* Angst umnebelte seine Gedanken, ließ seine sorgfältig ausgeklügelten Pläne zu Staub zerfallen.

Verdammte Schlampe!

Er stand auf und prüfte seinen Knöchel, der schmerzte, aber nicht gebrochen war. Er begann, schnell zu gehen. Humpelnd, aber so wütend, dass er die Schmerzen nicht spürte. Wut fraß sich in einer roten, heißen Welle durch ihn, beflügelte ihn.

Ein Hämmern ertönte. Ein verzweifeltes Schlagen einer Faust gegen Holz.

„Hilfe! Helfen Sie mir!"

Seid nicht zu Hause. Seid nicht zu Hause. Seid nicht zu Hause. Er war ungefähr fünf Meter von dem Häuschen entfernt, als sich die Tür öffnete. Kari drehte sich in seine Richtung, und er konnte sehen, wie ihre verzweifelten ängstlichen Augen ihn in der Dunkelheit fanden. Er hielt keine Sekunde in seinem Gehen inne. Sie schob sich an Mrs. McCafferty vorbei und versuchte, die Tür hinter ihnen zu schließen, aber die alte Frau wehrte sie ab.

„Helfen Sie mir. Helfen Sie mir! Er hat mich entführt und vergewaltigt. Bitte helfen Sie!"

„Wer sind Sie? Verlassen Sie mein Haus."

Und dann war er da und ging direkt in das einfache Holzhäuschen. „Es ist in Ordnung, Mrs. Mac. Sie sind in Sicherheit. Ich bringe sie jetzt zurück in Gewahrsam."

„Er lügt!" Karis Augen waren riesig, als sie von ihm wegrannte und den Telefonhörer von der Wand griff.

„Gott sei Dank sind Sie hier." Die alte Dame griff sich an den Hals. „Ist sie ausgebrochen? Sie sieht gefährlich aus."

„Machen Sie sich keine Sorgen." Er nahm das Telefon aus Karis Hand, und sie kauerte sich von ihm weg, zitterte vor Kälte und Panik. Sie öffnete den Mund, als ob sie um Hilfe bitten wollte, aber kein Geräusch kam heraus.

„Ist Mr. Mac zu Hause? Ich könnte seine Hilfe mit dieser Dame hier gebrauchen."

„Er ist in die Stadt gefahren. Wollte in die Bar, um diese live Bluegrass Band zu sehen, die heute auftritt. Ich hatte Kopfschmerzen, also habe ich ihm gesagt, er soll allein gehen. Wer ist sie?" Mrs. McCafferty nickte in Richtung Kari, die ihn verzweifelt anstarrte. „Eine Herumtreiberin?" Die Stimme der alten Frau klang angewidert, was er angesichts der Tatsache, wie fromm sie jede Woche in die Kirche eilte, ironisch fand.

Er betrachtete den Messerblock und zog eines heraus, prüfte die scharfe Spitze an seinem Daumen. „Sie ist eine gefährliche Kriminelle, aber Sie müssen sich keine Sorgen machen."

„Oh je…"

Er rammte das Messer in Mrs. McCaffertys Bauch und riss es scharf nach oben. Er hielt sie, als sie gegen ihn fiel und schwach nach seiner Kleidung griff, als sie zuckte und krampfte. Heißes Blut durchtränkte sein Hemd, seine Jeans, berührte seine Haut. Deshalb mochte er Messer nicht. Zu unsauber. Zu viele Spuren.

„Siehst du, was du getan hast?", schnauzte er Kari an. „Ich kannte diese Frau seit meiner Kindheit, und wegen dir ist sie tot."

Sie stand in der Küche und starrte ihn mit offenem Mund an, während Mrs. McCafferty in seinen Armen verblutete. *Dumme Schlampe.*

„Und wenn die Polizei sie findet…" Er ließ Mrs. McCaffertys Körper sanft auf den Boden gleiten. „Werden sie *dich* beschuldigen." Er wusch seine Hände und wischte dann seine Fingerabdrücke und DNA von den Wasserhähnen und dem Telefon.

Enttäuscht wandte er sich ihr zu. Sie hatte alles ruiniert. Die Schlampe begann, den Kopf zu schütteln und sich von ihm wegzubewegen, aber in der kleinen Küche konnte sie nirgendwo hin. Er ging zu ihr und schlug den Messergriff gegen ihre Schläfe. Sie sackte zu Boden. Er durchwühlte die Schublade, achtete darauf, keine Fingerabdrücke zu hinterlassen, fand Isolierband und fesselte ihre Handgelenke hinter ihrem Rücken. Er zog ihren Kopf an ihren Haaren zurück und sah in ihre Augen. Sie war bewusstlos.

Er klebte Isolierband über ihren Mund. Er war noch nicht fertig mit ihr, er würde sie lehren, dass Betrug Folgen hatte. Aber er musste warten. Musste sicherstellen, dass die nächsten vierundzwanzig Stunden genau nach Plan verliefen, denn er würde sich nicht für Mord drankriegen lassen. Er würde eher hier und jetzt sterben, als sich mit Abschaum zusammen einsperren zu lassen.

Er schloss die Küchentür, machte alle Lichter aus und entfernte die Glühbirne aus der Flurlampe. In der Zwischenzeit durchwühlte er das Haus, wie ein Dieb es tun würde, suchte nach Geld und leicht verkäuflichen Dingen, die er entsorgen würde, sobald er die Möglichkeit dazu hatte. Es dauerte dreißig Minuten, bis er ein Auto in der Auffahrt hörte. Das Blut war getrocknet und hatte auf seiner Haut eine Kruste gebildet, die erbarmungslos juckte.

Der alte Mr. McCafferty schlenderte durch die Tür, ein wenig angetrunken – er hätte nicht fahren sollen –, aber vielleicht würde es das, was nun geschah, weniger schmerzhaft machen. Während der alte Mann versuchte, seine schwere Winterjacke auszuziehen, griff er seine Haare und zog seinen Kopf zurück. „Tut mir leid", murmelte er. Dann fuhr er mit dem Messer über den Hals des Mannes.

Ein heißer Blutstrahl traf seine Wange und rann seinen Hals hinab. Der alte Mann war schon tot, bevor er auf dem Boden auftraf.

Er schloss die Vordertür, durchsuchte dann die Taschen des alten Kerls und nahm seine Geldbörse. Der Anblick der Leiche krampfte seinen Magen zusammen. Mit Papiertüchern wischte er das Messer sauber und drückte dann Karis Finger auf den Griff, bevor er es neben Mr. McCaffertys Leiche fallen ließ. Er stopfte die Papiertücher in seine Tasche, während er zur Küche ging und dabei versuchte, den großen Blutlachen auszuweichen. Seine Fußabdrücke waren sichtbar, aber der Versuch, sie wegzuwischen, würde es weniger wie einen zufälligen Überfall aussehen lassen. Er würde die Schuhe zusammen mit den Kleidern wegwerfen. Sie irgendwo entfernt von diesen Wäldern verbrennen. Er seufzte. Er kannte diese Menschen schon sein ganzes Leben. Sie hatten dieses Häuschen erst vor einigen Jahren für ihren Ruhestand gebaut. Sie waren gute Leute. Es war eine verdammte Schande.

Er würde sicherstellen müssen, dass die Kammer erstklassig verborgen war, falls Polizisten begannen, die Wälder zu durchsuchen, obwohl er versuchen würde, sie in eine andere Richtung zu lenken. Er ging zurück in die Küche und warf sich Kari über die Schulter. Sie war schlaff. Er hoffte sehr, dass er sie nicht getötet hatte, denn er würde in ihr den Wunsch erwecken, dass sie nie versucht hätte, vor ihm zu fliehen. Und wenn er mit ihr fertig war, würde sie sich wünschen, dass sie tot wäre.

Und dann, wenn sie Glück hatte, würde er sie töten.

———

VIER TAGE NACH Thanksgiving war keine Zeit, zu der ein Elternteil ein Kind beerdigen wollte. Aber es gab dafür nie eine gute Zeit.

Die Kirche gehörte zu den Methodisten, mit einem hohen Glockenturm und einem grünen Blechdach. Das Vordach wurde von vier weißen Säulen gehalten. Drei kahle Ahornbäume umschlossen es in einer schützenden Umarmung.

Der Friedhof war hinter der Kirche. Reihen alter Familiengrabstätten mit einfachen weißen Kreuzen.

Bryce Keeble stand neben Lindseys weißem Sarg, gebeugt wie ein alter Mann. Das Weiße seiner Augen war immer noch rot vom Weinen. Die Haut war grau. Die Trauer hatte sich wie

Graffiti in seine Züge eingegraben. Manche Wahrheiten waren zu gewaltig, um keine körperlichen Spuren zu hinterlassen.

Er ignorierte alles, außer seiner geliebten Tochter.

Der Pastor sprach Gebete für Lindseys Seele, aber Mallory bezweifelte, dass ihre Seele in Gefahr war. Sie war ein gutes Mädchen gewesen. Eine junge Frau an der Schwelle eines größeren, besseren Lebens. Niemand hatte das Recht gehabt, ihr das wegzunehmen. Niemand hatte das Recht gehabt, etwas so Unbezahlbares und Wertvolles zu zerstören.

Der Blick auf den Sarg konfrontierte Mallory mit einigen eigenen, harten Wahrheiten. So schmerzhaft dieses Begräbnis war, so furchtbar es war, einen geliebten Menschen zu begraben, es war schlimmer, sie nicht begraben zu können. Einfach zu erleben, wie sie wie Rauch im Regen verschwanden und nie zu wissen, was aus ihnen geworden war. Der Gedanke, dass Paytons Überreste irgendwo zurückgelassen worden waren – es war wie ein schmerzhaftes Magengeschwür.

Nicht, dass sie diese Gedanken mit jemandem teilen würde, schon gar nicht heute. Es ging um *deren* Trauer. *Deren* Verlust. Ihrer war alt und tiefsitzend. Der Verlust derjenigen, die hier heute trauerten war noch eine frische blutige Wunde.

Sie stand hinten in der Menge der Trauernden, zitterte trotz ihres dicken Wollmantels. Ihre Lederstiefel knirschten im Gras unter ihren Füßen. Der Winter hatte den Mountain State fest im Griff. Sie würde nicht zulassen, dass es ihre Ermittlung beeinträchtigte, aber es würde vielleicht diesen Serienmörder verlangsamen.

Und vielleicht griff sie nach Strohhalmen.

Sie war früh angekommen und hatte aus ihrem Auto heraus Fotos gemacht, während die Leute zum Gottesdienst angekommen waren. Sie erkannte keinen der Trauernden, abgesehen von einigen der Polizisten, denen sie letzte Woche begegnet war. Sie würde nach dem Gottesdienst mit ihnen reden, sehen, ob sie etwas Neues herausgefunden hatten.

Alex stand neben ihr, bot schweigende Unterstützung, als ob er schon immer Teil ihres Lebens gewesen wäre. Er hatte ihre Einwände, dass sie arbeitete, abgetan und angeboten, mitzufahren, damit er ihr sagen könnte, an welchen Stellen ihre persönliche Sicherheit schwächelte. Es war eigentlich eine gute Idee, aber sie hatte ihren Kollegen in Quantico nicht davon berichtet.

Sie war sich nicht sicher, auf was für einem Pfad sie beide sich als Paar bewegten, aber im Moment war sie bereit, ein Risiko mit etwas – nein, mit allem – einzugehen, das ihr vorübergehende Erholung von dem Durcheinander aus Vergangenheit und Gegenwart bot, zu dem ihr Leben geworden war. Sie wusste nicht, wie Alex' Gefühle für sie waren, sie wusste nur, dass er nicht beleidigt abgezogen oder wie ein Teenager geschimpft hatte, nachdem er gestern von Barton in die Mangel genommen worden war.

Er war geblieben.

Sie war ziemlich sicher, dass sie sich gerade verliebte, und das war ihr noch nie zuvor passiert. Sicher, im College war sie auf Verabredungen gegangen, hatte Beziehungen gehabt, aber sie hatte sich nie so gefühlt, als ob sie von einer Klippe auf eine emotionale Achterbahn gesprungen war.

Es ängstigte sie zu Tode.

Ein Teil von ihr wollte dranbleiben und sehen, wohin es sie führte. Der andere Teil wollte Zeit und Raum, um zu begreifen, was genau geschah. Aber wenn sie über die Jahre etwas gelernt hatte, dann, dass Zeit und Raum nicht immer Antworten brachten.

Alles, was sie sicher wusste war, dass Alex attraktiv, sexy, hervorragend im Bett und einfach *nett* war – fast zu gut, um wahr zu sein. Wie sie ihm ein paar Tage zuvor gesagt hatte, es sprach verdammt viel für ihn, und sie hatte beschlossen, dass sie trotz der Verantwortung für ihre Schwester, eine Närrin wäre, wenn sie dem Funken zwischen ihnen keine Chance geben würde. Das Leben gewährte einem nicht viele solcher Chancen.

Nicht, dass sie ihn jetzt hätte loswerden können, selbst wenn sie gewollt hätte. Mallory bezweifelte, dass dieser Mörder tatsächlich versuchen würde, eine Bundesagentin im hellen Tageslicht zu entführen. Wenn sie bedachte, dass sie etwas Kampfsportausbildung hatte und einen Elektroschocker, zwei Glocks sowie ihre FBI-Marke bei sich hatte, fühlte sie sich ein wenig wie eine Betrügerin dabei, dass sie ihm überhaupt erlaubte, sie zu begleiten. Aber da sie nicht wusste, welchem ihrer FBI-Kollegen sie vertrauen konnte, war es angenehm, dass jemand auf sie achtete. Es machte ihr Angst, dass dieser Verrückte da draußen war, aber es war auch eine Chance.

Bryce Keeble schluchzte laut, als Lindseys Sarg in den Boden gelassen wurde. Versteckt in den Falten ihrer schweren Mäntel fanden Alex' Finger erneut ihre, boten schweigende Unterstützung. Sie zwinkerte den plötzlichen Tränenansturm weg. Sie war in beruflicher Funktion hier und egal wie schwierig es war, sie wollte ihr Bestes für Lindsey und die anderen Frauen geben, die dieser unbekannte Täter ermordet hatte.

Sie spürte einen Blick auf sich und sah hinüber zu Sheriff Williams und einigen seiner Hilfssheriffs, die mit gebeugten Köpfen dastanden. Sean Kennedy sah sie an, und sie nickte ihm zu. Er nickte zurück, aber in seiner Haltung lag etwas

Ungeduldiges, sein Gesicht war angespannt, was darauf hinwies, dass etwas geschehen war – etwas, das über das Beerdigen eines Opfers eines kaltblütigen Mörders hinausging.

Aufregung breitete sich in ihr aus. Vielleicht hatten sie jemanden zum Verhör geholt oder einen Verdächtigen ausgemacht?

Der Pastor kam allmählich zum Ende, und sie verlagerte ihr Gewicht von einem Fuß auf den anderen. Alex ließ ihre Hand los, aber als sie sie in ihre Tasche zurückgleiten ließ, vermisste sie seine Wärme sofort.

Während die Trauernden sich zerstreuten, blieb sie zurück, ging dann hinüber zu Sheriff Williams, der auf sie wartete.

„Special Agent Rooney. Schön, dass Sie den weiten Weg gekommen sind“, sagte er mit einem Lächeln, obwohl er wusste, dass es Standardvorgehen war, einen genauen Blick auf die Trauernden bei der Beerdigung jedes Opfers eines ungelösten Mordfalles zu werfen. Sie hätten das Gleiche getan.

„Sheriff. Deputy Kennedy. Deputy Chance.“ Sie nickte den Hilfssheriffs zu, die sie von ihrem Besuch in der Woche zuvor erkannte und stellte Alex als FBI-Berater vor, ohne auf seine Rolle weiter einzugehen. „Irgendwelche Entwicklungen?“

„Es gab einen Vorfall, aber ich weiß noch nicht, ob er etwas mit Lindsey Keebles Mord zu tun hat. Sie haben erfahren, dass wir ihr Auto gefunden haben?“

Mallory schüttelte den Kopf. „Hat das Kriminallabor Abdrücke finden können?“

„Sie arbeiten noch an dem Ding. Es wird einige Tage dauern, bevor sie sich bei uns melden.“

Wie lockte der Mörder sie aus ihren Autos?

„Worum ging es bei dem Vorfall, den Sie erwähnten?“,

fragte Alex neben ihr.

Der Sheriff musterte ihn von Kopf bis Fuß, blickte dann wieder zu ihr. „Doppelmord."

„Glauben Sie, dass es zusammenhängt?" Alex sprach mit der gleichen kühlen Autorität, die Frazer gezeigt hatte. Dafür gab es wahrscheinlich ein Gen.

„Zu früh, um es mit Sicherheit zu sagen, aber es ist eine ganz andere Art Verbrechen. Sieht aus wie ein Einbruch, der schiefgelaufen ist. Kein Zeichen sexuellen Übergriffs. Zwei Senioren, die mit dem Messer umgebracht wurden. Die Nichte fand sie heute Morgen."

„Kann ich den Tatort sehen?", fragte Mallory.

„Sicher, ich muss jetzt ohnehin dorthin zurück." Sein Funkgerät sprang an und er stellte die Lautstärke niedriger. „Ziemlich erschreckend. Sie müssen sich mental darauf vorbereiten. Verdammt viel Blut überall."

Mallory nickte, auch wenn ihr Magen in Aufruhr geriet. Das gehörte zum Job.

„Wir haben Fingerabdrücke auf der Mordwaffe. Sie werden gerade durchs System geschickt."

„Hoffentlich sind sie drin." Sie fügte hinzu. „Wir fahren Ihnen hinterher."

Die Trauernden waren schon lange weg, und die Totengräber begannen, Erde auf Lindseys Grab zu schaufeln. Die Erde traf mit einem dumpfen Schlag auf, der in Mallorys Brust widerhallte. Der Tod war so endgültig. Die Unverfrorenheit des Mörders traf sie mit erneuter Gewalt.

Sie und Alex stiegen ins Auto und folgten dem Sheriff über Landstraßen, die sie noch nie zuvor befahren hatte. Alex begann keine Plauderei, und ihr war das Schweigen willkommen. Kahle Bäume und Hügel umgaben sie, die Alleghenies bereiteten sich auf den Winter vor. Häuser standen inmitten der Bäume, waren aber weit entfernt voneinander. Wenn ein Mörder sich in diesem karg besiedelten Staat verstecken wollte, wäre das nicht schwer. Das Gelächter ihrer Schwester erschien am Rand ihrer Gedanken.

Der Schlafanzug und der Ring, die ihr der Mörder geschickt hatte, wiesen Spuren von Paytons DNA – Mallorys DNA – auf, sonst aber nichts. Die Labore zogen alle Register, um auf Kontaktspuren-DNA zu testen, die eventuell auf die Plastikverpackung und Umschläge übertragen worden war. Es war nicht viel, auf das man hoffen konnte, aber es war besser als gar nichts.

Sie fuhr eine weitere einsame Straße hinunter, dann bog der Sheriff links ab und parkte das Auto am Straßenrand. Sie tat es ihm gleich.

Mal löste ihren Sicherheitsgurt. „Du bleibst besser hier."

Alex betrachtete den stillen Wald und die zahlreichen Einsatzwagen am Straßenrand. „Du solltest hier wohl in Sicherheit sein. Nimm dein Handy mit." Er zog sein Telefon hervor. „Es ist ein Wunder, aber wir haben Empfang." Er schnappte sich seinen Laptop vom Rücksitz. „Lass dir Zeit. Ich habe reichlich Arbeit zu erledigen."

Ihr Mund wurde trocken. Wie konnte sie sich nicht in einen Kerl verlieben, der alles tat, um sie zu beschützen, während er ihr auch noch genügend Freiraum gab, ihren Job zu erledigen? Sie sehnte sich schon nach ihm, wenn sie ihn nur ansah. „Sag mir, dass du nicht so perfekt bist wie du scheinst, Alex."

„Nicht einmal annähernd so perfekt." Seine blaugrauen Augen verdunkelten sich. „Aber auch kein komplettes Arschloch."

Sie lachte leise und öffnete die Tür, bevor sie am Ende noch etwas so Unprofessionelles tat, wie den Kerl an einem Tatort zu küssen. So eine Art Strafverfolgungsbeamtin wollte sie nicht sein, auch wenn sie noch so dankbar war. Oder so bezaubert.

Sie ging zu den ihr bekannten beiden Hilfssheriffs. „Kannten Sie die Opfer?"

„Dies ist West Virginia, Ma'am. Jeder kennt jeden." Deputy Chances Blick zeigte ihr deutlich, dass es schwer für ihn war.

Es war nie einfach, an Tatorten zu arbeiten, bei denen man die Opfer kannte.

Der Sheriff winkte sie herüber. Sie entschuldigte sich, unterschrieb ein Protokoll und zog Überzüge über ihre Schuhe, bevor sie das malerische, urig aussehende Häuschen betrat.

„Achten Sie drauf, wo Sie hintreten. Nachher kommt noch jemand zur Analyse der Blutspritzer, um herauszufinden, was genau passiert ist."

Die Leichen waren entfernt worden, aber der Sheriff reichte ihr zwei vergrößerte Fotografien, während sie durch den Eingang ging. Sie sah auf die Wände und den Boden. Unfassbar viel Blut. „Hat er eine Arterie erwischt?"

„Ja. Hat die Halsschlagader direkt durchgeschnitten. Bob McCafferty starb fast sofort, was leider auf seine arme Frau Angie nicht zutrifft."

Sie folgte ihm den schmalen Flur hindurch zur Küche. Mallory hielt das Bild hoch und trat einen Schritt zurück, legte gedanklich die Leiche in die Küche. „Er hat sie von vorne erstochen? Glauben Sie, dass sie ihn kannte? Oder hat er sie in der Küche in die Enge getrieben?"

„Es gab keine Abwehrwunden. Er muss sie beide nichtsahnend erwischt haben. Das Küchenmesser wurde neben Bobs Leiche gefunden. Wir glauben, dass der Mörder zuerst Angie erstach, dann kam Bob nach Hause und störte den Hurensohn beim Durchwühlen des Hauses. Freunde sagten, dass er bis etwa zehn Uhr abends in der örtlichen Bar war."

„Sie haben einen Todeszeitpunkt?"

„Der Gerichtsmediziner geht davon aus, dass es kurz nach seiner Ankunft zu Hause passierte, zwischen zehn und elf, aber das war inoffiziell und eine auf Temperatur, Leichenblässe und Leichenstarre basierende beste Einschätzung."

„Ergibt aber Sinn." Und ihrer eingeschränkten Erfahrung nach wagten Gerichtsmediziner nur dann eine Einschätzung, wenn sie sich fast sicher waren, dass sie richtiglagen.

Der Sheriff senkte seinen Kopf, und Hautfalten sammelten sich um seinen Hals. Er war ein riesiger Kerl, der viel Platz brauchte. Mallory folgte ihm in die Küche. „Wenn ich spekuliere, was geschehen sein könnte, würde ich sagen, irgendein Drecksack sah im Vorbeikommen das Licht im Haus und entschloss sich, sich das näher anzusehen. Er sah eine ältere Frau allein in einem abgelegenen Häuschen und beschloss, sie umzubringen und sich umzuschauen, was er mitgehen lassen kann. Bob überraschte ihn, also brachte er ihn ebenfalls um und floh."

Es war immer einfacher, einen Herumtreiber für den Mörder zu halten, als jemanden, den man vielleicht kannte. Jemanden, den man vielleicht mochte.

Auf dem Boden hatte sich reichlich Blut angesammelt, war dort eingetrocknet, auch Fußabdrücke waren vorhanden. „Sie haben einige gute Abdrücke hier." Sie sah auf. „Große Füße.

Er ist durch die Hintertür weg?"

Der Sheriff nickte. „Sieht so aus. Ich hoffe, die Fingerabdrücke dieses Hurensohns sind im System."

Sie hob den Blick, um hinauszusehen. „Haben Sie den Wald durchsucht?"

„Ich habe einige Teams rausgeschickt, um nach Spuren zu suchen, aber das sind dreihundert Morgen Wald. Außerdem hat er das Auto der McCaffertys gestohlen und ist damit abgehauen. Wir haben schon eine Fahndung nach dem Auto laufen."

Sie presste die Lippen zusammen. Könnte dies der PR-Mörder sein? Der MO, der Modus Operandi, war völlig anders, aber konnte diese kleine, verschlafene Gemeinde wirklich mehrere Mörder beherbergen? Das wäre ein Zufall von der Größe der Titanic. „Können Sie mir den Wald auf der Karte zeigen, damit ich mich orientieren kann?"

Er zog seine Hose am Gürtel hoch. „Ich kann mehr tun als das. Folgen Sie mir."

Er ging mit ihr zur Vordertür hinaus, achtete darauf, nicht auf die Fußabdrücke zu treten. Sie folgte ihm die Stufen hinunter und um einen Holzstoß herum. Die Alleghenies erhoben sich um sie, kalt und karg. Eine Krähe krächzte von einem Ast herunter, und ein unbehagliches Gefühl strich über ihre Haut. Sie folgte dem Sheriff auf einem Weg durch die majestätischen Stämme der Eichen, Hickorys und Kiefern, außer Sichtweite der anderen Polizisten. Die scharlachrote Rinde der Hartriegel bot den einzigen Farbtupfer an diesem düsteren Tag, das tiefe Rot erinnerte sie an das Blut, das überall in dem urigen Holzhäuschen verschmiert war.

„Wo gehen wir hin, Sheriff?"

„Das werden Sie sehen."

Ein Schauder lief ihren Rücken hinab. Die Wolken kündigten Schnee an. Wahrscheinlich noch bevor der Tag vorbei war. Der Sheriff hielt endlich auf einem Hügel an und deutete nordwestlich, auf eine Stelle hinter einem schmalen Bach. „Sehen Sie den Schornstein dort drüben?"

Sie konnte gerade so einige hohe rote Ziegelsteine erkennen und spürte, wie ihr Puls ausschlug. „Ist das Eastborne?"

Er nickte. „Die Grenze des County läuft durch diesen Wald, weshalb das Sheriffbüro von Greenville County für diesen Doppelmord zuständig ist." Sie wandte sich um, um auf das den Mordopfern gehörende Häuschen hinunterzusehen. Ihr Schauder wurde stärker. Sie war jeden Sommer durch diesen Wald gerannt, bis Payton entführt worden war. „Sie waren fast unsere nächsten Nachbarn, aber ich erinnere mich nicht an diese Leute oder das Häuschen."

Ein Eichhörnchen verspottete sie lautstark von seinem hoch oben liegenden Sitzplatz und eine Familie Weißwedelhirsche flüchtete in lärmender Eile durch die ab-gestorbenen Blätter.

„Die McCaffertys haben das Haus erst vor etwa fünf Jahren gebaut, und es gibt keine direkte Straßenverbindung zwischen den Häusern. Gute Leute, aber nicht die Art, die mit Ihren Eltern gesellschaftlichen Umgang gepflegt hätten."

Sie drehte sich langsam um dreihundertsechzig Grad. Mallory konnte nichts außer Wald und Bergen, die typische Landschaft West Virginias, sehen. Ihr Atem bildete Kältewölkchen. „Wie viele Leute wohnen hier in der Gegend?"

„In den Wäldern sind viele Häuser verteilt. Viele davon leer. Im ganzen County gibt's um die fünfzehntausend Leute, aber die Zahl sinkt. Nicht genug Kohle in der Nähe, um neue

Leute anzuziehen.“

„Wodurch das Country weiterhin so hübsch bleibt.“

„Ja, aber ohne neue Industrie stirbt die Stadt einen langsamen Tod.“ Die Augen des Sheriffs schienen sich durch den sie umgebenden Trübsinn bohren zu wollen. „Die Leute ziehen weg, aber niemand kommt zurück.“ Inklusive ihrer Familie, nun, da ihr Vater das Familienhaus verkaufte. „Es wird nicht helfen, wenn die Leute anfangen, etwas von Serienmördern und Doppelmorden zu hören.“ Er zog eine Grimasse. Das Gewicht der gesamten Gemeinschaft ruhte auf seinen Schultern. „Ich soll für die Sicherheit dieser Leute sorgen.“

Er strahlte eine Wut aus, die nicht zu der Uniform zu passen schien, die er trug.

„Wir müssen diese Kriminellen kriegen“, stimmte Mallory zu.

„Das müssen wir.“ Sein Funkgerät quäkte, und er hob es ans Ohr. „Sie haben bei den Fingerabdrücken einen Treffer. Gehen wir und finden heraus, wer unser Mörder ist.“

ES STELLTE SICH heraus, dass ihre Verdächtige eine neunzehnjährige, als vermisst gemeldete Person namens Kari Regent aus D.C. war. Das Mädchen – sie studierte Geschichte in Georgetown – hatte vor einigen Wochen ihren Freund in Gainesville besuchen wollen. In der gleichen Nacht, in der Mallory sich zum ersten Mal mit Alex eingelassen hatte. Aber Kari Regent war nie aufgetaucht. Der Freund war davon ausgegangen, dass sie ihre Meinung geändert hatte, da sie sich gestritten hatten. Ihre Eltern waren davon ausgegangen, dass sie bei ihrem Freund war. Nachdem er sie eine Woche lang nicht hatte erreichen können, hatte der Freund endlich die Eltern angerufen. Diese hatten sich mit der Polizei in Verbindung gesetzt und Karis Fingerabdrücke in die nationale Datenbank für vermisste Personen eingeben lassen.

Der Sheriff ließ Mallory sein Büro im Greenviller Polizeirevier benutzen, welches von der Decke bis zum Linoleumboden mit Papieren vollgestopft war. Sie wartete auf eine Fotografie, die per E-Mail kommen sollte. Der Ort war so still wie ein Mausoleum. Es war dunkel und grau, weil die Sonne zu dieser Jahreszeit früh unterging. Sie schaltete das Licht an. Alex war losgegangen, um ihnen Kaffee und etwas zu essen zu holen. Als das Bild endlich heruntergeladen war, leitete sie es an Frazer weiter und rief ihn dann an.

„SSA Frazer", meldete er sich.

„Ich habe Ihnen gerade das Bild einer jungen Frau geschickt, die vermisst gemeldet ist."

„Sie halten sie für ein weiteres Opfer?", fragte er und rief offensichtlich seine Mails ab, während sie sprachen. „Hm. Sie passt jedenfalls vom Aussehen her."

„Sie ist seit über zwei Wochen vermisst – ganz ungewöhnlich für sie, aber sie wollte per Anhalter von D.C. nach Gainesville fahren." Frazer hörte aufmerksam zu. Per Anhalter zu fahren bedeutete, dass sie die perfekte Kandidatin für den PR-Mörder war, auch wenn es etwas außerhalb seiner geographischen Zone lag. „Das Überraschende ist, dass ihre Fingerabdrücke gerade auf einer Mordwaffe am Tatort eines Doppelmordes zwischen Greenville und Colby, West Virginia, gefunden wurden."

Er brummte. „Ihre Heimatstadt?"

„Ja. Es gibt noch mehr. Der Tatort sah aus wie ein

Schlachthaus. Sie haben Fußabdrücke von Männerstiefeln Größe sechsundvierzig gefunden. Kari trägt Schuhgröße *sechsunddreißig*. Sie haben nirgendwo ihre Fußabdrücke gefunden."

„Was sagen die Polizisten vor Ort?"

„Sie haben eine landesweite Fahndung nach dem Mädchen herausgegeben, mit der Warnung, dass sie des Mordes verdächtigt wird."

Frazer fluchte. „Sie könnte sich mit jemandem eingelassen haben, der sie gezwungen hat, an der Tat teilzunehmen."

„Ziemlich drastische Verhaltensänderung für eine Einserstudentin, die Veganerin ist und nie eine einzige Vorlesung versäumt hat."

Eine kurze Pause trat ein. „Das Mädchen wurde nirgendwo gesichtet?"

„Nein. Das Auto der Opfer ist verschwunden. Es wird vermutet, dass Kari und der Typ mit den großen Füßen in dem Auto abgehauen sind."

„Ich werde eine landesweite Fahndung nach dem Auto herausgeben."

„Der Sheriff hat das schon getan. Es wirkt nur seltsam."

„Viele Dinge wirken seltsam." Er bezog sich auf ihre Versetzung zur BAU.

Sie schwieg. Es gab nichts, was sie dazu sagen konnte. Sie befolgte Befehle und kam mit ihrer und Hanrahans Suche nach dem Spitzel nicht weiter.

„Angesichts der Nähe zu den Entführungsorten sowohl Ihrer Schwester wie auch Lindsey Keebles, sowie der allgemeinen niedrigen Verbrechensrate in jener Gegend ist ein Doppelmord ein wenig ungewöhnlich."

Sie sah, wie Alex durch die Vordertür kam, sich mit

Donuts am Empfangsschreibtisch vorbeischmeichelte und sich dann seinen Weg durch die ganzen Schreibtische bahnte, während sie in Sheriff Williams' Glasbüro stand. Sie lächelte, als er ihr zuzwinkerte. Er war so gutaussehend, dass sein bloßer Anblick ein Kribbeln in ihr auslöste.

„Ich möchte, dass Sie über Nacht dort bleiben. Sprechen Sie morgen früh wieder mit der Polizei vor Ort und ich schaue, ob mir in der Zwischenzeit etwas einfällt."

„Sie machen Witze." Sie wollte nicht über Nacht bleiben.

„Das könnte eine gute Spur sein, Agent Rooney."

Sie hörte eine unerwartete Andeutung von Bewunderung in seiner Stimme, aber es verringerte ihre Besorgnis nicht. *Ah.* „Gut. Ich rufe Sie an, wenn ich etwas herausfinde."

„Mallory?"

„Sir?"

„Wenn Sie heute Nacht in Ihrem alten Zuhause bleiben, sollten Sie sehen, ob Sie sich noch an etwas anderes aus der Nacht erinnern, in der Ihre Schwester entführt wurde." Etwas, das sie normalerweise versuchte, unbedingt zu vergessen. „Ich nehme an, Alex Parker ist bei Ihnen?"

Alex öffnete die Tür und sah aus wie ein Gottesgeschenk. Woher zur Hölle hatte Frazer das gewusst?

„Er ist hier."

„Ich habe herausgefunden, wie er sein Distinguished Service Cross erhalten hat." Unbewusst wappnete sie sich. „Sein Humvee wurde auf dem Weg zu einem vorgeblich friedlichen Stammestreffen angegriffen. Es war ein Hinterhalt. Sie wurden in einem Tal angegriffen und waren mehr als eine Stunde von der Bodenunterstützung abgeschnitten. Keine Luftunterstützung verfügbar. Parker hat ihre Stellung gehalten, viele Widerständler getötet, zwei seiner schwerverletzten Freunde am Leben gehalten und die Taliban davon abgehalten, die Leichen seiner Kameraden zu verstümmeln. Er ist ein mutiger Kerl, und sein Alibi hat auch standgehalten, aber …" Sie beobachtete, wie Alex' Augen dunkler und argwöhnischer wurden, als ob er wusste, dass sie über ihn sprachen. „Dieser Mörder möchte unbedingt Ihre Aufmerksamkeit erregen. Bleiben Sie auf der Hut."

„Meine Glock wird mir helfen, das zu überstehen."

„Gut. Gehen Sie nur keine unnötigen Risiken ein", sagte Frazer. „Weiß der Geier, was ich alles für Papierkram hätte, wenn Ihnen etwas passieren würde."

„Wow, danke."

„Schnappen wir diesen Kerl, Agent Rooney. Stecken wir ihn in den Käfig, wo er hingehört."

Sie nahm den Donut von Alex entgegen. „Unbedingt."

KAPITEL FÜNFZEHN

ALEX GEFIEL DIE Situation nicht. Überhaupt nicht.

Es war Nacht. Sie fuhren zu Mallorys Elternhaus in den Appalachen, nur einige Meilen von dem Ort entfernt, an dem sich die letzten Morde ereignet hatten, und aus dem ihre Schwester entführt worden war.

Die Gedanken explodierten in seinem Kopf. Was hatten ihre Kollegen vor?

Wenn er nicht darauf bestanden hätte, sie zu Lindsey Keebles Beerdigung zu begleiten, wäre Mallory jetzt allein hier oben in West Virginia. Und selbst wenn sie eine FBI-Agentin war – dieser Kerl hatte immer und immer wieder getötet und bewiesen, dass er keine Bedenken hatte, Menschen zu verletzen, um seinen kranken Hunger zu stillen.

Manche würden behaupten, dass Alex nicht anders sei, aber sie hatten das Wesentliche nicht begriffen. Er arbeitete für die Regierung. Ihre Regierung. Er würde es bestreiten, wenn er erwischt würde, aber das änderte nichts daran, dass er Menschen nur auf Befehl tötete. So wie ein Scharfschütze den Feind ausschaltete oder Soldaten im Kampf töteten. Jeder wusste, dass die CIA es im Ausland tat. War die Vorstellung, dass die Regierung es auch im eigenen Land tun würde, so weit hergeholt?

Wenn ein Attentäter den Machthaber ausgeschaltet hätte,

der eine kleine Stadt in der Provinz Herat in seiner Gewalt hatte, wären die Männer seiner Einheit, seine Brüder, nicht niedergemäht worden. Deshalb hatte er vor all diesen Jahren Ja zur CIA gesagt. Um andere Amerikaner zu retten. Er wählte seine Ziele nicht aus Rache. Er vergewaltigte, folterte oder erwürgte Leute nicht aus Spaß. Seine Arbeit war düster, und er tat sie so effizient und schmerzlos wie möglich.

Der Serienmörder hatte seine eigene Agenda, und momentan kreiste er um Payton Rooneys Zwillingsschwester wie ein Satellit, der jeden Moment auf die Erde krachen würde. Alex würde nicht zulassen, dass Mallory irgendetwas geschah, auch wenn er bei jedem Blick in ihre Augen tiefer und tiefer involviert wurde.

Aber er würde eher ihr Herz brechen als sie ermordet zu sehen. Sein Herz war nicht wichtig. Es war eine unerfreuliche Überraschung, dass er überhaupt noch eines hatte.

Er hatte den Großteil des Tages damit verbracht, sich zu wünschen, dass er sie küssen und schmecken könnte, konnte sich aber die Ablenkung nicht erlauben. Jetzt war nicht die Zeit dafür. Seine Instinkte schrien ihm zu, dass an dieser ganzen Situation etwas seltsam war. Etwas passte nicht. „Wir sollten in ein Hotel gehen.“

„Die Hotels in der Gegend sind ausgebucht, dank der Presse.“ Die von dem Doppelmord und dem möglichen Serienmörder erfahren hatte. „Und es ist albern, wenn das Haus meines Vaters nur die Straße hoch ist.“

Nur die Straße hoch war in West Virginia ein dehnbarer Begriff.

„Außerdem …“

„Was?“

Er hörte, wie sie schluckte. „SSA Frazer hat angeregt, dass

ich mich vielleicht an mehr aus der Nacht von Paytons Entführung erinnere, wenn ich an dem Ort bin, an dem es geschah."

Und das Arschloch war willens, sie für eine kleine Information den Wölfen vorzuwerfen. Oder vielleicht vertraute er auch nur ihren Fähigkeiten, und Alex verhielt sich wie ein überängstlicher Trottel? Aber wenn er Mallory umbringen wollte, hätte er es schon tausend Mal tun können – FBI-Ausbildung hin oder her. Allein beim Gedanken daran musste er fast kotzen.

Es war gefährlich, dass der Mörder dieses Spiel mit Mallory und ihrer Familie spielte. Aber er kannte die Wahrheit über Alex nicht, und das war ihre Geheimwaffe – Mallory wusste es nur nicht.

„Du glaubst, dass der PR-Mörder die gleiche Person ist, die gestern Abend dieses Ehepaar umgebracht hat, nicht wahr?", fragte er.

Sie warf ihm einen raschen Blick zu. „Der MO ist unterschiedlich … aber ja. Das glaube ich."

„Glaubst du, er ist von hier?"

Sie schluckte und nickte dann. Er glaubte das auch. Wenn er nicht von hier kam, dann wohnte er momentan zumindest hier.

Sie bogen in eine kleine Straße ein, die Scheinwerfer durchschnitten eine Allee mit überhängenden, majestätischen Ulmen. Die Landschaft wirkte kahl, alles hatte in Vorbereitung auf einen langen harten Winter die Schotten dicht gemacht. Er betrachtete Mallorys Profil, das durch die Lichter vom Armaturenbrett in eisiges Grün getaucht war.

Wenn er der Mörder wäre, hätte er einen elektronischen Peilsender an ihrem Auto angebracht, damit er genau wusste, wo sie war, ohne dass sie es bemerkte – wenn er sie nicht bereits in einer Bar verführt und Wanzen in ihrer Wohnung angebracht hätte. Er verdrehte die Augen. *Arschloch.*

Alex hatte das Auto vorhin überprüft und keinen Peilsender gefunden. Das konnte sich jederzeit ändern, weshalb er ständig alles prüfte und gegenprüfte. Jemand wie er konnte nicht vorsichtig genug sein, und auch Mallory konnte dies nicht. Das Fehlen eines Peilsenders führte nicht dazu, dass er in seiner Wachsamkeit nachließ. Es bedeutete nur, dass der Bösewicht entweder nicht so klug war wie er dachte, noch keinen Zugang zu ihrem Auto gehabt, oder sich eine andere Methode zurechtgelegt hatte, sie zu erwischen. So wie ein Doppelmord oder die Beerdigung einer hiesigen jungen Frau.

Sein Gehirn lief auf Hochtouren.

Draußen war alles schwarz wie Kohle, als sie auf dieser einsamen Straße entlangfuhren. Wer hätte gedacht, dass es nur einige Stunden außerhalb von D.C. solch ausgedehnte, dichte Wälder gab? Keine Straßenlaternen. Keine Nachbarn. Kein Mond. Keine Sterne. Reichlich ungelöste Kriminalfälle…

Wow.

Mallory hielt am Rande einer kreisförmigen Auffahrt vor einem riesigen Haus an.

„Hier bist du aufgewachsen?" Er pfiff anerkennend. Es war verdammt beeindruckend.

Sie betrachteten beide die dreistöckige rote Ziegelvilla, die von den Scheinwerfern in ein zorniges Orange getaucht wurde.

„Das ist für eine vierköpfige Familie ein wenig übertrieben", gab sie zu.

„Es ist größer als das Weiße Haus. Scheiße, Mallory, das Ranchhaus, in dem ich aufwuchs, würde hier um die sechzigmal hineinpassen."

„Eastborne ist seit zweihundert Jahren in der Familie."

„Du entstammst richtig altem Geldadel." Es war ein verdammt starkes Motiv für eine Entführung. Also warum hatten sie nie eine Lösegeldforderung erhalten? Alex löste seinen Gurt.

„Ich verdiene dieser Tage ein FBI-Gehalt, also musst du nicht eingeschüchtert sein, Mr. Ich-habe-meine-eigene-Sicherheitsfirma." Sie rollte mit den Augen und brachte ihn zum Lachen. Ihr Mangel an Überheblichkeit war ein weiterer ihrer Pluspunkte. Sie konnte mit Status nicht viel anfangen, und das mochte er an ihr. „Bevor Payton entführt wurde, hatte es tatsächlich eine Menge Spaß gemacht, hier aufzuwachsen. Ein toller Ort zum Versteckenspielen, wenn wir Freunde zum Spielen hier hatten."

An einem Ort dieser Größe könnte man monatelang verschwinden. Er sagte es nicht. Es schien angesichts dessen, was Mallorys Schwester passiert war, nicht angemessen.

Sie musste ihm nicht sagen, dass mit dem Verschwinden ihrer Schwester der Spaß aufgehört hatte. Die Traurigkeit in ihrer Stimme zeigte es. „Lebte Lucas Randall in der Nähe?"

„Seine Eltern hatten ungefähr fünf Meilen westlich von hier ein Sommerhaus, und wir haben viel Zeit miteinander verbracht."

In der Villa brannte kein Licht. Der ganze Ort wirkte verlassen, trotz des gepflegten Rasens und des frischen Anstrichs.

„Dein Vater wohnt in Webster?"

„Ja, er hat ein hübsches, kleines Haus, nur ungefähr fünf Minuten entfernt von der Arbeit." Sie saß da und betrachtete das Haus, als ob es ein lebendiges Wesen wäre. „Er wuchs hier auf und kommt immer noch an manchen Wochenenden her, aber …" Sie zog eine Grimasse. „Es ist einfach so riesig und birgt so eine traurige Erinnerung. Er möchte, dass wir alle für ein letztes Weihnachtsfest hier zusammenkommen, sogar Mom – sie sind weiterhin befreundet –, aber danach verkauft er es. Er spricht schon seit Jahren darüber, aber ich glaube, diesmal meint er es ernst. Er sagt, dass es an der Zeit ist, dass das Haus eine neue Familie findet." Sie verschränkte die Arme fest über ihrer Brust, und er wollte sie an sich ziehen, aber in dem verdammten Auto war kein Platz. Tränen schimmerten, wurden aber nicht vergossen. „Er hat recht. Payton liebte dieses Haus. Sie würde nicht wollen, dass es leer steht."

Alex nahm ihre Hand. Sie hatte hübsche, weiche Hände mit langen Fingern und kurzen Fingernägeln, die sich gut auf seiner Haut anfühlten. „Eltern, die ein Kind verloren haben, wollen oft nicht aus dem Familienhaus ausziehen. Sie haben Angst, dass das Kind seinen Weg zurückfindet und sie nicht da sind, wenn es nach Hause kommt."

Sie nickte. „Ich nehme an, nach achtzehn Jahren hat Dad endlich begriffen, dass Payton nicht mehr nach Hause kommt."

Menschen wurden aus langen Gefangenschaften gerettet, aber es war selten. „Glaubst du, dass er unrecht hat?"

Sie schüttelte ihren Kopf. „Sie ist weg. Sie kommt nicht zurück." Sie sprach mit solcher Sicherheit, dass er sie intensiv betrachtete, es aber nicht kommentierte. Was auch immer ihre Gründe waren, Mallory wollte nicht darüber reden.

„Gehen wir hinein. Es ist eiskalt hier draußen." Sie öffnete die Autotür, ihr Gesicht wirkte im Licht der Deckenlampe blass. Heute Nacht hierzubleiben würde nicht einfach werden.

Er hatte seine Wohnung nie ohne Übernachtungstasche

verlassen und offensichtlich taten FBI-Agenten das auch nie. Alex nahm ihre Taschen aus dem Kofferraum, zusammen mit beiden Laptops. Sie stieg die Treppen zur Eingangstür hinauf und schob den Schlüssel ins Schlüsselloch. „Die Haushälterin hat Thanksgiving bei ihrer Schwester verbracht und ist noch nicht wieder da."

Alex hatte vergessen, dass es auf Weihnachten zuging. Normalerweise verbrachte er die Feiertage arbeitend. „Sie wohnt allein hier?"

Mallory nickte. Ein Piepen ertönte, und sie eilte hinüber zu einem Tastenfeld und gab einige Zahlen ein. „Ich hoffe, sie hat den Code nicht geändert, denn dieses Ding hier ist direkt mit der Polizeizentrale verbunden."

Es war ein gutes System, aber eines, das er mit der richtigen Ausrüstung in zehn Sekunden lahmlegen konnte. Wenigstens gab es aber eine Alarmanlage, denn die altmodischen Schiebefenster und die vielen Eingänge waren ein verdammter Sicherheitsalbtraum. Das Piepen der Alarmanlage hörte auf.

Die Luft roch nach sauberen Kiefernnadeln, mit einem leichten Hauch von Nelken und altem Holzrauch. Sie betätigte einen Schalter, und eine riesige Eingangshalle mit schwarz-weißen Marmorfliesen und einer enormen umlaufenden Treppe wurde von der Art Kronleuchter in Licht getaucht, der im Buckingham Palace nicht fehl am Platz gewirkt hätte.

Er hielt die Hand hoch, um seine Augen zu schützen. „Ich glaube, ich bin erblindet."

„Witzig."

Sie schloss die Tür, schob den Riegel vor und stellte die Alarmanlage wieder an. Alex sah sich um. Er erblickte Antiquitäten und Marmorstatuen. Wer hatte lebensgroße

Statuen in seinem Zuhause?

Mallory griff nach seiner Hand. „Lass die Taschen unten an der Treppe stehen. Ich verhungere. Mrs. Buxton, die Haushälterin, hat die Tiefkühltruhe normalerweise voller Suppen und Aufläufe, besonders zu dieser Jahreszeit und …" Ihre Stimme verstummte allmählich, als sie etwas im nahen Wohnzimmer funkeln sah. Sie ließ seine Hand los und ging, um einen sechs Meter hohen Weihnachtsbaum anzustarren. Das Zimmer war dunkel, aber aus der Halle kam genug Licht, um ein elegantes Zimmer zu erkennen, welches weihnachtlich dekoriert war, inklusive dem Baum, der Martha Stewart würdig gewesen wäre.

Sein Herz krampfte sich zusammen. Er hatte diese Art Weihnachtsfest nicht erlebt, seit seine Mutter gestorben war, und ihre Feierlichkeiten waren stets weitaus bescheidener gewesen. Der Schmerz dieses Verlustes war immer noch körperlich in seiner Brust spürbar.

Mallory streckte die Hand aus und berührte etwas am Baum. Es war ein unförmiger Kristallstern. „Payton hat den in der Schule gemacht." Als ob sie sich nicht zurückhalten konnte, streifte sie ihn von dem Zweig und küsste ihn, bevor sie ihn zurück an den Baum hing und ihre Finger noch eine Weile darauf ruhen ließ. „Ich vermisse sie immer noch." Ihre Stimme brach.

Er legte seine Hände auf ihre Schultern und drückte sie. Er konnte es nachempfinden. Er vermisste seine Mutter und seinen Großvater und seine Freunde. Aber er wusste, dass sie tot waren und nie zurückkehren würden. Man musste weitermachen. „Wir sollen sie vermissen. Das ist ihr Geschenk."

Große bernsteinfarbene Augen sahen ihn an. „Schmerz ist

ein Geschenk?“

Er nickte. „Es beweist, dass sie uns etwas bedeuteten. Dass wir sie sogar Jahre nach ihrem Verlust noch spüren. Hier.“ Er legte eine Hand auf sein Herz, fühlte sich albern. Er hatte keinen Sinn für sentimentalen Kram und kam dem gerade gefährlich nah. Aber sie brauchte das. Sie brauchte Trost.

Es gab eine Art Trost, in der er gut war, also zog er sie rasch an sich und erkannte, wie ein überraschter Atemzug ihr Gesicht für den Bruchteil einer Sekunde veränderte, bevor er sie küsste. Sein Mund schob sanft ihre Lippen auf, sehnte sich nach ihrem Geschmack. Ihre Zunge berührte seine in einem nassen Gleiten, und er war sofort steif. Mein Gott, wie machte diese Frau das nur?

Sie legte ihre Arme um seinen Hals und küsste ihn intensiver, härter, als ob sie in ihn hineinklettern wollte. Vielleicht war Sex eine bessere Therapie als jeder Psychiater anbieten konnte. Hitze stieg in einer Welle der Lust in ihm hoch. Seine Beherrschung brach zusammen und alle Gedanken waren verschwunden, abgesehen von einem. So schnell wie möglich in sie zu gelangen. Er riss ihre Bluse aus ihrer Hose, drückte sie gegen die Wand, öffnete Knopf und Reißverschluss ihrer Hose. Er brauchte sie, jetzt. Er schob seine Hand unter ihre Bluse und schob ihren BH aus dem Weg, umfasste ihre Brüste. Ihr Holster war im Weg, machte ihn aber auch an. Ihr Kopf sank mit einem Stöhnen nach hinten. Ihre Haut war samtig warm, ihre Brustwarzen fest und aufgerichtet. Sein Mund folgte einem Zittern ihren Hals hinunter zu ihrer Schulter, und er biss sie gerade fest genug, dass ihre Fingernägel sich in sein Fleisch gruben. Er mochte das. Sehr sogar. Mit einer Hand schob er ihre Hose hinunter und öffnete seine eigene, während sie ihre abschüttelte. Er suchte in seiner Hosentasche nach einem Kondom, nahm ihren Mund wieder in Besitz. Sein Herz pochte, während das Blut durch seine Adern schoss. Es war keine Zeit für Vorspiel. Keine Zeit für Finesse. Er zog es sich über und hob sie hoch, legte ihre Oberschenkel über seine Hüften, während sie ihn direkt zu ihrem Innersten führte. Sie wollte es ebenso sehr wie er.

Mit einem harten Stoß war er tief in ihr.

Sie klammerte ihre Beine um seine Taille, ihre Nägel fraßen sich in sein Fleisch. „Härter."

Er fuhr in sie hinein, erneut und erneut, nichts als ein Tier, das Urinstinkt befriedigen musste.

„Oh, Gott", stöhnte sie, wand sich auf ihm. Er hielt sie fest, versuchte, sie zu stabilisieren, während sie sämtliche Kontrolle verlor. Muskeln umklammerten ihn. Er hob ihre Arme über ihren Kopf, genoss den Druck, der sich immer und immer und immer weiter aufbaute. Hitze und Lust schlugen zu. Sie schrie auf und er folgte ihr über diese Grenze, während sein Kopf zu explodieren drohte. Vergnügen löschte alles außer dem Akt aus, diesem Drang, sie zu nehmen, zu markieren und sein Eigen zu machen.

Er öffnete seine Augen, wurde sich langsam der Situation bewusst. Alex fragte sich, was zur Hölle mit ihm nicht in Ordnung war, so etwas zu tun, während es ein Serienmörder auf Mallory abgesehen hatte. Er war nicht der beschissene Superman, und mit der Hose um die Knöchel erwischt zu werden war eine verdammt alberne Art, zu sterben. *Idiot.* Sein Herzschlag verlangsamte sich. Ihr Atem wurde ruhiger und Stille kehrte ein. Er lehnte seine Stirn gegen ihre. „Ich bin ziemlich sicher, dass ich mich dafür entschuldigen sollte."

„Ich schlage dich, wenn du es tust."

„Du lässt mich die Kontrolle verlieren." Seine Worte überschlugen sich.

Sie berührte sein Gesicht und starrte in seine Augen. „Kontrolle wird überbewertet, und du hast gerade etwas in meiner Welt geradegerückt." Sie grinste, ihre Augen funkelten. „Jetzt setz mich ab, und dann besorgen wir uns etwas zu essen. Ich verhungere."

———

„FINDEST DU DAS gruselig?" Sie stand in ihrem alten Schlafzimmer, sah auf die gleichen Überdecken und blaugestrichenen Wände, die sie zu Paytons Lebzeiten gehabt hatten. An der Wand hingen Bilder, die sie und ihre Schwester in der Schule gemalt hatten, an den Ecken leicht aufgerollt. „Ich finde es gruselig." Sie schauderte.

Sie hatten Tiefkühlpizza gefunden, den Weinkeller ignoriert und sich stattdessen für Limonade entschieden. Keiner von ihnen wollte durch Alkohol beeinträchtigt sein, denn dieser Typ konnte jederzeit auftauchen und versuchen, sie und Alex umzubringen. Sie war froh, dass sie schnellen wilden Sex gehabt hatten, als sie gerade angekommen waren. Es hatte ihrer aufgestauten Spannung die Schärfe genommen, und auf keinen Fall würden sie die Nacht über die Laken durcheinanderbringen. Sie würden sich mit Wachestehen abwechseln. Es war die perfekte Möglichkeit, diesen Kerl zu schnappen. Sie waren beide bewaffnet. Sie fühlte sich definitiv gefährlich.

„Deine Eltern haben nie etwas in dem Zimmer geändert?"

Mallory schüttelte den Kopf. „Mama ließ niemanden irgendetwas anfassen. Sie kaufte mir neue Kleidung und tauschte jedes Spielzeug, das ich behalten wollte, durch ein neues aus. Elterliche Schuldgefühle und die Pflicht, das Andenken der Toten zu bewahren. Es war eine ungute Kombination." Sie stützte ihre Hände in ihre Hüften. Es fühlte sich seltsam an, wieder hier zu sein. Das Zimmer roch muffig und stickig. „Ich bin danach in ein Zimmer umgezogen, das zwei Türen von ihrem Schlafzimmer entfernt lag."

„In einem anderen Flügel des Hauses?"

„Ja."

„Weißt du, warum ihr Kinder euer Zimmer so weit weg hattet?"

„Meine Mutter hatte gerne ihre Ruhe und ihren Frieden. Ich war weder friedlich noch ruhig." Mehr Schuldbewusstsein. Sie ging auf die Knie und krabbelte unter das Bett.

„Irgendwas, was ich wissen sollte?", fragte Alex. „Ein Portal nach Narnia vielleicht?"

Wollmäuse gerieten in ihren Hals. Nichts anderes war geblieben. Weder ihr Kissen noch ihre Taschenlampe. Alex hockte sich hin, um sie neugierig anzusehen.

„Als Frazer mich hypnotisierte, erinnerte ich mich, dass ich oft unter dem Bett geschlafen habe, weil ich Angst vor Monstern hatte. Ich sah die Füße des Entführers. Grüne Converse-Turnschuhe."

„Frazer sagte, dass es helfen könnte, Erinnerungen wachzurufen, wenn du hier bist?", fragte Alex zweifelnd.

„Ja." Sie nieste.

„Gesundheit."

Sie lachte und schloss dann ihre Augen, aber sie war sich nur zu bewusst, dass dieser Mann, der so umfassend in ihr Leben getreten war und durch den sie sich so sicher fühlte, willens – nein, begierig – war, es mit Paytons Entführer aufzunehmen.

„Männlich, weiblich? Jung oder alt?", fragte Alex sachte.

Sie schloss ihre Augen und visualisierte jene Nacht vor langer Zeit. Sie wandte die Techniken zur Tiefenatmung an, die Frazer ihr gezeigt hatte. Mal spürte, wie ihr Herzschlag sich beruhigte. „Männlicher Jugendlicher."

„Was ist mit Geruch? Kannst du irgendetwas riechen?"

Sie wollte ihren Kopf schütteln, hielt inne. „Regen. Es roch nach Regen …"

„Es regnete in der Nacht, in der sie entführt wurde?"

„Ja. Das tat es." Sie runzelte die Stirn. Ein Fenster oder eine Tür in der Nähe musste offengelassen worden sein. Es gab noch etwas anderes, das ganz am Rand ihrer Erinnerung nagte. „Er hat etwas gesagt." Die Erinnerungen waren unbestimmt, als ob sie versuchte, unter Wasser zu hören. „Ich denke, er sagte, sie solle sich keine Sorgen machen. ‚Wir werden dir nicht wehtun.'"

„Wir?"

„Wir." Sie öffnete ihre Augen und krabbelte aus dem winzigen Raum, der in ihrer Kindheit so beruhigend gewirkt hatte. Jetzt war er staubig und zu eng. Sie klopfte sich den Staub ab. Alex trat zurück.

„Also war da mehr als einer?"

„Ich habe nur einen Kerl gesehen, aber das war es, was er gesagt hat." Sie rieb ihre Augen. „Denke ich. Vielleicht. Eventuell."

Alex betrachtete sie aufmerksam. „Komm. Du brauchst Schlaf."

„Zuerst eine Dusche."

Er lächelte traurig. „So gerne ich dir Gesellschaft leisten würde, ich halte Wache." Denn vielleicht tauchte ein Monster auf, das es auf sie abgesehen hatte. Das es vielleicht auf sie beide abgesehen hatte. Sein Blick wurde hart, als er ihre Gedanken las. „Ich werde nicht zulassen, dass er dich erwischt, Mallory."

Ein Schauder schlich sich ihre Wirbelsäule hinauf, sie konnte nicht sprechen. Paytons Entführer war dort draußen, wartete auf sie. Sie konnte ihn spüren. Aber sie wollte, dass er kam. Sie hatte nicht vor, ihn entkommen zu lassen.

ER STAPFTE MIT dem nackten Körper des Mädchens über der Schulter durch den Wald. Er hatte vorgehabt, Kari in den folgenden Tagen lange und teuer bezahlen zu lassen, aber es war zu verführerisch, dass Mallory in dem riesigen Haus blieb, nur mit diesem Scheißkerl bei sich. Die Blutergüsse in Karis Gesicht bewiesen, dass er den Zeitmangel mit besonderer Hingabe an seine Tätigkeit wettgemacht hatte.

Sie hing schlaff da, das dunkle Haar fiel fast bis auf die Rückseite seiner Knie hinab, ihre Haut war weiß wie Milch und fühlte sich kalt an. Er schlug auf ihren nackten Hintern. Die Macht und das Wissen darüber, dass ein menschliches Wesen von seiner Gnade abhing, war berauschend. Mit Payton war es nicht so gewesen. Er hatte sie geliebt. Aber diese Schlampen? Sie waren wie Tiere. Wertlos. Fleisch. Sie bedeuteten ihm nichts.

Er strauchelte leicht. Er machte sich Sorgen, dass niemand ihm je wieder etwas bedeuten würde. Deshalb musste er suchen, bis er den perfekten Ersatz fand.

Er ging am Waldrand entlang, erinnerte sich, wie er vor all diesen Jahren Payton und ihre Schwester beim Spielen beobachtet hatte. Sein Onkel hatte geplant, beide Mädchen gegen Lösegeld zu entführen. Die Eltern konnten es sich leisten. Er hatte über seine Absicht, ihnen nicht wehzutun, allerdings gelogen. Verdammt, er hätte wissen sollen, dass der Drecksack Payton vergewaltigen würde, sobald er sie in die Finger bekam. Der alte Mann hatte das Gleiche mit ihm gemacht, bevor er alt genug gewesen war, sich zu wehren.

Es war eine dumme Idee gewesen, und er hatte mitgemacht, weil er dumm wie Brot gewesen war. Sein Onkel hatte ihn geschlagen, als er nur mit einem Mädchen herausgekommen war, hatte ihn zurückgeschickt, um Mallory zu finden. Aber sie war nicht im Bett gewesen und er hatte ganz sicher nicht jedes Zimmer in diesem riesigen Haus nach einem zweiten Mädchen durchsuchen wollen, wenn sie schon eines gehabt hatten.

Während er so getan hatte, als ob er zurückging, um Mallory zu suchen, hatte sein Onkel … Er schluckte. Angesichts der Erinnerung brach ihm der Schweiß aus. Er war zu der Kammer zurückgekehrt, entsetzt darüber, Payton dort blutig und zerstört liegen zu sehen, während sein Onkel sich ein durchtriebenes, befriedigtes Grinsen aus dem Gesicht gewischt hatte.

Er hatte den Dreckskerl denken lassen, dass er damit davongekommen sei. Er hatte sechs lange Monate warten müssen, bevor er seine Rache bekommen hatte und die Wartezeit hatte ihn fast in den Wahnsinn getrieben. Aber endlich, im Frühling, war es ihm gelungen, diesen Scheißkerl unter den Traktor zu bekommen und er konnte immer noch die Geräusche seines schweineartigen Kreischens hören, als er sehr, sehr langsam zu Tode gequetscht wurde. Die Erinnerung erfüllte ihn mit einem Gefühl rechtschaffender Befriedigung.

Die Polizei hatte gesagt, dass es ein Unfall war. Sein erster Mord. Und der Befriedigendste.

Danach hatte er sich vollständig um Payton gekümmert und sie nicht angefasst, bis sie viel älter geworden und sie ineinander verliebt gewesen waren. Wenn er sie hätte freilassen können, hätte er es getan, aber ihre Seele war zerbrechlich und sie hatte vor allem außer ihm Angst gehabt. Sie hätte nie verleugnen können, wie sehr sie ihn liebte. Und die Welt hätte es nicht begriffen. Sie wären getrennt worden, und er wäre ins Gefängnis gekommen.

Er verlagerte Karis Gewicht. Verdammt, sie war schwerer als sie aussah. Er kam von Osten auf das Haus zu. Kein einziges Licht brannte. Dichter Nebel umhüllte den Boden, klammerte sich an eisige Grashalme. Er trug eine kugelsichere Weste, Handschuhe und eine Skimaske, und er hatte eine Pistole an seinem Knöchel befestigt. Er ging zur Tür und öffnete sie mit dem Schlüssel, den er vor Jahren gestohlen hatte. Er gab den Alarmcode ein – die Haushälterin war ziemlich unbesorgt hinsichtlich der Sicherheit, und die halbe Stadt kannte den Code. Verdammt, der Richter hatte ihm für die Eingangstür sogar einen Ersatzschlüssel gegeben, aber er hatte nicht vor, diesen heute zu benutzen. Das hätte alles verraten. Er stand in der Dunkelheit und lauschte der Stille. Das Haus war geräumig, und es war unwahrscheinlich, dass jemand das Piepen der Alarmanlage gehört hatte. Trotzdem wartete er.

Er bückte sich nach seiner Pistole und ging vorsichtig in die Küche.

Als er vor all diesen Jahren Payton geholt hatte, hatten er und sein Onkel eine Leiter an eines der oberen Fenster gelehnt. Das Mädchen hatte fast nichts gewogen, und es war einfach gewesen, sie hinauszutragen. Kari hingegen ließ seine Schulter vor Schmerzen pochen.

Er dachte darüber nach, wo er sie zurücklassen würde. Er hatte mit dem Gedanken gespielt, sie von den Treppen herunterhängen zu lassen, was ein toller Anblick gewesen wäre, aber es hatte keine Symmetrie. Das Drama wäre effektheischend gewesen, nicht subtil wie er es wollte. Er bewegte sich leise durch den hinteren Teil des Hauses, wo er gelegentlich mit der Haushälterin Kaffee trank und war froh, dass sie weg war, sodass er sie nicht auch umbringen musste.

Er ging die Hintertreppe – die Dienstbotentreppe – hinauf und bewegte sich leise, dankbar für den dicken Teppich auf den alten, breiten Dielen. Ein Lichtstrahl unter einer Tür zeigte, wo Mallory schlief. Wahrscheinlich mit ihrem bescheuerten Freund. Eine der Dielen knarrte unter seinem Fuß, woraufhin er sich noch vorsichtiger bewegte. Er wollte, dass sie Karis Leiche hier fanden – dort, wo alles angefangen hatte. Dann würde er dem Typen eine Kugel verpassen und das Mädchen mitnehmen, das er die ganze Zeit gewollt hatte. Keine Ersatzmädchen mehr.

KAPITEL SECHZEHN

A LEX STAND LAUSCHEND neben der Schlafzimmertür.
„Was war das?" Mallory fuhr im Bett hoch.

Er hielt seine Hand hoch, um ihr zu bedeuten, dass sie ruhig sein sollte. Er war sicher, dass er draußen im Flur etwas gehört hatte, aber es war so unbestimmt, dass es auch einfach ein Knacken des Hauses angesichts der fallenden Temperaturen gewesen sein konnte.

Es zwar zwei Uhr morgens. Mallory hatte tief schlafend im Bett gelegen, abgesehen von ihren Stiefeln völlständig angezogen. Der Drang, sich neben sie zu kuscheln war verführerisch gewesen, aber er hatte seinen Wachposten nicht verlassen.

Mal schlüpfte aus dem Bett und nahm ihre Glock vom Nachttisch. Sie kam zu ihm und legte eine Hand auf seinen Rücken, hielt ihre Waffe auf den Boden gerichtet.

„Ich habe etwas gehört", sagte er ihr leise.

„Schauen wir nach", flüsterte sie dringlich.

Er konnte ihre Aufregung fast in der Luft knistern spüren. Sie wollte diesen Kerl schnappen. Er wollte, dass sie in Sicherheit war – und zögerte. Wenn es nur um ihn gegangen wäre, wäre er schon längst auf die Jagd gegangen, aber falls dieser Mörder als Teil eines Teams agierte, konnte er nicht riskieren, Mallory allein zu lassen.

„Wir bleiben zusammen. Wir trennen uns nicht."

„Okay." Ihre Finger rieben beschwichtigend seinen Rücken. Dieses überstarke Bewusstsein der Gefahr fühlte sich sehr wie bei einem Gefecht an. Okay. Er war besser ausgerüstet als die meisten, um diesen Scheißkerl zu schnappen und diesen Albtraum zu beenden. Aber der Gedanke, Mallory in Gefahr zu bringen, wickelte sich wie Stacheldraht um seine Kehle.

Mit der Pistole in der Hand öffnete er die Tür, hielt links und rechts nach Zielpersonen Ausschau. Nichts. Der Flur war dunkel und leer. Er machte das Licht an.

„Warum hast du das getan?", fauchte Mallory.

Damit der Killer, wenn er hier war, gleich wusste, dass sie ihm auf den Fersen waren und eher flüchtete als anzugreifen. Er zuckte mit den Schultern.

Alex bewegte sich rasch den Flur entlang, Mallory blieb hinter ihm. Sie hielt sein Hemd in einem festen Griff, ein körperlicher Orientierungspunkt, während er sich darauf konzentrierte, herauszufinden, was genau er vorhin gehört hatte. Könnte eine Katze gewesen sein. Ein Landstreicher. Die unerwartet nach Hause zurückkehrende Haushälterin. Der Richter. Die Senatorin. Er wollte nicht, dass ein Unschuldiger in eine Schießerei geriet.

Etwas zog sie zu dem Zimmer, das Mallory und Payton als Kinder geteilt hatten. Geräuschlos. Vorsichtig. Alle Sinne in höchster Alarmbereitschaft. Die Atmosphäre des Hauses hatte sich verändert, war bösartig und feindselig geworden. Gefährlich. Die Temperatur war gefallen.

„Jemand hat ein Fenster geöffnet", sagte Mallory.

Jemand war hier. Er konnte es spüren. Aber sein Puls blieb gleichmäßig. Verdammt, das Einzige, das sein Herz zum

Rasen brachte, war Sex mit Mallory.

Er war so gut und hart für Gefechte trainiert worden, dass das Töten ihm nicht einmal mehr etwas ausmachte. Es dauerte Jahre, bis man diese Art der Gefechtsphysiologie perfektioniert hatte. Er brauchte diese Kälte und Konzentration, um handeln zu können. Um ohne das geringste Zögern zu töten. Er wollte es nicht mehr tun, aber wenn es Bösewichte wie diesen außer Gefecht setzte, war es vielleicht das Opfer seiner Seele wert.

Ein Luftzug stich über seine Wange.

Diese ganzen geschlossenen Türen waren ein Albtraum, aber sie konnten zu zweit nicht jeden Raum durchsuchen.

„Ich sollte vorangehen", murmelte Mallory in sein Ohr, ihre Finger griffen sein Hemd fester.

Na klar. Auf. Gar. Keinen. Fall. Er hielt sie mit einer Hand hinter sich. Sie bogen um eine weitere Ecke. Es war, als ob man in einem gottverdammten Hotel wohnte. Weiter vor ihnen brannte im früheren Schlafzimmer der Mädchen Licht.

Hinter ihm erstarrte Mallory. Er hielt inne, als er seinen Blick durch den Flur schweifen ließ. Er drehte sich um. Nichts. Alles war still, abgesehen von dem Säuseln einer Brise, die durch ein offenes Fenster am Ende des Flures drang. War es das, was er vorher gehört hatte? Jemand, der das Fenster hochschob?

Erneut bewegten sie sich vorwärts, Mallory in seinem Rücken, still wie ein Schatten.

Er konnte riechen, wie Angst und Aufregung in Wellen von ihr ausströmten, wusste, dass ihr Puls raste. Der Jäger auf der Suche nach seiner Beute war nah. Aber wo? Kein Geräusch, kein Geruch, kein Zeichen verriet den Dreckskerl.

Er vergewisserte sich, dass Mallory neben der Schlafzimmertür stand. Dann stieß er sie weit auf.

Jesus.

Eine tote Frau lag auf dem Bett. Nackt. Verprügelt. Die Hände ruhten wie auf den Fotografien all der anderen PR-Mordopfer über ihrem Schamhaar. Eine blutige Schmierspur bedeckte ihre Brust an der Stelle, an der zweifellos die Buchstaben PR in ein makabres Herz eingeritzt worden waren. Der Wind bauschte die gelben Vorhänge auf, es war bitterkalt.

„Da ist ein Regenrohr an der Hauswand." Mallory eilte nach vorne, um aus dem Fenster zu sehen, aber er griff ihren Arm, sah hinter der Tür nach, prüfte alle Verstecke, ohne auch nur irgendetwas zu berühren. Er hatte kein Bedürfnis, seine DNA hier zu hinterlassen. Er beugte sich durch das offene Fenster, um das Regenrohr zu prüfen, als sein Instinkt ihn herumfahren und seine Pistole hochheben ließ, während eine bewaffnete, maskierte Gestalt in Schwarz hinter ihm im Türrahmen erschien. Alex erwischte ihn zweimal in der Brust. Der Mann fiel nach hinten, sein Schuss ging ins Leere. Es war der gleiche Kerl, der in Charlotte in Mallorys Haus eingebrochen war.

Das leise schmerzerfüllte Wimmern einer Frau ließ sie beide zusammenfahren, als die Frau auf dem Bett sich plötzlich umdrehte – *okay, nicht tot.*

Der Angreifer richtete seine Waffe auf das Bett und feuerte ein Mal. Er schoss erneut, aber seine Waffe hatte Ladehemmung. Alex zielte diesmal auf seinen Kopf, aber der Dreckskerl rollte sich schnell außer Sicht und rannte davon. Die Frau schrie in Todesqualen. Alex vergewisserte sich, dass Mallory nicht getroffen war. Die Frau auf dem Bett war in die Schulter getroffen worden, überall war Blut. Mallory eilte ihr zur Hilfe. Alex war zwiegespalten. Konnte er Mallory allein lassen und diese Sache beenden, indem er das Arschloch jagte?

Er folgte dem Killer, rannte den schicken Flur entlang, nur um dann in Dunkelheit gestürzt zu werden, als der Scheißkerl am anderen Ende den Lichtschalter betätigte.

Sein Herz pumpte und seine Lungen brannten, während er so schnell rannte wie er konnte.

Alex hatte den Kerl direkt in die Brust erwischt. Er hätte tot sein sollen, aber der Typ blutete nicht einmal. Kevlar. Und grimmige Entschlossenheit, denn es war ziemlich wahrscheinlich, dass diese Schüsse aus der Nähe ein paar Rippen gebrochen hatten. Er hätte direkt in den Kopf schießen sollen, aber er hatte gehofft, dass ein sterbender Mann eventuell Payton Rooneys letzte Ruhestätte verraten würde. Er hörte den Kerl durch die Dunkelheit rennen und folgte ihm. Er wollte Mallory nicht zurücklassen, aber das hier war *die* Möglichkeit, diesen Dreckskerl zu kriegen.

Während er um die Ecke bog, die zur Haupttreppe führte, sah er den Schatten vor sich her rasen. Der Typ hielt an und schoss einige Male. Alex hielt nicht inne, er nahm die Beine in die Hand, volle Geschwindigkeit, rutschte das Treppengeländer hinunter und sprintete hinter dem Hurensohn her, der gerade durch die Eingangstür rannte. Groß, fit, schnell. Von Adrenalin befeuert.

Alex stürmte gerade rechtzeitig durch die Eingangstür nach draußen, um den Angreifer um die Ecke des Hauses schlittern zu sehen. Kies spritzte unter seinen Turnschuhen hervor, während er rannte. Er wollte gerade einen Schuss abfeuern, als der Typ hinter die östliche Mauer sprang. Er verschwendete keine Zeit mit Fluchen.

Alex rannte wieder los, bewegte sich vorsichtig um die Ecke. Schüsse gingen los, trafen die Stelle, an der sein Kopf gewesen wäre, wenn er sich nicht niedergekauert hätte. Er erwiderte das Feuer, hörte ein Grunzen, jagte den Schatten des Kerls hinter eine alte Garage und an einem leeren Pool vorbei. Er hielt abrupt an, stand dort in der Dunkelheit. Die Bäume im Wald raschelten an den Rändern des weitläufigen Rasens, lockten ihn, die Verfolgung aufzunehmen. Er sah zurück zum Haus. Scheiße. Auf keinen Fall konnte er Mallory länger allein lassen, als er es schon getan hatte.

Was, wenn der Kerl einen Bogen gelaufen und zurückgekehrt war? Panik fraß sich in seine Brust und er begann, den Weg zurück zu sprinten. Er raste um die Ecke und wurde plötzlich von Scheinwerfern geblendet. Er schützte sein Gesicht mit seinem Arm.

„FBI, lassen Sie die Waffe fallen!"

Alex schoss beide Scheinwerfer aus und sprang zur Seite. Er hatte den „Agenten" entwaffnet auf dem Boden und dessen Gesicht in den Kies gedrückt, als er hinter sich ein Geräusch hörte und herumfuhr.

„Oh, Gott, Alex. Das ist mein Boss." Es war Mallory. Sie hatte das Licht über dem Eingang angemacht.

„Scheiße." Alex nahm sein Knie von der Wirbelsäule des FBI-Agenten und trat zurück. Der Kerl trug einen blassgrauen Anzug, der wahrscheinlich sehr teuer gewesen war, und nun konnte Alex sehen, dass die von ihm durchschossenen Scheinwerfer zu einem sehr teuren Lexus gehörten, der vorher nicht dagewesen war. Der Typ musste vorgefahren sein, während er den Angreifer hinten um das Haus gejagt hatte.

Er streckte dem Mann auf dem Boden seine Hand entgegen, der ein wenig verstört wirkte. „Entschuldigung."

„Keine Zeit für so etwas." Mallory griff seinen Arm. Während sie sprach, steckte er seine Pistole in das Holster. Ihr Boss stand vom Boden auf und sah sauer aus.

„Das Mädchen lebt, aber sie hat viel Blut verloren. Wir haben keine Zeit, auf den Krankenwagen zu warten. Ich brauche Hilfe, um sie zu tragen. Wir fahren sie zur Notaufnahme." Sie zog ihn mit sich.

„Es gibt ein weiteres Opfer?" Mallorys Vorgesetzter ließ seinen Ärger hinter sich und lief rasch mit ihnen die Treppen hinauf.

„Ja, aber der Kerl hat auf sie geschossen, bevor er wegrannte. Es ging ihr davor schon sehr schlecht." Mallory rannte die Treppen hoch und beide Männer klebten an ihr wie Honig an einem Brot.

Alex machte einen Umweg. „Ich hole die Autoschlüssel", rief er den FBI-Agenten zu. Er wollte auch ihre Ausrüstung holen. Es dauerte weniger als zwanzig Sekunden, alles zusammenzuraffen und zurück aus dem Zimmer zu rennen. Er traf sie am Treppenabsatz, Mallorys Boss trug das geschundene Mädchen, das in Decken eingewickelt war. Ihre Augen waren zugekniffen und sie weinte vor Schmerz und Verzweiflung. Alex konnte sich nicht vorstellen, was sie durchgemacht hatte, und er selbst hatte reichlich Zeit in der Hölle verbracht. Mallory drückte ein Handtuch auf die Schusswunde, was die Blutung ein wenig verringerte. Alex ging voran und öffnete die Autotür, damit der Typ mit dem Mädchen auf dem Schoß hineingleiten konnte. Er warf ihr Gepäck in den Kofferraum.

„Ich fahre", sagte Mallory.

„Nicht diesmal." Alex setzte sich auf den Fahrersitz und ließ den Wagen an. Er begegnete dem kalten, blauen Blick des anderen Mannes im Rückspiegel. „Anschnallen."

Sobald Mallory ihre Tür geschlossen und den Sicherheitsgurt angelegt hatte, fuhr er los, das Auto mit extremer Geschwindigkeit über die Kiesauffahrt manövrierend.

„Festhalten", rief er ihnen zu und bog aus der Auffahrt mit quietschenden Reifen nach links ab. Für ihn war es nur wichtig, Mallory außer Gefahr und diese schwerverletzte junge Frau ins Krankenhaus zu bringen. Er würde nicht zulassen, dass einer von beiden je wieder etwas Schlimmes widerfuhr.

KAPITEL SIEBZEHN

MALLORY GING AUF dem Krankenhausflur auf und ab, wie sie es schon die letzte Stunde über getan hatte. So nah dran. Sie war so nah an dem Dreckskerl gewesen, der ihre Schwester aus ihrem Leben gerissen hatte, sie hatte ihm einen Moment in die Augen gesehen, bevor er abgehauen war.

Einen Moment lang hatte sie ihn tot gewollt, aber noch mehr wollte sie, dass er ihr sagte, was er mit ihrer Schwester gemacht hatte. Wo hatte er Payton begraben?

Der Drang, es zu erfahren war so intensiv, dass es ihre Fähigkeit, den Drecksack tatsächlich zu erschießen, beeinträchtigt hatte.

Alex hatte ihn direkt in die Brust erwischt, nur um festzustellen, dass der Kerl eine kugelsichere Weste getragen hatte. Der Mörder hatte gewusst, dass sie dort waren und erwartet, dass sie bewaffnet waren. Entsprechend hatte er geplant. Seine Handlungen hatten keine Gnade gezeigt. Er hätte Alex getötet, die verletzte Frau sterbend liegen gelassen und Mallory mitgenommen, mit welcher verdrehten Rechtfertigung dafür auch immer.

Brennende Hitze wärmte sie im Inneren. Ihre Fäuste krampften sich vor Wut und Frustration zusammen. Sie hätte ihren Elektroschocker benutzen sollen. Warum zur Hölle hatte sie nicht früher daran gedacht?

Sie ließen die Fingerabdrücke der verletzten Frau durch IAFIS laufen, aber Mallory war sich fast sicher, dass es sich um Kari Regent handelte. Ihr Gesicht war nicht mehr zu erkennen, aber wenn sie überlebte, bestand eine realistische Chance, dass ihr Gesicht wieder hergestellt werden würde, sobald die Schwellungen zurückgingen. Allerdings wusste Mallory, dass das Mädchen nie wieder dasselbe sein würde.

Warum waren ihre Fingerabdrücke auf der Mordwaffe eines Doppelmordes? Mallory bezweifelte nicht, dass sie hier ein Opfer war, aber wozu hatte der Kerl sie gezwungen, bevor er sie geschlagen und gewürgt hatte?

War er von hier? Die Morde an den McCaffertys und die Rückkehr nach Eastborne mit Kari an diesem Abend wiesen darauf hin, dass er einen Unterschlupf in der Nähe hatte. Vielleicht war er bei Lindseys Beerdigung gewesen? Oder hatte das Haus beobachtet?

Sie nahm sich vor, mit dem Sheriff zu reden und die Personalien der Trauernden zu überprüfen. Vielleicht sollten sie das Grab überwachen lassen, da Serienmörder ihre Opfer nach dem Tod oft immer wieder besuchten.

Sie zitterte.

Ohne Alex wäre auch sie ein Opfer geworden.

Sie wäre in ihrem alten Schlafzimmer überrumpelt worden, genau wie der Mörder es geplant hatte. Die verletzte Frau in ihrem alten Bett zu finden, hatte sie abgelenkt, ihre Priorität von der Jagd auf die Rettung verschoben. Er hatte das alles verdammt noch mal geplant, um sie zu schwächen. Intelligent. Organisiert. Skrupellos. Sadistisch.

Alex' Instinkte hatten sie beide gerettet. Sie wusste nicht, was sie getan hatte, um ihn zu verdienen, aber sie war dankbar, dass er da war. Er saß auf einem orangen Plastikstuhl, nach vorne gelehnt, die Ellbogen ruhten auf den Knien.

„Du bist ein verdammt guter Schütze", sagte sie ihm mit einer geradezu absurden Menge an Stolz in der Stimme. Er war nicht durch Gefühle und Adrenalin beeinträchtigt gewesen. Sie musste ihr Training intensivieren. *Er* war hier der Zivilist – allerdings einer, der eine der höchsten Tapferkeitsauszeichnungen ihres Landes erhalten hatte, wie sie sich ins Gedächtnis rief.

Alex nickte, als ob es keine große Sache sei.

Er hatte auch Frazer ohne Zögern außer Gefecht gesetzt. Zum Glück hatte er den Mann nicht getötet, ihre Karriereaussichten waren ohnehin bereits angeschlagen.

Wenn man vom Teufel sprach. Frazer schritt durch den langen weißen Flur auf sie zu.

„Wie geht es ihr?", fragte Mallory.

Frazer öffnete die Tür zu einem Wartezimmer, sah, dass es leer war und bedeutete ihr mit einem Kopfnicken, ihm zu folgen. Sie ging hinein, Alex war neben ihr. Frazer warf ihm einen Blick zu, verwies ihn aber nicht des Raumes. Ein Fortschritt? Sie bezweifelte es.

„Sie lebt. Gerade so. Die Fingerabdrücke passen zu Kari Regent." Sein blondes Haar lag platt an seinem Kopf. Der Mund war grimmig. Ein Kratzer auf dem Wangenknochen, ein Andenken an Alex' grobe Behandlung. Er sah nicht so tadellos aus wie sonst, aber sie hatte bemerkt, dass einige der Krankenschwestern dem FBI-Agenten genauere Blicke zuwarfen. Sie hatten Alex kaum angesehen. Irgendwie schaffte er es, mit dem Hintergrund zu verschmelzen – wahrscheinlich, weil er nicht mit figurativ vorgestrecktem Penis herumstolzierte. Da sie selbst das Rampenlicht scheute, war das noch etwas, das sie an ihm anziehend fand.

„Hat sie etwas gesagt?", fragte sie.

Frazer schüttelte den Kopf. „Sie haben sie in ein künstliches Koma versetzt, bis der intrakraniale Druck nachlässt, und sie machen sich Sorgen um interne Blutungen. Sie müssen vielleicht operieren, um die Schwellung zu verringern." Er hielt inne und holte tief Luft, die Verletzungen der jungen Frau gingen ihm deutlich an die Nieren. „Ihre Luftröhre ist gequetscht und sehr fragil. Sie wurde angekettet, vergewaltigt, geschlagen und gewürgt. Abgesehen davon leidet sie an Unterkühlung und hat eine Schusswunde. Es sieht nicht gut aus, aber sie ist stabil und sie ist hier." Er strich sich mit den Fingern über die Augen, als ob er versuchte, etwas von dem Gesehenen zu entfernen. „Wir haben DNA-Abstriche von ihrem Körper genommen, welche zur Gerichtsmedizin geschickt wurden. Das Haus Ihres Vaters ist jetzt ein Tatort. Wir werden alle im Sheriffbüro Aussagen machen müssen. Dann möchte ich zurückfahren und prüfen, ob wir etwas übersehen haben."

„Ich möchte nicht gehen, bevor ich weiß, dass sie wieder in Ordnung kommt." Sie wollte Kari beschützen, als ob sie ihr einen persönlichen Gefallen schuldete.

Frazer schüttelte den Kopf. „Es könnte Tage dauern, bevor sie aufwacht. Vielleicht Wochen. Ein Deputy bewacht die Tür..."

Alex unterbrach ihn. „Ich habe Rund-um-die-Uhr-Schutz arrangiert. Niemand wird sie je wieder verletzen." Die von ihm ausgehende Energie entsprang seinem inneren, leisen Zorn.

„Das FBI kann sie beschützen." Frazer sah ihn von oben herab an.

Alex machte einen Schritt auf Frazer zu. „Eine meiner Geschäftspartnerinnen ist auf persönliche Sicherheit spezialisiert, und sie schickt zwei ihrer besten Leute." Seine Oberlippe verzog sich und seine Augen wurden schmal. „Sie werden innerhalb einer Stunde hier sein. Niemand wird an ihnen vorbeikommen. Wie lange würde es dauern, bis Ihre Leute auftauchen? Lange genug, damit sie Kari Regent tot vorfinden?"

Mallorys Augen weiteten sich. Ihr Vorgesetzter und ihr Freund steuerten auf einen Schwanzvergleich zu, und sie wollte das nicht miterleben.

„Was ist das Problem mit zusätzlicher Sicherheit? Welchen Schaden kann es anrichten?" Sie schaltete sich rasch ein, wollte die Spannung entschärfen, die in dem leeren Wartezimmer knisterte.

„Ich möchte Hintergrundüberprüfungen von allen, die sie bewachen", stieß Frazer zwischen den Zähnen hervor. „Und sie geraten besser der Strafverfolgung nicht in den Weg."

„Die wissen, wie sie ihren Job zu machen haben."

Frazers Mund wurde bei diesen Worten schmal.

Der Kerl war ohnehin schon nicht gut auf Mallory zu sprechen. Alex machte es schlimmer. „Warum sind Sie gekommen, Sir? Nicht, dass ich die Verstärkung nicht zu schätzen wüsste." Auch wenn sie es dank Alex bewältigt hatten. Er wäre ein verdammt toller Partner. Besser als ihre sogenannten Kollegen beim FBI. Danbridge hatte sie an dem Tag, an dem sie Charlotte verlassen hatte, gewarnt.

Frazer blickte flüchtig in ihre Richtung. Seine Augen wichen ihren aus, und ein seltsamer Schauder strich ihre Wirbelsäule hinunter. „Ich beschloss, herzukommen und mit dem Sheriff über diesen Doppelmord zu reden."

„Sie haben sie als Köder benutzt und sind zu spät zur Party erschienen", stieß Alex hervor.

Mallory machte einen Schritt zurück. *Was?*

Frazer leugnete es nicht. Er lächelte angespannt. „Wenigstens hatte sie Sie, Mr. Parker. Meisterschütze, Indy 500-Fahrer. Nicht zu vergessen, Nahkampfspezialist." Frazers Miene wurde mörderisch, als er auf seinen zerrissenen Tausend-Dollar-Anzug hinunterblickte. „Ich würde sagen, der Täter hat Special Agent Mallory Rooneys neuen Freund definitiv unterschätzt."

So wie er.

Mallory war erschöpft.

Alex grinste höhnisch. „Ich lasse das Auto reparieren und ersetze den Anzug, aber Sie sind trotzdem ein Arschloch."

Vom FBI absolut nicht eingeschüchtert. Sie hatte diese Eigenschaft zum ersten Mal bemerkt, als sie ihn in Charlotte kennengelernt hatte. Und Zivilisten waren *immer* vom FBI eingeschüchtert.

„Sie überlassen es einer unerfahrenen Agentin, es mit einem Serienmörder aufzunehmen, sind aber nicht in der Lage, pünktlich einzutreffen. Hatten Sie gehofft, dass er sie entführt? Ihnen damit mehr Medienaufmerksamkeit bringen würde?"

Mallory erstarrte. War Frazer enttäuscht, dass der Typ sie nicht entführt hatte? Der Gedanke verursachte ihr Gänsehaut. Wenn Frazer dem Selbstjustizmörder half, hätte er vielleicht Grund zu der Hoffnung, dass jemand sie zum Schweigen brachte. Ein Serienmörder würde es tun, ohne dass er in Verdacht geriete. Sie verschränkte die Arme vor der Brust. Sie war unerfahren, aber sie war nicht dumm, und es passte alles nicht zusammen. „Stimmt das? Haben Sie mich als Köder benutzt?"

Steinharte Augen richteten sich auf sie. „Stellen Sie meine

Entscheidungen in Frage, Special Agent Rooney? Oder nur meine Fähigkeiten?"

Eine Welle der Unsicherheit traf sie. „Angesichts dessen, was heute Abend passiert ist, denke ich, dass wir – damit meine ich das FBI – diese gesamte Situation weitaus besser hätten handhaben können. Wir hätten wissen sollen, dass er heute Abend auftauchen würde. Wir hätten ihm eine Falle stellen können."

Frazer schloss seine Augen und drückte die Finger fest auf seinen Nasenrücken. „Im Nachhinein weiß man immer alles besser, Agent Rooney. Stellen Sie meine Autorität nicht wieder in Frage."

Im Moment traute Mallory ihm nicht über den Weg.

Alex war drauf und dran, ihn zu schlagen, aber Mallory berührte sein Handgelenk, der starke stetige Puls, der unter ihren Fingern schlug, beruhigte sie. „Ja, Sir."

Sie gab nach. Denn sie hatte einen Weg gefunden, ihre Jagd nach dem Selbstjustizmörder zu beenden und ihre FBI-Karriere fortzusetzen. Sie hoffte nur, dass Alex da war, wenn das hier alles vorbei war.

ALEX SAß IM Hauptraum des Polizeireviers in Greenville und wurde zu den Geschehnissen der letzten Nacht befragt. In Sheriff Williams' Büro mit den Glaswänden machte Mallory ihre eigene Aussage. Er konnte den Blick nicht von ihr abwenden. Abgesehen von einem knallroten Fleck über jedem Wangenknochen war ihre Haut schneeweiß. Ihr Gesicht wies etwas Zerbrechliches auf, das nicht dagewesen war, als er sie kennengelernt hatte. Eine Spur von Verletzlichkeit. Welche

Gefühle in den vergangenen Wochen auch in ihm gewachsen waren – nachdem jemand letzte Nacht versucht hatte, sie zu entführen, hatten sie sich auf gigantische Weise verstärkt.

Wenn er nicht darauf bestanden hätte, sie gestern zu begleiten, hätte es gut sein können, dass Mallory jetzt in der Gewalt eines Sexualstraftäters wäre. Der Gedanke erweckte in ihm den Wunsch, seine Faust in etwas zu rammen. Am besten in Frazers Gesicht.

„Was geschah dann?"

Alex warf dem Hilfssheriff, der seine Aussage aufnahm, einen Blick zu. Laut dem Namensschild handelte es sich um Deputy Sheriff L. Chance. Die Größe und Gestalt des Angreifers passte auf ihn. Wie auch auf den Sheriff und die Hälfte seiner Hilfssheriffs.

„Im Flur war ein Geräusch zu hören."

Die Leibwächter, die seine Partnerin Haley Cramer geschickt hatte, waren weniger als dreißig Minuten zuvor per Firmenhubschrauber eingetroffen. Sie wechselten sich ab, um jeweils ein Auge auf die beste Möglichkeit zu haben, die sich ihnen zur Ergreifung dieses Deckskerls bot. Wenn Kari Regent überlebte, konnte sie ihnen den Kerl skizzieren und ihnen vielleicht eine Beschreibung des Ortes geben, an dem sie festgehalten worden war. Dann hätten sie etwas in der Hand, mit dem sie anfangen konnten. Alex war immer überzeugter, dass der Ausgangspunkt irgendwo in der Nähe von Colby lag und mit dem verbunden war, was hier vor achtzehn Jahren geschehen war.

„Sie lagen schlafend im Bett?", fragte ihn Deputy Chance.

Alex schüttelte seinen Kopf. „Ich saß hellwach auf einem Stuhl."

„Sie saßen auf einem Stuhl, während Agent Rooney

schlief?"

„Wie ich gesagt habe." Alex starrte Mallory durch das Glas an. Er konnte sich nicht entspannen, seit dieser Dreckskerl versucht hatte, sie sich zu schnappen. Alex wusste, dass es nicht sein erster Versuch gewesen war und auch nicht sein letzter sein würde. Bis jetzt hatte Mallory Glück gehabt, aber sie konnte nicht ewig auf der Hut sein. Die einzige Art, dies zu beenden, war eine Kugel ins Gehirn dieses Drecksacks. Er trommelte mit seinen Fingern auf dem Schreibtisch. Der Polizist sah ihn immer noch an, als ob er auf eine Antwort wartete. „Wir wechselten uns mit der Wache ab."

„Also haben Sie Schwierigkeiten erwartet?"

Alex nickte. Frazer hatte auch Schwierigkeiten erwartet, aber der Hurensohn hatte nichts getan, um es zu verhindern. Warum? Alex' Augen verengten sich. War er etwa Teil des Gateway Projects? Der Teil, der ihn beim letzten Mal fast erwischt hatte?

Oder vielleicht glaubte er tatsächlich, dass Mallory – eine ausgebildete FBI-Agentin – es allein mit dem Kerl aufnehmen konnte. Alex runzelte die Stirn. Er war kein Sexist. Er hatte herausgefunden, dass einer seiner Mitattentäter weiblich war, und sie war eine der Besten. Frauen konnten Geheimagenten sein, verdammt gute Geheimagenten. Aber Mallory war noch nicht so weit. Sie brauchte weiteres Training, mehr körperliche Fitness und skrupellosere Entschlossenheit, jemanden zu verletzen.

Das gab Straftätern und Geheimagenten einen Vorteil gegenüber „normalen" Leute. Sie arbeiteten außerhalb der gesellschaftlichen Grenzen und schlugen schnell und hart zu. Niemand erwartete, von einem Mitmenschen angegriffen zu werden. Es verletzte das Sicherheitsempfinden grundlegend und ließ intelligente Menschen erstarren und gehorchen, während sie normalerweise um ihr Leben kämpfen würden.

„Ms. Rooney war in den letzten Jahren häufig in dem Haus. Warum ging sie davon aus, dass die vergangene Nacht anders sein würde?"

Alex wusste nicht, was das FBI vor Ort über die neu aufgetauchten Beweise mitgeteilt hatte. Wenn dieser Typ etwas über den Fall erfahren sollte, dann sollten andere Strafverfolgungsbeamte ihn darüber informieren. Er zuckte mit den Schultern. „Ich bin gerne vorbereitet."

Der Hilfssheriff zog seine Augenbrauen nach oben. „Und Sie laufen ständig mit einer SIG P229 durch die Gegend?"

Alex bedachte ihn mit einem kalten Lächeln. „Wenn ich nur ein Pusterohr dabeigehabt hätte, würde ich jetzt nicht mehr leben."

„Agent Rooney hat keinen Schuss abgegeben?" Sie sahen beide in Mallorys Richtung.

„Sobald sie die verletzte Frau stöhnen gehört hat, hat sie sich darauf konzentriert, sie zu retten."

Der Hilfssheriff schnaubte, als ob sie ihre Arbeit nicht sehr gut gemacht hätte.

„Gehen Sie schon lange mit ihr aus?"

Alex betrachtete den Polizisten. Das FBI kannte die Antwort auf diese Frage bereits.

Er wusste nicht, ob die Polizisten und FBI-Agenten zu der Schlussfolgerung gekommen waren, dass der PR-Mörder und ihr Doppelmord mit Payton Rooneys Entführung von vor achtzehn Jahren zu tun hatten. Er schon. Er hatte keinerlei Zweifel daran. Alles hing zusammen. Sie mussten nur herausfinden, wie.

Der Kugelschreiber des Hilfssheriffs hing in der Luft.

„Okay, was passierte dann?"

„Haben Sie Hilfssheriffs, die diese Wälder durchsuchen?"

Die Lippen des Hilfssheriffs spannten sich an. „Suchtrupps haben jeden Zentimeter abgegrast, und wir haben überhaupt nichts gefunden."

„Er kennt diese Wälder. Sie müssen weiterhin die Gegend durchsuchen lassen."

Der Hilfssheriff starrte ihn ausdruckslos an. „Wir wissen, wie wir unseren Job zu machen haben, Mr. Parker."

Alex sagte nichts. Dieser Typ war nur schwer zu erwischen, wenn man die Regeln befolgte. Zum Glück musste er das nicht. Er musste diesen Algorithmus überprüfen, den er geschrieben hatte, um Handyinformationen mit den Orten zu vergleichen, an denen die Leichen abgeladen und die Opfer entführt worden waren. Er würde die örtlichen Sendemasten dieser Gegend einbeziehen und sehen, was er herausfand. Er erzählte rasch den Rest der Geschichte, begierig darauf, von dort wegzukommen. Mallory sprach immer noch mit dem Sheriff.

„Warum haben Sie sich umgedreht?"

Alex blinzelte in Richtung des Hilfssheriffs. Waren sie noch nicht fertig?

„Im Schlafzimmer. Sie sagten, Sie hätten aus dem Fenster gesehen und sich umgedreht. Warum?" Der Hilfssheriff sah interessiert aus.

Alex zuckte mit den Schultern. „Ich habe etwas gespürt."

„Gute Instinkte."

Seine Augen verengten sich. „Ich hatte Glück." Er sagte dem Typen nicht, dass er oft Glück hatte.

„Dann haben Sie ihn gejagt?"

„Genau. Sind wir jetzt fertig?" Schmerz schoss durch Alex'

Kopf. *Beschissene Kopfschmerzen.* Er zog Schmerztabletten aus seiner Tasche und nahm sich ein Glas Wasser. *Scheiße.* Mallorys Mutter und Vater waren da. Er verdrehte die Augen, nahm an, dass die ganze Entourage ihnen dicht auf dem Fuß folgte. Sie rauschten zum Glasbüro des Sheriffs durch und schlossen Mallory in eine beschützende Umarmung.

Ein Gefühl der Isolation überkam ihn. Es war noch schlimmer als sonst, denn einige wenige Stunden lang hatte er erfahren, wie herrlich es sich anfühlte, Teil von etwas zu sein. Jetzt befand er sich wieder außerhab und schaute nach drinnen.

Wo es ihm gefiel. Wo er sein musste.

Er musste seine Gefühle in den Griff bekommen. Aber er konnte sich auf keinen Fall von Mallory zurückziehen, bis dieses Arschloch geschnappt worden war. Das bedeutete nicht, dass er sich vormachen musste, dass er und Mallory danach bis ans Ende ihrer Tage glücklich zusammenleben würden.

„Warum sind Sie ihm nicht in den Wald gefolgt?"

„Ich wollte weder Special Agent Rooney noch die verletzte Frau zu lange allein lassen." Alex verlor die Geduld.

Deputy Chances Lippe verzog sich. „Und als Sie zurückgingen, wurden Sie mit Supervisory Special Agent Frazer konfrontiert. Warum haben Sie sich der Verhaftung widersetzt?"

„Von Verhaftung war nie die Rede." Alex zwang sich, dem Mann nicht den Kopf abzureißen.

Der Blick des Hilfssheriffs war ungläubig. „Der FBI-Typ sagt, er habe sich als Bundesagent zu erkennen gegeben und Sie angewiesen, ‚die Waffe fallenzulassen'."

Alex rieb sich die Stirn. Der Mann machte ihn wahnsinnig. Deshalb wäre er ein schrecklicher Polizist gewesen. Zu viele monotone Befragungen. „Nach meinem Kenntnisstand hätte der Angreifer um das Haus herumrennen und mich dazu bringen können, meine Waffe fallenzulassen, bevor er mich erschießen würde. Er hätte es also durchaus sein können."

„Warum haben Sie ihm dann nicht in den Kopf geschossen?", bohrte der Hilfssheriff nach.

„Dem FBI-Typen oder dem Angreifer?"

Der Hilfssheriff stieß ein kurzes Lachen aus und warf einen Blick hinüber zu der Stelle, an der SSA Frazer mit seinem Team Hof hielt. „Beiden."

„Sobald ich wusste, dass der Angreifer eine kugelsichere Weste trug, hätte ich ihm ins Bein schießen sollen."

„Bringt man Ihnen denn nicht bei, wie man tötet, da wo Sie herkommen?" Der West Virginia-Akzent war jetzt besonders ausgeprägt.

Alex lächelte nicht. Er hatte zu vielen Menschen das Leben genommen, um das als Scherz zu verstehen. „Mallory möchte wissen, was ihrer Schwester geschehen ist. Sonst wäre er tot." Und dieser ganze Scheißdreck wäre vorbei. Er wäre frei und könnte weiterziehen. Das Wissen gab ihm das Gefühl eines klaffenden Lochs in seiner Brust.

„Sie glauben wirklich, dass es derselbe Kerl ist, der vor all den Jahren Payton Rooney entführt hat?" Der Hilfssheriff klang spöttisch.

„Ja." Alex stand auf, als die Rooneys aus dem Sheriffbüro kamen. Die Senatorin sah ihn an und machte eine gebieterische Kopfbewegung, damit er sich zu ihnen gesellte. Jippee. „Sonst noch was?", fragte er den Hilfssheriff.

„Nein, wir sind durch." Der Hilfssheriff lehnte sich in seinem Stuhl zurück. „Nicht wieder das Gesetz in die eigene

Hand nehmen, Mr. Parker."

Klar. Er holte Luft und ging zu den Rooneys, die gerade mit dem Sheriff sprachen. Er stand wie ein Schatten hinter der Gruppe, aber Mallory griff nach seiner Hand und zog ihn nach vorne. Diese Geste des Dazugehörens vor ihren Eltern ließ ihn den Atem anhalten.

„Das ist Alex Parker." Sie stellte ihn ihrem Vater vor und sie schüttelten sich die Hand.

„Ich möchte Ihnen danken." Der Handschlag des Richters war fest. „Wir haben gehört, dass Mallory ohne Sie höchstwahrscheinlich verletzt oder entführt worden wäre." Die Stimme des Mannes brach. „Ich weiß, dass sie eine FBI-Agentin ist, aber ich kann den Gedanken, eine weitere Tochter zu verlieren, nicht ertragen."

„Ich bin froh, dass ich zur Stelle war, Sir."

Frazer kam hinzu und Mallory stellte ihn ihren Eltern vor, während Alex einen Schritt zurücktrat. Er und Frazer waren nicht unbedingt Kumpel.

„Was tun Sie, um die Sicherheit meiner Tochter zu garantieren, SSA Frazer?", fragte der Richter.

„Ich wollte sie gerade zurück nach Quantico schicken."

Mallory öffnete ihren Mund, um zu widersprechen, schloss ihn aber, bevor irgendwelche Worte herauskamen. Ausnahmsweise war Alex mit Frazer absolut einer Meinung, aber er würde den anderen Kerl Mallorys Zorn abkriegen lassen.

„Sie sind zu verletzlich und zu nah an dem Fall dran, um die Beweise zu sichten."

„Kari Regent wurde knapp außerhalb von D.C. entführt." Mallorys Kinn war in aufrührerischer Anspannung. „Was lässt Sie vermuten, dass ich dort sicherer sei?"

„Wäre es wohl möglich, dass wir unter vier Augen miteinander reden, während die beiden das ausdiskutieren, Mr. Parker?", fragte die Senatorin ihn leise.

„Benutzen Sie mein Büro." Der Sheriff winkte sie hinein, auch wenn er offensichtlich mit seiner Arbeit weitermachen und nicht in endloser Politik gefangen sein wollte.

Alex folgte Senatorin Tremont hinein und schloss die Tür hinter ihnen. Sie ging hin und her – genau wie Mallory es im Krankenhaus getan hatte. Das Gefühl, beobachtet zu werden, saß ihm im Nacken.

„Denken Sie, dass dieser Mörder derselbe Mann ist, der Payton entführt hat?"

Alex nickte.

Sie blickte auf ihre teuren Lederpumps hinunter. „Ich möchte Ihnen dafür danken, dass Sie persönlich auf meine Tochter geachtet haben."

Er nickte. „Ich habe es nicht für Sie getan."

Ihre Lippen wurden schmal, ihre Augen verengten sich. „Warum haben Sie es dann getan?"

Auf gar keinen Fall würde er dieser Frau seine Gefühle gestehen, nicht einmal, wenn er sie selbst verstehen würde. Er lehnte sich gegen den Schreibtisch und zuckte mit den Schultern. „Wir sind zusammen."

Ärgerliche rote Flecken erschienen unter ihrem tadellosen Make-up. Sie wandte sich zum Fenster, wo niemand die Worte zwischen ihnen von ihren Lippen ablesen konnte. „Es ist mir gleich, ob Sie miteinander schlafen, aber wenn ihr irgendetwas passiert", ihre Stimme war leiser als ein Flüstern, „sind Sie schneller wieder in dem marokkanischen Gefängnis als Sie spucken können."

Wut fraß sich in sein Innerstes. Er legte seinen Arm um

ihre Schultern und zog sie in eine Umarmung. Sie war so biegsam wie Stein. Ihr Puls flatterte unbehaglich in ihrem Nacken. *Gut.* Er legte seinen Mund an ihr Ohr und sprach leise. „Das war nicht die Abmachung, Senatorin. Mallory hat mit unserer Vereinbarung nichts zu tun. Ich habe noch fünfhundertzwanzig Tage übrig, die Sie mit meiner Freiheit gekauft haben. Dann bin ich fertig. Für immer." Die ältere Frau erstarrte in seinen Armen noch mehr. Jedem Beobachter würde es wie eine Umarmung mit einer emotional verkümmerten Frau erscheinen. Seine Stimme wurde leiser. „Wenn Sie Ihr Versprechen nicht einhalten, lasse ich Sie auffliegen. Wenn Sie Mallory verletzen …" Er trat zurück und ließ seinen seelenlosen Blick die Arbeit machen. Sie zitterte.

Er wollte sich lösen, aber ihre Finger gruben sich in seine Oberarmmuskeln. Dann füllten ihre Augen sich mit Tränen, während sie von der mächtigen Senatorin zur machtlosen Mutter wurde. „Lassen Sie nur nicht zu, dass meinem Baby irgendetwas passiert." Sie schluckte. „Bitte."

Ein Kloß aus Gefühlen drohte, ihn zu ersticken, aber er konnte diese Frau nicht seine Schwäche erkennen lassen. „Ich werde mein Leben für ihre Sicherheit geben, das verspreche ich Ihnen." Er sagte ihr nicht, dass er alles opfern würde, um Mallory zu schützen, inklusive des Gateway Projects und der Senatorin selbst. „Warum haben Sie das FBI wegen Meacher angerufen?", fragte er leise.

Ihre Augen flackerten alarmiert, glitten dann über die Leute, die sie durch die Glaswand ansahen. „Ich … ich …"

„Um Mallory die Möglichkeit zu geben, gut dazustehen?"

„Warum sollte sie nicht diejenige sein, die die Lorbeeren einheimst? Dieses Tier agierte innerhalb ihrer Jurisdiktion." Gereiztheit flog über ihre Züge, sogar noch, als sie starr aus dem Fenster sah. „Ich wusste nicht, dass Meacher diesen Abend wählen würde, um sich ein neues Opfer zu suchen. Ich wusste nicht, dass sie einen sofortigen Angriff auf sein Haus starten würden", fauchte sie.

„Haben Sie noch andere Anrufe getätigt?" Er sprach über sie hinweg.

„Was? Nein!" Sie sah angesichts des Gedankens schockiert aus.

Er musterte sie kalt. Wie viele Politiker, so war auch diese Frau eine verdammt gute Lügnerin. „Ich traue der Person, die Sie innerhalb des FBI haben, immer noch nicht. Die Warnung, dass die Polizisten auf dem Weg zu Meachers Haus waren, kam so spät, dass wir uns fast an der Tür die Hände geschüttelt hätten. Entweder ist diese Person inkompetent, oder sie versucht, mich in den Knast zu bringen. Keines von beiden ist gut für Ihre Mitspieler im Gateway Project."

Sie schluckte nervös. „Es muss ein technischer Fehler gewesen sein. Eine Panne." Ihre Augen schossen zu SSA Frazer, der sie durch die Glasscheibe beobachtete. Alex wusste nicht, ob er der Maulwurf war, oder ob sie nur Angst hatte, dass er etwas mithörte.

Es würde Sinn ergeben, dass es Frazer war. Wenn die Senatorin den Kerl erpresst hatte, für ihre undurchsichtige Organisation zu arbeiten – und Alex würde es ihr zutrauen –, dann wäre es eine Art Rache, die Tochter der Senatorin in Gefahr zu bringen.

„Halten Sie Ihre Hunde unter Kontrolle, Senatorin", murmelte er in ihr Ohr. „Bevor sie Sie in den Hintern beißen." Er wandte sich um und öffnete dann die Tür für sie. Wie eine Königin rauschte sie an ihm vorbei. Mallory sah ihn mit ihren weichen Bernsteinaugen an.

„Tut mir leid. Was wollte sie von dir?", fragte sie, als er neben sie trat.

„Meine Firma engagieren, um dich zu beschützen."

Mallory schüttelte ihren Kopf. „Was hast du ihr geantwortet?"

„Dass ich mich schon darum kümmere." Er legte seinen Arm um ihre Taille und drückte ihr einen Kuss auf die Schläfe. „Ich gehe nirgendwohin, während dieser Kerl da draußen ist."

Seine Haut prickelte, als sie das Gebäude verließen. Wahrscheinlich lag es daran, dass er so nah an dem Justizsystem war, das er jedes Mal missachtete, wenn er auf eine Mission geschickt wurde. Das Justizsystem, das ihn erledigen würde, wenn es ihn je erwischte.

KAPITEL ACHTZEHN

D ER DEZEMBER HATTE mit der Skrupellosigkeit eines Fangeisens zugeschnappt. Einige Zentimeter Schnee bedeckten den Boden und tote Blätter zerfielen unter seinen Winterstiefeln. Zorn brannte tief in seinem Inneren und erstickte ihn fast. Seine Rippen taten verdammt weh. Er hatte sie fest eingebunden und besonders darauf geachtet, sich nichts anmerken zu lassen, auch wenn der Schmerz fast unerträglich war.

Mallorys Augen hatten genau den gleichen Farbton, den sie Paytons Augen gehabt hatten. Ihr Haar war ein wenig dunkler. Zu kurz, aber es würde bald wieder wachsen. Innerhalb eines Jahres würde es sich an seinen Fingern lang und seidig anfühlen.

Er folgte dem anderen Mann durch den Wald. Trotz des monumentalen Versagens des letzten Abends hielt sich alles aufrecht – gerade so. Die Medien hatten sich beim Rathaus häuslich eingerichtet, der Bürgermeister sah aus, als ob er einen Anfall bekommen würde, wenn der Sheriff diese Sache nicht bald löste. Er mochte den Sheriff, er war ein guter Mann, aber er hatte nicht die Absicht, die Last dieses Kerls zu erleichtern.

Zunächst einmal musste er sich um diese Schlampe Kari kümmern, bevor sie wirklichen Schaden anrichtete. Es wurde erzählt, dass sie bewusstlos war und es noch eine Weile bleiben würde.

„Wurde diese Gegend schon durchsucht?" Der Typ schob seinen beigen Hut zurück und wischte sich die Stirn ab. Trotz der Kälte schwitzte er wie ein Eber am Spieß.

„Zweimal." Er verbarg seine Gereiztheit nicht. Warum konnte dieses Arschloch es nicht einfach dabei belassen?

Sean Kennedy atmete schwer aus und straffte seine Schultern. „Noch einmal, für alle Fälle."

„Was suchen wir eigentlich genau?" Er stieß einen ungeduldigen Seufzer aus. Er hatte darauf geachtet, immer derjenige zu sein, der die Umgebung des Holzstapels durchsuchte, aber Kennedy ging beharrlich in diese Richtung. Er hielt sich wohl selbst für einen tollen Ermittler.

„Kleidung. Fußabdrücke. Blutspuren. Wir wissen es, wenn wir es sehen." Der andere Hilfssheriff zuckte mit einer fleischigen Schulter und wischte seinen Mund mit dem Handrücken ab. „Wäre das nicht was, wenn *wir* diejenigen wären, die nach all den Jahren herausfinden, was mit Payton Rooney passiert ist? Kanntest du sie?"

Ein Klumpen der Trauer fraß sich durch seine Eingeweide. „Nein, ich kannte sie nicht." Nervosität wuchs mit jedem Schritt durch den Schnee. „Wenn es irgendwelche Spuren gab, sind sie unter diesem Schnee begraben."

„Wir sollten Hunde herbringen."

„Der Mörder hat das Auto der McCaffertys genommen. Hunde werden uns nur sagen, welche Straße er genommen hat."

„Ja, aber der Mörder kam letzte Nacht zurück, um sich Mallory Rooney zu schnappen, also ist er vielleicht noch in der Gegend."

Sie kamen noch näher an den Pfad zu seiner Hütte. Kennedy war ein guter Polizeibeamter, der der Sache unbehaglich nahe kam und anfing, ihn zu verärgern. „Holen wir uns was zu essen und kommen zurück, wenn es morgen früh hell wird."

„Eine Minute", gab Kennedy ungeduldig zurück.

Normalerweise funktionierte der Vorschlag mit dem Essen bei dem Typen. Kennedy hielt an und sah sich in der Abenddämmerung um. *Komm schon, komm schon. Dreh um.* Dann sah der Hilfssheriff zu dem Holzstapel hinüber. „Sehen wir uns noch den Bereich da an. Dann hören wir auf."

Scheiße.

Er näherte sich seinem Kollegen vorsichtig von hinten, warf einen Blick über seine Schulter. Die anderen Teams hatten für diesen Tag schon aufgegeben und waren alle nach Hause gefahren. Er löste verstohlen sein Holster.

Sie folgten dem schwachen Pfad seiner früheren Fußstapfen zu der zentralen Lichtung, wobei er akribisch darauf geachtet hatte, nicht zu der Falltür zu gehen, sondern sich stattdessen auf den Holzstapel selbst konzentriert hatte. Die Zweige über ihnen bewegten sich, als der Wind durch sie hindurch pfiff. Schneeklumpen fielen zu Boden. Er sah hinunter und fluchte. Der Schnee war auf dem Metallring der Falltür geschmolzen und hatte einen deutlichen runden Abdruck hinterlassen. Er erkannte den genauen Moment, in dem Kennedy es entdeckte.

Kennedy drehte sich um und begegnete seinem Blick, Aufregung erfüllte seine Augen. Er legte einen Finger auf seine Lippen und zog seine Waffe. „Hier ist nichts. Gehen wir besser zurück", sagte Kennedy laut, fügte dann im Flüsterton hinzu: „Das hier bringt uns beiden eine verdammte Beförderung ein."

Er zog ebenfalls seine Waffe, dankbar, dass der andere Polizeibeamte keinen Funkspruch abgesetzt hatte. Kennedy wollte anscheinend lieber ein Held sein, als dem Protokoll zu folgen. Der Typ beugte sich zu dem Ring hinunter, warf dann die Tür zurück, die mit einem sanften Knirschen im Schnee landete. Drinnen war es stockdunkel, die Abenddämmerung machte es fast unmöglich, etwas zu erkennen. Kennedy griff nach seiner Taschenlampe und richtete sie auf die Treppen. „Polizei. Kommen Sie mit erhobenen Händen heraus", rief er laut.

Er sah erneut über seine Schulter. Niemand war in der Nähe.

Kennedy griff nach seinem Funkgerät. Er hatte jetzt zwei Möglichkeiten. Kennedy den Funkspruch machen lassen und abhauen, während die Gerichtsmedizin ihre Arbeit tat. Oder …

„Hörst du das? Als ob eine Frau schreit?", flüsterte er dringlich, machte einen Schritt vorwärts. Kennedy schob sich vor ihn. Der Typ wollte definitiv heute und hier der Held sein.

Kennedy nahm seinen Hut ab und warf ihn auf den Boden, bevor er vorsichtig die Holztreppe betrat, die unter seinem Gewicht ächzte. Kennedys gesamte Aufmerksamkeit war auf den Bereich vor sich gerichtet. Auf der dritten Stufe nach unten knallte er seine Dienstwaffe hart auf Kennedys Hinterkopf. Der Mann fiel hinunter auf den Erdboden. Er eilte die Treppe hinunter und befestigte schnell die Kette um Kennedys fleischige Handgelenke, während er die Schlüssel des Polizisten einsteckte. Er griff sich Isolierband und klebte es rasch auf den Mund, um Handgelenke und Knöchel. Er nahm Seans Funkgerät, Handy, Waffe und Marke. Er wusste, dass er ihn töten sollte, war aber nicht willens, es bereits jetzt zu tun.

Blut lief Kennedys Gesicht hinunter und seine Augen öffneten sich. Sie waren von Verwirrung dumpf und in ihnen glommen stumme Fragen, während seine Hände an der Kette zerrten.

„Ja, Seany, du hast den gottverdammten Fall gelöst." Er nahm einige Dinge aus den Regalen. Eine Bürste. Kari Regents Rucksack. „Ich habe übrigens gelogen, als ich sagte, dass ich Payton nicht kannte. Ich kannte sie besser als irgendjemand sonst. Ich liebte sie, und sie liebte mich. Tut mir leid, dass du derjenige bist, der es herausfinden musste." Er verzog lapidar das Gesicht. Er hatte nicht gewollt, dass dies hier passierte, aber Kennedy hatte sein eigenes Schicksal besiegelt. Er ging die Treppen wieder hinauf, hielt Ausschau, ob jemand zu sehen war, während er die Falltür über seinem Kollegen schloss und verriegelte. Sorgfältig breitete er Schnee darüber aus, bis sie erneut unsichtbar war.

Seans Verschwinden würde eines dieser unerklärten Geschehnisse sein, über die die Leute sich ab und an verwundert den Kopf kratzten.

Er ging zurück zu ihrem Streifenwagen, stieg ein und fuhr zu Deputy Kennedys einstöckigem Haus in einer ruhigen Straße in einer ebenso ruhigen Wohngegend. Er ging hinein – der Typ hatte in seinem ganzen Leben noch nie eine Tür abgeschlossen –, legte Waffe, Marke, Funkgerät und Handy auf die Arbeitsfläche in der Küche, wischte sorgfältig seine Fingerabdrücke und DNA von den Gegenständen. Dann ging er ins Schlafzimmer und stopfte Karis Rucksack unter das Bett. Er legte die Haarbürste auf die Kommode, berührte sie und erinnerte sich, wie er Paytons lange dunkle Haare gebürstet hatte, bis sie wie Ebenholz geglänzt hatten. Er wischte den Holzgriff ab und trat zurück.

Was dachte Kennedy jetzt? War er entsetzt und eingeschüchtert?

Er stieg wieder in den Streifenwagen und machte sich auf den Weg zum Polizeirevier. Wenn er gefragt wurde, würde er sagen, dass er Kennedy nach einer weiteren ergebnislosen Suche im Wald zu Hause abgesetzt hatte. Wenn er morgen nicht zur Arbeit auftauchte, würde jemand zum Haus geschickt werden, um nach ihm zu suchen. Wenn sie herausfanden, dass er verschwunden war, würde er an die erste Stelle auf der Liste der Verdächtigen rutschen. Die Haarbürste und der Rucksack sowie sein plötzliches Verschwinden sollten ihm Zeit verschaffen. Genug, um Kari umzubringen und sich Mallory Rooney zu schnappen. Alex Parker hatte ihn daran gehindert, aber das war nun vorbei. Er hatte vor, es dem Typen heimzuzahlen, indem er sich seine Frau schnappte. Die Polizisten hier in der Gegend waren nicht gerade Raketenwissenschaftler, und sogar das FBI erwies sich als Enttäuschung. Aber bis Kari Regent tot war, musste er anfangen, seinen Fluchtplan zu erstellen, nur für alle Fälle.

Geduld, erinnerte er sich selbst, während er an den ganzen Fernseh- und Medienwagen vorbeifuhr. Kari war auf der Intensivstation, und alle waren ausgesprochen wachsam. Solange er nicht in Panik geriet, wäre alles in Ordnung. Er sah aus dem Autofenster, als wieder sanfter Schneefall einsetzte und die Spuren, die er und Sean im Wald hinterlassen hatten, überdeckte.

Die Geduld war seine Verbündete.

IHRE ELTERN MOCHTEN mächtige Menschen sein, aber es gab keine Beziehungen mehr, die sie jetzt noch spielen lassen konnten. Eastborne war ein Tatort, bis die Bundesbehörden etwas anderes sagten. Mallory hatte ihre Eltern dazu gebracht, nach Hause zu fahren und die Polizei ihre Arbeit machen zu lassen. Sie hatte versprochen, am Wochenende im Haus ihrer Mutter mit ihnen zu Abend zu essen.

Jetzt waren sie und Alex wieder in der Wohnung ihres Vaters in D.C., und sie war bei der Ermittlung außen vor. Sie spannte ihren Kiefer an. Sie hätte helfen können, aber sie hatte seit Tagen kaum geschlafen und war so müde, dass sie kaum noch stehen konnte. Das beeinträchtigte allmählich ihre Fähigkeit, klar zu denken. Sie hatte vor, Hanrahan morgen von ihrem Plan, den Selbstjustizmörder zu schnappen, zu erzählen, aber jetzt wollte sie nur schlafen und sich keine Sorgen um einen Wahnsinnigen machen, der sie sich schnappen wollte.

Der Fernseher lief ohne Ton im Hintergrund. Er warf flackernde Bilder an die Wand. Die restliche Wohnung war dunkel. Alex kam nach einer Dusche ins Zimmer. Er beugte sich vor und küsste sie, ausgiebig und langsam.

„Du hast sicher Besseres zu tun, als bei mir rumzuhängen", murmelte sie an seinem Mund.

„Ich verbringe gerne Zeit mit dir." Er drückte sie nach hinten, bis er auf dem Sofa über ihr lag. „Ich verbringe verdammt gerne Zeit mir dir." Er knabberte an ihrer Unterlippe und sie stöhnte. Unfähig, ihm zu widerstehen, legte sie die Arme um seinen Hals und genoss seinen Geschmack. Das Schuldbewusstsein darüber, dass sie sich Glücksgefühle erlaubte, wurde durch die Tatsache gemildert, dass sie ohne Alex bereits tot sein könnte. Ihre Schwester hätte das nicht gewollt.

Sie zog sich zurück und starrte in diese Augen. „Ich kann nicht glauben, dass du in genau dem richtigen Moment in mein Leben getreten bist."

Er küsste sie erneut. Hitze breitete sich in ihrem Bauch aus, und noch etwas anderes. Etwas Beängstigendes. Etwas Unglaubliches. Er strich ihr die Haare aus der Stirn, umrahmte ihr Gesicht mit seinen Händen. „Ich glaube, ich bin genau im dafür vorgesehenen Moment in dein Leben getreten."

Schicksal? Mallory hatte Schicksal vor Jahren als wankelmütiges Etwas abgetan. Gefühle wallten auf, aber sie wollte nicht daran denken, was hätte geschehen können, wenn Alex am vergangenen Abend nicht da gewesen wäre. Stattdessen liebkoste sie das Innere seines Mundes und übernahm die Kontrolle über den Kuss, spürte die Kraft, als er ihr Fordern erwiderte. Er schmeckte wie ein starker, gesunder Mann und sie brauchte diese Stärke. Sie wollte mit dieser Macht spielen, die Wege herausfinden, auf denen sie ihn zum Stöhnen bringen konnte. Und sie wollte vergessen, dass da draußen ein Mann war, der sie als sein persönliches Spielzeug betrachtete.

Die Wohnung war relativ sicher und hatte ein gutes Alarmsystem. Eine ihrer Glocks lag auf dem Couchtisch. Die andere in der Schublade bei der Wohnungstür. Alex trug eine Waffe in einem Schulterholster, das an diesem unglaublich trainierten Köper verdammt sexy aussah.

Sie rollte ihn herum und landete auf ihm auf dem Boden. Beide lachten, aber das Lachen hörte auf, als ihre Finger sich zum obersten Knopf seines Hemdes bewegten. Er lag unbeweglich, während sie sich seinen Überkörper der Länge nach herunterarbeitete. Er wollte sie berühren, aber sie schüttelte ihren Kopf.

„Ich möchte mir dir tun, was immer ich möchte." Herausforderung klang aus ihrer Stimme. Sie brauchte etwas

Kontrolle in einem Leben, das völlig durcheinander geraten war.

Eine Seite seines Mundes hob sich. „Leg los."

Sie setzte sich rittlings auf seine Oberschenkel. Lust durchflutete sie und wurde in seinen Augen reflektiert.

Ihre Finger legten sich fester um seine Schenkel. „Sei sanft mit mir. Oder grob. Was auch immer ..." Er sagte es als Witz, aber als ihre Augen auf seinen Narben ruhten, begriff sie, dass Menschen ihn verletzt hatten, körperlich und seelisch. Sie senkte ihre Lippen auf die erste Narbe, dann die nächste. „Eines Tages", sagte sie zwischen den Küssen, „möchte ich, dass du mir sagst, wo du jede einzelne Narbe her hast." Sie drückte zwei Finger auf seine Lippen, bevor er protestieren konnte. „Nicht heute. Eines Tages."

Er hielt ihrem Blick stand, in seinen Augen lagen unausgesprochene Gefühle, aber er nickte letztlich.

Die Hitze seiner Haut verbrannte beinahe ihre Finger, als sie mit ihnen über seine Lippen strich, seinen Hals hinunter zu den Brustmuskeln und den flachen braunen Brustwarzen, den Six-Pack-Bauchmuskeln, die sich bewegten, als sie sie berührte. Sie hatte noch nie einen so schönen Liebhaber gehabt. Noch nie einen solchen Körper berührt. Aber das war es nicht, was Alex schön machte. Er sprach etwas in ihr an. Sie wusste nicht, was es war, aber sie passten zusammen. Perfekt. Ihre Lippen folgten den goldenen Haaren, die südlich eines Nabels nach unten verliefen. Alex war warm und sauber und schmeckte nach der Seife einer kürzlichen Dusche.

Sie öffnete den Knopf seiner Jeans, strich dann mit ihrem Finger über seinen Reißverschluss. Seine Augen verdunkelten sich.

„Das magst du?", fragte sie.

„Ich bin ein Mann. Wenn du meinen Schwanz anfasst, bin ich glücklich."

„Ich mag es, dass du ein Mann bist." Sie öffnete den obersten Knopf ihrer Bluse und sah, wie er den Atem anhielt, als sie den nächsten Knopf löste. „Ich mag es sehr." Sie hatte gesagt, dass sie ihn nicht verletzen würde, aber sie hatte nicht gesagt, dass sie ihn nicht foltern würde, bis er um Gnade flehte. Nächster Knopf. So, dass er einen Blick auf den schwarzen Spitzen-BH erhaschte, den sie nach dem Duschen angezogen hatte.

„Du wirst mich noch umbringen."

„Ich werde es versuchen." Sie öffnete den letzten Knopf und schlüpfte langsam aus ihrer Bluse, warf sie hinter sich.

Seine Finger krümmten sich, aber er berührte sie nicht. „Lass mich wissen, wenn ich helfen kann." Er betrachtete ihre Brüste.

„Ich glaube, ich habe alles unter Kontrolle." Sie drückte sich gegen seinen Reißverschluss und er verdrehte die Augen. Sie liebte das Gefühl seiner Haut, glatt und fest. Himmel, er war muskulös und schön. Nicht massig, nur gut trainiert.

„Du hast einen verdammt tollen Körper für einen Schreibtischhengst."

„Du hast einen verdammt tollen Körper für eine Regierungsangestellte." Er strich mit seinen Händen ihre Rippen hinauf, um sie über ihre sich sehnenden Brüste zu legen und richtete sich auf, um eine Brustwarze in seinen Mund zu nehmen. Die Liebkosung der rauen Spitzen ließen Schauder durch ihren Körper laufen, Empfindungen durchschossen sie, und sie klammerte sich an ihn. Seine Hände waren groß und erreichten jede Kurve. Sie sollte die Kontrolle haben, aber wenn Alex sie liebte, fühlte es sich irgendwie an, als ob sie alles bekommen hatte, was sie je gewollt hatte.

Sie schob sich nach hinten, gerade genug, um die Berührung zu lösen. Er stöhnte und fiel wieder zurück. Sie schob seine Jeans über seine Oberschenkel herunter und er streifte sie ab. Alex zog sein Holster ab und legte seine Waffe neben ihre auf den Couchtisch. Seine und ihre. Schließlich zog er sein Hemd aus und warf es mit einem Funkeln in seinen Augen hinter sich.

Sein Blick verschlang sie. Sie hatte Yogahosen an, weil sie vorgehabt hatte, heute Abend zu arbeiten, sich erneut die Akten anzusehen, die sie sich schon unzählige Male vorgenommen hatte. Aber sie brauchte eine Pause. Sie brauchte das Leben. Sie brauchte es. Mal stand auf und zog ihre Hose aus. Ihr fiel sofort auf, wie sich seine Pupillen weiteten, als er ihre schwarzen Spitzenhöschen betrachtete. Die hatte sie für ihn angezogen. Sie wollte ihm danken. Nicht dafür, dass er letzte Nacht ihr Leben gerettet hatte. Aber dafür, dass er sie daran erinnerte, dass sie ein Leben hatte und eines Tages vielleicht eine Zukunft haben würde.

Lust durchströmte sie, als sie seinen köstlichen Körper betrachtete. Gott, sie wollte ihn. Ein brennendes, zorniges Verlangen. Feuchte Höschen, zitternde Knie, Wo-ist-das-Kondom-Begehren.

Er stand auf. „Schlafzimmer."

Sie blinzelte. *Wirklich?*

Er griff seine Pistole, hob Mal hoch, trug sie in das andere Zimmer und ließ sie auf das Bett gleiten. Dann legte er seine Waffe auf den Nachttisch, bevor er ihr folgte und zwischen ihren Schenkeln zum Liegen kam. Seine stumpfe Spitze pochte gegen feuchten Stoff und die Versuchung, es einfach ohne Schutz zu tun, war fast überwältigend. Er glitt ihren Körper hinunter und verschob damit die Entscheidung.

Seine Lippen berührten jeden Zentimeter ihrer Haut, während er sich seinen Weg zurück zu ihren Brüsten küsste, ihre Brustwarzen befeuchtete, bis sie sich auf dem Bett wand und schon allein davon fast kam. Starke Arme hielten ihre Handgelenke an ihren Seiten fest. Sie mochte seine dominante Kraft, aber das war es nicht, was sie heute Nacht brauchte. Sie musste die Kontrolle haben, musste wissen, dass sie alles tun konnte, was sie wollte.

Er war dabei, sich abwärts zu bewegen und sie wollte es unbedingt, aber ... „Alex."

Das eine Wort genügte, um seinen Kopf nach oben zu bringen. „Was?"

Sie drückte ihren Körper hoch. „Heute geht es nach meinen Regeln." Sie nahm ihn in ihren Mund, legte ihre Hand um seine Hoden und bearbeitete ihn, bis seine Fersen sich tief in die Matratze bohrten. Dann leckte sie sich ihren Weg seinen Körper hinauf bis zu seinem sexy Mund. Sie lehnte sich hinüber, um ein Kondom aus der Schublade zu nehmen, und er nutzte die Gelegenheit, seinen Finger in ihr Höschen zu schieben, und sie nass und für ihn bereit zu finden.

„Du machst mich wahnsinnig."

„Jahre ohne Sex machen das mit einem Mädchen – ebenso, wie dem Tod knapp zu entwischen."

„Ich werde nicht zulassen, dass er dich kriegt, Mallory."

Sie nickte. „Ich werde es ebenfalls nicht zulassen."

Sie wollte ihre Unterwäsche abstreifen, aber er stoppte sie. „Lass es an."

Wäschefetisch. Sie ließ sie an.

Er nahm das Kondom aus ihren Händen und streifte es sich über. Dann zog er sie sanft über sich und schob ihr

Höschen zur Seite. Er war groß, erregt. Sie sank ein wenig hinunter und er knirschte mit den Zähnen. Mallory sah hinunter, der Anblick von ihm in ihr, der dunklen Spitze vor der blassen Haut, war so erregend, dass sie mit einem überraschten Erzittern kam. Er blieb völlig ruhig, als ob er Angst hatte, sich zu bewegen. Sie kniff die Augen zu, sank etwas weiter.

„Ich weiß, es ist deine Show, Süße, und glaub mir, ich beschwere mich nicht", seine Stimme war leise und kehlig, „aber wenn du dich nicht bald bewegst, fange ich wahrscheinlich an zu weinen." Die Sehnen an seinem Hals waren sichtbar. Er berührte sie nicht, abgesehen von der Stelle, an der sie vereint waren und dem Pochen seines Pulses gegen ihren inneren Oberschenkel.

Sie lehnte sich vor, um seinen Mund zu küssen. Sie spannte ihre Muskeln um ihn an und er fluchte. Sie mochte das. Sie mochte, dass er tat, was sie wollte, auch wenn er es anders machen würde. Sie begann, ihn zu belohnen, bewegte sich in langsamem, sinnlichem Takt ihres Körpers über seine feste Härte. Schweiß glänzte auf seiner Haut, ein leichtes Schimmern, das nach Salz schmeckte. Er war schön, verschwitzt und gehörte ihr.

„Du bringst mich echt um", flüsterte er, während sie ihre Brustwarze auf Reichweite seines Mundes senkte. Er gehorchte, die Zunge strich über die Spitze. Lust durchströmte sie, von ihrer Brustwarze bis zu ihrem Innersten. Der Drang nach mehr, nach allem, verstärkte sich und sie lehnte sich zurück, zuckte mit ihren Hüften, ritt ihn schneller, härter. Er hielt sich an ihr fest, drang tiefer, bäumte sich auf, jede Sehne seines Körpers mit dem Bedürfnis nach Entladung angespannt. „Ich kann nicht länger warten, Mallory …" Er warf seinen Kopf zurück, und sie spürte, wie er in ihr kam. Ihr eigener Körper reagierte, klammerte, stürzte sich in den Orgasmus, während ein Sturm der Ekstase in ihr explodierte. Erschauernd barg sie ihr Gesicht in seiner Halsbeuge, und er zog sie an sich.

Langsam wurde ihr Atem ruhiger. Nach einigen Momenten, in denen sie die Behaglichkeit seines Körpers an ihrem genossen hatte, fragte sie: „Was machst du an Weihnachten?"

Er spannte sich unter ihr an. „Ich arbeite normalerweise."

Sie lehnte sich zurück und strich mit ihren Fingern durch sein seidiges, kurzes Haar. „Verbringe die Feiertage mit mir."

Seine Augen bekamen einen seltsamen Ausdruck. „Werden denn deine Eltern nicht auch da sein?"

Trotz allem, was gerade in ihrem Leben geschah, war da dieses seltsame Freudengefühl, das sie jetzt eigentlich nicht spüren sollte. „Ich kann meinen Eltern absagen." Er war wichtiger.

Alex grunzte. „Mit Essen?"

Sie musste immer noch einkaufen gehen. „Hoffentlich."

Er nahm ihren Mund und rollte sie unter sich, presste sie tief in die Matratze, sich tief in sie hinein.

„Ist das ein ‚Ja'?" Sie lachte, spürte, wie er wieder erregt wurde.

Seine Nase blähte sich. „Wir werden sehen."

Sie hob eine Augenbraue. „Es könnte unsere erste Verabredung sein."

„Wir verabreden uns nicht, denk dran." Er stieß in sie, und sie unterdrückte ein Stöhnen. „Du hast nicht so etwas Dummes gemacht, wie dich in mich zu verlieben ... oder Mallory?", fragte er.

Gefühle wallten in ihr auf. Sie schüttelte den Kopf und schlang ihre Beine um seine Hüften. Sie sah, wie seine Pupillen sich weiteten. „Nein, Sir."

„Gut." Er schluckte. „Ich auch nicht."

Aber als sie in seine Augen sah, wusste sie, dass sie beide logen – und es fühlte sich dunkel und gefährlich und wundervoll an.

———

FRÜH AM NÄCHSTEN Morgen saß Mallory Hanrahan in seinem überfüllten Büro gegenüber. Alex hatte sie in Quantico abgesetzt und ihr gesagt, dass er sie abholen würde, um sie nach Hause zu fahren. Der seltsame Schmerz in ihrer Brust während seiner Abwesenheit bedeutete, dass sie tiefer in der Klemme steckte, als sie je für möglich gehalten hätte. Sie war verliebt.

„Das ist eine gute Idee", sagte Hanrahan zögerlich.

„Warum sehen Sie dann nicht glücklich darüber aus?"

Er brummte und bewegte sich auf seinem Stuhl. „Vielleicht möchte ich lieber nicht sicher wissen, dass ich jemanden in meinem Team habe, der einen Mörder mit Informationen versorgt."

Mallory saß still und bewegte sich nicht, auch wenn ihr Magen sich entschieden unruhig anfühlte. Von einem Serienmörder ins Visier genommen zu werden, beeinträchtigte sie mehr als sie realisiert hatte. Aber jedes Mal, wenn sie herumrutschte, verriet sie diesem Mann etwas über sich selbst. Im Verlauf der letzten Wochen hatte sie den Menschen, mit denen sie arbeitete, immer weniger über sich offenbaren wollen. Vertrauen war für sie nie zuvor ein Thema gewesen.

Das FBI repräsentierte alles, das am amerikanischen Justizsystem gut war, aber sie hatte sich noch nie so betrogen gefühlt, wie sie es tat, weil Frazer sie in jener Nacht auf einen Angelhaken gesteckt und sie vor der Nase des Täters hatte baumeln lassen.

Durch ihn war sie fast zu Tode gekommen.

„Sie dürfen es niemandem sagen, dies muss ein Geheimnis bleiben", bat Mallory diesen Mann, der ihr an Erfahrung Jahrzehnte voraus war. „Lassen Sie die Kollegen von der IT die Handys überwachen. Sagen Sie ihnen nicht, warum. Wenn sie kommen, müssen Sie ihnen sagen, dass es nur eine Übung ist."

Endlich sprach er. „Es gibt ein Häuschen, das wir benutzen können … es gehört meinem Schwager und befindet sich ungefähr eine Stunde Fahrt in nordwestlicher Richtung von hier. Es liegt auf Bundesland, also haben wir die entsprechende Zuständigkeit." Er schob seinen Kiefer von Seite zu Seite. „Er und meine Schwester sind in Ägypten, und ich wollte zu Weihnachten ohnehin dort hochfahren."

„Kann jemand es zu Ihnen zurückverfolgen?"

Er starrte sie mit diesen Augen an, die schon alles gesehen hatten. Dann schüttelte er den Kopf. „Ich glaube nicht. Es würde viel Recherche erfordern. Meine Schwester war Witwe, als sie wieder geheiratet hat, also war ihr Nachname nicht einmal Hanrahan. Ich habe den Ort ganz sicher niemandem gegenüber erwähnt."

„Wie machen wir es?"

„Sie machen gar nichts, außer zu beobachten." Er grübelte einen Moment darüber nach. „Es muss echt wirken, aber wir können keine anderen Strafverfolgungsbeamten einbinden. Ich möchte, dass dies innerhalb der Abteilung bleibt. Wenn die Medien auch nur eine Ahnung von einem Skandal bekommen, wird diese ganze Sache außer Kontrolle geraten und wir werden diese Leute nie finden. Ich fahre jetzt dorthin und benutze das Telefon im örtlichen Laden." Er zog einen digitalen Stimmenveränderer aus seiner Schublade. Es erinnerte sie daran, dass sie Lucas noch zurückrufen musste, um zu sehen, auf welchem Stand er sich in der Meacher-Ermittlung befand. „Ich werde darum bitten, zu Frazer durchgestellt zu werden – er war wegen des PR-Mörders in den Nachrichten, also ergibt es Sinn, dass jemand ihn wegen einer Belohnung kontaktiert. Frazer wird mich dann zurückrufen, und ich werde ihm sagen, er solle das Team versammeln und mich im Laden treffen, damit wir uns den Verdächtigen ansehen können. Er wird meckern und stöhnen, aber ich kenne ihn, er wird nichts dagegen haben, dass wir bei dieser Verhaftung ganz vorne dabei sind."

Ihr Plan war es gewesen, die Sichtung des Autos zu melden, das während des Doppelmordes in Colby gestohlen worden war. Der Kerl von der IT würde dann alle Handyanrufe von BAU-Agenten überprüfen, und wenn jemand mit dem Selbstjustizmörder zu tun hatte, würden sie es wissen – oder zumindest einen guten Eindruck davon haben, wer es sein könnte. Sie konnten das als Ausgangspunkt nutzen, Beweise zu sammeln.

Hanrahan blickte auf seine Uhr und die ganzen Papiere auf seinem Schreibtisch. „Wenn der Attentäter am Häuschen ankommt, wird er ein leeres Gebäude vorfinden."

„Sie möchten nicht, dass ein SWAT-Team dort wartet?"

Müde Augen begegneten ihren. „Für mich ist es am wichtigsten, die Integrität der BAU zu schützen. Wenn wir wissen, wer da mit drinhängt, wird derjenige uns den Attentäter ausliefern." Um der Todesstrafe zu entgehen. Er rieb sich beide Schläfen.

Sein Telefon klingelte, und er bedeutete ihr, zu warten, während er den Anruf entgegennahm. Als er auflegte, schwand Hanrahans Lächeln.

„Einer der Hilfssheriffs von Greenville ist verschwunden.“

Sie beugte sich vor. „Welcher?“

Hanrahan prüfte seine Notizen. „Deputy Sean Kennedy. Die Polizei hat Kari Regents Rucksack in seinem Haus gefunden und überprüft nun eine Haarbürste auf DNA.“

„Eine Haarbürste? Der Kerl war kahl wie eine Billardkugel, was will er mit einer Haarbürste?“, fragte Mallory.

„Genau das haben die sich auch gedacht.“

Mallory runzelte die Stirn. Es ergab keinen Sinn. „Ich kannte ihn als Kind, er ist etwa in meinem Alter. Damals war er nicht alt genug, um Payton entführt zu haben. Und auf keinen Fall ist er der Kerl, der mich in Eastborne angegriffen hat.“

Hanrahan zuckte mit den Schultern. „Er ist verschwunden, das ist verdächtig. Diese Angriffe waren ziemlich ausgeklügelt, also steckt vielleicht mehr als eine Person dahinter.“

Sie war sich ziemlich sicher, dass mehr als eine Person in Paytons Entführung verwickelt gewesen war, aber es fühlte sich trotzdem nicht richtig an. „Irgendwelche Neuigkeiten über Kari Regent?“ Die Eltern des Mädchens saßen an ihrem Bett, voller Trauer, aber mit einem Schimmer der Hoffnung.

Hanrahan seufzte. „Sie ist immer noch bewusstlos. Das FBI hat einen Phantombildzeichner vor Ort, für den Fall, dass sie aufwacht und reden kann.“

„Bei ihr hat er seinen ersten echten Fehler gemacht.“ Sie

wollte fünf Minuten allein mit dem Mörder. Fünf Minuten, um zu versuchen, die Wahrheit herauszufinden, bevor die Anwälte ihn in die Finger bekamen.

„*Falls* sie aufwacht. *Falls* sie sich erinnert.“

Verdammt. „Richtig. Wenn wir diesen Trick anwenden wollen, müssen wir es schnell machen, bevor sie den Kerl schnappen.“ Was hoffentlich so schnell wie möglich passieren würde.

Hanrahan lächelte. „Also, legen wir los. Bleiben Sie vorsichtig, Rooney. Bis wir ihn schnappen, vergessen Sie nicht, dass dieser Mörder es auf Sie abgesehen hat.“

Und auch auf die Hälfte ihrer Teamkollegen. „Danke für die Erinnerung, Sir.“

„Ich fange jetzt an, Ihnen laut Vorwürfe zu machen. Bereit?“

Sie nickte, es gehörte zu ihrer Tarnung, aber sie konnte ohne die traurige Berühmtheit und das Drama leben. Er begann, ihr zu sagen, dass sie unerhörte Risiken eingegangen war … blablabla. Sie öffnete die Tür, versuchte zu flüchten. Special Agent Barton kam vorbei, tat so, als ob sie nicht lauschte.

Übelkeit überkam Mallory aus dem Nichts heraus, und sie stürzte aus Hanrahans Büro. Gerade noch schaffte sie es zur Damentoilette, bevor sie sich übergeben musste. Sie hing über der Toilette und hoffte inständig, dass sie nicht krank wurde.

Es klopfte an der Tür.

„Sind Sie okay?“ Es war Barton.

Mallory wischte sich den Mund ab und betätigte die Spülung. Sie kam aus der Kabine und wusch ihre Hände, ließ dann kaltes Wasser über ihre Handgelenke laufen. „Ich hab wohl was Falsches gegessen.“

Barton bedachte sie mit einem trockenen Lächeln. „Während meiner beiden Schwangerschaften habe ich sechs Wochen lang jeden Tag gekotzt. Hat meine Kollegen richtig beeindruckt." Ihr Lächeln wurde etwas boshaft. „Ich habe es sogar geschafft, auf einen meiner Vorgesetzten zu kotzen, der ein besonders unerfreulicher Mann unten in Texas war."

„Ich bin nicht schwanger", entgegnete sie. Sie hatten jedes Mal verhütet.

Barton sah amüsiert, dann wehmütig aus. „Es ist nicht so schlimm, wissen Sie – Kinder zu haben –, solange man einen unterstützenden Ehepartner hat, kann man es mit der FBI-Karriere vereinbaren."

„Ich bin nicht schwanger." Wie alt waren diese Kondome? Verdammt, sie hatte nie daran gedacht, es zu überprüfen.

Barton zuckte mit den Schultern. „Nun, wenigstens ist Alex Parker wohlhabend. Sie könnten sich ein Kindermädchen leisten."

„Noch einmal: Ich bin nicht schwanger und es geht Sie nichts an." Sie versuchte, sich daran zu erinnern, wann sie das letzte Mal ihre Periode gehabt hatte. *Verdammt.*

„Ich habe sein Alibi überprüft. Jane Sanders sagt, dass sie alte Freunde sind, die sich an dem Abend von Lindsey Keebles Entführung zum Abendessen getroffen haben, also ist er definitiv nicht unser PR-Mörder."

Was sie bereits wusste.

Sie hatte es fast überhört, so entsetzt war sie darüber, dass ihre Periode ausgeblieben war. Sie fuhr zu der anderen Agentin herum. „Jane Sanders?"

„Ja, die Assistentin Ihrer Mutter. Ganz schöner Zufall, was?" Bartons schwarze Augen schimmerten wie Kohle. „Ich gehe in die Cafeteria, um mir einen Orangensaft zu holen.

Kann ich Ihnen irgendwas mitbringen?"

„Nein. Danke." Mallory ging zurück an ihren Schreibtisch. Ein Eisklumpen steckte in ihren Lungen und erschwerte das Atmen. Hatte ihre Mutter unfassbaren Aufwand betrieben, um diesen Mann in ihr Leben zu bringen – einen Mann, der als ihr Teilzeitleibwächter agieren sollte? Das war albern, aber … konnte das wirklich ein Zufall sein?

Sie musste Alex anrufen und ihn direkt fragen. Die Gefühle, die sie für ihn hatte, stellten alles, was sie zuvor erlebt hatte, in den Schatten, und vielleicht beeinträchtigten diese Gefühle ihre Vernunft. Und es gab etwas noch Wichtigeres, das sie überprüfen musste, bevor sie mit ihm sprach. Sie griff sich ihre Schlüssel und fuhr in die Stadt.

In der nächsten Drogerie kaufte Mal einen Schwangerschaftstest, ging in den nächsten McDonald's und verbrachte fünf lange Minuten wartend in der Toilettenkabine. Schweiß bildete sich auf ihrer Oberlippe, während sie zusah, wie sich die Linie im Fenster blau färbte. Sie schloss ihre Augen und spürte Panik in ihrer Brust aufsteigen. Sie wollte schreien. Was zur Hölle sollte sie jetzt tun?

Der Gedanke an ein Baby verursachte ihr Todesangst. Sie war in einem Beruf, in dem sie regelmäßig ihr Leben riskierte, und der Mann, der ihre Schwester entführt hatte, hatte sie im Visier, um ihr das Gleiche anzutun. Was zur Hölle würde sie mit einem Baby tun? Was würde der Mörder tun?

Innerhalb von fünf Sekunden wandelten sich ihre Gefühle vom Entsetzen über die Schwangerschaft hin zu dem Wissen, dass sie töten würde, um ihr Kind zu schützen. Was würde Alex sagen, wenn er es erfuhr? Himmel, was war, wenn er sich nur im Rahmen eines von ihrer Mutter ausgeklügelten Plans mit ihr traf? Ihr Magen drehte sich um, Tränen stiegen ihr in die Augen. Schwanger zu sein erklärte jedenfalls die Stimmungsschwankungen, die plötzlichen Tränen und die seltsame Übelkeit der letzten Zeit.

Klasse. Wenigstens war es nicht tödlich.

Was, wenn Alex an einer langfristigen Beziehung nicht interessiert war? Der Gedanke traf sie tief. Er hatte ihr zu Beginn gesagt, dass er nicht für eine Beziehung geeignet war – dass er Leute hängenließ. Vielleicht war er schon in dieser Situation gewesen? Sie konnte nicht wissen, ob er vielleicht irgendwo schon ein Kind hatte und es nicht leiden konnte.

Sie liebte Alex. Sie war sich ziemlich sicher, dass er sie auch liebte. Er konnte nicht jemand sein, der für ihre Mutter arbeitete. Das war verrückt. Aber sie wollte auf keinen Fall, dass er sich ihr gegenüber verpflichtet fühlte. Sie hatte Geld. Sie hatte einen guten Beruf. Sie legte ihre Hand auf ihren flachen Bauch. Es war noch früh, das Testergebnis konnte falsch sein.

Sie stand auf und alles drehte sich. Ihr Telefon klingelte, aber sie ignorierte es. Sie wusste nicht, was sie tun sollte. Sollte sie es ihm sagen, damit sie die Situation gemeinsam bewältigen konnten? Oder sollte sie es einige Tage für sich behalten, während ihr Gehirn sich an die Idee gewöhnte, und sie dabei half, den Selbstjustizmörder und den Serienmörder zu schnappen?

Die Tür quietschte, als jemand in die Toilette kam. Ihr Telefon vibrierte erneut, und sie erinnerte sich daran, dass sie immer noch im Visier des PR-Mörders war. Und jetzt musste sie sich nicht mehr nur um sich selbst kümmern. Ihre Hand griff an ihren Elektroschocker, denn wenn möglich wollte sie ihn lebend.

Ihr Herz raste, als sie durch die Kabinentür lugte und eine

Frau sah, die einen Kinderwagen schob. Sie stopfte ihren Elektroschocker und den Schwangerschaftstest in ihre Handtasche, würde später darüber nachdenken. Vielleicht war es falscher Alarm. Vielleicht hatte sie die Anleitung falsch gelesen. Sie kam aus der Kabine und wusch ihre Hände, sah, wie die Frau sich mit einem Kleinkind und einem Baby abmühte. „Brauchen Sie Hilfe?"

Die Frau sah unsicher aus und so zeigte Mallory ihr ihre Marke. „Ich bin FBI-Agentin, also kann ich ein Auge auf Junior haben, wenn Sie eine Minute brauchen."

Die Frau nickte. „Danke. Die meisten Leute begreifen nicht, wie schwierig es sein kann."

Mallorys Kehle zog sich zusammen. Sie hatte das Gefühl, dass sie es bald herausfinden würde. Die Frau und das Kleinkind verschwanden in einer Kabine. Sie blickte auf das schlafende Baby, so zufrieden, so … verletzlich. Der Gedanke an ein Kind fühlte sich seltsam an, fremd. Unglaublich. Aufregend. *Jesus* – als ob man ihr ein Wunder geschenkt hätte. Eine Möglichkeit, die Dinge besser zu machen. Aber zuerst musste sie sicherstellen, dass Paytons Mörder gefasst wurde. Die Art, wie sie ihn dazu brachte, ihr alles zu berichten, was sie wissen musste, würde ihr zeigen, welche Art Mensch sie wirklich war.

KAPITEL NEUNZEHN

S EIT ER ANGEFANGEN hatte, die Integrität ihres Spitzels beim FBI zu bezweifeln, hatte Alex sein eigenes Warnsystem für die PR-Mordermittlung eingerichtet, die nun vom FBI-Büro in Washington in Zusammenarbeit mit der BAU und dem Greenville County Polizeirevier geleitet wurde. Um es einfacher zu machen, hatte er Supervisory Special Agent Frazers Telefon verwanzt.

Dieser besondere Bericht war so frisch, dass Alex kaum Zeit hatte, seine Bürotür aufzuschließen, bevor er sich wieder umdrehte und ging. Er hatte eine Spur zum PR-Mörder und eine gute Stunde Vorsprung vor der BAU. Er nahm die Metro und ging den restlichen Weg zu seinem Lagerraum mit Garage. Er ging durch die Seitentür hinein. Das Sicherheitssystem war topmodern, mit verstärkten Stahltüren. Hier bewahrte er seine Waffen, seine Transportmittel, seine Verkleidungen auf. Er würde hier auf gar keinen Fall einen Einbruch riskieren.

Wie immer suchte er nach Wanzen. Die Zeit war knapp, aber er arbeitete am besten, wenn er die Routine befolgte.

Aus einem Bodensafe nahm er seine bevorzugte SIG P229 und den Schalldämpfer. Er wählte einen künstlichen Bart und eine Wollmütze, die seine Ohren bedeckte. Ohren waren so individuell wie Fingerabdrücke, also versteckte er seine so weit wie möglich, wenn er einen Job zu erledigen hatte. Ja, sogar Jeans waren schon benutzt worden, um Straftäter zu identifizieren.

Mallory hatte auf seiner Voicemail eine Nachricht hinterlassen, dass sie zu einer Verhaftung fuhren und es spät werden würde. Sie versicherte ihm, dass sie zu keiner Zeit und in keinem Zusammenhang allein sein würde. Mit etwas Glück schaffte er es, rechtzeitig in Quantico zu sein, um sie abzuholen, wenn sie beide fertig waren.

Wenn alles plangemäß verlief, würden ihre Probleme vorbei sein, und dann musste er einen Weg finden, aus ihrem Leben zu verschwinden. Die Alternative war zu verführerisch, aber sie verdiente etwas Besseres.

Der Gedanke ließ ihn innehalten.

Zum ersten Mal in seinem Leben wollte er die normalen Dinge, die Menschen wollten. Eine Ehefrau, ein Haus, eine Familie. All die Dinge, die er aufgrund der schlechten Entscheidungen, die er getroffen hatte, nicht haben konnte. Er hatte genug vom Lügen, genug vom Töten.

Aber jetzt hatte er keine Wahl.

Diesmal war es für Mallory. Um sie in Sicherheit zu bringen.

Er stieg in einen unauffälligen, silbernen Sedan und fuhr eine Stunde und zwanzig Minuten. Der meiste Schnee war geschmolzen, aber tief zwischen den Bäumen fand sich immer noch gelegentlich ein Fleck. Der Winter kam, ob man bereit war oder nicht. Unaufhaltsam – ein wenig wie dieser Serienmörder, der vor mindestens achtzehn Jahren angefangen hatte, junge Mädchen zu entführen und heute immer noch tötete. Es stellte kein wirkliches moralisches Dilemma dar, diesem Typen eine Kugel in den Schädel zu jagen.

Alex durfte den Kerl nicht unterschätzen. Er war intelligent, und Alex hatte keine Zeit, etwas Raffinierteres zu planen als einen schnellen Doppelschuss. Dieses Mal Kopfschüsse. Kein Rumstümpern mit Schüssen in den Körper, auch wenn das bedeutete, dass Mallory nie die Antworten bekommen würde, nach denen sie sich sehnte. Besser trauernd zu leben als tot zu sein.

Die Straßen wurden immer schmaler und einsamer, je weiter nördlich er kam. Er hielt an einem kleinen Laden am Seeufer an, ungefähr eine Viertelmeile vom Aufenthaltsort seiner Zielperson.

„Vermieten Sie Kanus?", fragte er den Kerl hinter der Ladentheke.

„Klar. Wird um diese Jahreszeit aber nicht viel danach gefragt."

Etwas zu viel Tageslicht für Alex' Plan, aber manchmal war es besser, sich zu tarnen, indem man sich nicht versteckte.

„Sie sind auf Urlaub hier?", fragte der Mann. Er hatte scharfsinnige Augen unter buschigen Augenbrauen. Dieser Kerl würde kein Gesicht vergessen.

„Ich bin auf dem Weg nach Denver, wo ich einen neuen Job antrete, aber ich konnte einem letzten Ausflug auf dem Wasser nicht widerstehen, bevor ich im Mittleren Westen lande."

„Die Landschaft ist herrlich. Würde wohl nicht schaden, eins rauszuholen. Ist noch kein Eis auf dem See. Das wären fünfzig Dollar pro Stunde und hundert Dollar Pfand. Die Kanus sind gleich um die Ecke." Er machte eine Kopfbewegung in die Richtung des Sees. „Wenn Sie Hilfe brauchen, sagen Sie Bescheid."

Er gab ihm eine Schwimmweste. Alex dankte ihm und zahlte bar. Kleine Scheine. Er machte sich keine Sorgen um Fingerabdrücke. Er hatte keine. Kontaktspuren-DNA war ein anderes Thema, aber angesichts der vielen Leute, die die Geldscheine über die Jahre berührt hatten, war es schwer, etwas zu beweisen.

Er trug das Kanu zu dem kleinen Steg und ging zurück, um das Paddel zu holen. Dann stieg Alex ein und stellte einen kleinen Rucksack zwischen seine Knie. Das Wasser war klar und ruhig. Die einzigen Blätter an den Bäumen waren gelb und hartnäckig. Draußen auf dem See war es kalt, sein Atem bildete Wölkchen, aber es war so friedlich, dass die Ruhe wie Balsam wirkte. Ein Fisch sprang aus dem Wasser.

Er ließ seinen Blick über die Häuser am Ufer schweifen. Ein hübscher Teil der Welt, aber nicht so abgelegen. Nachbarn würden merken, wenn jemand ein Häuschen benutzte, das leer sein sollte. Alex entdeckte das Grundstück und glitt daran vorbei. Es sah ruhig aus, die Vorhänge waren vorgezogen. Trotz der Novemberkälte kein Feuer. Es sah nicht aus, als ob jemand dort wäre. Er paddelte zu einer Bucht bei einer kleinen Landzunge und legte an einem kleinen künstlichen Strand an. Der See umgab ihn, der Hügel über ihm würde eine deutlich erhöhte Sicht bieten und ihm gleichzeitig ermöglichen, auf Distanz zu bleiben. Er sprang heraus und zog das Kanu auf den Strand. Auch hier war niemand zu Hause, was ein definitiver Vorteil war. Er kletterte auf den Hügel, von Bäumen verborgen, bis er die Stelle sehen konnte, an der dieser Typ sich verkrochen haben sollte. Das Grundstück war immer noch ein Stück entfernt, durch die Bäume gerade eben sichtbar. Die Minuten vergingen, aber er sah nichts.

Er saß ruhig. Kein Hauch von Rauch aus dem Schornstein.

Kein Auto auf dieser Seite des Gebäudes. Er wartete. Die Bundesbehörden nahmen sich in solchen Situationen Zeit und holten sich eine Menge Verstärkung. Er prüfte sein Handy, um sicherzustellen, dass es auf Vibrieren stand. Eine neue Mitteilung von Mallory. Sie musste mit ihm reden, versicherte aber, dass es nicht dringend sei.

Sein Herz zog sich zusammen. Was zur Hölle würde er wegen Mallory machen? Er hatte sich in sie verliebt, war in das Gefühl gestürzt wie bei einem schiefgelaufenen Fallschirmsprung. Schlimmer noch, sie hatte sich in ihn verliebt, und er wollte nicht, dass sie verletzt wurde.

Irgendwann würde sie ihn sitzenlassen müssen, weil sie unglaublich und er ein verlogenes Arschloch war. Aber bis dieser Typ tot war – zu einhundert Prozent nicht mehr atmend und ohne Hoffnung auf Wiederbelebung, diese Art von tot – würde er nirgendwo hingehen.

Ein Schauder lief seinen Rücken hinunter, und er runzelte die Stirn, als er seine Blicke über die Gegend schweifen ließ. Irgendetwas fühlte sich nicht richtig an. Bei Rodman hatte es sich auch nicht richtig angefühlt, und der war ein Pädophiler gewesen, der Kinder aus Spaß gevögelt hatte.

Die Stille der Wälder beschäftigte ihn. Es war *zu* still. Die ganze Situation wirkte wie eine Falle. Aber falls der PR-Mörder hier war, könnte es innerhalb von Minuten vorbei sein. Vorbei, so wie es mit Meacher vorbei war. Vorbei. Erledigt. Tot.

Die Kopfschmerzen waren wieder da. *Scheiße.* Irgendwas fühlte sich wirklich nicht richtig an. Er ging vorsichtig zurück, achtete darauf, kein Geräusch zu machen, als er zu seinem Kanu zurückkehrte und weiter den See hinunter paddelte, ihn ganz umrundete, bevor er am anderen Ende ankam. Dann paddelte er schnell zurück zum Kanuverleih. Auf gar keinen Fall würde er seine Instinkte ignorieren. Sie mochten fehlerhaft sein, aber die Tatsache, dass er noch lebte, bewies, dass sie im Allgemeinen richtiglagen.

Er brachte das Kanu zurück und nahm sein Pfand mit einem höflichen Lächeln entgegen. Ein silberhaariger Kerl blätterte Zeitschriften hinten im Laden durch. Alex' Nacken kribbelte. Er kaufte eine Tüte Chips und eine Dose Cola und stieg in sein Auto.

Sekunden später fuhr ein Konvoi aus drei Autos mit Regierungsnummernschildern vorbei. Mallory war im letzten Auto. Alex saß starr wie ein Kantholz da, aber sie sah nicht in seine Richtung.

Ein Gefühlsansturm erfüllte ihn. Obwohl sicher war, dass sie hier waren, um ihn zu verhaften, saß er hier und sah sie an. Die zwei ersten Autos leerten sich, aber anstatt ihn zu umstellen, eilten die Agenten die Treppen hinauf und konfrontierten den silberhaarigen Mann. Durch das Glas konnte er hören, wie sie sich über ‚Trainingsübungen' beschwerten.

Und dann begriff Alex, was vor sich ging. Es war eine Falle, aber nicht für ihn.

Die Falle war für denjenigen, der innerhalb des FBI für sie arbeitete.

Er ließ es langsam angehen, zweifelte nicht daran, dass sie schon seine Nummernschilder überprüft hatten, fuhr dann aber trotzdem weg. Die Tarnung sollte Bestand haben. Es war eine gute Tarnung, entwickelt, um die gleiche Regierung zu schützen, der das FBI diente. Er glaubte nicht, dass sie ihn verdächtigten, sonst läge er schon mit Handschellen auf dem Boden, auf eine weitere Rettung hoffend, die ihm die Leute, die seinen Rücken freihalten sollten, nicht gewähren würden.

Aus dem Augenwinkel sah er, wie Mallory sich umwandte und sein Profil genauer betrachtete. Schweiß lief seinen Rücken hinunter. Nicht aus Angst, erwischt zu werden, aber weil er die Frau anlog, die er bis in die Tiefen seiner armen wertlosen Seele liebte.

Er wusste, dass er sie nicht mehr weiter anlügen konnte.

Er fuhr über Nebenstraßen nach Westen. Dann hielt er an und rief Jane auf der sicheren Leitung an. „Es war eine Falle."

„Was meinst du damit?"

„Ich meinte, dass das FBI aufgetaucht ist, das Haus aber leer war. Ein Köder."

„Vielleicht ist der Mörder nur geflohen. Das FBI könnte gerade angekommen sein. Sie wussten, dass Sie nicht viel Vorsprung haben würden…"

„Nein. Sie verstehen nicht. Ich glaube, dass es eine Falle war, um den zu enttarnen, der für Sie innerhalb des FBI arbeitet. Wenn derjenige Sie kontaktiert hat, ist er in Schwierigkeiten. Können Sie ihn warnen?"

„Derjenige hat nicht angerufen. *Niemand* hat angerufen. Vielleicht wusste derjenige, dass es eine Falle war?" Ihre Stimme zitterte. „Wenn ich dort anrufe, um es nachzuprüfen, könnte es uns alle gefährden." Die Verschlüsselung war exzellent, aber alles konnte entschlüsselt werden, wenn man einen Anhaltspunkt hatte.

„Dann sind wir vielleicht in Sicherheit. Aber jemand ist uns auf den Fersen, und wir müssen unsere gesamte Vorgehensweise ändern." Scheiße, es war Mallory. Sie war ihnen auf die Spur gekommen und dann in die BAU versetzt worden. Sie arbeitete mit jemandem innerhalb der BAU, um das Gateway Project zu Fall zu bringen. Sie war ein helles

Köpfchen. Ein weiterer Grund, sie zu lieben.

Liebe? Mist.

„Werde deine Handys los und zerstöre für alle Fälle die SIM-Karten. Halte dich bedeckt, bis das alles vorbei ist … ich melde mich."

Jane klang zögerlich. „Du solltest eine Weile verschwinden."

„Das kann ich nicht." Er beendete das Gespräch. Er konnte sich nicht einmal daran erinnern, wie viele Tage sein Vertrag noch dauerte. Er wusste nur, dass er Mallory nicht verlassen konnte, bis der PR-Mörder tot oder verhaftet war.

Dann begriff er, dass es nur eine Frage der Zeit war, bis sie es herausfand – sie war zu klug, um die Zusammenhänge nicht herzustellen. Schweiß brach erneut auf seinem Rücken aus. Er musste es ihr sagen. Ihr ins Gesicht zu lügen war nicht möglich, das hatte er schon fast in dem Moment begriffen, in dem er sie kennengelernt hatte. Aber ins Gefängnis zu gehen und sie ohne Schutz zurückzulassen war ebenfalls keine Option.

Idiot. Er schlug mit der Faust auf das Steuer. Er hatte gewusst, dass jemand hinter ihnen her war, und er war arrogant genug gewesen, um zu denken, dass er irgendwie davonkommen konnte.

Sein Telefon klingelte. Mallory. Er nahm den Anruf an, weil er ihre Stimme hören musste.

„Alex?"

Ein Motel erschien vor ihm. „Ich muss dich sehen. Es ist nicht weit von dort, wo du gerade bist." Er nannte ihr den Namen. „Komm allein."

„Woher weißt du, wo ich gerade bin? Habe ich dich gerade hier gesehen?" Ihre Stimme enthielt ziemlich viel

Misstrauen.

Er beendete das Gespräch. Sie vertraute ihm entweder, oder sie tat es nicht. Er fuhr auf den Parkplatz des Motels und sah sich die Daten an, die seine Programme gefunden hatten. Vielleicht kam er für das, was er für sein Land getan hatte, ins Gefängnis, aber zuerst würde er die Frau retten, die er liebte.

WOHER WUSSTE ALEX, wo sie war? Mallory stand vor dem Laden und starrte verwirrt auf ihr Telefon. Hatte sie ihn hier beim Laden gesehen? In Verkleidung? In einem Auto, das sie noch nie zuvor gesehen hatte? Und er hatte das Gespräch gerade einfach beendet.

Was zum Teufel?

Hanrahan war damit beschäftigt, seinen Leuten mitzuteilen, dass sie einen Tag damit verschwendet hatten, an diesen Ort zu fahren. Sie waren ebenfalls angefressen.

Es war ihr egal.

Die Tatsache, dass Alex Jane Sanders – die Assistentin ihrer Mutter – kannte und die Verbindung nicht erwähnt hatte, wurde immer verdächtiger. Sie hatte dieses schreckliche Gefühl tief in ihrem Magen – wie Übelkeit, nur hundert Mal schlimmer, weil es nicht nachließ. Denn vielleicht hatte er sie die ganze Zeit nur im Auge behalten, weil ihre Mutter ihn bezahlt hatte. Wenn das stimmte, war es kein Wunder, dass es so schwer gewesen war, ihn ins Bett zu bekommen. Gott, ihr war schlecht.

Oder folgte er ihr heute einfach nur, um sie zu beschützen?

Das war etwas, das er tun würde.

Eine andere Theorie bildete sich in ihrem Gehirn. Eine tückische Idee, die jetzt, da sie Wurzeln geschlagen hatte, nicht mehr weggehen wollte.

Er war an dem Tag, nachdem Meacher in North Carolina getötet war, in ihr Leben getreten. Er war heute hier aufgetaucht, als sie die Falle mit einem anderen Serienmörder gestellt hatten. Könnte er …?

Nein. Es war lächerlich. Er beriet das FBI. Er kannte sich mit Computern aus. Er war ein verdammt guter Schütze. Er war in der Armee gewesen – diese verdammten Narben … Er hatte Frazer mühelos überwältigt. Nein. Nein. Nein. Er hatte eine Sicherheitsfirma. Er würde das nicht tun. Aber er war in einer einzigartigen Position … um der Selbstjustizmörder zu sein.

Ihre Hände zitterten. Warum hatte er ihr Telefongespräch beendet? Warum fuhr er diese alte Schrottmühle, wenn er seinen Audi hatte? Ihr Gehirn stritt mit sich selbst, und doch fanden sich plötzlich alle Teile zusammen. Er war in Charlotte gewesen. Er, der nicht innegehalten hatte, als sie angegriffen wurden, sondern reagiert hatte, als ob er für solche Dinge noch viel intensiver ausgebildet worden war als sie. Er war der Mann, hinter dem sie her war.

Sie war in einen ausgebildeten Attentäter verliebt und erwartete sein Baby. *Oh, Gott.* Ihr Mund wurde trocken.

Hanrahan war in eine hitzige Diskussion mit Frazer verwickelt.

„Was soll das heißen, es war eine Übung … eine Übung wofür?", erklang über die Lichtung hinweg.

„… meine Entscheidung, nicht Ihre …"

Barton war ebenfalls am Telefon. Vielleicht war sie mit dem Selbstjustizmörder im Bunde? Warnte sie ihn in diesem

Moment? War es Alex?

Und dann wurde es ihr bewusst – wenn Alex der Mann war, nach dem sie suchten, der Mann, der das Gesetz in seine eigenen Hände nahm und Recht sprach, wie er es für richtig hielt, dann hatte sie gerade einen Undercovereinsatz in die Wege geleitet, der damit enden könnte, dass sie selbst belastet werden wurde. Sie war mit dem „Selbstjustizmörder" in Verbindung gewesen.

Hysterisches Gelächter sprudelte in ihrer Kehle hoch. Sie musste hier weg.

Sie wünschte, sie hätte diese dumme Idee nie gehabt. Wünschte, dass sie in ihrem Büro sitzen, Verbalangriffen von Henderson ausweichen und Papierkörbe durchsuchen würde. Ihr Herz flatterte heftig klopfend in ihrer Brust.

Sollte sie ihn ausliefern?

Es gab keine Beweise – nur eine Ahnung.

Sie stolperte vor die Autos, als wäre sie betrunken. Frazer runzelte die Stirn. „Sie sehen beschissen aus. Sie müssen nach Hause." Er strich sich mit einer fahrigen Hand durch sein blondes Haar, brachte es damit völlig durcheinander.

War er es? War er der Spitzel?

Ihr Blick begegnete dem von Hanrahan.

„Wenn es Ihnen nicht gutgeht, Agent Rooney, sollten Sie nach Hause fahren."

Sie erkannte, dass er ihr den Ausweg bot, den sie dringend brauchte, und so spielte sie mit. „Ich habe wohl zum Frühstück was Falsches gegessen, Sir. Was ist denn los?", fragte sie ziemlich verzweifelt.

„Es war anscheinend nur eine Übung." Frazers Augen richteten sich wieder auf sie. Er sah unfassbar angefressen aus. Jesus, sie konnte kaum erwarten, dass er herausfand, dass es alles ihre Idee gewesen war. Ihr Magen bäumte sich auf.

„Sie können fahren", sagte er. „Denken Sie daran, sich in Quantico zurückzumelden. Ich möchte, dass Sie spurlos verschwinden, solange dieser Kerl noch frei herumläuft."

Barton wollte mit ihr ins Auto steigen.

„Nicht Sie, Barton", sagte Hanrahan. „Ich möchte, dass Sie mit uns zurückfahren. Ich brauche Ihr Telefon." Er streckte seine Hand aus und Barton sah ihn an, als ob er wahnsinnig geworden sei.

„Was? Warum?"

„Wir brauchen die Telefone von Ihnen allen. Wir machen ein Update." Es war eine so offensichtliche Lüge, dass Barton ihre Hand in ihre Hüfte stemmte.

„Auf dem Parkplatz eines Ladens?", spottete sie.

„Es wird nur ein paar Minuten dauern." Hanrahan wollte wahrscheinlich die Anrufprotokolle sehen und herausfinden, ob jemand sie im Vergleich zu den Sendemastdaten manipuliert hatte. Das war eine gute Idee.

„Was ist mit ihr?" Bartons Kopf bewegte sich ruckartig in die Richtung von Mallory, die gerade hinter das Steuer schlüpfte.

„Agent Rooney ist kein vollständiges Mitglied des Teams. Sie braucht das Upgrade nicht. Sie ist außerdem eine Bundesagentin, die ganz sicher in der Lage ist, ohne Leibwächter ins Büro zurückzufahren." Hanrahans Stimme war scharf, aber in seinen Augen stand eine Entschuldigung. Wenn ihr nicht kotzübel gewesen wäre, hätte sie ihn am liebsten abgeklatscht. Barton verkniff die Lippen und warf Hanrahan mit einem wütenden Blick auf ihn und Frazer das Telefon zu, bevor sie mit verschränkten Armen und schäumend dastand.

Mallory hielt nicht inne. Als der SSA seine Hand nach Frazers Telefon ausstreckte, dachte Mallory, dass der Typ explodieren würde. Stattdessen übergab er sein Handy. Sie legte den Rückwärtsgang ein, um das Auto zu wenden und er stand da und sah ihr zu, als ob er direkt in ihr Gehirn hineinsehen konnte. Mallorys Herz klopfte immer heftiger, obwohl sie weiterfuhr. Sie musste hier weg. Sie musste nachdenken.

KAPITEL ZWANZIG

MALLORY HATTE NIE das Bedürfnis verstanden, spurlos zu verschwinden. Bis jetzt.

Das Motel lag ungefähr fünfzig Kilometer östlich von Colby, West Virginia. Alex hatte ihr eine Mitteilung mit einer Zimmernummer geschickt. Sie sah an dem langweiligen Gebäude hoch, griff nach ihrer Handtasche und stieg auf dem Parkplatz aus dem Auto. Ein Geräusch hinter ihr ließ sie herumfahren, die Hand fest auf dem Griff ihrer Waffe.

Alex.

Ihn nur anzusehen tat weh, seine Miene war kalt und distanziert.

War das der echte Alex? Oder war der echte Alex der Typ, der sie liebte, bis sie seinen Namen stöhnte? Sie dachte, dass sie ihn kannte, aber ein Blick in diese verhaltenen Augen sagte ihr, dass sie sich etwas vorgemacht hatte.

Er wandte ihr den Rücken zu und ging zu einem silbernen Sedan – den, den sie beim Laden gesehen hatte. Er ließ den Motor an und wartete, beide Hände auf dem Steuer sichtbar. Sie starrte ihn ganze zehn Sekunden an, bevor sie hinüberging und einfach da stand. Trunken vor Wahnsinn.

„Nimm die SIM-Karte und Batterie aus deinem Telefon", sagte er ihr leise.

„Damit du mich an einen ruhigen Ort bringen, mich dort

töten und meine Leiche zurücklassen kannst, ohne verfolgt zu werden?"

Er hielt ihrem Blick stand. „Wenn ich dich hätte umbringen wollen, wärst du schon längst tot."

Ein scharfer Schmerz schoss durch ihre Brust. „Bist du der Selbstjustizmörder, nach dem ich gefahndet habe?"

Er sah sie nur an und sie fühlte sich klein und dumm.

„Ich muss die Worte hören, Alex."

Ein wilder Blick trat in seine Augen, so weit von dem kalten Starren entfernt, mit dem er sie empfangen hatte, dass sie fast einen Schritt zurückmachte. „Wie wäre es mit diesen Worten, Mallory. Ich liebe dich. Ich liebe dich seit dem Moment, in dem ich dich mit diesem blauen Auge sah, mit keinem Raum für irgendetwas in deinem Leben, außer der Suche nach dem Mörder deiner Schwester. Ich liebe dich, Mallory Rooney und ich werde dir alles sagen, was du wissen musst, aber nach meinen Bedingungen." Seine Augen schweiften wieder zur Straße, er hielt Ausschau nach ihrer Verstärkung.

Sie sog die Luft ein. Sie hatte diese Liebesworte hören wollen, aber was bedeuteten sie jetzt? Er hatte keine ihrer Anschuldigungen zurückgewiesen. Blut pumpte mit einem schmerzhaften Pochen durch ihre Adern. Sie hatten keine gemeinsame Zukunft. Sie hatte mit einem Mörder geschlafen. Hatte ihren Körper, schlimmer noch, ihr Herz, mit einem Mörder geteilt. Ihre Hand berührte ihren Bauch und sie schluckte. Sollte sie ihm von dem Baby erzählen?

Ein Schauder des Widerwillens durchfuhr sie. Würde er sie beide töten? Oder würde sie ihn ausliefern und eines Tages ihrem Kind gestehen müssen, dass es einen Vater hatte, der lebenslang im Gefängnis – oder noch schlimmer, in der

Todeszelle – saß und sie ihn dorthin gebracht hatte?

Sein Blick wurde weicher und flehte sie fast an, ins Auto zu steigen. Ihr Hals schmerzte vom Zurückhalten eines Schluchzens. Vielleicht war sie die größte Närrin der Welt? Sie konnte nicht glauben, dass der Mann, der so hart für ihre Sicherheit gekämpft hatte, sie nun verletzen würde. Natürlich hatte sie bis heute die Wahrheit über ihn nicht einmal geahnt, und er war wahrscheinlich davon ausgegangen, dass sie in glückseligem Unwissen bleiben würde. Ihr ganzes Leben war auf Unwissen aufgebaut, und nun zerfiel es. Es stürzte zusammen wie ein Kartenhaus in einem Wirbelsturm.

„Mallory." Seine Stimme wurde weich. „Steig bitte ins Auto. Wir fahren irgendwohin und reden. Ich verspreche, dass ich dir nichts tun werde."

Irgendetwas in seiner Miene ließ ein weiteres Stück ihres Herzens zerbrechen. Sie liebte ihn, aber sie wollte nicht dumm sein. Sie legte ihre Hand auf den Rand des Fensters. Er streckte seine Hand aus und berührte ihre Finger, als ob er es nicht schaffte, sie nicht zu berühren. Sie spürte die Verbindung bis in ihre Zehenspitzen.

„Es ist nur eine Frage der Zeit, bis das FBI herausfindet, dass du darin verwickelt bist. Das FBI hat alle Anrufe seiner Agenten überwacht, als wir diesen Undercovereinsatz vorbereitet haben. Er oder sie wird dich ausliefern. Das weißt du."

„Wer auch immer innerhalb der BAU arbeitet, kennt meine Identität genauso wenig wie ich seine. Und niemand hat mich angerufen und mir die Information gegeben. Ich habe Frazers Telefon verwanzt."

Ihr Herz brach. „Also bist du der Selbstjustizmörder."

Er sprach die Worte nicht aus, aber seine Augen sagten ihr

alles. Vielleicht hatte er Angst, dass sie verwanzt war und fünfzig Agenten im Hintergrund warteten, um auszuschwärmen und ihn zu verhaften. So hätte es ein echter FBI-Agent gehandhabt.

„Ich würde dich nie verletzen, Mallory. Das musst du mir glauben. Und ich werde mich stellen, aber nicht, bis du vor diesem Arschloch, das dich jagt, in Sicherheit bist. Danach ist mir alles egal. Ich bin durch." Seine tote Stimme kratzte eine weitere Schicht von ihrem Herzen. Wie konnte sie diesen Mann lieben? Schlimmer. Wie konnte sie es nicht?

Sie war eine Närrin, ihm zu glauben, aber sie stieg trotzdem ins Auto. Nahm dann ihr Handy auseinander und bewies, dass sie nicht nur dumm, sondern komplett verrückt war. Er fuhr los. Mehrere Meilen zu einem anderen Motel, die Stille knisterte vor Spannung. Er parkte und ging um das Auto, um ihre Tür zu öffnen.

Gute Manieren für einen eiskalten Mörder.

Sie folgte ihm die Stufen hinauf und zum letzten Zimmer. Er ging hinein und schloss die Tür. Sie wusste nicht, ob sie verängstigt oder verärgert sein sollte. Beide Emotionen bekämpften einander in ihrem Inneren – und der Zorn gewann.

Ihr Kiefer spannte sich an. „Du hast mich benutzt."

„Nein." Er legte die Autoschlüssel auf den Schreibtisch neben dem Fernseher und setzte sich in einen Stuhl, legte die Hände über sein Gesicht. „Ich habe dich nicht benutzt. Du hast mich verführt, und ich habe mich Hals über Kopf in dich verliebt."

Heiße, blendende Tränen füllten ihre Augen. Sie wollte ihm glauben. Aber sie konnte es nicht. „Du weißt, dass ich nach dir gefahndet habe. Du weißt, dass ich ViCAP nach

Selbstjustizmördern abgesucht habe."

Er leugnete es nicht.

„Mit wem in der BAU arbeitest du?"

„Ich habe dir gesagt, dass ich es nicht weiß."

„Ich bin nicht hergekommen, um mir Lügen anzuhören, Alex. Ich muss dich ausliefern." Ihre Stimme brach, aber sie ignorierte es. „Wage es nicht, mich anzulügen." Sie trat einen Schritt auf ihn zu und er hob den Kopf, um sie anzusehen. Ihre Karriere war vorbei, wenn die, die etwas zu sagen hatten, von ihrer Beziehung erfuhren. Um Himmels Willen, sie erwartete sein Baby. Sie brauchte ihren Job, um herauszufinden, was Payton geschehen war, aber alles verblasste ins Nichts, wenn man es dagegen aufwog, dass sie diesen Mann verlor, in den sie sich verliebt hatte.

„So funktioniert es nicht", sagte er.

Sie sah ihn aus schmalen Augen an. „Was funktioniert so nicht?"

„Das Gateway Project. Man teilt uns die Identitäten der anderen in die Organisation involvierten Leute nicht mit. Wir kommunizieren durch Mittelsleute." Seine Augen waren voller Geheimnisse.

Er wusste verdammt viel mehr als er sagte. Oder er war wahnsinnig. Oder vielleicht war sie das. „Das Gateway Project?"

„Es ist eine geheime Regierungsorganisation, die Leute wie mich nutzt, um sich zielführend um Gewaltverbrecher zu kümmern."

„Zielführend? Du schießt ihnen in den gottverdammten Schädel!" Ihre Knie zitterten, sie sank auf das Bett und ließ seine Worte wirken. „Das kann nicht von der Regierung ausgehen. Wir haben Gefängnisse und die Todesstrafe, um uns um diese Fälle zu kümmern…“

„Ist dein Gerechtigkeitssinn immer noch so schwarz-weiß? Gibt es keinen Platz für Grau, nicht einmal nach allem, was deine Familie durchgemacht hat?“

Sie weigerte sich, zu antworten. Weigerte sich, zu reagieren.

„Weißt du, wie lange die meisten Familien der Opfer darauf warten, dass die Todesstrafe ausgeführt wird? Nachdem die Anwälte die Verschiebungen, das Verfahren, den Berufungsprozess, das Habeas Corpus durchhaben? Es kann bis zu fünfundzwanzig Jahre dauern. Und das sind nicht einmal die Fälle, in denen die Schuld nicht völlig erwiesen ist. Das Justizsystem soll die Waagschalen ausbalancieren, aber stattdessen foltert es die Familien der Opfer jahrzehntelang.“

„Mord ist nie moralisch.“

„Denkst du, ich wüsste das nicht?“ Er schloss die Augen, aber sie hatte den Schmerz in ihnen schon gesehen. „Jedes Individuum ist für seine Taten verantwortlich – auch ich. Ich töte nicht gerne, aber das ist es, was mein Land von mir erwartet, und ich tue es.“ Er holte tief Luft, seine Stimme war wieder ruhig. „Weißt du, was Mordprozesse kosten? Siebzig Prozent mehr als andere Prozesse. Seit 1978 hat es allein in Kalifornien vier Milliarden Dollar gekostet, die Todesstrafe umzusetzen.“

„Du kannst ein menschliches Leben nicht beziffern.“ Mallory fuhr mit ihrer Hand durch ihr kurzes Haar.

„Natürlich kann man das. Gesundheitsversorgung und Strafverfolgung kosten Geld, oder? Wie viele zusätzliche Polizisten hätte man mit vier Milliarden Dollar einstellen können, um in Kalifornien Streife zu gehen und den Staat sicherer zu machen?“ Die Kurve seines Mundes verärgerte sie.

„Ist es wirklich einfacher, den Mann, der sich in dich verliebt hat, als kaltblütigen Attentäter zu sehen, anstatt einfach als eine andere Art der Strafverfolgung?“

„Alex … was du tust, ist keine Strafverfolgung. Es ist Mord.“

„Ich diene meinem Land. Auf die gleiche Art, auf die ich in Uniform gedient habe. Und ich führe Befehle nicht aus, bis ich nicht zu einhundert Prozent überzeugt davon bin, dass die Zielperson schuldig ist. Ich sage nicht, dass es richtig ist, ich sage dir nur, wie es ist.“

Mallory begriff, dass er entweder unglaublich gut log, verrückt war, oder dass diese Sache viel größer war als sie und Hanrahan je vermutet hatten. „Wer leitet das Gateway Project?“

Sie tauschten einen schweigenden Blick aus. Er würde es ihr nicht sagen. Kälte drang durch ihre Kleidung, ihre Haut fühlte sich an wie in Eis getaucht.

„Jetzt musst du eine Entscheidung treffen“, sagte er ihr.

Sie berührte unwillkürlich ihren Bauch. Seine Augen folgten der Bewegung, aber sie bezweifelte, dass er ihre Bedeutung verstand. „Ich kann nicht so tun, als ob ich es nicht wüsste, Alex.“

Tiefe Furchen zeigten sich zwischen seinen Brauen. „Scheiße, das weiß ich. Aber bevor du es deinen FBI-Bossen erzählst, möchte ich dir helfen, den Mann zu finden, der deine Schwester entführt hat. Den Mann, der hinter dir her ist. Dann kannst du mich ausliefern. Das sollte deine Karriere retten.“

Mallory sah ihm kalt in die Augen. Wie kam es, dass er sie so genau kannte? Er bot ihr die Möglichkeit, den Mann zu erwischen, der ihre Familie, die Ehe ihrer Eltern und das Leben ihrer Schwester zerstört hatte, ohne dass sie die Folgen tragen musste. Der Gedanke, dem Mörder Schmerzen zuzufügen, ihn leiden zu lassen und vielleicht sogar den Abzug zu betätigen, war verführerisch.

Wozu machte sie das?

Zu einer Heuchlerin.

Aber wo war die Leiche ihrer Schwester? Sie hatte keinen Zweifel, dass Alex ihr helfen konnte, diese Information zu bekommen. Es war so verführerisch. Er bot ihr alles an, von dem sie gedacht hatte, dass sie es wollte. Nun wollte sie nur ihn und ihr Baby und die Art normales Leben, das viele Leute als selbstverständlich ansahen.

Sie versuchte, tief einzuatmen, aber es gelang ihr nicht. Sie fühlte sich, als ob ein Pferd sie in die Brust getreten hätte. Mal wollte diesen Serienmörder tot sehen, aber auf keinen Fall würde sie zulassen, dass Alex ihn für sie umbrachte. Rache klang kleinlich. Ausgleichende Gerechtigkeit klang so viel besser.

Traurigkeit wirbelte durch ihr Gehirn. Nach all diesen Jahren kam sie endlich der Wahrheit darüber näher, was ihrer Zwillingsschwester geschehen war, aber nun würde sie den Mann verlieren, den sie liebte. Aber sie konnte jetzt nicht über Alex nachdenken. Über Alex nachzudenken tat weh. Er hatte sie angelogen. Sie hintergangen.

„Wusstest du von Payton, bevor wir Sex hatten?"

Er sah sie an. Seine Augen wiesen wieder diesen silbrig-rauchigen Glanz auf, den sie immer so unwiderstehlich fand. Das gutaussehende Gesicht und die breiten Schultern entsprachen nicht dem Aussehen, das ein gnadenloser Mörder haben sollte. Endlich nickte er, und Schmerz durchschnitt sie.

„Was noch?"

„Ich war einer der Männer, die du in deinem Haus in

Charlotte gestellt hast." Er hob seine Hände hoch, als sie ihn schlagen wollte. „Ich habe den Ort überwacht und sah, wie der andere Kerl das Schloss knackte. Ich bin ihm gefolgt, um ihn davon abzuhalten, dich zu verletzen. Ich glaube, es war der gleiche Kerl, der die ganze Zeit hinter dir her war."

„Also hast du mich gerettet, indem du mich halb zu Tode erschreckt hast?" Sie atmete tief durch die Nase ein. „Was noch?"

„Ich habe die Wohnung deines Vaters, deinen Laptop und dein Handy verwanzt."

Ihre Augen weiteten sich, das Atmen tat plötzlich weh. Zorn stieg in ihr auf wie ein Drache, der durch ihre Lungen schnaubte. Die Verletzung ihres Lebens und ihrer Privatsphäre war übelkeitserregend.

„Ich habe dir zugesehen, wie du jeden Abend gearbeitet und nach diesem Dreckskerl gesucht hast. Nicht ausgeruht, kein Leben geführt."

„Das war meine Entscheidung, Alex. Meine Entscheidung. Du hattest kein Recht, mich auszuspionieren." Sie war noch nie so wütend gewesen. Ihre Haut spannte, der Kopf war schwer, sie spürte einen dumpfen, pochenden Schmerz.

Er schloss die Augen und schluckte. „Ich weiß. Ich habe es trotzdem getan."

Die Erkenntnis traf sie wie ein blendender Blitz. „Du warst derjenige, der mir die Schachtel mit Informationen über andere Fälle geschickt hat?"

Sein Lächeln verzog sich. „Nicht, dass es viel gebracht hätte."

Ihr Zorn verpuffte, ließ Trostlosigkeit zurück. „Hast du es auf eine Beziehung mit mir abgesehen, weil ich zum Thema Selbstjustizmörder ermittelte?"

Seine Lippen wurden schmal. Lippen, die jeden Zentimeter ihres Körpers geschmeckt hatten. „Ich habe mir gesagt, dass das der Grund ist, aber das war eine Lüge." Er sah auf seine Armbanduhr. „Hör zu, du musst dich entscheiden. Wir haben nicht viel Zeit, bevor dieser Typ abhaut. Die Ärzte planten, Kari Regent heute aus dem künstlichen Koma zu holen."

„Vielleicht ist er schon weg?"

Alex' Mund wurde hart. „Das glaube ich nicht."

Sie bekam Gänsehaut. Der Mörder wartete auf sie, und ohne Alex wäre sie diesem Kerl schon ausgeliefert.

„Ich werde nicht zulassen, dass er dich kriegt." Er nahm ihre Hand in seine und sie sah das Glitzern in seinen Augen, bevor er den Blick abwandte. Aber es konnte auch alles ein Trick sein. Eine Methode, sie zu manipulieren.

Gedanken wirbelten durch ihren Kopf. Sie war zwiegespalten. Verwirrt. Sie hatte sich in diesen seltsam verletzlichen Attentäter verliebt, aber sie musste ihn ausliefern – oder nicht? „Die Narben auf deinem Körper. Wie hast du sie bekommen?"

„Ein Andenken an einen Waffenhändler in einem marokkanischen Gefängnis, in dem die CIA mich verrotten ließ, nachdem ein Einsatz schiefgegangen war."

„Du warst bei der CIA." Das erklärte viel darüber, was er tat und wie er es tat. Die Agency hatte ihre eigenen Regeln. Kein Wunder, dass Alex wusste, wie man sie beugte. Kein Wunder, dass er keinen Respekt für das FBI hatte – die Rivalität zwischen beiden Behörden ließ nichts anderes zu.

„Sie werden nichts von dem zugeben, was ich für sie getan habe. Das Gateway Project bot mir an, mich aus dem Gefängnis zu holen, falls ich ihnen drei Jahre lang ähnliche

Dienste leiste."

Machte ihn das zu einem bösartigen Mörder oder zu einem Patrioten? „Es ist illegal, gegen amerikanische Staatsbürger vorzugehen."

Sein Lachen war ohne Fröhlichkeit. „Alle Attentate sind illegal, aber irgendwie können die meisten Leute damit leben, dass die CIA unbekannte Bedrohungen auf fremdem Boden ausschaltet. Die Arbeit für das Gateway Project bringt wenigstens mit sich, dass die von mir getöteten Leute der Abschaum der Erde waren und nicht nur anti-amerikanisch."

„Meacher?"

Er nickte.

„Was hat Jane Sanders damit zu tun?"

„Sie ist eine Freundin, nichts weiter." Seine Augen waren ausdruckslos. „Nachdem ich dir begegnet bin, gab es keine andere. Es wird nie wieder eine andere geben."

Sie wusste nicht, ob er log oder nicht. „Sie arbeitet für meine Mutter."

„Ich weiß, für wen sie arbeitet, und nein, ich habe nicht mit dir geschlafen, weil deine Mutter mich dafür bezahlt hat. Es gibt nicht genug Geld auf der Welt, dass ich mich auf diese Art prostituieren würde."

„Aber Mord ist für dich in Ordnung?"

Er lachte und nickte in Richtung ihrer Glock. „Was ist das an deiner Hüfte, ein Laserpointer?"

Mal verschränkte ihre Arme vor ihrem Brustkorb. „Ich bin Bundesagentin. Ich trage eine Waffe, um Menschen zu schützen."

„Und ich erschieße Serienmörder und Pädophile aus dem gleichen Grund." Seine Worte waren knapp.

Sie war hin und her gerissen. Er hatte sie in eine

unhaltbare Lage gebracht. Aber ihr Herz tat weh, weil sie wie eine Närrin jedes Wort geglaubt hatte, das er gesagt hatte.

„Hattest du etwas mit meiner Versetzung nach Quantico zu tun?"

Er schüttelte den Kopf.

„Warum bist du der CIA beigetreten?"

„Rache. Ich wollte es den Leuten heimzahlen, die am Tod der Männer aus meiner Einheit schuld waren."

„Warum bist du diesem Tor-Dings beigetreten?"

„Ich wollte überleben. Ich war in einem Scheißloch von Gefängnis und ich wäre in diesem Jahrhundert da nicht mehr herausgekommen. Die CIA hat bestritten, mich überhaupt zu kennen. Das Gateway Project hat mir einen Deal angeboten."

„Also ist dieses ganze Gerede vom Ausbalancieren der Waagschalen der Gerechtigkeit totaler Scheißdreck, weil du wahrscheinlich zugestimmt hättest, den Präsidenten zu erschießen, wenn es dich da herausgebracht hätte?"

Er zuckte mit den Schultern. „Vielleicht. Wahrscheinlich."

„Also warum schützt du diese Leute? Du kannst Kronzeuge werden und vielleicht Immunität vor Strafverfolgung bekommen." Und ihr Baby hätte vielleicht die Möglichkeit, seinen Vater zu kennen.

Seine Augen schlossen sich. „Ich breche meine Versprechen nicht, Mallory. Als sie zu mir kamen, bin ich wohl davon ausgegangen, dass ich ihre Bedingungen akzeptieren kann. Das war, bevor ich dich kennenlernte." Er bewegte seine Hand in Richtung seiner Hosentasche, und sie zuckte in plötzlicher Angst zurück.

„Jesus, Mallory." Er schluckte mehrfach, als ob er Probleme beim Atmen hätte. „Ich würde dir niemals wehtun. Nie." Er stand auf und ging dann vor ihr auf die Knie. Bevor sie seine Bewegung sah, hatte er ihre Pistole in der Hand und hielt sie sich an die Schläfe. „Ich würde eher sterben, als dir irgendetwas Schlimmes zustoßen zu lassen. Du musst mir glauben." Seine Augen brannten. Seine Hände zitterten. Der kaltblütige Attentäter war verschwunden. Der Mann vor ihr war ein Durcheinander purer Gefühle.

Ihr Herz hämmerte. „Gib mir die Pistole, Alex."

„Verstehst du es endlich? Verstehst du, was ich dir sage? Es ist mir egal, ob ich sterbe. Mir liegt nur an deiner Sicherheit. Ich liebe dich. Ich liebe dich, und ich habe seit Jahren niemanden mehr geliebt. Ich weiß, wir haben keine gemeinsame Zukunft. Ich weiß, dass du mich hasst. Ich würde mich sofort stellen, aber ich kann das Risiko nicht eingehen, dass dieser Mörder dich in die Finger bekommt."

Die Tatsache, dass er sie wirklich zu lieben schien, ließ ihr Herz weit aufspringen. Sie wusste nicht, was sie davon halten sollte, dass er ihr die Möglichkeit gab, ihre Prinzipien zu verletzen – und er wusste, dass sie das wollte. Es machte sie nicht besser als ihn.

„Ich hasse dich nicht." Aber sie wollte es. „Bitte leg die Waffe hin." Sie strich über sein Gesicht, wollte die Momente, die sie gehabt hatten, für immer bewahren. Gleichzeitig wusste sie, dass es unmöglich war. „Wir können das Gesetz nicht in unsere eigenen Hände nehmen."

„Ich habe die Erlaubnis der Regierung, diesen Scheißkerl auszulöschen." Seine schönen Augen wurden wieder kalt. Er gab ihr die Waffe und sie steckte sie wieder ins Holster. „Die Justiz wird durch Bürokratie gehemmt."

„Selbstjustiz ist falsch."

„Es ist Gerechtigkeit." Er kam auf die Füße. „Aber ich habe genug vom Töten. Genug vom Lügen. Genug davon, für eine Regierung zu arbeiten, die nicht anerkennt, dass das System kaputt ist."

Mallory war hin und hergerissen. Wenn sie diese Information nicht weitergab, nicht mit Hanrahan sprach, warf sie ihre Karriere weg. Aber warum war sie dem FBI in erster Linie beigetreten? Um herauszufinden, was mit ihrer Schwester passiert war. Vielleicht war ihre Karriere nicht mehr wichtig. Vielleicht hatte Alex recht. Vielleicht ging es hier um Gerechtigkeit.

Sie küsste ihn hungrig. Das überwältigende Begehren, ihn noch ein letztes Mal zu haben, durchlief sie, ließ sie pulsieren und sich nach ihm sehnen. All die Dinge, die sie nie haben konnten, all die Dinge, die sie verloren hatten, weil er nicht der war, für den sie ihn gehalten hatte. Sie liebte ihn. Ihr Kuss verriet es, und Alex erwiderte ihn mit der gleichen Intensität.

Sie zog sich zurück, wusste, was sie tun musste. Entschlossenheit wuchs in ihr. Sie griff in ihre Handtasche und zog ihren Elektroschocker heraus. Sie benutzte ihn, bevor sie ihre Meinung ändern konnte. Sie wusste, wie schnell er sich bewegen konnte und wollte nicht riskieren, dass er sie entwaffnete. Er zuckte und fiel auf den Boden, schlug sich den Kopf an und verkrampfte. Trotz der Schmerzen, die sie ihm verursachte, schockte sie ihn für einen weiteren Fünf-Sekunden-Zyklus, bis er völlig außer Gefecht gesetzt war. Verdammt, er war bewusstlos, wahrscheinlich von der Kopfverletzung. Er stöhnte und Mallory hockte sich hin. Er würde sicher wieder in Ordnung kommen. Sie war zu weit gegangen, um jetzt noch umzukehren. Sie zerrte ein Paar Plastikhandfesseln hervor und befestigte seine Handgelenke am Bein des Bettes, welches glücklicherweise am Boden festgeschraubt war.

Dann prüfte sie seinen Puls – stark und regelmäßig. Leichter Schweiß bedeckte seine Stirn. Sie küsste ihn, drehte ihn in die stabile Seitenlage und griff sich dann seine Autoschlüssel.

Zum ersten Mal in ihrem Leben wollte sie wirklich jemanden verletzen. Ironischerweise war es nicht Alex Parker, ein ausgebildeter Attentäter. Ganz gleich was war, sie liebte diesen Mann. Aber sie musste das hier beenden. Sie musste herausfinden, wer sie war. Eine FBI-Agentin aus Leidenschaft? Oder genau wie Alex, sich aber hinter einer Marke versteckend, um zu töten?

Sie musste es herausfinden.

Und sie hatte den Vorteil, den sonst niemand hatte, der diesen Mörder jagte. Sie musste ihn nicht finden. Er würde sie finden.

KAPITEL EINUNDZWANZIG

DIE GANZE STADT war in Panik geraten, als sich herausstellte, dass Deputy Sean Kennedy verschwunden war. Er hatte darauf geachtet, den Kerl zu Beginn zu verteidigen, aber innerlich war er verdammt glücklich, dass Kennedy ein Verdächtiger hinsichtlich des Angriffs auf Kari Regent und der anderen Morde geworden war. Es verschaffte ihm Zeit.

Aber trotzdem lief ihm die Zeit davon.

Er hatte gerade gehört, dass Kari Regent wach und noch im Krankenhaus war. Egal, wie verzweifelt er seine Hände um ihren Hals legen und ihr Zungenbein zerquetschen wollte, die Leibwächter, die dieses Arschloch Alex Parker eingesetzt hatte, waren unerschütterlich, genau wie die Anwesenheit ihrer Eltern an ihrem Bett. Vielleicht musste er Kari mit ihren Albträumen leben lassen und sich damit trösten, dass sie ihn zumindest nie vergessen würde. Vielleicht wartete er ein Jahr und fand sie, sobald sie wieder anfing, sich sicher zu fühlen.

Er beendete den Bericht, den er über einen Strafzettel wegen Geschwindigkeitsüberschreibung schrieb, den er heute Nachmittag ausgestellt hatte. Morgen war sein freier Tag, aber angesichts der Scheiße, die hier passierte, waren die Chancen, ihn tatsächlich auch wahrzunehmen, so wahrscheinlich wie die, dass das FBI den Fall allein löste. Verdammt unwahrscheinlich also. Er fuhr seinen Computer herunter, griff seinen Mantel und fuhr zum Diner, um etwas zu essen.

„Das Übliche?", fragte die Kellnerin ihn mit einem breiten Lächeln. Das Lokal war voll, aber eine der Kellnerinnen, die gerade Pause machte, überließ ihm ihren Barhocker. Er war noch warm.

„Mach ihn extragroß. Ich verhungere." Er hatte in den letzten Wochen kaum gegessen oder geschlafen. Er würde Zeit zum Schlafen haben, wenn er tot war.

„Haben sie Kennedy schon gefunden?" Sie kaute Kaugummi, während sie den Kunden Kaffee nachschenkte.

„Noch nicht."

„Stimmt es, was sie sagen? Dass er der Serienmörder sein könnte?"

Er zuckte mit den Schultern. Auch wenn er immer froh war, mit seinen Verbrechen davonzukommen, war es enttäuschend, dass die Leute nicht begriffen, wie gerissen er war. Wenigstens nicht, bis es zu spät war. Er fragte sich, ob Sean noch lebte. Er sollte wahrscheinlich nachsehen gehen, bevor der Typ anfing zu stinken. Andererseits, warum sich die Mühe machen?

„Keine Ahnung."

Er sah zu einem Tisch voller Reporter. Eine Brünette beäugte ihn aufmerksam. Der Gedanke, sie sich zu schnappen und zu töten, überkam ihn intensiv. Er sah weg. *Ruhig, Junge.* Es gab viele Fische im Meer, aber nur einen Fisch, den er wollte. Danach konnte er spielen.

Die Glocke über der Tür klingelte, und die Augen der Kellnerin wurden groß. Er drehte sich zur Tür um und fiel fast von seinem Stuhl. Mallory Rooney stand in der Mitte des Diners. Ihre Arme waren fest um ihren Brustkorb geschlungen und ihre Augen wanderten vom einen zum anderen, kamen aber nie zur Ruhe. Als sie sicher war, dass sie die Aufmerksamkeit aller Anwesenden hatte, ging sie zur Kassiererin und bestellte einen Burger zum Mitnehmen.

Sein Atem stockte. Sie war so nah. Was zur Hölle tat sie hier? Ihre goldfarbene Marke glänzte an ihrer Hüfte, ihre Waffe war deutlich sichtbar. Die Presse war in voller Aufregung. Wenn Mallory bekanntmachen wollte, dass sie in der Stadt war, hätte sie sich keinen besseren Ort aussuchen können.

Waren andere Agenten draußen? Wo war ihr verdammter Freund? Ihre Bestellung war offensichtlich für eine Person. Sie nahm noch einen Kaffee zum Mitnehmen und war wieder aus der Tür, bevor sein Essen kam.

„Was sie wohl hier macht?", murmelte die Kellnerin und vergewisserte sich, dass er alles hatte, was er brauchte.

Sie war wegen ihm hier. Das Wissen breitete sich glücklich in seinem Bauch aus, ließ Wärme durch seinen ganzen Körper strahlen. Sie war wegen ihm hier. Das bedeutete aber, dass sie ihn auch erwartete, was die Sache nicht einfacher machen würde.

„Kannst du mir einen Gefallen tun?", fragte die Kellnerin.

Er runzelte die Stirn. Sein Leben war etwas zu kompliziert für Gefallen.

„Es geht um eine meiner Kellnerinnen, Mandy", die Frau nickte in Richtung eines blonden Mädchens, das die Tische abräumte. „Ich habe ihrer Mutter versprochen, dass ich sie nach Hause fahre, aber ich werde einige Stunden hier festsitzen, mit den ganzen Reportern, die hier rumsitzen." Sie lächelte. „Würde es dir was ausmachen, sie für mich nach Hause zu fahren?"

Er sah die junge Frau an und stellte fest, dass seine Welt umgehend wieder in Ordnung kam. Noch vor einer Minute hatte er sich gesorgt, wie um alles in der Welt er Mallory schnappen sollte und in der nächsten wurde ihm die Antwort auf dem Silbertablet gereicht. Er erinnerte sich gut, was beim letzten Mal passiert war. Ein lebendes Opfer würde sie völlig ablenken. Und sie würde das ganz sicher nicht erwarten. Er hatte es schließlich selbst nicht erwartet. „Klar.“

Der Blick der Kellnerin war voller Sorge. „Ich wünschte, dass diese ganze Sache vorbei ist. Ich möchte meine Stadt zurück.“

Er legte seine Hand auf ihre. Sie fühlte sich kalt an, also rieb er ihr über den Handrücken. „Keine Sorge. Es wird alles bald vorbei sein.“

Ihre Lippen zitterten, und die Haut um ihre Augen legte sich in Falten. „Versprochen?“

„Ehrenwort.“

„Das Essen geht aufs Haus.“ Sie küsste seine Wange und drückte seine Schulter. „Du bist ein guter Kerl. Ein sehr guter Kerl.“

Er sah auffällig auf sein Handy. „Ah, Sch… Mist. Ich habe einen Einsatz.“ Er stand auf, griff seinen Burger und packte ihn in die Serviette ein. „Ich muss los. Wenn das Mädchen mitfahren will, hat sie dreißig Sekunden. Ich warte draußen im Streifenwagen.“ Mit diesen Worten ging er hinaus.

Der Motor war gerade angesprungen, als das Mädchen aus dem Diner gerannt kam, ihre Jacke und eine Tasche bei sich. Sie warf sich auf den Beifahrersitz. Er lenkte die heiße Luft der Heizung auf die Fenster, um sie vom Frost zu befreien.

Die junge Frau streifte ihre Jacke ab und grinste. „Danke für die Mitfahrgelegenheit, Officer.“ Ihre blauen Augen zeigten ein Leuchten, das sie älter wirken ließ.

Er lächelte. Sie war für seine Bedürfnisse perfekt. „Man kann dieser Tage nicht zu vorsichtig sein. Anschnallen. Die Straßen sind glatt, und ich möchte keine Unfälle."

Sie tat, was man ihr gesagt hatte.

Wenn er etwas mochte, dann eine Frau, die tat, was man ihr sagte.

———

ALEX KAM ALLMÄHLICH zu sich. Da war eine Beule an seinem Kopf, die bösartig pochte. Was zum Teufel war passiert? Seine Arme wurden von der Fessel zurückgehalten, und er riss die Augen weit auf. Für den Bruchteil einer Sekunde fürchtete er, dass er wieder in diesem nordafrikanischen Höllenloch war. Plastik, keine Ketten. Billiger, muffiger Teppich, keine festgestampfte Erde. Er blinzelte.

Mallory. Sie hatte ihn geschockt und dann hiergelassen. Er schüttelte seinen hämmernden Kopf, versuchte, die Benommenheit zu vertreiben. Es ergab keinen Sinn.

Oh, Scheiße. Doch, es ergab Sinn.

Er sah auf seine Uhr. Er war dreißig Minuten bewußtlos gewesen. Sie hatte ihm einen höllischen Stromschlag verpasst, und angesichts dessen, was er getan hatte, konnte er nicht sagen, dass er es ihr vorwarf. Er sah sich nach seinen Autoschlüsseln um, aber sie hatte sie mitgenommen. Alex streckte seine Beine aus und zog seine Laptoptasche mit den Füßen auf den Boden. Er zuckte zusammen, als sie hinunterknallte, aber seine Priorität war, so bald wie möglich aus diesen Handschellen zu kommen. Er bewegte die Tasche zwischen seine Knie, während er den Klettverschluss mit den

Zähnen aufriss. Er schubste die Tasche näher zu seinen Händen und öffnete den Reißverschluss an einer Seitentasche, die einige grundlegende Werkzeuge enthielt. Lediglich eine kleine Schere war nötig, um sich vom Bett zu befreien. Drei Sekunden später hatte er seine Werkzeuge wieder eingepackt, sich seinen Mantel und Laptop gegriffen und die Tür geöffnet. Dann starrte er auf den Parkplatz. *Scheiße. Kein Auto.*

Er überflog seine Optionen. Auch wenn es am einfachsten wäre, ein Auto zu stehlen, wollte er nicht in irgendeiner blöden Verfolgungsjagd enden. Er ging zur Rezeption.

„Ist das Ihr Focus da draußen?", fragte er das Mädchen hinter der Theke.

„Ja. Warum?" Sie sah ihn wachsam an.

„Ich geben Ihnen fünftausend Dollar, wenn Sie ihn mir vierundzwanzig Stunden lang leihen."

„Verschwinden Sie."

„Haben Sie hier Internet?"

Sie nickte.

„Suchen Sie nach der Nummer der FBI-Außenstelle Charlotte und rufen Sie an. Fragen Sie nach Special Agent Lucas Randall." Er hatte ihre Aufmerksamkeit und sie tat, was er ihr gesagt hatte. Fünftausend waren wahrscheinlich viel Geld für diese Frau.

Sie legte ihre Hand über das Mundstück des Hörers. „Sie stellen mich durch. Meinen Sie das ernst?"

Er zeigte ihr seinen Führerschein. „Sagen Sie ihm, dass ein Typ namens Alex Parker Ihnen fünftausend Dollar bietet, um Ihr Auto zu leihen. Fragen Sie ihn, ob man mir wegen des Geldes vertrauen kann."

Sie tat es. „Er sagt, ich soll mein Auto nur für zehntausend verleihen."

Alex schüttelte seinen Kopf. Dafür hatte man also Freunde. Aber Mallory war da draußen, und er hatte keine Zeit zum Feilschen. „Gut." Er gab ihr seine Karte. „Rufen Sie mein Büro an und sagen Sie ihnen, was ich Ihnen versprochen habe. Jemand wird Ihnen einen Scheck per Kurier schicken. Ich stehe für sämtliche Schäden ein. Sagen Sie Special Agent Randall, er soll mich sofort auf meinem Handy anrufen. Er hat die Nummer."

„Okay …"

Er streckte die Hand nach ihren Schlüsseln aus, die sie ihm auch prompt gab. Kein Theater, keine Panik. Die Leute waren verrückt.

Er stieg in das Auto und stellte den Sitz ein. Dann fuhr er seinen Laptop, der zum Glück noch funktionierte, hoch und suchte nach Mallorys Positions-GPS von ihrem Handy oder Laptop. Nichts. Er schloss seine Augen und zählte bis zehn. Ihr Laptop war wieder in Quantico, und sie hatte ihr Telefon auseinandergenommen, weil er es ihr gesagt hatte. Aber vielleicht machte sie es nachher wieder an. Da er noch nicht verhaftet worden war, plante sie wahrscheinlich, nach Colby zu fahren in der Hoffnung, dass der Mörder sich zeigte. Angesichts der Situation war es nachvollziehbar. Aber wenn der Täter sie auf dem Weg angriff oder überwältigte … Er würde sie vielleicht nie wiedersehen. Schnell fuhr er los.

Er musste herausfinden, wer dieser Mörder war.

Sein Telefon klingelte. „Ich kann nicht glauben, dass du das gerade getan hast", sagte Lucas.

„Mallory hat mein Auto genommen."

„Ihr seid ein Paar?" Lucas klang sauer.

Alex fühlte sich wie betäubt. „Das trifft es nicht ganz. Sie ist momentan ziemlich sauer auf mich und hat mein Auto genommen."

„Sie hat dein Auto gestohlen?"

„Geliehen." Ohne Erlaubnis. „Ich brauche deine Hilfe."

Lucas blieb still, aber Alex wusste, dass er zuhörte. „Lindsey Keeble. Sie wurde von diesem sogenannten PR-Mörder umgebracht."

„Ich weiß, wer Lindsey Keeble ist." Lucas' Stimme wurde tiefer.

„Haben sie durch die Autopsie oder den Spuren in ihrem Auto irgendetwas Neues herausgefunden?"

„Das ist eine vertrauliche Information, Alex. Ich kann das nicht weitergeben."

„Du hast mir vertrauliche Informationen zum Ansehen geschickt, als du mir die Handydaten schicktest …"

„Das ist was anderes." Lucas gab nicht nach.

„Sag mir, was sie gefunden haben, und ich sagte dir, wer Meacher getötet hat."

„Du weißt es? Nein, du weißt es nicht."

„Ich habe es herausgefunden."

„Scheiße." Alex konnte Lucas praktisch vor sich sehen, wie er mit seinen Fingern durch sein Haar fuhr. Dann hörte er, wie er auf seiner Tastatur herumklimperte. „Okay, die DNA ist noch nicht wieder da. Laut dem Bericht haben sie keine Abdrücke gefunden, außer die von Lindsey, ihrem Vater und dem Polizisten, der das Auto im Wald gefunden hat. Sie haben Spuren schwarzer Autofarbe unter ihren Nägeln identifiziert. Die Gerichtsmedizin versucht, Marke und Modell herauszufinden."

Alex fluchte. „Die Abdrücke, waren die von dem Deputy, der verschwunden ist?"

„Nein. Ein Typ namens Leo Chance."

Das war der Kerl, der ihn im Polizeirevier befragt hatte.

Er hielt an, ließ Chances Handydaten durch seine Algorithmen laufen und bekam einige Treffer. Nicht eindeutig, aber … „Welche Farbe hat des Autos, das Leo Chance fährt?"

Es gab eine lange Pause, dann einen Seufzer und mehr Getippe. „Schwarzer SUV."

Alex dachte darüber nach. Könnte er es sein? Könnte es ein Polizist sein? Er hatte die richtige Größe und Figur. Das Alter würde passen. Und irgendwas an der Befragung hatte ihn gestört, er wusste nur nicht, was es war.

„Ist Kari Regent schon aus ihrem Koma erwacht?"

„Soweit ich gehört habe", sagte Lucas.

„Kannst du mir ein Foto von Leo Chance mailen?"

„Du glaubst wirklich, dass der Mörder ein Polizist ist?"

„Kann es schaden, wenn ich Kari Regent frage, ob sie den Kerl erkennt?"

Lucas brummte. „Gut. Aber keine Heldentaten."

„Nicht mein Stil."

„Abgemacht. Okay. Also, wer hat Meacher getötet, damit ich das zu den Akten legen kann?"

„Ich."

„Ha, ha, Alex. Scheiße. Wenn jemand herausfindet, dass ich dir irgendwas über diesen Fall erzählt habe …"

Lucas glaubte ihm nicht. Das war lustig. „Du hast mir nichts erzählt, Lucas. Aber genau das könnte gerade genug sein."

Er rief seine Partner an und wies sie an, dem Mädchen im Motel das Geld zu schicken. Er wollte nicht, dass sie kalte Füße bekam und die Polizei anrief.

Die Fahrt zum Krankenhaus dauerte dreißig Minuten und

jeder Muskel seines Körpers war angespannt. Die Sonne ging unter und Dunkelheit war nicht gerade zu seinem Vorteil.

Er hatte es mit Mallory so unglaublich versaut. Er hatte sie auf jede mögliche Art hintergangen, persönlich und beruflich. Der Gedanke an Vergebung war lächerlich. Und er konnte nicht einmal damit drohen, seine Vorgesetzten einzuschalten, weil das den letzten kleinen Rest ihrer Familie zerstören würde, und das würde er ihr um nichts in der Welt antun. Er würde lieber hängen. Oder sich Pentobarbital spritzen lassen, was in den großartigen Staaten North Carolina und Virginia mehr als möglich war.

Kalter Nebel hing an den Bergen und schwebte wie Spinnweben durch die schütteren Äste der Bäume. Er wagte es nicht, darüber nachzudenken, was er verloren hatte. Aber was auch immer sie zusammen gehabt hatten, es war tot. Das Einzige was jetzt zählte war, die zarte Brünette mit den weichen Bernsteinaugen sicher durch die Nacht zu bekommen. Sie musste einen Abschluss finden, um ihr Leben fortzusetzen. Alex hatte vor, ihr diesen zu verschaffen und ihr zugleich den größten Erfolg ihrer Karriere zu bieten. Einen Serienmörder und einen Selbstjustizmörder zu erwischen – tot oder lebend –, würde sich auf ihrem Lebenslauf verdammt gut machen.

Sofern er sie fand, bevor der PR-Mörder es tat.

Er erreichte das Krankenhaus und fand einen der Männer, die er zum Wachestehen eingeteilt hatte. Er klopfte an Karis Tür, und der Typ folgte ihm hinein.

„Können wir Ihnen helfen?" Ein älterer Mann in einem blauen Hemd stand auf. Eine Frau hielt Karis Hand, und ein junger Mann von etwa zwanzig Jahren saß auf ihrer anderen Seite.

„Mein Name ist Alex Parker…"

„Sie sind der Herr, der die Sicherheitsmaßnahmen in die Wege geleitet hat?", fragte der Vater. „Derjenige, der sie hergebracht hat?"

„Ja, Sir." Er war nicht gekommen, um Dank einzuheimsen. Er sah auf das Bett. Karis Kopf war geschoren worden, und sie war voller Verbände, Schläuche waren in ihre Nase eingeführt, sie war intubiert. Ihre Augen waren offen, sie betrachtete ihn. „Ich müsste Ihnen eine Frage stellen, wenn ich darf."

Sie nickte leicht und zuckte zusammen. Kopfschmerzen. Er wusste, dass sie in Zukunft viele Kopfschmerzen haben würde. Die Beule an seinem Hinterkopf pochte, aber er verdiente es. Er kam näher und hielt sein Handy mit dem Foto eines lächelnden Leo Chance auf dem Display hoch. „Ist das der Mann, der Sie verletzt hat?"

Ihre Pupillen erweiterten sich, und der Herzmonitor zeigte an, dass ihr Puls schneller schlug. Das Nicken war unnötig.

Der Vater griff nach seinem Arm. „Die Polizei wird diesen Kerl schnappen, richtig?"

„Ja, Sir. Ich muss jetzt gehen." Alex löste sanft die Finger des Mannes. Auf dem Weg nach draußen zeigte er dem Mann an der Tür Leos Foto und sagte ihm, wer der Kerl seiner Meinung nach war.

„Er war einige Male hier", sagte der Bodyguard ihm. Seine Augen verengten sich. „Ich habe ihn nicht hineingelassen."

„Gut." Alex nickte dem Kerl zu. „Bleib wachsam, bis dieser Drecksack eingesperrt oder tot ist. Bis du von mir hörst, okay?"

„Sicher, Boss."

Kari Regent war zu verletzlich und hatte zu viel

durchlitten, als dass sie jetzt unvorsichtig werden durften.

Er musste zu Mallory. Sie saß wahrscheinlich jetzt gerade im Haus ihres Vaters und wartete auf diesen Bastard. Er schickte ihr die Identität des Mörders per Handy, in der Hoffnung, dass sie ihr Handy angemacht hatte, und hastete dann zurück zu seinem Auto. Alex hatte vor, ihre Verstärkung zu sein, ob es ihr gefiel oder nicht.

———

WUSSTE DER MÖRDER, dass sie hier war? War er in der Nähe geblieben oder bereits abgehauen?

Mallory wusste nicht, was sie noch tun konnte, um ihre Anwesenheit in dem West Virginischen Städtchen anzukündigen, im dem sie aufgewachsen war. Vielleicht eine Marschkapelle engagieren oder ein blinkendes Neonschild oben auf den Hügeln aufstellen? Eine Pressemitteilung im örtlichen Radiosender verlesen lassen?

Der Schnee fiel jetzt stärker, wurde von den Scheibenwischern weggeschoben, nur um sich wieder in eisiger Verzweiflung an die Windschutzscheibe zu klammern. Sie blinzelte durch das Glas und hielt auf dem ungeräumten Highway eine langsame stetige Geschwindigkeit. Er musste ein Einheimischer sein. Sie glaubte nicht, dass es Sean Kennedy war – zumindest nicht als Einzeltäter –, aber es war untertrieben zu behaupten, dass ihre Instinkte nicht mehr funktionierten. Sie war in einen ehemaligen CIA-Agenten verliebt, der in seiner Freizeit Serienmörder erledigte.

Mist. Ein Polizist, der ein Serienmörder war, wirkte dagegen fast langweilig.

Ihr Essen vom Diner lag auf dem Beifahrersitz, gab

Gerüche ab, die stark genug waren, um ihr den Magen umzudrehen. Nur das Bewusstsein, dass sie ihre Kraft für die bevorstehende Herausforderung aufrechterhalten musste, hielt sie davon ab, das Ganze in den Müll zu werfen. Sie musste essen, also würde sie essen.

Sie steckte sich eine Fritte in den Mund, die wie gesalzener Karton schmeckte.

Hoffentlich ging es Alex gut. Die Angestellten des Motels würden ihn letztlich finden, und mit etwas Glück hatte er Zeit zur Flucht, bevor Hanrahan ihn ausfindig machte. Das FBI würde ihn nie erwischen. Verdammt, wenn er die Wahrheit darüber sagte, dass er für die Regierung arbeitete, würden sie es vielleicht nicht einmal probieren. Sie musste das mit Hanrahan besprechen, musste die ganzen Verschleierungstaktiken begreifen, die in dieser Organisation angewandt wurden, aber nicht, bis Alex eine Möglichkeit zur Flucht hatte. Sie fühlte sich innerlich taub. Taub vor Trauer, Alex verloren zu haben. Taub angesichts des gemeinsamen Lebens, das sie nicht haben würden. Sie berührte ihren Bauch. Sie musste ihn aus ihren Gedanken verbannen und weitermachen, aber das war einfacher gesagt als getan, da sie ihn jetzt mehr denn je brauchte.

Aber sie hatte ihre Waffe an ihrer Hüfte und die zweite an ihrem rechten Knöchel befestigt. Ihr verlässlicher Elektroschocker befand sich in ihrer Tasche. Sie war so gut vorbereitet wie man nur sein konnte. Verdammt mehr vorbereitet als jedes kleine Mädchen. Sie bog in den Familienbesitz ein – die Auffahrt war von irgendeiner guten Seele, wahrscheinlich dem Gärtner, geräumt worden – und fuhr den langen, kurvigen Weg zu ihrem Elternhaus hinauf.

Die dreistöckige Ziegelvilla war ein dunkler, massiger

Schatten, nicht länger vertraut und liebgewonnen, sondern unheimlich und voller Geheimnisse. Die Fenster wirkten bösartig, als der Mond über den Bäumen aufging. Schnee bedeckte die ersten Stufen. Niemand war auf diesem Weg hineingegangen, seit der starke Schneefall am Nachmittag eingesetzt hatte.

Sie parkte das Auto, stellte den Motor ab und sah dann an dem riesigen georgianischen Gebäude hoch, das so viel Drama erlebt hatte. Offiziell war es immer noch ein Tatort, aber das war ihr nur recht. Weniger unschuldige Zuschauer, die Gefahr liefen, verletzt zu werden. Sie griff ihre Tüte mit Essen und stieg aus, Schnee bedeckte sofort ihre Stiefeletten und durchnässte ihre schwarzen Hosen. Sie ging die Treppen hinauf, trampelte so viel von dem nassen Zeug ab wie sie konnte.

Die Eingangstür war mit einem Kranz dekoriert, der neben dem polizeilichen Absperrband seltsam unpassend wirkte. Sie nahm ihre Waffe in die Hand, schloss die Tür auf und öffnete sie weit. Das Alarmsystem war deaktiviert. Es schien ohnehin nicht viel auszurichten, oder zumindest wusste der Mörder verdammt gut, wie er es umgehen konnte. Sie sah ins Haus, wusste nicht, was sie erwartete. Blutspuren? Ein Mann, der mit einem Fleischerbeil hinter der Tür stand?

Das Mondlicht zeigte die Eingangshalle in ihrem üblichen eleganten und würdevollen Bild.

Sie steckte den Akku und die SIM-Karte wieder ins Handy, nur um festzustellen, dass es keinen Empfang gab. „Verdammt." Das musste am Wetter liegen.

Sie schaltete den Kronleuchter an und erinnerte sich an Alex' Reaktion auf ihr Elternhaus, was zu einem weiteren Knoten in ihrem Herzen führte. Sie sah das Festnetztelefon, das ihr Vater immer noch hatte, ging hinüber und rief Hanrahan an. Er meldete sich nach dem ersten Klingeln. „Wo zur Hölle sind Sie?"

„In Colby. Haben Sie herausgefunden, wer mit dem Selbstjustizmörder zusammenarbeitet?"

„Nein." Sie konnte fast hören wie er sich über das Gesicht rieb. „Es gab ein paar Anrufe, aber der IT-Typ braucht Zeit, um die zurückzuverfolgen, und er muss sich erst um einen Pädophilen kümmern, der live sendet. Prioritäten ... Nun, das Schlimmste, was passieren kann ist, dass derjenige abhaut und wir ihn verfolgen müssen. Sind Sie bei Parker?"

„Ja." Ihre Stimme brach wie bei einem Kratzer auf einer Schallplatte. Wusste Hanrahan von Alex oder war das nur eine normale Frage? „Wir sind im Haus meines Vaters, um etwas zu überprüfen. Dann fahren wir zum Krankenhaus, um zu sehen, ob Kari Regent sich an irgendetwas erinnert."

„Sie ist aufgewacht?"

Mallory wusste es nicht, log aber trotzdem. Sie wurde allmählich gut darin. „Wir warten dort, bis sie uns eine richtige Beschreibung geben kann."

„Tun Sie nichts Dummes, Agent Rooney."

Sie sah sich im leeren Haus um. *Zu spät.* „Nein, Sir." Sie beendete das Gespräch und aß eine kalte Fritte. *Igitt.* Sie ging in die Küche, um ihr Essen aufzuwärmen. Sie hatte den Fehdehandschuh geworfen. Jetzt musste sie warten, bis ihn jemand aufnahm.

KAPITEL ZWEIUNDZWANZIG

MALLORY SAß MIT der Glock neben sich auf dem Küchenfußboden und starrte auf den Tisch, an dem sie und Payton oft gesessen und die Haushälterin um Kekse gebeten hatten. Einsamkeit umhüllte sie. Der Geist ihrer Schwester war über Jahre hinweg bei ihr gewesen. In der Schule. Bei Verabredungen. Während ihres ganzen FBI-Trainings. Auf dem Schießstand. Vor allem auf dem Schießstand.

Aber der Geist ihrer Schwester hatte sie nicht heimgesucht, wenn sie mit Alex zusammen war. Er hatte die Trauer weggenommen, die sich durch ihr Herz gefressen hatte. Mit ihm hatte sie einen nie zuvor gekannten Frieden gefunden. Jetzt war er weg.

An der Hintertür war ein Geräusch.

Sie hatte keine Angst. Sie nahm ihre Pistole, genoss ihr kaltes Gewicht in ihrer Hand. Nein, sie hatte keine Angst. Sie war entschlossen. Und tief im Inneren war sie wütend. Dieser Kerl hatte das Leben ihrer Schwester ruiniert und wollte nun auch ihres ruinieren.

Er wusste nicht, dass ihr Leben bereits in Scherben lag. Nichts, das er tat, würde die grundlegende Wahrheit ändern, dass sie nie den Mann haben konnte, den sie liebte. Das Wissen erweckte in ihr den Wunsch, weinend auf die Knie zu fallen, aber nicht nur ihr Leben war in Gefahr. Und sie würde diesen Widerling nicht gewinnen lassen. Sie wollte, dass er bezahlte. Leise bewegte sie sich durch den Flur in den Windfang und fand die Hintertür weit offen vor. Sie war verschlossen gewesen, also musste der Dreckskerl einen Schlüssel haben.

Sie steckte den Kopf hinaus und sah sich um, ging dann rasch wieder hinein. Aber er würde sie nicht erschießen. Er wollte sie lebend. Ein einzelnes Paar Fußabdrücke in Richtung des Waldes und wieder zurück.

Mallory traf eine Entscheidung, rannte auf den Wald zu – auf seinen Bereich. Aber sie war kein unbewaffnetes Kind. Sie war eine ausgebildete Bundesagentin. Sie bewegte sich in die Bäume hinein und entlang eines Pfades, den Weißwedelhirsche oft benutzten. Ihre Stiefel waren innerhalb von Sekunden durchnässt. Zweige zerkratzten ihr Gesicht. Es war eine klare Nacht mit Vollmond, aber sie musste sich darauf konzentrieren, wo sie ihre Füße hinsetzte, da der Boden unter dem Schnee holprig und uneben war, und sie keine Sehnsucht hegte, sich den Knöchel zu verstauchen. Den Fußspuren konnte man leicht folgen. Vielleicht zu leicht. Sie wurde langsamer, nahm sich Zeit, wusste, dass sie nicht einfach mit vorgestrecktem Kopf in den Kerl hineinrennen durfte.

Zum ersten Mal seit ihr Alex begegnet war, fühlte sie sich völlig allein. Sie wollte ihm von dem Baby erzählen, konnte aber den Ausdruck seines Gesichts nicht ertragen, wenn er begriff, dass er nie ein Teil ihrer beider Leben sein würde.

Sie hatte endlich den Gipfel des Hügels erreicht. Die Fußabdrücke waren überall verteilt. Zu verwirrend, um ihnen zu folgen. Ihre Finger waren von der Kälte taub, als sie nach ihrer Waffe griff. Die Temperatur fiel rapide. Sie sah sich um, erkannte gerade noch das Dach des Hauses, in dem die McCaffertys gelebt hatten. Sie mussten ihm irgendwie in den Weg geraten sein.

Mallory begriff, dass niemand wusste, wo sie hinging, oder warum. Auf gar keinen Fall würde sie diesen Kerl mit seinen Verbrechen davonkommen lassen, ganz gleich, was ihr geschah. Sie war auf einer kleinen Lichtung und wirbelte herum, um sicherzustellen, dass niemand sich an sie heranschlich.

Ihr Telefon summte. Sie hatte wieder Empfang und stellte fest, dass sie eine Mitteilung von Alex bekommen hatte. „KARI SAGT MÖRDER = DEPUTY SHERIFF LEO CHANCE.“

Ihr erster Impuls war Erleichterung, dass Alex dem Motel entkommen war. Ihr zweiter war ihre Erinnerung daran, wie sie Leo Chance begegnet war und nicht die leiseste Ahnung gehabt hatte, dass er der Mann war, der all diese unschuldigen Frauen umgebracht hatte. Der Scheißkerl würde untergehen, egal was heute Nacht in diesem Wald passierte. Kari würde gerächt werden, ebenso Payton und Lindsey, und all die anderen Mädchen, deren Leben er zerstört hatte.

Sie wählte Hanrahans Nummer.

„Hallo?“ Die Verbindung war schrecklich.

„Der Name des PR-Mörders ist …“ Scheiße, sie hatte immer noch keinen sicheren Beweis, abgesehen von Alex’ Aussage, die aber in solcher Hinsicht wahrscheinlich unbezahlbar war. „Deputy Leo Chance. Ein hiesiger Polizist. Ich bin ihm gerade in den Wäldern hinter Eastborne auf den Fersen.“ Sie beendete das Gespräch, bevor er ihr andere Befehle geben konnte, und schob das Telefon in ihre Tasche.

Das Geräusch einer Eule ließ sie erschaudern.

Sie bewegte sich vorwärts, hörte dann plötzlich einen

Schmerzensschrei. Eine Frau. *Oh, Scheiße.* Sie knirschte mit den Zähnen, während sie sich vorsichtig vorwärtsbewegte. Die Glock hatte sie fest mit beiden Händen umklammert. Ihr Herzschlag war gleichmäßig, ihre Gedanken konzentriert, denn jede Ablenkung würde dazu führen, dass sie getötet werden würde. Sie wich einem breiten Baum aus und erstarrte. Ein Mädchen mit einem Seil um den Hals hing von den Ästen einer alten amerikanischen Eiche und balancierte auf den Zehenspitzen.

Mallorys Herz schnürte sich zusammen. Sie wusste, dass es eine Falle war, sie wusste, dass es eine Ablenkung war, aber auf keinen Fall würde sie das arme Mädchen da hängen lassen. Und der Scheißkerl wusste es. Sie rannte zu der verängstigten jungen Frau. Sie war geknebelt und blutete. Die Hände waren hinter dem Rücken gefesselt, sie hatte Todesangst.

„Es wird alles gut." Mallory kämpfte mit den Knoten, aber sie waren fest angezogen. Sie brauchte beide Hände. Das Mädchen hustete und würgte und Mallory versuchte, sie mit ihrem Oberkörper zu stützen, während sie weiter versuchte, die Fesseln mit einer Hand zu lösen, da sie auf gar keinen Fall ihre Waffe loslassen würde. Endlich löste der Knoten sich und das Mädchen fiel im Schnee auf ihre Knie, würgend und schwer atmend. Ein Geräusch zog Mallorys Herz zusammen. Sie hob ihre Waffe, wurde aber von einem elektrischen Schlag getroffen, der sie auf den Boden warf. Ihre Finger drückten den Abzug, aber sie konnte nicht einmal richtig sehen, geschweige denn zielen. Die Pistole rutschte ihr aus den Fingern.

Gott, es tat weh! Sie wand sich in Höllenqualen und betete, dass das ihrem ungeborenen Baby nicht schaden würde. Der Schnee war eisig an ihrem Gesicht, in ihrer Nase und ihrem

Mund, kaltes Wasser tröpfelte auf die nackte Haut ihres Nackens. Sie schluckte und drehte ihren Kopf langsam, um dem Entführer ihrer Schwester ins Gesicht zu sehen.

———

LEO KONNTE NICHT glauben, wie einfach es gewesen war. *Verdammte Amateurin.* Sobald sie jemanden leiden sah, wurde sie schwach und unvorsichtig. Hatte sie ihre letzte Lektion so schnell vergessen?

Ja, das hatte sie.

Schade, dass es ihre letzte Lektion sein würde.

Er durchsuchte ihre Taschen, warf ein Handy und einen Elektroschocker in den Schnee. Er grinste, als er den Letzteren sah. Gleichgesinnte und all das. Es war mittlerweile egal, ob sie die Kammer fanden. Ein Teil von ihm begrüßte den Gedanken sogar. Und das Entsetzen, das es hervorrufen würde. Die ganze Tragweite seiner Täuschung.

Er warf sich Mallory über die Schulter und machte sich auf dem Weg zu seiner Hütte. Die Kellnerin lag zu einem jämmerlichen Häufchen im Schnee zusammengerollt und würde wahrscheinlich erfrieren, bevor sie sich befreien könnte. Es war ihm egal. Seine Identität war bekannt, aber mit Mallory in seinem Besitz konnte er wie geplant flüchten. Er fuhr mit der Handfläche über ihren Arsch. Sie hatte genau die gleiche Größe und Form wie Payton. Er drückte sie fest. Er hatte sie zurück und würde sie nie wieder gehen lassen.

Er joggte zur Vorderseite des Häuschens und warf sie in den Kofferraum seines SUV. Das Licht auf der hinteren Veranda war an und fiel auf ihre Gesichtszüge. Payton. Er beugte sich vor, um ihren Fuß hineinzuschieben, als sie mit ihrem Stiefel zutrat und ihn direkt am Mund erwischte.

Er stolperte zurück und sah genau in die Mündung einer weiteren Glock. *Scheiße.*

„Geh verdammt nochmal ein Stück zurück", forderte sie. Er trat ein paar Schritte nach hinten. Sie schwang ihre Beine aus dem Auto, schaltete ihre Taschenlampe an und richtete sie auf seine Augen. *Schlampe.*

„Wirf den Elektroschocker und die Waffe weg", befahl sie.

Er tat es, neigte den Kopf zur Seite. „Wo ist dein Freund?", stieß er hervor.

Sie ignorierte die Frage. „Hol deine Handschellen heraus und leg sie an."

Er legte die Handschellen an, achtete aber darauf, nicht beide Seiten einrasten zu lassen.

„Wirst du mich umbringen?"

„Vielleicht."

Sie klang sogar wie Payton, es war kaum zu glauben.

Er musste sich bewegt haben.

„Bleib, wo du bist! Denkst du, ich hätte nicht zu gerne einen Grund, dir eine Kugel zwischen die Augen zu jagen?" Ihr Blick wurde hart.

„Tu es." Er beugte sich vor. „Denkst du, es würde mir etwas ausmachen? Denkst du, ich kann ohne deine Schwester leben?" Ihre Finger klammerten sich um den Abzug, da er gerade bestätigt hatte, dass er der Mann war, nach dem sie all diese Jahre gesucht hatte. Also war sie nicht sicher gewesen. Er merkte sich diese Information.

„Warum hast du es getan? Warum hast du sie mitgenommen? Warum hast du sie umgebracht?"

„Ich habe sie nicht umgebracht, du dämliche Schlampe. Ich habe sie geliebt."

Ein Zittern durchlief ihren Körper, ihre Zähne klapperten. Sie glaubte ihm nicht. „Ich will wissen, wo meine Schwester begraben ist." Ihre Haut war leichenblass, die Lippen eher weiß als rosa, fast schon blassblau. „Ich will sie zurück."

Ein Lächeln bildete sich in ihm, aber er zeigte es nicht. Er brauchte etwas mehr Zeit, damit ihre Reaktionen sich weiter verlangsamten und er wieder die Oberhand bekam. Sie würde ihn nicht erschießen. Sie war eine Bundesagentin mit einem Stock im Arsch. Und sie wollte wissen, wo er Payton begraben hatte. Er würde es ihr zeigen.

„Ich bringe dich hin, aber ich brauche meine Taschenlampe." Sie nickte, um ihm zu erlauben, sie sich zu nehmen. Er tat es und genoss das Gefühl ihres Gewichts in seinen Händen. Auch wenn sie die harte Polizistin spielte, wusste sie, dass sie ihm nicht zu nahe kommen durfte, weil er sie dann überwältigen konnte. Was bedeutete, dass sie ihn nicht durchsuchen konnte, und sie war nicht die Einzige mit einer Ersatzwaffe.

Er begann, immer tiefer in den Wald zu gehen, folgte dem Weg, den er in den letzten achtzehn Jahren fast täglich gegangen war. Bäume knackten, als die Temperatur sank und er konnte hören, wie sie zitterte. Ein Zweig zerbrach unter seinen Füßen. Wenn er sie in die nähere Umgebung der Kammer bekommen konnte, würde er ihr zweifellos die Waffe wegnehmen und sie überwältigen können.

„Du warst derjenige, der in mein Haus in Charlotte eingebrochen ist, oder?"

Er zuckte mit den Schultern. „Ich weiß aber nicht, wer der andere Typ war." Er sah über seine Schulter. „Nun, da ich darüber nachdenke, sah er verdammt nach deinem Freund aus."

Ihre Lippen wurden schmal.

„Ich hab dich auch fast gekriegt, als ich die Luft aus den Reifen deines Autos in Quantico abgelassen habe. Habe mir einen Abschleppwagen von einem Freund geliehen, um dich wegzubringen, aber du hast es mir erneut versaut."

Sie schnaufte leise. „Tut mir leid. Meine Manieren gegenüber Serienmördern sind furchtbar."

Diesmal wurde sein Mund schmal. Er war nicht irgendein Psycho-Arschloch. Er hatte nach etwas – jemandem – gesucht. Und nun, da er sie gefunden hatte, musste er besser bald herausfinden, wie er dieser Situation eine neue Wendung geben konnte.

„Wo gehen wir hin? Wie weit ist es?", fragte sie wütend. Aber auch die Nerven zeigten sich. Sie richtete die Taschenlampe wieder auf sein Gesicht. Das Licht schmerzte in seinen Augen.

Schlampe. „Es ist nicht mehr weit. Ich zeige dir, wo sie beerdigt ist." *Und dann beende ich diese Sache.*

„Verstärkung ist unterwegs, also versuch keine krummen Touren."

„Tut mir leid, dir das mitteilen zu müssen, Special Agent, aber ich weiß, dass du allein gekommen bist."

Sie hielt an. Hätte sie den Mut, ihm in den Rücken zu schießen? Er bezweifelte es. Er erreichte den Holzstapel, betrachtete die Axt aus dem Augenwinkel heraus.

Er beugte sich vor, um den Riegel der Falltür zu öffnen.

„Was machst du da?" Ihre Stimme zitterte vor Nervosität und Kälte. Es würde nicht mehr lange dauern, bis sie nicht mehr in der Lage war, die Waffe zu halten.

Er musste ihr näherkommen. „Du wolltest wissen, was mit deiner Schwester passiert ist und wo sie ist?" Er öffnete die

Falltür weit und richtete seine Taschenlampe in die Dunkelheit.

Er sah erst Überraschung, dann Entsetzen in ihrer Miene.

„Du hast sie hier unten festgehalten?" Ihre Stimme wurde lauter. „Diese ganze Zeit?"

Er mochte ihren Ton nicht. „Es ist gar nicht so übel." Auch wenn es nachts unheimlich wirkte.

„Es ist ein schmutziges Loch in der Erde. Schlimmer als ein Tierkäfig im Zoo. Wie lange? Wie lange hast du sie wie einen Hund hier eingeschlossen?"

Ein vages Gefühl der Beschämung überkam ihn, und das gefiel ihm nicht. „Ich habe mich um sie gekümmert." Er schlüpfte vorsichtig mit einer Hand aus den Handschellen.

„Du hast sie wie ein Tier behandelt!" Sie schrie ihn an, in ihrer Wut verlor sie die Kontrolle. Er sprang vor, griff ihren Arm und stieß die Waffe seitwärts, während sie einen Schuss abgab. Er landete direkt auf ihr und es schockierte ihn, wie sehr sie sich wie Payton anfühlte. Er schlug ihre Hand mehrmals auf den Boden, bis sie die Waffe fallen ließ, hielt sie dann fest, während sie versuchte, ihn abzuwehren. Ihre wütenden Augen und ihr fauchender Mund zeigten ihm, dass sie nicht wirklich Payton war, aber wenn er die Augen schloss und ihre Zunge herausschnitt … Er zwang seine Knie zwischen ihre, drückte ihre Oberschenkel weit auseinander, rieb sich an ihr. Sie fühlte sich … richtig an.

Ihr Atem war heiß an seinem Ohr, und die Erinnerung ließ ihn erzittern.

„Du widerst mich an." Sie biss fest in sein Ohrläppchen. Er schrie, bäumte sich auf und rammte seine Faust gegen ihren Kiefer. „Du Schlampe. Jetzt wirst du herausfinden, was die anderen herausfanden. Aber egal, wie viele Schmerzen du hast oder wie du leidest, ich werde dich nie gehen lassen. Nie."

KAPITEL DREIUNDZWANZIG

A LEX HATTE DIE Scheinwerfer nicht eingeschaltet, während er den Reifenspuren durch den Wald folgte und sich wünschte, dass das Mädchen vom Hotel etwas Solideres fahren würde als einen Kleinwagen. Das Heck rutschte ständig in den fünfzehn Zentimetern frischen Schnees hin und her, der den Boden bedeckten. Er lenkte gegen, dann erneut, während er sich zwang, beim Befahren der einspurigen Straße durch den Wald die Geschwindigkeit zu reduzieren. Er kam an eine enge, dichtbewachsene Stelle, hielt an, stieg aus und schloss das Auto ab, um dem Kerl keine Fluchtmöglichkeit zu geben.

Er joggte die Straße hoch, Schweiß bildete sich in seinem Nacken. Vor ihm lag ein ordentlich aussehendes Häuschen mitten im Nirgendwo, in dem Deputy Sheriff Leo Chance laut seinem GPS lebte. An der südlichen Ecke des Waldes, der sowohl an das Grundstück der McCaffertys wie auch an den Besitz von Mallorys Vater angrenzte. Er hatte zuvor Leos Onkel gehört, der sechs Monate nach Payton Rooneys Entführung in einem landwirtschaftlichen Unfall gestorben war. Leo war siebzehn und der einzige Zeuge des Todes des Mannes gewesen. Alex hielt das nicht für einen Zufall.

Er lauschte eine Weile, aber die Stille sagte ihm, dass niemand hier war. Ein Streifenwagen war an einer Seite geparkt, ebenso ein SUV mit offener Hintertür. Eine dünne Lage Schnee bedeckte den schwarzen Teppich an der Haustür. Mehrere Fußspuren führten hinein und aus dem Häuschen heraus und ebenso in den Wald. Sein Instinkt riet ihm dazu, zuerst den Wald zu durchsuchen, aber es war sinnvoller, mit dem Häuschen anzufangen. Zuerst machte er leise den SUV funktionsunfähig, indem er die Batterie abklemmte, dann tat er das Gleiche mit dem Streifenwagen. Es würde den Dreckskerl aufhalten, und er brauchte nur eine Möglichkeit für einen direkten Schuss.

Er versuchte es an der Vordertür, die nicht abgeschlossen war. Innen fand er ein ausgesprochen ordentliches Zuhause. Ein riesiger Fernseher. Männerkleidung in der Kommode. Männerschuhe in Größe 44 neben der Tür. Er durchsuchte jedes Zimmer. Es gab keinen Speicher, keinen Keller. Kein Gästezimmer.

Vor der Vordertür erklang ein Geräusch. Alex stellte sich in Position, bereit, den Scheißkerl zu erledigen. Supervisory Special Agent Frazer kam mit gezogener Waffe in das Häuschen.

„Nicht schießen", sagte Alex und zeigte sich.

Frazer ließ die Waffe sinken. „Wo ist Rooney?"

„Ich bin mir nicht sicher." Alex ignorierte seinen trockenen Mund, holte sein Handy heraus und versuchte, zu wählen. Keine Antwort von Mallory und keine Standortdaten. *Scheiße.* „Was machen Sie hier?"

„Mallory hat Hanrahan angerufen, der in einem Hubschrauber zusammen mit Senatorin Tremont auf dem Weg hierher ist." Frazer klang angefressen. „Ich war auf dem Weg, Kari Regent zu besuchen, hoffte, mehr Informationen von ihr zu erhalten. Hanrahan sagte, dass Mallory Deputy Leo

Chance als PR-Mörder identifiziert hätte, und dass ich meinen Hintern hierher bewegen sollte."

Also hatte sie seine Nachricht über Leo bekommen. Gut. Zumindest wusste sie, mit wem sie es zu tun hatte. Alex fragte sich, was sie Hanrahan sonst noch erzählt hatte, aber im Moment, solange das FBI nicht versuchte, ihn aufzuhalten, war das unwichtig.

„Wo ist die örtliche Polizei?"

Frazer verengte die Augen, sah an seiner feingeschnittenen Nase entlang. „Ich weiß nicht, ob sie mir glauben oder den Hurensohn warnen würden."

„Sie haben sie nicht informiert?"

Frazer schüttelte den Kopf.

„Wir müssen den Wald durchsuchen."

„Wir sollten vielleicht auf Verstärkung warten."

„Und trotzdem sind Sie schon hier, Agent Frazer. Heldenkomplex?"

„Ich will nur einen Mörder erwischen, Parker."

Er ging an Frazer vorbei. „Dann los."

Frazer betrachtete ihn prüfend, während er ihm hinausfolgte. „Wer zur Hölle sind Sie wirklich?"

Die kalte Luft schlug ihm erneut entgegen. Mallory war nicht für einen Wintersturm angezogen. Seine Schuld. Er hatte es versaut und nie erwartet, dass sie ihn mit einem Elektroschocker bearbeiten würde. Er würde lächeln, wenn er nicht so furchtbare Angst hätte, dass er sie nie wiedersehen würde. „Ich erzähle Ihnen alles, nachdem wir Mallory gefunden haben."

„Gut." Frazer folgte ihm aus dem Häuschen. „Warum denkt Mallory, dass Leo Chance der PR-Mörder ist?"

„Kari Regent hat ihn als den Mörder identifiziert." Das

brachte ihn auf eine Idee. Er rief den Leibwächter an, der vor Karis Zimmer stand. „Sie müssen Kari einige Fragen für mich stellen. Hat er sie in einem Gebäude gefangen gehalten?"

Der Leibwächter gab die Fragen weiter „Nein. Sie schrieb ‚unterirdisch'."

„Unterirdisch? Wie in einem Minenschacht?"

Der Leibwächter antwortete mit schroffer Stimme. „Nein, sie sagt, es war eine Kammer. Im Wald."

Alex' Magen drehte sich um bei dem Gedanken an das, was sie erlitten hatte. Er beendete das Gespräch und wandte sich an Frazer. „Er hat hier eine Art unterirdisches Versteck. Wir müssen es finden."

Die Abdrücke durch den Schnee waren ihre beste Chance. Alex ging an der Seite der Spuren, versuchte, die Beweise zu bewahren. Frazer trug elegante Schuhe, zierte sich aber nicht. Er stieg in Alex' Achtung ein wenig an.

„Ich habe auf der Fahrt vom Krankenhaus ein wenig recherchiert. Leo hat dieses Haus von seinem Onkel geerbt und ist eingezogen, als er siebzehn war. Hat die Gegend nie verlassen, ist nie in Urlaub gefahren, bis zum Januar diesen Jahres, als er nach Cancun fuhr. Raten Sie mal, was zur gleichen Zeit in Cancun aufgetaucht ist?"

Frazer zog eine Augenbraue hoch.

„Einige tote brünette Frauen."

Sobald sie sich von dem Häuschen entfernten, umgab sie Dunkelheit, und keiner von ihnen hatte eine Taschenlampe. Sie bewegten sich vorsichtig. Mallory war mit diesem Hurensohn irgendwo in der Nähe. Alex wusste es. Er konnte sie da draußen in der Dunkelheit spüren. Was würde geschehen, wenn sie den Kerl kaltblütig erschoss und Frazer Zeuge wurde? Er zog eine Grimasse, denn der Gedanke an sie beide auf der Flucht war auf düstere Weise anziehend, aber er wollte nicht, dass sie so leben musste. Und sie wollte ihn ohnehin nicht mehr, nachdem er sie über zu seinem schrecklichen Geheimnis angelogen hatte.

Aber sie würde diesen Dreckskerl nicht umbringen. Vielleicht dachte sie, dass sie es würde, sie wäre versucht es zu tun, aber Alex hatte ihr reines Herz erkannt. Sie war ein guter Mensch. Eine unglaubliche Person. Er nicht. Er würde jeden töten, der ihn davon abhalten würde, Mallory zu beschützen, was ihn nicht besser machte als den Abschaum, den er jagte.

Er hörte jemanden aufschreien und sie begannen, sich rasch durch den Wald in Richtung des Geräuschs zu bewegen. Er hielt Frazer an und lauschte aufmerksam. Um eine Hoffnung auf einen Überraschungseffekt zu haben, mussten sie einen Bogen machen und sich von der anderen Seite nähern. Und sie mussten es leise tun, denn er wollte nicht zusehen, wie die Frau, die er liebte, von einem Irren umgebracht wurde.

***

DAS GEFÜHL DER in ihre Kleidung ziehenden Nässe weckte Mallory aus ihrer Benommenheit. Jemand griff nach ihren Handgelenken und begann, sie zusammenzubinden. *Auf gar keinen Fall.* Sie hob ihre Beine, trat ihn fest in die Eier, wand sich und sprang auf die Füße. Er fiel mit dem Gesicht nach vorne zu Boden, und sie benutzte einen Fuß, um seinen Arm bewegungsunfähig zu machen, während der andere Fuß fest auf die Seite seines Halses trat; ihre beiden Hände griffen nach seinem anderen Handgelenk, verdrehten seinen Arm hinter seinem Rücken.

Er wollte sich aufbäumen, aber sie drückte mit ihrem Fuß fester zu, schnitt ihm die Luft ab. Die von ihm fallengelassene Taschenlampe auf dem Boden zeigte, dass sein Gesicht, das halb im Schnee vergraben war, sich verzerrte, als er zu würgen begann.

„Wie gefällt dir das, Leo?"

Vielleicht hatte Alex recht. Vielleicht war Rache die einzige Art wahre Gerechtigkeit in einer Welt voller Sadisten und Mörder, die den ihnen Ausgelieferten keine Gnade zeigten. Sie drückte ihren Fuß fester auf ihn und sah, wie er nach Luft schnappte, während seine Lippen langsam blau wurden. Hass stieg in ihr hoch. Das war nur ein Bruchteil der Schmerzen und des Leidens, die er verursacht hatte. Er wurde starr und ruhig. *Mist.* Sie verringerte den Druck, erleichtert, als er einen flachen Atemzug machte. Eine Erkenntnis durchschoss sie und sie schauderte erleichtert. Sie wollte nicht, dass er starb. Persönliche Rache war nicht ihre Vorstellung von Gerechtigkeit. Der Gedanke, dass die Regierung so etwas sanktionierte, war unglaublich, aber sie wusste bereits, dass CIA und NSA, sogar das Militär, Dinge taten, die sie nie gutheißen würde.

Wenn Alex' also die Wahrheit sagte, wozu machte es ihn dann – zu einem Selbstjustizmörder oder zu einem Soldaten?

Sie sah ihre Waffe im Schnee und griff sie sich, bevor Leo Chance beschloss, dass er durch Gegenwehr nichts zu verlieren hatte. Sie richtete sie auf den Mann, der hustend im Schnee lag. Ihr Finger lag am Abzug.

„Tu es nicht, Mallory." Eine leise Stimme in der Dunkelheit. *Alex.* Er war zu ihr gekommen, obwohl er auf der Flucht hätte sein sollen. „Er ist kein Stück deiner Seele wert."

Sie stieß ein Lachen hervor, um ihre Trauer zu überdecken. „Von einem Regierungsattentäter klingt das etwas ironisch, findest du nicht?"

„Ich verstehe den Preis besser als manch anderer." Alex kam auf sie zu.

Sie fluchte, als sie Frazer hinter ihm sah und lächelte Alex trocken an, als ob ihr Herz nicht zersprungen wäre. „Da habe ich wohl deine Tarnung auffliegen lassen, hm?"

„Ich habe ihm ohnehin versprochen, ihm alles zu berichten, sobald wir dich gefunden haben. Ich habe dir gesagt, dass ich nirgendwo hingehen würde." Leo Chance lag japsend auf dem Boden, umfasste seinen Hals. Er sah sie aus verengten Augen heraus genau an. „Soll ich ihn für dich töten?" „Frazer?" fragte Mallory in dem Versuch, einen Scherz zu machen. Frazers Augen wurden groß. Wenn sie raten müsste, würde sie darauf wetten, dass Frazer nicht der Spion des Gateway Projects war.

„Lustig." Alex schien unbeeindruckt.

Sie wusste, dass Alex ihn für sie umbringen würde, wenn sie ihn darum bat, aber sie wollte ihr Gewissen nicht mit Blut besudeln. Das Wissen darum ließ sie etwas aufrechter stehen.

„Ich möchte, dass das Justizsystem seine Arbeit macht. Ich möchte, dass der Mann, der seine Uniform durch den Schmutz gezogen hat, für all seine Taten vor Gericht kommt und dass all die von ihm verletzten Frauen Gerechtigkeit erfahren. Auch Payton." Alex nahm die Waffe aus ihrer Hand, sodass sie sich vorbeugen und Leo Handschellen anlegen konnte. Der Typ lag schwach auf dem Boden. Alex richtete zwei Waffen auf seinen Kopf. Leo schien zu begreifen, dass Alex nicht zögern würde, den Abzug zu drücken, wenn es notwendig sein sollte. *Feigling.*

Als sie fertig war, reichte ihr Alex die Waffe wieder und

zog dann seine Jacke aus. Sie schüttelte den Kopf, legte sie sich aber trotzdem um. Sie war noch warm von seinem Körper. Er mochte ein Attentäter sein, aber seit sie ihm begegnet war, war er ihr gegenüber nur unterstützend und beschützend gewesen. Nicht auf erstickende Weise, sondern so, als ob sie die wichtigste Person in seiner Welt wäre. Sie wusste, dass Alex Parker den besten Vater abgeben würde, den ein Kind sich nur wünschen konnte. Dieses Wissen war wie ein ins Herz gestoßenes Messer, da sie ihn trotzdem verlieren würde.

Es schneite nicht mehr, und die Wolken waren verschwunden. Silbriges Mondlicht traf auf den Schnee und wurde reflektiert, um den ganzen Wald zu beleuchten.

In der Entfernung erschienen Lichtkegel von Taschenlampen. Besorgte Stimme klangen herüber. Polizisten? Das Knirschen von Schritten wurde lauter, als Leute näherkamen. Sie spannte sich voller Erwartung an. Mallory richtete ihre Taschenlampe auf die Neuankömmlinge.

Jesus, war das ihre Mutter?

Ja, ihre Mutter rannte auf sie zu, atmete schwer, als sie sich durch den hohen Schnee kämpfte. Agent Hanrahan folgte langsamer.

„Mom? Was zum Teufel? Was tust du hier?", fragte Mallory.

Aber ihre Mutter sah sie nicht an, sie starrte Alex mit zornigen Augen an. „Ich befehle Ihnen, Parker, ihn dazu zu bringen, dass er mir sagt wo mein Baby ist."

Und dann begriff Mallory. Ihre Mutter war die mächtige Person, die ihn aus diesem marokkanischen Gefängnis geholt hatte. Ihre Mutter war der Grund, aus dem er nie seine Vorgesetzten verraten würde. Nicht wegen seiner Loyalität gegenüber dem Gateway Project, sondern wegen seiner

Loyalität zu ihr. „Jesus Christus, Mom. Du hast deine eigene private Selbstjustizorganisation gegründet?" *Mist.*

„Ich tat das, was der Gesetzesvollzug achtzehn Jahre lang nicht geschafft hat – Gerechtigkeit für mein Baby finden!" Ihre Stimme trug meilenweit. Ihre Mutter sah aus, als ob sie sich gleich auf eine Waffe stürzen würde. Mallory und die anderen behielten sie genau im Auge. Der Einzige, dem sie wirklich traute, war Alex, der wie ein Schatten in ihrem Rücken wachte.

„Ist das der Mann, der Payton entführt hat? Wo ist sie? Lebt sie?" Mallory griff nach ihr, damit sie dem Hilfssheriff nicht zu nahe kam.

„Sie ist tot, du dumme Schlampe!", rief Leo vom Boden. „Sie ist verdammt noch mal gestorben, und es war nicht meine Schuld."

Der Blick der Senatorin wich nicht eine Sekunde von dem Mann im Schnee. „Parker, wenn Sie diesen Dreckskerl nicht erschießen, werde ich …"

Alex sagte: „Es ist vorbei, Senatorin Tremont."

„Was geht hier vor, Agent Rooney?", fragte Frazer vorsichtig.

„Komm, Margret." Hanrahan versuchte, ihre Mutter zu beruhigen, aber die Senatorin griff nach Hanrahans Waffe und die zwei gerieten in ein Handgemenge.

Frazer trat dazwischen und riss ihre Mutter von dem anderen Agenten fort. „Jemand muss mir genau erklären, was vor sich geht oder ich …"

Mallory wand sich. Ihre Erklärung könnte den Menschen, die sie am meisten liebte, die Todesstrafe einbringen. „Es ist kompliziert."

Seine Augenbrauen hoben sich. „Normalerweise verstehe ich rechte schnell", antwortete er trocken.

Alex berührte ihre Schulter. „Er muss wissen, was vor sich geht, Mallory. Diese Sache muss ein Ende finden."

Sie berührte seine Finger für einen kurzen Moment und ließ dann ihre Hand sinken. „Der Grund, aus dem ich zur BAU versetzt wurde war, dass SSA Hanrahan und ich beide den Verdacht hatten, dass jemand innerhalb des FBI Informationen an eine Selbstjustizgruppe weitergibt, die systematisch Serienmörder umbringt."

„Stimmt das?", fragte Frazer Hanrahan.

Ihr silberhaariger Vorgesetzter nickte. Er wirkte angesichts der auf ihn gerichteten Aufmerksamkeit etwas beklommen.

„Das Gateway Project hat Unterstützung von ganz oben, aber niemand wird es je zugeben." Die Lippe ihrer Mutter verzog sich, als sie Leo Chance ansah.

Dieser gab ihren Blick mit solcher Kälte zurück, dass Mallory wünschte, sie hätte ihn stärker getreten.

Alex begann zu erzählen. „Ich habe für die CIA gearbeitet. Die Senatorin hat mich angeheuert, um für eine Organisation namens *Das Gateway Project* zu arbeiten, die sich darauf spezialisiert, Serienmörder und Pädophile zu identifizieren und zu … neutralisieren", erklärte Alex. Frazers Gesicht wurde immer blasser.

„Das ist faszinierend, Leute." Chance stichelte vom Boden aus. „Wir könnten einen Club gründen."

„Nur töten wir keine unschuldigen Frauen und Kinder. Wir werden nur Abschaum wie dich los."

„Aber du bist aufgeflogen, Arschloch, und nun wirst du genau wie ich sterben." Leos Lippe verzog sich, aber Mallory erinnerte sich an die junge Frau im Wald. Wie konnte sie sie vergessen haben? „Oh, Gott. Da ist ein Mädchen irgendwo hier draußen im Schnee. Sie hat Angst, lebt aber sicher noch.

Sie braucht Hilfe.“

„Ich suche nach ihr“, bot Hanrahan an.

Alex brummte.

„Moment.“ Frazer hatte Schwierigkeiten, das alles zu verarbeiten. Er war nicht der Einzige. „Warum haben Sie mir Ihren Verdacht nicht mitgeteilt, Sir?“

Hanrahan runzelte die Stirn. „Ich wusste nicht, wem ich trauen konnte.“

Frazer schüttelte den Kopf. „Wir hätten Telefone anzapfen und eine verdeckte Ermittlung einleiten können.“ Seine Augen weiteten sich. „Darum ging es bei dem Fiasko heute Morgen?“

„Das war meine Idee“, gab Mallory zu. *Am besten gleich alles rauslassen.*

„Und trotzdem haben wir keine Verhaftungen vorgenommen? Sie haben unsere Telefone genommen und die Anrufhistorie gelöscht, aber Sie haben niemanden in Gewahrsam genommen?“

„Niemand hat einen Anruf gemacht!“

„Warum dann die Anrufhistorie löschen?“, fragte Mallory. Warum würde er das tun?

„Er ist der Spion“, sagte Alex. Sein Blick wich nie von Leo Chance, der von seiner Position auf dem Waldboden aus alles voller Schadenfreude verfolgte. „Aber er hat angefangen, die Nerven zu verlieren.“

„Ist das wahr?“, fragte sie Hanrahan, den Mann, den sie bewunderte. Den Mann, dem sie vertraut hatte – und einen, der sie erfolgreich von ihren Kollegen isoliert hatte, wie sie nun begriff. „Sie haben Informationen an das Gateway Project weitergegeben?“

Er hatte seine Waffe gezogen, und die Anspannung stieg millionenfach an. „Ihre Mutter hat mich überredet, Profile und andere vertrauliche Informationen herauszugeben, bevor die Polizei sie bekam. Wir hatten ein Warnsystem ausgearbeitet, sodass ihr Attentäter nicht von der Polizei erwischt werden würde, das war alles." Sein Blick flog wild zwischen ihnen hin und her. „Ich wusste nicht, dass der Attentäter Ihr Freund war." Er rieb sich mit der Hand über die Stirn. „Sehen Sie, ich habe dem Justizsystem seit fast drei Jahrzehnten gedient, und nichts wurde je besser. Zuerst dachte ich, dass es die richtige Entscheidung sei, diese Typen umzubringen, aber dann machte ich mir immer Sorgen, dass jemand einen Unschuldigen erschießen würde, und damit konnte ich nicht leben."

Wind strich durch die abgestorbenen Blätter. Mallory fror bis auf die Knochen.

„Ich wollte einen Ausweg." Er zuckte mit den Schultern, sein Blick war entschuldigend. „Ich hielt es für den einfachsten Weg, den Attentäter in eine Falle zu locken."

„Also haben Sie angefangen, die Warnungen immer später herauszugeben", schloss Alex.

„Warum hast du nichts zu mir gesagt?", fragte ihre Mutter Hanrahan.

Hanrahan schüttelte seinen Kopf, Tränen glitzerten in seinen Augen. „Man konnte nicht mit dir reden, Margret. In deinem Herzen war nur Rache und in deiner Seele der Hunger nach Blut."

Mallory begriff, dass sie einander etwas bedeuteten. Etwas Besonderes. „Sie sind alle der Verschwörung zum Mord schuldig", erklärte sie. Sollte sie sie verhaften? Es war offensichtlich, dass sie sich für viel besser als Alex hielten. Aber nur, weil sie die Tat nicht selbst begangen hatten, bedeutete es nicht, dass sie weniger schuldig waren.

Hanrahans Miene wurde bitter. „Sie haben die Entwicklung als Einzige entdeckt. Ich habe Sie versetzen lassen, um ein Auge auf Sie zu haben."

„Aber die ganze Sache ging nach hinten los, als Rooney sich in Ihren Attentäter verliebte", sagte Frazer leise.

Sie tauschte einen Blick mit Alex aus und fühlte sich, als ob ihre Welt entzweigerissen wurde. Frazer war der Einzige, der nicht knietief mit drinsteckte. Ihre Mutter und der Mann, den sie liebte, mussten beide bei einer Verurteilung mit einer möglichen Hinrichtung rechnen. Ihre Hände legten sich um ihren Leib. Frazer war zu starr, um die Regeln zu beugen. Ihr war schlecht. Das hier war ihr schlimmster Albtraum.

Alex drückte ihre Schultern. Sie zitterte unter seiner Berührung. „Wir müssen das Mädchen finden, das im Wald herumirrt, und dieses Arschloch hier in Gewahrsam bringen. Es wird Zeit, zu entscheiden, wem Sie vertrauen und was Sie tun möchten, Frazer."

Mallory griff nach Alex' Hand und drückte sie an ihren Leib. „Ich liebe dich."

Alex lächelte langsam und berührte ihr Gesicht. „Das ist mehr als ich verdiene."

Frazer knirschte mit den Zähnen. „Das ist wohl kaum der richtige Augenblick."

Ihre Augen schwammen vor Tränen, aber sie weigerte sich, sie fließen zu lassen. Sie zwang die Worte heraus. „Es ist wahrscheinlich der einzige Augenblick, der uns bleibt. Oder ist Ihnen das noch nicht bewusst geworden?"

DIE MORGENRÖTE BEGANN, sich über den Appalachen auszubreiten. Special Agent Lincoln Frazer stand in der Mitte eines Waldes in West Virginia und richtete eine Waffe auf einen Serienmörder, der Mallorys Wissens nach mindestens sieben Leute getötet hatte, einen Selbstjustiz-Attentäter, der wahrscheinlich noch mehr Menschen getötet hatte, eine korrupte Senatorin, einen dreckigen FBI-SSA, dem er seine ganze Karriere lang nachgeeifert hatte und einer Frischlingsagentin, deren Instinkte verdammt viel schärfer waren als seine eigenen.

„Haben Sie Ihre Handschellen dabei, Rooney?"

„Deputy Chance trägt sie. Sir."

Das „Sir" war als Nachsatz hinzugefügt worden. Er hatte sich ihren Respekt nicht verdient. Zur Hölle. Sein Misstrauen hatte fast dazu geführt, dass sie ermordet worden wäre. Er hatte sie völlig falsch eingeschätzt. Jeden einzelnen von ihnen. Er hatte ein Paar Handschellen und wusste nicht, welcher seiner Gegner gefährlicher war. Theoretisch Parker, aber nachdem er Zeit mit dem Mann verbracht hatte, glaubte er nicht, dass er irgendetwas tun würde, das Rooney in Gefahr brachte. Er schien ein guter Mensch zu sein – für einen Mörder.

„Ich brauche Ihre Waffe", sagte er zu Hanrahan und hoffte, dass der Mann nichts Dummes tat. „Leeren Sie das Magazin, entfernen Sie die Trommel und werfen Sie sie dort in den Schnee."

Hanrahans Hände zitterten, während er gehorchte.

„Ihr geht alle unter." Deputy Chance war nun auf seinen Knien und lachte. „Ich kann es nicht abwarten, zu sehen, was passiert, wenn die Medien von diesem Scheiß erfahren. Jeder von euch kann des Mordes oder der Verschwörung zum Mord angeklagt werden. Außer dir." Seine Augen wanderten zu

Mallory. „Payton wäre stolz auf dich gewesen, dass du mich nicht umgebracht hast. Sie liebte mich. Sie hätte nicht gewollt, dass jemand mir etwas antut."

Narzisstischer Scheißkerl.

Der Schmerz auf Mallorys Gesicht nahm ihm den Atem. Aber Frazer sah eine Möglichkeit, während alle anderen zu tief in ihrem Schmerz waren. „Jemand wird Paytons Grab pflegen müssen, während Sie im Gefängnis sind. Wo ist sie?"

Deputy Chances Augen schossen zu dem Holzstapel.

„Sie ist da drunter?", fragte Frazer.

Deputy Chance nickte und schluckte hart. „Ich habe sie nicht getötet. Sie ist gestorben."

„Sie *haben* Sie getötet! Sie haben mir mein Baby weggenommen." Die Senatorin stürzte sich auf den Mann, aber Hanrahan hielt sie fest.

„Sie wurde krank und starb, du dumme Schlampe! Wenn sie nicht gestorben wäre, hätte ich niemand anderen getötet." Deputy Chance spuckte aus.

Jetzt war es die Schuld des Mädchens? Eines Mädchens, dem er ihre Freiheit und letztlich ihr Leben genommen hatte?

„Wenn du sie ins Krankenhaus gebracht hättest, hätte sie vielleicht überlebt. Du hast ihr diese Chance nie gegeben. Du hast sie zu deinem eigenen Vergnügen wie einen Hund gehalten." Mallorys Stimme brach, Alex legte seinen Arm um sie und zog sie eng an sich. Er beschützte sie so gut er konnte, so lange er konnte.

All seine Einsatzjahre standen jetzt auf dem Prüfstand, und er wollte nur, dass dieses Durcheinander vorbei war. Der Gedanke, diese Leute einzusperren, wühlte Frazers Inneres auf. Aber er machte die Regeln nicht, er befolgte sie.

„Ich werde einen Anruf machen. Es ist in Ihrem besten

Interesse, mich gewähren zu lassen." Die Senatorin hatte ihre übliche arrogante Beherrschung wiedergefunden. Sie zog ihr Handy hervor, achtete darauf, keine plötzlichen Bewegungen zu machen. „Warten Sie einen Moment."

Sie standen da, froren sich im Schnee den Hintern ab, während sie jemandem erklärte, was hier vor sich ging. Dann hielt sie ihm das Telefon hin. Frazer runzelte die Stirn und führte es langsam an sein Ohr. Die Person am anderen Ende der Leitung identifizierte sich, obwohl seine Stimme leicht erkennbar war. Sein Mund trocknete völlig aus.

„Wenn das herauskommt, könnte es die ganze Regierung stürzen." Die Stimme am Telefon war ein leises Grollen. „Unsere Feinde überall auf der Welt würden sich auf den Skandal stürzen, und es würde die BAU und das FBI zerstören." Verdammt, Frazer wollte seine Augen schließen, wagte es aber nicht, seinen Blick von den anderen abzuwenden. Dies würde den Ruf der BAU zerstören. Ihre sämtlichen Handlungen würden überprüft werden. All ihre Fälle würden neu aufgerollt und evaluiert werden. Leben unter die Lupe genommen werden …

„Niemand sonst darf davon erfahren", fauchte der Mann.

Frazer betrachtete die Gruppe aus fünf Leuten, die alle so taten, als ob sie nicht lauschten.

„Verstehen Sie?"

Scheiße. Meinte der Kerl es ernst? Frazer schluckte hart. „Ich bin nicht sicher, dass ich das tue, Sir. Sie möchten, dass ich …"

„Stellen Sie sicher, dass es keine offenen Fragen gibt, Assistant Special Agent in Charge Frazer." Der Ton war grob. „Keine losen Enden."

Assistant Special Agent in Charge? „Und dafür habe ich

Ihre Rückendeckung?"

Eine Pause. Er war wahrscheinlich angefressen, dass er gezwungen wurde, es auszusprechen, obwohl er gerade erst einen Schnellkurs gehabt hatte, warum man seinen Vorgesetzten nicht trauen sollte.

„Durch meinen direkten Befehl. Und tun Sie es, bevor die örtliche Polizei auftaucht, sonst ist das die kürzeste Beförderung der Weltgeschichte."

Frazer starrte auf das Telefon. Was dieser Mann verlangte, war unvorstellbar. Es würde ihn genauso schlecht machen wie die anderen. Konnte er es tun? Konnte er seine Prinzipien derart aufgeben? Seine moralische Überlegenheit wegwerfen? Zu welchem Preis? Aber was würde dieser Skandal sie kosten? Es könnte dazu führen, dass die BAU für immer geschlossen werden würde.

Alex Parker stellte sich vor Mallory. Er hielt immer noch seine Waffe in der Hand. Frazer bezweifelte nicht, dass er sie benutzen würde, bevor er zuließ, dass jemand Agent Rooney verletzte. Der Kerl hatte unglaubliche Instinkte. Er betrachtete sich als Soldat, arbeitete aber für das falsche Team. Es wurde Frazer bewusst, dass Alex Parker ihn seit ihrer Begegnung in dem Häuschen jederzeit hätte erschießen können, um sich selbst zu schützen, aber das hatte er nicht getan.

Die Senatorin sah aus, als ob sie benommen wäre, eine gebrochene Frau, deren Verschwörungen und Intrigen sich auflösten. Wenigstens wusste sie jetzt, wo ihre Tochter begraben war. Das war immerhin etwas. Hanrahans Schultern hingen herab, zweifellos dachte er an seine öffentliche Schande und die sehr reale Gefahr von Tod und Verletzungen, sobald er im Gefängnis saß.

Leo Chance kam torkelnd auf die Füße und lachte. „Ihr

seid alle am Ende. Ihr sterbt alle noch vor mir, aber keine Sorge, ich habe gehört, dass es ziemlich schmerzlos ist."

Weil das FBI immer die Regeln befolgte.

Die Lippe des Mörders verzog sich. Er war ein großer Mann. 1,85 m. Kräftig, muskulös. Die Frauen, an denen er sich vergriffen hatte, hatten nie eine Chance gehabt. Ein Mann von annehmbarer Intelligenz, aber durch die Ereignisse seiner Vergangenheit emotional verkümmert. Wahrscheinlicher Missbrauch durch eine Vertrauensperson, die seine Gedanken verdreht und seine Empathiefähigkeit zerstört hatte. Manche mochten Mitleid empfinden, aber er war ein Monster, das sehr absichtliche Entscheidungen getroffen hatte, Schmerzen zu verursachen und das nie rehabilitiert werden würde. Serienvergewaltiger und -mörder konnten keine Schuld tilgen. Aus Lust zu töten war nicht das Gleiche wie auf Befehl zu töten. Frazers Blick schnellte zu Alex Parker, und endlich begriff er, was einen Mann dazu brachte, kaltblütig zu töten. Er verstand Alex Parker.

Frazer hob die Waffe.

Chance grinste höhnisch. „Dafür haben Sie nicht die Eier."

Frazer drückte den Abzug, und der Knall hallte von den 480 Millionen Jahre alten Felsen der Appalachen zurück. Rotes Blut spritzte über den Schnee. Die Luft stank nach Pisse und Exkrementen.

Er hatte erwartet, dass er Reue darüber empfand, dass er ein menschliches Leben ausgelöscht hatte, aber dieser Mann war bösartig gewesen. Er drehte sich um und sah Parker in die Augen. „Er hätte nicht versuchen sollen zu flüchten."

Parker sagte nichts. Er sah Frazer argwöhnisch an. Parker wusste, wie das normalerweise lief. Keine Zeugen. Er wusste, umso höher man stieg, desto mehr konnte man sich erlauben.

Frazer war nicht die Art Mensch. Er hatte bessere Methoden, die keine weiteren Tode beinhalteten.

„Die CIA hat zugestimmt, Sie in eine Beraterposition beim FBI zu versetzen, Mr. Parker."

„Was?" Mallory trat mit ungläubigen Augen vor.

Alex schubste sie wieder hinter sich und stieß schwer den Atem aus. Es hätte ein Lachen sein können. „Das hat die CIA getan?"

Das Geräusch einer Sirene ertönte in der Entfernung. Die Kavallerie traf endlich ein.

„Um gewisse Löcher in der Sicherheit des FBI zu stopfen." Er nickte. „Nehmen Sie die Position an?", fragte Frazer ihn.

„Für die Bundestypen arbeiten?" Alex betrachtete die Waffe in Frazers Hand. Seine Lippen zucken. „Sicher, wenn Mallory meine Nähe ertragen kann."

Sie drehte den Mann zu sich um, nahm sein Gesicht in ihre Hände und küsste ihn. Parker behielt trotzdem ein Auge auf ihn. *Kluger Mann.* Frazer nahm an, dass er sich ihres Schweigens sicher sein konnte.

Er sah die Senatorin an. „Sie werden aus gesundheitlichen Gründen zurücktreten. Sie werden mir jede Ihnen verfügbare Information über das Gateway Project geben und sich nie wieder in die Strafverfolgung einmischen, oder Sie werden wegen Verschwörung zum Mord verhaftet werden."

Ihre Augen wanderten zum Holzstapel. „Ich bin fertig. Ich wollte nur mein Baby beerdigen. Sie müssen sich keine weiteren Sorgen um mich machen."

Hanrahan stand da, mit einem Blick, als ob er im Lotto gewonnen hätte. Frazer deutete auf den Mann. Sein Betrug verursachte ihm Übelkeit.

„Sie sind gerade in Pension gegangen. Sie können auf Ihre Buchtouren gehen und Ihren beschissenen Medienzirkus weitermachen, aber wenn Sie das hier je erwähnen, wenn Sie so etwas wie Selbstjustiz oder Korruption bei der BAU auch nur andeuten, werde ich selbst Ihnen eine Kugel verpassen. Jetzt nehmen Sie Ihre Waffe und machen sich mit der Senatorin auf die Suche nach dem vermissten Mädchen. Sie waren nicht hier, als Chance starb. Sie wissen nicht, was passiert ist. Sie sind auf die Suche nach dem Mädchen gegangen, sobald Sie hörten, dass sie hier draußen ist. Los jetzt.“

Sie stolperten weg.

Er sah Mallory Rooney an. Was sollte er zu einer Frau sagen, die gewusst hatte, dass etwas vor sich ging, sobald sie ihren ersten toten Serienmörder gesehen hatte? Einer Frau, die von einem Irren gejagt, von ihrer Familie, ihrem Freund, ihrem Boss hintergangen worden war? Und überlebt und bewiesen hatte, dass sie ein besserer Mensch war als sie alle zusammen.

Nach der Art zu urteilen, wie sie sich an Parkers Hand klammerte, war es ihr gelungen, ihm zu vergeben. Frazer hatte gerade vor ihr kaltblütig einen Mann exekutiert. Würde sie ihm auch vergeben? Oder war er zu weit gegangen?

„Special Agent Rooney.“

„Ja, Sir?“ Sie stand gerade, die Schultern fest, ein trotziger Ausdruck auf ihrem Gesicht.

„Willkommen im Team.“

Sie lächelte ihn an, ein Sonnenstrahl der Hoffnung und Dankbarkeit. Er nahm an, dass er seine Antwort erhalten hatte.

Fünf Tage später…

MALLORY STOPFTE IHRE Hände tief in die Taschen ihrer neuen Winterdaunenjacke und stand oben auf dem Hügel. Sie blickte auf den Weg, der durch den Wald zum Haus ihrer Kindheit führte. Die Sonne ging im Osten auf, und sie dachte an ihre Zwillingsschwester, die so viele Jahre lang so nah und doch so weit entfernt gewesen war. Eines Tages würde sie vielleicht in der Lage sein, sich zu verzeihen, dass sie sie nicht früher gefunden hatte, aber jetzt noch nicht. Noch nicht.

Sie begann, den Hügel in Richtung des polizeilichen Absperrbandes hinunter zu gehen, das die Gruppe umgab. Sie wollte, dass es vorbei war, brauchte den Abschluss.

Der frisch zum ASAC beförderte Frazer hatte sie und Alex von der Ermittlung ausgeschlossen, wofür sie dankbar war. Sie war Lincoln Frazer für viele Dinge dankbar.

Deputy Sean Kennedy war lebend in der Grube gefunden worden. Er war geschwächt von der Dehydrierung und Unterkühlung, hatte die Tortur aber überlebt und erholte sich im Krankenhaus. Er wurde dafür hoch gelobt, dass er der Erste gewesen war, der den Fall gelöst hatte, auch wenn es ihn fast das Leben gekostet hatte. Amanda Collie – die junge Kellnerin – hatte es geschafft, nach Eastborne zu gelangen und hatte von dort aus die Polizei angerufen. Sie war aufgewühlt, aber Leo Chance hatte sie nicht sexuell belästigt. Er hatte wahrscheinlich keine Zeit dazu gehabt. Die Stadt war entsetzt.

Der Sheriff hatte Mallory dreimal besucht und jedes Mal verzweifelter ausgesehen.

Es war schwer, damit zurechtzukommen, dass man so gründlich hereingelegt worden war, wenn man die Aufgabe hatte, die Sicherheit der Stadt aufrecht zu erhalten. Sie wusste, dass er nicht wieder für sein Amt kandidieren würde. Das hatte sie in seinen Augen gesehen. Leo Chances Verbrechen hatten viele Leben zerstört. Nicht nur die seiner Opfer und ihrer Familien, sondern auch die seiner Verwandten, die jetzt mit der Schande zurechtkommen mussten.

Bryce Keeble hatte ihr viele Stunden lang während ihrer Nachtwache Gesellschaft geleistet. Sie hatten nicht geredet, aber einander instinktiv verstanden.

Das Brummen eines Generators wurde lauter, industrielle Lampen überstrahlten die Gegend, wo einst der Holzstapel gestanden hatte. Das FBI hatte das ganze Ding einige hundert Meter westlich verrückt, jedes einzelne Holzstück auf mögliche Spuren untersucht. Gestern hatten sie ein Bodenradar benutzt, um den wahrscheinlichsten Ort von Paytons Überresten zu finden. Heute würden sie mit dem Graben anfangen.

Die Sonne war noch nicht zu sehen, und Mallory stapfte durch den dunklen Schlamm, um ihren Platz am Rand einzunehmen. Sie ging nur nach Hause, um zu schlafen. Sie konnte an nichts anders denken, als ihre verlorene Zwillingsschwester wiederzufinden. Alex kümmerte sich um alles andere, besorgte Kleider, die für das tagelange Herumstehen im Winterwald geeignet waren, brachte ihr Essen, stellte sicher, dass keine Spuren auf sie zurückfallen und die Abmachung zerstören konnten, die Frazer so klug arrangiert hatte. Er kümmerte sich sogar um ihre Mutter, die ihn nun bei allem um Rat fragte, egal ob es darum ging, was sie der Presse sagen sollte, oder wie viel Koffein sie trinken sollte. Fast schon lächerlich.

Mal kam an der Lichtung an und stellte fest, dass sie schon mit dem Graben begonnen hatten. Die forensischen Techniker warfen ihr einen Blick zu. Ihr Mund wurde trocken. Sie hatten ihr gesagt, dass sie mittags anfangen würden, und es war erst früher Morgen. Sie hatten gelogen. Sie hatten wahrscheinlich angefangen, sobald sie gegen Mitternacht gegangen war. Ein Teil von ihr war wütend, aber sie verstand es. Sie fühlten sich in ihrer Gegenwart unbehaglich, aber sie konnte einfach nicht fernbleiben.

Sie spürte Alex' Anwesenheit, bevor sie ihn sah. Sie hatte ihm immer noch nicht von dem Baby erzählt, aber sie betraten nun neuen Boden. Sie wollte sich vorsichtig darauf bewegen. Ihre Gefühle waren tiefer als sie es für möglich gehalten hätte. Zu wissen, dass jemand für einen töten, sein eigenes Leben aufgeben würde, war ernüchternd. Es warf ein anderes Licht auf ihre Leidenschaft. Machte sie tiefer, heller, kühner, stärker.

Sie hielt ihn nicht für ein Monster, nur für einen Mann, der vom richtigen Weg abgekommen war, während er die schrecklichen Folgen von Schuld und posttraumatischer Belastungsstörung durchlebt hatte. Sie wusste, dass es noch Nachwirkungen geben konnte. Wusste, dass sie vielleicht nie völlig sicher vor den schattenartigen Gestalten sein würden, die ihrer Mutter geholfen hatten, diese entsetzliche Organisation ins Leben zu rufen. Aber Alex hatte gesagt, dass er gewisse Sicherheitsmaßnahmen zu ihrem Schutz ergriffen hatte, und wer auch immer diese Sache leitete, musste wissen, dass man sich besser nicht mit ihm anlegte, falls man nicht bereit war, dafür zu sterben. Wenn man bedachte, dass sie alle so viel zu verlieren hatten, wenn ihre Verschwörung ans Licht kam, ging sie davon aus, dass sie momentan in Sicherheit waren.

Alex gab ihr eine Tasse heißen Kaffee in einem Isolierbecher.

„Versprich mir, dass du mich nie wieder anlügen wirst", sagte sie leise. In stillschweigender Übereinstimmung hatten sie alle fünf beschlossen, nie wieder darüber zu reden, was an jenem Tag im Wald geschehen war, aber hier ging es um die Zukunft, nicht um die Vergangenheit. „Nicht einmal zu meinem eigenen Wohl."

„Du hast mein Wort darauf." Er küsste ihre Schläfe, seine Lippen waren warm und weich.

Sie nahm seine Hand in ihre. Es war Zeit, die Karten auf den Tisch zu legen. „Erinnerst du dich daran, dass ich dich anrief und dir sagte, dass ich mir dir reden muss, bevor alles zusammenbrach?"

Winzige Falten bildeten sich um seine Augen. „Ich erinnere mich." Obwohl er es im nachfolgenden Chaos offensichtlich vergessen hatte.

„Ich habe herausgefunden, warum mir so übel war." Sie sah, wie er blass wurde, wie seine Augen sich weiteten.

„Du bist …?" Sein Adamsapfel hüpfte auf und ab. Er rieb sich mit seiner großen Hand über das Gesicht. „Du bist schwanger? Die ganze Zeit, die du hinter Leo Chance her warst, warst du schwanger und wusstest es?"

„Bist du wütend?"

Er sah in den Himmel. „Scheiße. Ja! Auf mich. Auf dich." Er kniff die Augen zu und zog sie an sich. „Bist du sicher?"

„So sicher, wie man nach einem Drogerieschwangerschaftstest und einer ausgebliebenen Periode sein kann."

„Ziemlich sicher also", murmelte er in ihr Haar, als er sie enger an sich zog.

Sie lachte leise, griff seine Schultern. „Denkst du, du kommst damit zurecht?"

Er entzog sich ihrem Griff ein wenig, um ihr in die Augen zu sehen. „Du bist meine einzige Fahrkarte in ein normales Leben, Mal, was nicht schmeichelhaft klingt, bis man weiß, wie verkorkst ich bin. Wenn du jemandem wie mir zutrauen kannst, sich um ein Kind zu kümmern …"

„Ich mache mir keine Sorgen, dass du unserem Kind etwas tust, Alex. Aber ich mache mir Sorgen, dass du vielleicht aus einem archaischen Gedanken, uns zu beschützen, etwas Dummes tust. Ich möchte keine Geheimnisse zwischen uns. Ich möchte einen Neuanfang."

„Du möchtest diese erste Verabredung, auf die wir nie gegangen sind?"

Sie berührte sein Gesicht. „Ja. Aber erst, nachdem wir Payton zur letzten Ruhe gebettet haben."

Er nickte ernst, aber in seinen Augen war ein Leuchten, das sie vorher nie gesehen hatte. Sie wollte ihm Hoffnung für die Zukunft geben. Sie wollte ihm all die Freude geben, die er über die Jahre versäumt hatte. Sie drehte sich in seinen Armen und betrachtete eine Gruppe FBI-Agenten, die mit müdem Blick zurückkehrten. Sie sahen sie an und stiegen dann in die Grube. Sie nahmen Beweise auf. DNA. Spuren. Tagebücher, Fotografien und Notizbücher, die wahrscheinlich Payton gehörten. Sie wollte diese Unterlagen so dringend ansehen, lesen, was dort stand, aber es war unmöglich, bis sie untersucht worden waren. Sie wusste das. Das war auch ihr Job. Es machte das Warten aber nicht einfacher.

Der Techniker beugte sich über die ihnen am nächsten gelegene Grabung, sah auf und rief einen der anderen Techniker. „Ich hab was."

Sie erstarrte. „Glaubst du, dass sie es ist?", flüsterte sie.

Alex' Hände drückten fest ihre Schulter. „Ja. Ich glaube, dass sie es ist."

Feuchtigkeit sammelte sich in ihren Augen. Das lange verklungene Geräusch von Paytons Gelächter erklang am Rande ihres Bewusstseins. Sie legte ihre Hand auf seine. Entschlossen, hier zu warten, entschlossen, ihrer Schwester die Liebe und den Respekt zu zeigen, die nie aufgehört hatten, ganz gleich wie viele Tage und Jahre sie getrennt gewesen waren. „Ich glaube auch, dass sie es ist." Sie drückte seine Hand. „Es ist fast vorbei."

Alex schob beide Hände über ihren Leib und sie lehnte sich rücklings an ihn. Etwas zuckte in ihr. Die Sonne begann, über den Baumwipfeln aufzugehen, füllte die Morgendämmerung mit dramatischen Rot- und Rosatönen. Sie lächelte durch ihre Tränen. Es schien irgendwie richtig, dass Payton endlich wieder den Sonnenaufgang sehen würde. „Halt mich einfach weiter fest, Alex", flüsterte sie.

Er drückte sie fest, und seine Wärme umfing sie. „Ich lasse dich nie mehr los, Mallory. Niemals."

Lesen Sie hier das nächste Buch aus der Serie, *Kalte Jagd*.

Die alleinerziehende Mutter Vivi Vincent findet sich mitten in ihrem schlimmsten Albtraum wieder, als sie zusammen mit ihrem achtjährigen Sohn während eines Terroranschlags in einem Einkaufszentrum festsitzt. Mit Hilfe von Jed Brennan, einem Special Agent des FBI in Zwangsurlaub, überleben Vivi und ihr Sohn den Anschlag. Aber die Gefahr für die beiden ist noch lange nicht vorbei.

Womöglich hat Vivis Sohn wesentliche Informationen über die weiteren Pläne der Terroristen mitgehört und soll nun von ihnen beseitigt werden. Aber er ist stumm, und er ist traumatisiert. Zudem wird das Haus, in dem das FBI die beiden untergebracht hat, attackiert, und Jed befürchtet, dass die Attentäter einen Spitzel beim FBI haben. Jed weiß nicht mehr, wem er noch vertrauen kann. Er versteckt Mutter und Sohn in einer abgelegenen Hütte mitten in den Wisconsin Northwoods. Dort versuchen Jed und Vivi herauszufinden, wie sie an die Informationen in Michaels Kopf gelangen können. Sie sind weder auf die feurige Begierde gefasst, die sich zwischen ihnen entspinnt, noch auf die finsteren Machenschaften, die nicht nur ihre Aussicht auf ein glückliches Leben miteinander bedrohen, sondern auch die Grundfesten der amerikanischen Gesellschaft erschüttern könnten.

Kaufen Sie *Kalte Jagd* noch heute!

NÜTZLICHE ABKÜRZUNGEN FÜR TONIS BÜCHER

AG: Attorney General – Generalstaatsanwalt

ASAC: Assistant Special-Agent-in-Charge – Rang beim FBI, eine Stufe über dem Supervisory Special Agent (SSA)

ATF: Alcohol, Tobacco, and Firearms – US-Behörde für Alkohol, Tabak, Schusswaffen und Sprengstoffe

BAU: Behavioral Analysis Unit – Abteilung für Verhaltensanalyse

BOLO: Be on the Lookout – Fahndung

BUCAR: Bureau Car – FBI-Auto

CIRG: Critical Incident Response Group – Zentrale Krisen-Interventions-Abteilung des FBI

CMU: Crisis Management Unit – Unterstützt die CIRG

CN: Crisis Negotiator – Krisenverhandler

CNU: Crisis Negotiation Unit – Krisenverhandlungsabteilung

CODIS: Combined DNA Index System – Nationale DNA-Datenbank der USA

CP: Command Post – Befehlsstelle

DEA: Drug Enforcement Administration – US-Drogenbehörde

DOB: Date of Birth – Geburtsdatum

DOJ: Department of Justice – Justizministerium

EMT: Emergency Medical Technician – Rettungssanitäter

ERT: Evidence Response Team – FBI-Spurensicherungsteam

FOA: First-Office Assignment – Erster Büroeinsatz bei Strafverfolgungsbehörden

FBI: Federal Bureau of Investigation – Zentrale Sicherheitsbehörde der USA

FO: Field Office – Außenstelle des FBI

IC: Incident Commander – Einsatzleiter

HRT: Hostage Rescue Team – Geiselrettungsgruppe, FBI-Spezialeinheit

HT: Hostage-Taker – Geiselnehmer

LAPD: Los Angeles Police Department – Polizei der Stadt Los Angeles

LEO: Law Enforcement Officer – Strafverfolgungsbeamter

ME: Medical Examiner – Gerichtsmediziner

MO: Modus Operandi

NAT: New Agent Trainee – Neuer Agent in Ausbildung

NCAVC: National Center for Analysis of Violent Crime – Nationales Zentrum für die Analyse von Gewaltverbrechen

NCIC: National Crime Information Center – zentrale Datenbank der USA zur Sammlung von Informationen in Zusammenhang mit der Kriminalitätsbekämpfung

NYFO: New York Field Office – FBI-Außenstelle New York

OC: Organized Crime – Organisiertes Verbrechen

OCU: Organized Crime Unit – Abteilung zur Bekämpfung von organisiertem Verbrechen

OPR: Office of Professional Responsibility – Büro zur Untersuchung von Fehlverhalten von beim Justizministerium beschäftigten Juristen

POTUS: President of the United States – Präsident der USA

RA: Resident Agency – Kleine Außenstelle des FBI

SA: Special Agent – FBI-Agent

SAC: Special Agent-in-Charge – Leiter eines FBI-Büros oder Region

SAS: Special Air Squadron (British Special Forces unit) – Spezialeinheit der britischen Armee

SIOC: Strategic Information & Operations – Weltweite Kommando- und Kommunikationsabteilung des FBI

SSA: Supervisory Special Agent – FBI-Teamleiter

SWAT: Special Weapons and Tactics – Besonders ausgebildete taktische Spezialeinheit

TC: Tactical Commander – Befehlshaber einer taktischen Spezialeinheit

TOD: Time of Death – Todeszeitpunkt

UNSUB: Unknown Subject – Unbekanntes Subjekt (im Sinne von unbekannter Täter)

ViCAP: Violent Criminal Apprehension Program – Programm zur Aufdeckung von Gewaltverbrechen

WFO: Washington Field Office – FBI-Außenstelle Washington

DANKSAGUNG

Auch wenn das Schreiben ein einsames Unterfangen ist, hatte ich bei diesem Manuskript viel Hilfe. Der größte Dank geht wie immer an meine unglaubliche Testleserin Kathy Altman. Danke auch an Laurie Wood und meinen wundervollen Ehemann Gary für die Ermutigung und das Vorablesen. Große Anerkennung an JRT Editing und Ally Robertson für die Hilfe, meine Geschichte erstrahlen zu lassen.

Ein großes Dankeschön an meine deutschen Freunde für die frühen Empfehlungen und Vorschläge! Julie Steffen, Frauke Fehrmann, und Dirk Weihrauch.

Des Weiteren bedanke ich mich bei Martin Wick and Stef Mills für die harte Arbeit an der deutschen Übersetzung.

Ich möchte mich außerdem bei meiner wunderbaren Assistentin, Jill Glass und bei der Autorin für historische Romane, Darcy Burke bedanken, die mich mit so viel liebenswürdigem Verständnis durch den Übersetzungsprozess geleitet haben.

ÜBER DIE AUTORIN

Toni Anderson schreibt unverblümte, sexy, romantische Thriller und ist eine *New York Times* und *USA Today* Bestsellerautorin. Ihre Bücher wurden mit den Readers' Choice, Aspen Gold, Book Buyers' Best, Golden Quill und National Excellence in Romance Fiction Awards ausgezeichnet. Sie war Finalistin sowohl beim Vivian Contest als auch beim RITA Award der Romance Writers of America, außerdem beim Daphne du Maurier Award of Excellence und der Holt Medallion.

Am bekanntesten für ihre „Cold" Bücher ist es vielleicht nicht überraschend, dass Toni in einem der extremsten Klimazonen der Erde lebt – in Manitoba, Kanada. Als ehemalige Meeresbiologin vermisst Toni immer noch das Meer, hat aber das Glück, zu Forschungszwecken zu reisen (wenn sie nicht gerade eine Pandemie erlebt!). Im Januar 2016 besuchte sie das FBI-Hauptquartier in Washington DC, einschließlich einer Tour durch das Strategic Information and Operations Center (SIOC). Sie hofft innständig, dass sie nicht aufgrund ihrer Google-Suchen verhaftet wird.

Toni liebt es, von Lesern zu hören:
E-Mail: toni@toniandersonauthor.com
Website: www.toniandersonauthor.com/german

Lerne Toni online kennen:
Facebook: facebook.com/toniandersonauthor
Instagram: instagram.com/toni_anderson_author

Wenn du mehr über Tonis deutsche Bücher erfahren möchtest und darüber, wie ihr Schreiben durch ihre Hunde behindert beziehungsweise unterstützt wird, dann melde dich doch für ihren deutschen Newsletter an. Sie liebt es, ihre Leser besser kennenzulernen.
landing.mailerlite.com/webforms/landing/e2o8r3